BESTSELLER

Ángela Banzas, natural de Santiago de Compostela, es licenciada en Ciencias políticas y de la administración por la Universidad de Santiago y MBA por la Escuela Europea de Negocios de Madrid. Su trayectoria profesional ha estado siempre ligada a la consultoría de Administración Pública. Su primera novela, *El silencio de las olas* (Suma, 2021), *La conjura de la niebla* (Suma, 2022) y *La sombra de la rosa* (Suma, 2023) obtuvieron un gran éxito de público y ventas. *El aliento de las llamas* es su cuarta novela.

Puedes seguir a Ángela Banzas en Instagram:
@angela_banzas

Biblioteca

ÁNGELA BANZAS

La sombra de la rosa

DEBOLS!LLO

Papel certificado por el Forest Stewardship Council®

Penguin
Random House
Grupo Editorial

Primera edición en Debolsillo: septiembre de 2024
Primera reimpresión: enero 2025

© 2023, Ángela Banzas
© 2023, 2024, Penguin Random House Grupo Editorial, S. A. U.
Travessera de Gràcia, 47-49. 08021 Barcelona
Diseño de la cubierta: José Luis Paniagua
Imagen de la cubierta: © Kelly Vandellen - Dreamstime /
Tutye - Deposiphotos / Billiondigital - Deposiphotos

Printed in Spain – Impreso en España

ISBN: 978-84-663-7523-8
Depósito legal: B-11.322-2024

Compuesto en Comptex & Ass., S. L.
Impreso en Black Print CPI Ibérica
Sant Andreu de la Barca (Barcelona)

P 3 7 5 2 3 8

A Pablo, Aitor y Borja

Las olas del corazón no estallarían en tan bellas espumas ni se convertirían en espíritu si no chocaran con el destino, esa vieja roca muda.

Friedrich Hölderlin

Esto ha pasado. Hoy sé saludar a la belleza.

Arthur Rimbaud

Prólogo

Hay recuerdos que son munición en la recámara de un viejo revólver. Un dolor enquistado y convertido en bala, donde el esfuerzo por olvidar nos traiciona al disparar imágenes nítidas con las más vívidas sensaciones latiendo en las entrañas. Y es ahí, en ese lugar de la mente desdibujado en el tiempo, donde crece y se alimenta, a perpetuidad, el miedo.

I

Día de matanza

Isla de Cortegada, 1910

Agitó la cabeza. Con los ojos apretados y dos pequeñas manos tapando sus oídos, la niña lloraba escondida en el tronco hueco de un árbol. No muy lejos, el corazón de un cerdo se aceleraba al leer en un destello de acero la fatalidad de su suerte.

Tras un banco de madera con ancho suficiente para sostener el lomo al cebón, cuatro mujeres con ánimo arremangado entre baldes, machetes y cuchillos aguardaban a que otros tantos hombres sacasen del cubil al sentenciado a muerte. Atado a una cuerda y con las patas traseras resistiéndose a avanzar, las pezuñas resbalaban sobre dos tablones que hacían de rampa y abismo en su camino al cadalso. Gruñía y gritaba, alaridos que se clavaban desesperados en busca de oídos, manos, pies y hasta conciencias a las que agarrarse.

La pequeña Alma contraía el rostro al tiempo que hundía dedos y uñas a ambos lados de su cabeza rememorando los días en que había jugado con el gorrino como si de otro niño se tratase. Durante semanas, para ella y las hijas de las sirvientas, esas que tanto extrañaban a sus padres embarcados rumbo a América, no había existido mejor juguete que aquel pequeño ser que tan pronto se dejaba acunar en brazos como salía disparado creyendo ser un toro bravo para mordisquear el bajo de sus vestidos. Quizá por eso no era de extrañar que tuviese un nombre... ¿Por qué se lo habría puesto? Ahora sería más difícil. Ahora sería imposible soportar los quejidos agudos que impulsaba al aire y la alcanzaban.

Al fin, los chillidos del animal se apagaron con el frío filo del metal atravesado en su garganta. Alma lloró con la vista en el suelo, sin saber si alzarla al cielo o cerrar los ojos. Gimoteó sin cesar, sorbió mocos y refregó los ojos en su falda antes de erguirse despacio. Dio un paso, luego otro mientras componía una mueca de repulsión por el olor a sangre que inundaba la atmósfera del pueblo, antes de salir corriendo.

Ella huía y la noche caía lenta. Las sombras se derramaban sobre pequeñas casas encaladas donde la humedad penetraba sigilosa para exudar miseria. Agua y esporas que anidaban en los rincones devorando paredes frías con círculos inmensos. Un perro gañía acobardado en el escondrijo de una era, mientras dos muchachos celebraban el susto alzando el tirachinas en medio de un arsenal de piedras.

Alma sabía que no tenía que estar allí, que no debía alejarse tanto de su casa, que aquel no era su lugar, pero quería encontrar a su amiga, a esa amiga que era su luz y casi también su sombra, que la acompañaba siempre en los paseos y guardaba los secretos, no fueran descubiertos y pesase sobre ella la condena de no salir en mucho tiempo. La conocía bien. Se conocían. Por eso Alma sabía que hoy ella estaría llorando la muerte del animal en algún sitio de aquella pequeña isla.

Empezó a llover. Primero despacio. Una fina capa de agua acariciaba los rostros expectantes de dos niños. Un tercero soplaba a pulmón a través de una paja hueca a fin de hinchar la vejiga de un cerdo para jugar a chutarla. Alma contrajo el gesto con los desgarradores chillidos aún calientes en los oídos. Risas, un gol por la escuadra, el más pequeño empezó a llorar. La improvisada pelota había salido rodando y debía ir a buscarla.

Alma avanzaba entre los matorrales para evitar ser vista. Seguía al pequeño confiando en que así encontraría a su amiga. Más de una vez la había visto brincando con aquel mocoso, cuidándolo como si de un hermano se tratara, repartiendo con él las rosquillas que sacaba a hurtadillas de la cocina en los oportunos descuidos de la cocinera.

Un despiste. La niña creyó sentir la mirada reprobatoria de una anciana invidente sentada tras una ventana y perdió de vista al niño. Sin saber cómo, se adentró en el patio trasero de una casa. Allí la vegetación era alta, salvaje. Caminó en cuclillas, escuchó voces de adultos y se escondió bajo la lona negra que colgaba del lateral de un cobertizo. Estaba oscuro, olía a excrementos y a sangre. Sintió una arcada. Oyó el sonido de un soplete, la forma en que la llama se movía en el aire y lo contaminaba con el hedor de la piel quemada. Una arcada se abrió paso desde la boca del estómago. Luego otra más violenta. Un latigazo la dobló por la mitad y tropezó con un balde de metal galvanizado que cayó con estrépito sobre el cemento. ¡Maldita sea! Algo caliente se derramó sobre sus zapatos. Apartó la lona, asustada, y vio las tripas del cerdo llenas de heces cubriendo el charol y las hebillas doradas. Dio un salto. Quería gritar, pero se tapó la boca. No podía ser descubierta.

Echó a correr. Atrás dejó la carcasa del animal enganchada por las patas traseras desde lo alto de una viga mientras un hombre se afanaba en quemar las gruesas cerdas que cubrían el cuerpo. Aquella imagen se le clavó en los ojos e impulsó sus piernas de tal manera que creyó volar. Pero solo podía correr. Solo quería correr. Con los puños cerrados, levantó la tela de su vestido a la altura de sus caderas para ganar movimiento. Zarzas, ramas bajas, inmensos helechos y los fríos ojos de una noche que amenazaba tormenta.

Parpadeó varias veces convencida de que no se arrancaría nunca esa imagen del recuerdo, no podría olvidarla. ¿Habría algo peor? «Nada —se dijo—. ¡Nada!», gritó una voz horrorizada en su cabeza. Se equivocaba. Un relámpago rompió impío el firmamento. Levantó las manos y ordenó a sus pies que se detuviesen en el acto, pero el impacto de aquella visión golpeó su cuerpo, su equilibrio, y cayó sobre la hierba mojada. De pronto sus ojos la abrasaban, su boca abierta quería gritar con fuerza. Todo su cuerpo temblaba. ¡Allí estaba! La había encontrado… ¿En verdad era ella?

Rogó, imploró… Al fin gritó con todas sus fuerzas.

Terrible lucidez la que escondían las sombras.

La niña colgaba por los pies cual péndulo a merced del viento. Una herida se abría rojiza y profunda a un lado de la garganta. La cavidad del pecho abierto exhibía sin pudor la ausencia de corazón. Alma reconoció la ropa, reconoció el cuerpo…, no así la cabeza, desfigurada, abrasada, sin cabello ni rostro, pero con un nombre y un apellido tan fuertes que nadie en aquel lugar los olvidaría nunca.

II

El hallazgo

Monasterio de Armenteira
Pontevedra, 2002

El frenético ritmo de las campanas alertó a las hormigas que serpenteaban en fila buscando un rincón en el que desaparecer dentro del monasterio. Con ojos asustados y cogidas de la mano, dos jóvenes religiosas atravesaban el claustro con el miedo huidizo de quien quiere correr y duda si será correcto andar.

—¡Daos prisa! —ordenó la madre superiora mientras agitaba una mano cual molino de viento en un aire húmedo.

Tras ellas, como un enjambre de abejas, el grupo compacto de monjas de más edad apuraban el paso sin perder la rectitud de las espaldas envueltas en confusión, teorías y demás zumbidos.

—Parece que las han encontrado durante las tareas de restauración, ocultas tras una losa —murmuró una religiosa de paso lento y formas generosas.

—Sí, eso he escuchado. Envueltas en telas mugrientas y carcomidas por el tiempo —reforzó la de menor altura y nervios poco adiestrados.

Un cartel improvisado en una hoja de papel impedía el paso a la sacristía.

—Ahí dentro —señaló con poca discreción y un rápido salto de cejas la misma monja de perfil acelerado—. ¿Explicará por qué mató a esa pobre criatura? —dijo, e inmediatamente se santiguó.

—Ya está bien de tanto parloteo —reprendió la madre superiora al tiempo que flanqueaba una puerta para reconducir la curiosidad del grupo—. Aquí no hay nada que ver.

De pronto la puerta se abrió y un hombre con acreditación de prensa del *Faro de Vigo* apareció ante ellas. Las mujeres aminoraron el paso todas a un tiempo, alargando cuellos y ojos hacia el interior de la estancia. Flashes luminosos provenientes de una cámara de grandes dimensiones abarcaban la totalidad de la sacristía mientras el fotógrafo se acercaba cuanto el objetivo le permitía a unas hojas de papel que lucían el amarillo propio de los años. Todas ellas colocadas con sumo cuidado sobre una mesa, una al lado de otra.

Bocas entreabiertas, sorpresa, murmuraciones con mecha corta que corrían veloces entre labios y orejas… «Son esas». «¿Las has visto?». «No me lo puedo creer». El reportero sacó el móvil del bolsillo para hacer una llamada cargada de intención ante los impresionables oídos de las presentes.

—Prepara el titular: «Aparecen los últimos escritos de Guillermo de Foz. ¿Descubriremos la naturaleza oscura de un autor maldito o la sangrienta historia de un condenado a muerte?».

Primera parte
Sombras

Ahí están…, ¡ahí! No me hablan, no se mueven…, sombras que envenenan la mente y maldicen el alma… Me han encontrado.

GUILLERMO DE FOZ

1

Paderne (Vilanova de Arousa)
Pontevedra, 2002

Imposible calcular la fatalidad en nuestras acciones. Eso me digo cada día desde el momento en que llamé a Lalita, mi abuela, para darle una sorpresa y la maté. Sí, porque hoy, después de todo lo que ha pasado, no me cabe duda de que esa llamada detuvo para siempre su corazón. Y sería solo el primer corazón en detenerse en una historia en la que se sucederían terribles muertes.

Busco mi reflejo en el espejo de la habitación y no encuentro el valor necesario para mirarme a los ojos. Al fondo, sobre la cómoda, una urna funeraria me observa esperando el momento de la despedida. Me rompo. El espejo llora frente a mí, un rostro velado por la peor de las agonías en el duelo: la culpa. Esa piedra inmensa que me niego a cargar y, sin embargo, me veo obligada a escuchar sus argumentos para no volver a cometer los mismos errores.

Sobre la cama, apoyada en una mano que tiempo atrás lucía una alianza y ahora solo muestra una huella blanca, despliego a mi alrededor hojas de papel con la firma inconfundible de Guillermo de Foz, un autor maldito cuya historia cambió para siempre mi vida y la de aquellos a quienes más quería.

2

Empezaré por el principio.

Era mi última clase en la Sorbona como profesora en el departamento de Literatura antes de cogerme una excedencia, un año sabático para descansar. ¿O era para pensar? En cualquier caso, al margen del pretexto que pronunciase en voz alta ante colegas, alumnos y familia, necesitaba desconectar, hacer un alto en el camino para coger fuerzas tras separarme de Ernesto.

Así que allí estaba yo, nombrando a grandes autores y autoras entre los siglos XVIII y XX.

—El marqués de Sade, Edgar Allan Poe, Arthur Rimbaud, Charles Baudelaire, Virginia Woolf, Alejandra Pizarnik, ¿qué tienen en común?

Lancé la pregunta a los asistentes y me vi empujada a orientar sus respuestas:

—¿Existe el malditismo o es la llamada locura de los genios la responsable del brillo de su creación?

El debate estaba servido. Había quien aludía a una genialidad incomprendida para la época que les había tocado vivir. Otros apuntaban a una sensibilidad especial para percibir el mundo y al ser humano, para desentrañar emociones más allá de la moral de su tiempo con el arte de moldear pensamientos con letras. Por supuesto, hubo quien señaló la enfermedad mental y hasta la oscuridad de almas atormentadas.

Sin saber cómo, mi cabeza, tal y como venía sucediendo en las últimas semanas, cada vez con más frecuencia, voló a través de la ventana entre recuerdos y nuevas ilusiones que me esforzaba en encontrar. Últimamente estaba demasiado despistada.

De ahí que cuando el alumno que acostumbraba a encadenar preguntas que rozaban la impertinencia levantó la mano para preguntarme por el hallazgo del *Cuaderno de un condenado a muerte* de Guillermo de Foz, un poeta dudosamente catalogado —y descatalogado— como maldito, me quedé en blanco. ¿Cómo era posible? Cierto que la obra de este autor apenas había trascendido, devorada por el crimen que había cometido en 1910, pero aun así, ¿cuántas veces había recitado yo alguno de sus poemas? Podía ser desconocido para otra persona, no para mí. Nunca olvidaría los versos que tantas veces le había susurrado a Ernesto durante nuestros primeros años de convivencia, cuando todavía me escuchaba.

Pero estaba tan desconectada del mundo, tan centrada en levar anclas, que desconocía la existencia de ese cuaderno. Imperdonable. Sonreí con la incomodidad manifiesta de quien no tiene una respuesta clara o, peor, tiene varias y todas tan inconexas como difíciles de refutar. Entonces, el joven del que yo en ese momento no recordaba ni el nombre enumeró las atrocidades que el poeta maldito —o el maldito poeta— había cometido sobre el cuerpo de una joven de trece años.

—Yugular seccionada en un cuerpo sin corazón, colgado como un cerdo por los pies, y el rostro abrasado por el fuego, desfigurado en un grito sordo, silenciado para siempre.

Un embarazoso mutismo recorrió el aula.

—Dígame, profesora Fontán, ¿cómo un poeta tan lúcido y sensible a los misterios de la vida y la muerte de los hombres solo es recordado por un acto tan sangriento? —me preguntó con un punto de afectación en la voz, ausente en la lista del horror que parecía haber declamado.

De esta forma, y muy a mi pesar, la última clase concluyó con una serie de divagaciones e imprecisiones que poco podían aportar a ninguno de mis alumnos, más allá, por supuesto, de intentar salir ilesa de comprometedoras preguntas para las que no tenía respuesta.

Me acerqué a la puerta para despedir a los asistentes, animándolos a estudiar y emplazándolos a vernos con más fuerza el próximo curso. Cuando di el último apretón de manos, vi al otro lado del pasillo al doctor Hervé García, catedrático del departamento y el hombre más respetado de la facultad, pese a tener la misma edad que yo. Me saludó agitando un periódico en el aire.

—Al final lo has hecho, te has cogido ese año —dijo con un halo de tristeza—. Te echaremos de menos por aquí.

—No será más que un año. Sobreviviréis —acerté a decir con una leve sonrisa.

—¿Sabes ya qué vas a hacer en este tiempo?

—Supongo que aprender a vivir sin Ernesto —señalé en un gesto inconsciente la huella reciente de la alianza.

Él bajó un segundo la mirada, como si buscara algo en la punta de sus zapatos.

—Y ponerme al día en literatura.

—Ya he visto el apuro en el que te han puesto.

La expresión de mi rostro lo animó a aportar más información.

—Gabriel Gondar, un alumno brillante, aunque sin mucho tacto. Tengo la suerte de ser el tutor de su tesis. Echaré de menos no tenerte cerca para comentarla juntos, porque tiene intención de trabajar una premisa francamente interesante.

No añadí nada. Sin embargo, mis ojos respondieron a ese sentimiento que se anticipaba a la distancia con la que viviríamos el año siguiente.

Él, quizá incómodo, se dispuso a continuar hablando.

—Sin duda, Gabriel ha leído la noticia, salió en la prensa hace unos días —concluyó y me mostró la portada del periódico.

Leí atenta: «Aparecen los últimos escritos de Guillermo de Foz. ¿Descubriremos la naturaleza oscura de un autor maldito o la sangrienta historia de un condenado a muerte?».

—Qué interesante —musité—. Creo que empezaré por Guillermo de Foz en mi propósito de ponerme al día.

—En ese caso, tal vez te interese saber que el departamento tiene recursos y le gustaría publicar un estudio sobre estos escritos, los últimos del poeta y a los que el autor se refiere como *Cuaderno de un condenado a muerte*. Yo he pensado en ti.

Dudé.

—Lo harías sin presión alguna, con tiempo y estudiando en la tierra del propio autor. No me negarás que es una propuesta endiabladamente atractiva. Solo tendrías que reportarme tus avances vía correo electrónico cada dos o tres días.

Me planteé la propuesta. Dejar mi casa una temporada no me vendría mal. Eran tantos los recuerdos felices que escondían sus paredes…

—Como sabes, todo lo que rodea a la figura de un maldito me seduce mucho.

—No se me ocurre nadie mejor que tú para arrojar algo de luz a esta historia. Y sé que lo disfrutarías.

Me tentó con destreza. Sabía cómo convencerme.

—¿Qué hay de ti? Sé lo mucho que te gustaría retirarte un tiempo a estudiar la vida y la obra de algún poeta. ¿Por qué no Guillermo de Foz? ¿Qué te lo impide? —concatené preguntas.

Metió las manos en los bolsillos como si se escondiera antes de dar una respuesta.

—No puedes hacerte una idea de cuánto me gustaría.

Tragué saliva.

—Pero —ahí estaba el «pero»— soy tutor de varias tesis este año y alguien debe quedarse para echarles una mano —acertó a decir.

Lo premié con una mirada cargada de admiración.

—Además, está Cynthia… —añadí para recordarle la existencia de su pareja.

—Ahora mismo está embarcada en un proyecto de… —resopló con una sonrisa en los labios—, lo cierto es que no estoy seguro.

Sonreí.

—Pero bueno —retomó—, debo insistir en que seas tú la persona que vaya a Galicia, Antía —guardó cierto entusiasmo en la última bala—, estoy convencido de que te sentará bien un viaje a la tierra de tus antepasados.

3

Galicia, 2002

Galicia, tierra de encantamiento y tradición, me recibió con un cielo gris que anunciaba tormenta. Le había prometido a Hervé que profundizaría en la vida y obra de Guillermo de Foz para que alumnos inquietos como el del último día —no olvidaría nunca ese momento—, pudiesen obtener las respuestas que merecían.

Hervé había asumido como propia la organización del viaje: billete de avión a cargo del departamento de la universidad, solo ida; alojamiento en una pequeña aldea cercana al monasterio en el que habían aparecido los escritos de Guillermo de Foz; los pertinentes traslados... Todo, hasta el último detalle, para que me sintiera cómoda.

Lo hizo con el mismo gesto templado con el que me acarició el rostro el día que me encontró llorando en el cuarto de la impresora. Unos minutos antes yo había llamado a Ernesto para decirle que tenía razón, que debía arreglarme más, volver a ser divertida, salir del rincón de la biblioteca, de los libros, las historias y los pensamientos. Comidas, cenas, fiestas, amigos. Estaba dispuesta a todo. A darlo todo, pero era demasiado tarde. Ernesto terminó por dejarme.

Aunque lo cierto era que me había dejado mucho tiempo antes, poco a poco. En la mirada lastimera de quien veía mi cuerpo cambiar, en las despedidas fugaces antes de salir recién peinado hacia el gimnasio, en besos al aire antes de encuentros con amigos y amigas, en los «buenas noches» con medias sonrisas y espaldas frías. Ya no compartíamos momentos de sillón y libro, cenas con vino en zapatillas de casa, excursiones de domingo con Alicia, nuestra hija. Porque teníamos una hija. Aunque hubo un tiempo en que creí que era solo mía.

Hervé había contactado con don Santiago, un profesor de periodismo jubilado con quien había trabado buena amistad mientras disfrutaba de una beca posdoctoral en la Universidad de Santiago. Él y su mujer, doña Edelmira, aceptaron de buen grado recogerme en el puerto de Carril, en Vilagarcía de Arousa, frente a un restaurante llamado A Castelara. Gratamente sorprendida, admiré el porche cubierto de enredaderas, fantaseé entre hojas verdes mientras leía las suculentas sugerencias de la carta y me alejé empujando la maleta con la promesa de regresar para disfrutarlas como se merecían.

Un todoterreno aparcó con suavidad muy cerca. Las puertas se abrieron para que una pareja de septuagenarios descendiese sin prisa. Me quedé mirándolos antes de que ellos me localizaran y disfruté viendo cómo en un gesto inconsciente entrelazaron las manos antes de cruzar la calle, demostrando que cada obstáculo lo sorteaban juntos. En pocos segundos, don Santiago y doña Edelmira salieron a mi encuentro y me saludaron con la mirada relajada de quienes parecían estar en paz con la vida. Sonreí. Eran justo el tipo de personas de las que necesitaba rodearme. Durante un largo y cálido instante, imaginé una estancia idílica de lluvia y recogimiento, sol templado en verdes paseos y deliciosas comidas. Qué grave mi error, de qué forma mi ignorancia velaba los secretos que guardaba aquel lugar.

Don Santiago no tardó en exhibir el amor por su tierra señalándome la isla de Cortegada.

—Nuestra joya verde —dijo.

Una pequeña isla, a la que se refirió como un bosque flotante, que se encontraba a escasos doscientos metros y llevaba casi cien años deshabitada. A principios del siglo xx el pueblo entregó esa tierra al rey Alfonso XIII, confiando su vida a una promesa de prosperidad que les permitiría eludir la siempre triste emigración.

—Una pena que al final todos acabaran marchándose, arruinados por la quiebra de la Banca Barral, la encargada de pagar las indemnizaciones a los pobladores —apostilló muy serio el viejo profesor.

—¿Adónde emigraron? —pregunté con curiosidad, intuyendo la respuesta.

—Algunos salieron hacia Europa: Suiza, Francia, Alemania; pero la mayoría optaron por América: Montevideo, Río de Janeiro..., pero, sobre todo, a Buenos Aires.

Asentí. No eran novedad las olas de emigración que habían llevado a tantos gallegos a buscar trabajo y mejores oportunidades al otro lado del Atlántico. Tan solo en las primeras dos décadas del pasado siglo xx, casi un millón de gallegos habían dejado atrás su tierra a sabiendas de que nunca más regresarían.

—Tal vez en alguno de esos barcos arribaron mis antepasados al Puerto de la Plata —dije con escasa convicción—. Al fin y al cabo, me llamo Antía por mis raíces gallegas. —Don Santiago me miró con interés renovado—. Mi abuela nació en algún lugar de Galicia —añadí.

—Entonces estará emocionada porque estés hoy aquí —asintió en un ejercicio de empatía.

Una profunda melancolía dibujó en mi mente el rostro sereno y risueño de Lalita. ¿Por qué habría guardado silencio siempre sobre su infancia en aquel lugar? En ese momento decidí llamarla. Una insignificante decisión, un diminuto movimiento en el universo que solo perseguía darle una sorpresa y que derivó en terribles consecuencias.

4

Paderne
Vilanova de Arousa

Don Santiago y Edel —apenas entré por la puerta me pidió que la tutease— vivían en uno de esos lugares cercano a los sueños. Un paraje de formas y colores serenos en donde el verde daba paso a la piedra y la puerta a una lumbre que parecía arrebujar los más cálidos recuerdos. Quizá por la chimenea encendida y el crepitar del fuego, o tal vez por la acogedora inmensidad de las paredes cubiertas de libros y salpicadas de fotografías sin poses ni posados, apenas tardé unos minutos en sentirme como en casa.

Fijé la vista en aquellas estampas de felicidad: risas, caricias, abrazos de una pareja joven que traspasaban el brillo del revelado.

Modestos y orgullosos, me enseñaron cada estancia de un hogar lleno de detalles y rincones donde soñar convertidos en ovillo de suave lana hasta conducirme a una habitación en la planta de arriba. Él insistió en llevar mi maleta. Ella me ofreció dulces, empanada, un poco de queso, ¿quizá algo para beber? Decliné agradecida y respondió con un adelanto del festín que me esperaba para cenar.

En cuanto guardé la ropa y mis enseres personales, me senté en un sillón tapizado en terciopelo azul frente a una pequeña ventana con el móvil en la mano dispuesta a marcar el prefijo de Argentina. La voz cantarina y jovial de la recepcionista de la residencia en donde vivía Lalita me saludó con una familiaridad que mi conciencia agradeció enormemente.

—Por supuesto, señora Fontán. Justo anda por acá, de vuelta de su gimnasia.

—¿Crees que está cansada? Podría llamar mañana... —acerté a decir.

—¿Cansada? ¡Lalita tiene fuerza para salir al boliche! —enfatizó la joven.

Escucharla después de varios meses fue una bendición. Era increíble que una mujer que ya había cumplido un siglo de vida conservase tanta energía.

—¡Antía! Mi dulce nena... Pero qué alegría escucharos —exclamó nada más oírme.

—Perdona —respondí en un reflejo culpable—, debería llamar más. Hace ya tantos años que salí de Argentina...

—Nada que lamentar, Antía. El mundo es grande y has de recorrerlo. Y aunque ya me cueste reconocer tu acento, sigues teniendo el corazón porteño —me cortó—. Venga, contame a qué andás.

—¡No adivinarías nunca dónde me encuentro!

—Como no digás que en la recepción o a la vueltita misma de la esquina, me temo no me vas a sorprender —respondió con un leve temblor en la voz que yo sabía que precedía a una risa traviesa.

—Ya quisiera, Lalita. Y aun así, creo que te voy a sorprender.

Hice una pequeña pausa para aumentar la expectación.

—¡Estoy en Galicia! En una aldea diminuta de la provincia de Pontevedra.

Mutismo.

—Aquí están tus raíces, ¿no es cierto? —Esperé unos segundos a que dijera algo y por fin fui yo quien rompió el silencio—. Tengo muchas ganas de conocer este lugar. Se ve hermoso. Tan verde..., pero si hasta tienen un bosque flotante, ¿Te lo puedes creer? Una frondosa isla verde en la ría de Arousa.

—Galicia —musitó nostálgica.

—Sí, Lalita, ¡Galicia! ¿En qué zona naciste? ¿Lo recuerdas?

Lágrimas. Pude escuchar cómo se deslizaban, cómo trataba de contenerlas y sorbía la emoción.

—Galicia —repitió con un hilo de voz.

Me despedí de ella con un sabor amargo en el fondo de la garganta. Tan hondo y tan agrio que al respirar se me clavaba. Dolía. Esa noche no pude dormir pensando en el malestar que le había provocado a Lalita.

En el desayuno, don Santiago me preguntó por la llamada, y cuando le conté lo que había pasado me habló de la morriña, de la *saudade* de la tierra. Dijo que era un mal silencioso que hacía mucho bien al ánimo, un lugar en la memoria al que volver, una casa en medio de una fraga verde, con olor a pinos, rumor de gaviotas y el hermoso canto de la *anduriña* que vuela miles de kilómetros para regresar en invierno. Edel asintió mientras se acercaba con una bandeja desde la cocina.

—Pan recién sacadito del horno —anunció—. Cuidado, que todavía quema.

—Manjar de dioses —celebré.

Alargué una mano para alcanzar una rebanada y justo en ese momento sonó mi teléfono. Apurada, me disculpé.

—Cógelo, podría ser tu abuela —profetizó don Santiago.

No, no era ella, porque ya no volvería a escuchar su voz. La noticia llegaba de Buenos Aires, de la residencia de mayores en la que solo unas horas antes ella hacía gimnasia. Mala señal llamar a otro continente cuando tu reloj marca las cuatro de la madrugada. No necesitaba descolgar el teléfono para saberlo. Qué pronto se aprenden esas lecciones, de qué forma se graban a fuego en la memoria.

—¿Señora Fontán? Lo siento mucho…

No recuerdo si aquella voz afectada dijo algo más. Yo solo fui capaz de escuchar un pésame con eco a desconcierto. Se sucedieron las frases… «Pero si estaba bien», «cierto que era mayor», «pocos llegan a cumplir la centuria», «muy pocos», «afortunada por una larga y feliz vida». «Larga y feliz vida», repetí en mi cabeza. Sentí entonces el calor de las lágrimas y un frío en el alma para el que creía estar preparada hasta que llegó el momento de demostrarlo.

5

Lalita colgó el teléfono con el peso de la tribulación en el ánimo. Les dijo a las enfermeras que estaba indispuesta y pasó el resto de la tarde en su habitación.

—¿Tenés frío? —preguntó la cuidadora al ver que sus piernas temblaban, los hombros subían y el pecho se hundía curvando la espalda.

Negó con un movimiento de cabeza, con ojos taciturnos, emprendiendo un viaje en el tiempo, un largo camino plagado de sombras, de monstruosos recuerdos que se retorcían y apretaban con el plomo y la pólvora quemando sus entrañas.

Tiró de la gaveta de su escritorio e introdujo una mano con dificultad por culpa del seísmo que amenazaba a su cuerpo y a su mente. Alcanzó una hoja de papel, también un bolígrafo y escribió una frase de despedida junto a un nombre y un apellido: «Perdóname, Antía, porque hoy enterrarás a un fantasma».

Después se tumbó sobre la cama, cerró los ojos con la vista en el Atlántico que se extendía profundo y violento ante sus ojos. Sintió el azul y el verde en un cielo que anunciaba lluvia en su mirada, hasta llegar al rojo intenso de una secuencia de imágenes cubiertas de sangre. Su corazón no pudo soportarlo, latió y remó con fuerza, abrió las alas buscando la levedad del aire y en un suspiro desprevenido esa bala escondida en la recámara de sus recuerdos la mató.

6

Entre Galicia y Buenos Aires

Las dos horas que estuve en el aeropuerto las pasé colgada al teléfono explicándole a Alicia las razones por las que no podía viajar conmigo. Ella se encontraba entonces con su padre en Barcelona, donde se había instalado él con su nueva ilusión, Vanesa. Una nueva ilusión, como si existieran las viejas ilusiones. En el podio de los andrajos se encontraban las viejas glorias, las muñecas rotas, pero ¿dónde estábamos las viejas ilusiones? No lo sé hoy como no lo supe el día que me dijo por teléfono: «Eres una mujer maravillosa, pero... No creí que esto nos pasaría a nosotros, pero...». «¿A nosotros?», quise responder; sin embargo, no dije nada.

Fue duro volar sin ella, sin Alicia, decirle que no una y otra vez. Podía entender que quisiera acompañarme, adoraba a Lalita, se adoraban. Además, desde el divorcio había estado muy pendiente de mí. A veces dudaba de quién era la madre y quién la hija. Al final la convencí sin decirle que la causa que motivaba aquella decisión era que a Ernesto le parecía inoportuno modificar sus planes. Porque él era un hombre de planes, de carreteras asfaltadas, sin obras, sin baches y sin cambios de sentido. ¿Cómo renunciar al fin de semana en Port Aventura que había planeado, todo incluido, para que Alicia viajase primero a Madrid y luego volara conmigo a Argentina? ¿Qué importaba que ella también sufriese el duelo, que prefiriese abrazar a su madre para llorar juntas por Lalita? Ernesto consideró que con un par de vueltas en el Dragon Khan se le pasaría. Sin pañuelo, todo recto y a paso ligero. Como si fuera tan fácil superar la partida de alguien a quien quieres.

Alicia. Ella era lo más preciado que me había dejado mi matrimonio con Ernesto. Eso me repetía constantemente por no ver todo aquello que me faltaba desde que él se había ido. Porque durante aquel periodo me esforzaba en prestar atención solo a sus defectos. Nada más que a eso. Me preguntaba si así superaría lo nuestro. Suponía que sí. Estaría bien. Estaría mejor.

Alicia tenía ya quince años, costaba decirlo en voz alta. Y era mucho mejor que cuanto alguna vez había soñado antes de ser madre. El nombre se lo debía a Lalita, la abuela Ali. Imposible olvidar la emoción y los nervios con los que había recibido a su bisnieta en brazos. «Es igualita a mí», repetía sin dejar de mirarla, de hacerle cucamonas que, por supuesto, la niña ni intuía. En aquel momento me sentí plena. ¿Qué más podría pedirle a la vida? ¿Al universo entero? Ver las manos nudosas de mi abuela haciendo pincitas en el aire, moviendo con gracia su espalda, pajaritos por aquí, cinco lobitos por allá. Y sonrisas, muchas sonrisas. Me miraba y yo veía las lágrimas que le rodaban por las mejillas. «Ay, mi Antía —decía—. Que ayer mismo te tenía a ti en brazos y te cantaba las mismas canciones». Y entonces la que lloraba era yo. Quizá las hormonas jugasen su papel, pero eran tantas las imágenes que me venían a la cabeza, tan cálidos los recuerdos de la infancia agarrando esas manos, esos instantes en los que deseaba crecer sin ser consciente de que mi abuela también lo haría.

Así aterricé en Buenos Aires, también en el presente, para abrazar por última vez el cuerpo menudo de Lalita, ignorando por completo todo cuanto iba a suceder. Porque en ese momento, frente a su féretro, con el frío instalado en su piel y en mi alma, yo abriría una puerta al pasado para avanzar a tientas en un lugar oscuro y mohoso, cubierto de sangre, donde tendría que luchar por salir indemne.

7

Enfermeras, cuidadoras, instructores de yoga y hasta un profesor de baile me dieron el pésame en la residencia donde había pasado las últimas dos décadas de vida mi abuela. «Parece increíble, pero si estaba bien», repetían con miradas de incomprensión hasta que alguien recordaba que tenía más de un siglo. Entonces, solo entonces, algún presente abría en un destello la mirada y apretaba los labios deseando en secreto la misma suerte.

Permitieron que me tomara el tiempo necesario para estar a solas con ella. Me acerqué contenida. Le habían pintado los labios de rosa, el color con el que siempre enmarcaba su sonrisa. Estaba hermosa. Parecía dormida. Quizá por eso le cogí la mano, deseando acariciarla, pero un gélido latigazo rompió la fina capa de serenidad que ocultaba torbellinos de agua salada. Dejé que las lágrimas hiciesen su trabajo para aliviar esa herida que gritaba, pues solo de ese modo tendría una posibilidad de curar, de instaurar la calma necesaria para volver a caminar.

De pronto, una mano en el hombro me sobresaltó. Me giré con el corazón bombeando sangre y miedo a partes iguales. Un hombre con terno oscuro y gafas de montura en el mismo color me miraba con gesto de gravedad.

—¿Antía Fontán? —preguntó.

Asentí mientras buscaba un pañuelo de papel en el bolso y, casi sin darme tiempo, me indicó una pequeña sala anexa en la que hablar, con un sofá y una mesa de centro, sin luz natural, sin ventanas. Se presentó diciendo que era el notario de Lalita y, por tanto, el custodio de su testamento y últimas voluntades. Hasta ahí bien. Entendible. Quizá precipitado y falto de tacto, pero entendible. Introdujo una mano en el bolsillo interior de su americana, extrajo un papel doblado por la mitad y me lo tendió.

—Su abuela guardaba esta nota para usted. Según parece, fue lo último que escribió al sentir que le llegaba la hora.

La leí. No era más que una línea de texto, pero me provocó un desconcierto inmediato.

«Perdóname, Antía, porque hoy enterrarás a un fantasma». Y un nombre y un apellido que no identificaba.

—¿Qué quiere decir esto? —pregunté con los ojos enrojecidos y el peso del duelo todavía en la lengua.

El notario no contestó, así que me tocó a mí seguir lanzando cábalas al aire.

—Lalita era una mujer alegre, optimista, ¿por qué habría de referirse a sí misma como un fantasma? ¿Por qué tendría que pedirme perdón?

—Todo a su tiempo —contestó con aplomo.

—¿Y esta firma? ¿Por qué firmó…?

—Es su apellido de soltera. —Zanjó así mis nebulosas divagaciones—. Pero ahora, vayamos con lo más importante.

«¿Más?», pensé. Entonces me trasladó el último deseo de Lalita, un extraño encargo que yo no hubiese sido capaz de intuir ni volviendo a nacer. Apoyó un maletín negro sobre la mesa, lo abrió, rebuscó entre varias carpetas, tomó una en la mano y pareció asentirse a sí mismo antes de empezar a leer en voz alta.

Tal vez por los nervios que me devoraban silenciosos desde la fatal noticia, o puede que por el grado de perplejidad que me provocaba cuanto estaba escuchando, lo cierto es que no reaccioné, o lo hice con tal estupor que el notario me animó a sentarme en el tresillo para decirme cuál era el deseo de Lalita: que llevara sus cenizas a Galicia, a la isla de Cortegada. No pude evitar gritar ese nombre en el interior de mi cabeza. La sorpresa fue mayor cuando descubrí que no solo eran sus cenizas. También las de su madre, mi bisabuela. Tuve que acomodarme en el asiento para escuchar brevemente, de boca de ese hombre, la historia que había detrás de aquella petición.

8

Buenos Aires

Jamás había oído hablar de la madre de Lalita, ni en una anéc-
dota trivial, ni en una historia familiar… Nunca hasta ese día.
De nombre Blanca, había muerto en 1925, a los pocos días de
nacer mi madre —quien sería su única nieta—, sin enfermedad conocida ni causa a la que apuntar. Como si esperara ese
momento desde hacía tiempo. Así, la alborada de un domingo de mayo encontró su pálida piel sin pulso y a ella con los
ojos cerrados. En el funeral, los presentes hablarían del vacío
que dominaba su mirada, en una especie de deambular sin
rumbo con sonrisas a un pasado del que nadie sabía nada.

—No sería la primera emigrada afectada por la añoran-
za de su tierra o de su gente —añadió el notario para mi sorpresa y de su propia cosecha.

A medida que el hombre me detallaba la forma de ser
de Blanca, deduje que Lalita había sido todo lo contrario a
su madre. Al menos, a la madre que desembarcó en Argentina. Porque Lalita era pizpireta, alegre, inquieta. Un remo-
lino de vida.

—¿Por qué querría que las enterrasen juntas en Galicia? —pregunté—. ¿Por qué en Cortegada?

—Porque ese era el lugar de donde salieron tantos años atrás para empezar una nueva vida —señaló el hombre.

«¿Por qué ese hombre sabe más de la historia de mi familia que yo?», me pregunté.

—De esa forma, se cerraría un círculo —continuó el notario, ajeno a las interpelaciones de mi cabeza—. Y, por encima de todo, porque Blanca le hizo prometer a Lalita que llevaría sus cenizas de vuelta a su tierra, a un bosque verde que crecía en medio de una ría azul, justo el lugar en donde afirmaba haber dejado su corazón.

Parecía una bonita historia. Eso debió leer en mi rostro el notario mientras me explicaba sobre un mapa las coordenadas exactas del lugar donde debía enterrar las cenizas de Lalita y de Blanca, si no fuera porque, en realidad y sin ser consciente, me estaba conduciendo al abismo en el que la casualidad me obligaba a fruncir el ceño: ¿Debía enterrar las cenizas justo en la isla de Guillermo de Foz?

9

Don Santiago no tardó en perfilarse como un hombre resolutivo con inusuales dotes para la logística y la intendencia. No necesitó más que una hora para contactar con el hijo de un amigo para que nos trasladase a mí y a las cenizas de mis antepasadas desde Carril hasta el interior de Cortegada. Exactamente el tiempo que me llevó escribirle a Hervé para contarle las novedades de aquel viaje a medio camino entre lo personal y lo profesional que se entroncaba con mi pasado familiar.

El hombre con quien habló, en torno a las cuatro décadas cumplidas, disponía de una pequeña dorna con motor fueraborda que él mismo había restaurado y que, en los meses de temporada alta, alquilaba a turistas y demás veraneantes para hacer rutas por la ría de Arousa.

Aunque encuadrada dentro del Parque Nacional de las Islas Atlánticas desde hacía muy poco, la pequeña isla era propiedad privada. Pertenecía a una inmobiliaria compostelana, tras haber sido comprada a don Juan de Borbón en 1978 con el único fin de convertirla en lo que a todas luces sería otra isla de La Toja. Así me lo había explicado en el trayecto hasta Carril mi anfitrión en aquellas tierras, don Santiago, con un punto de indignación en la voz, para terminar con el esperanzador mensaje de quien aspiraba a recuperar mediante justiprecio la propiedad de la isla para el pueblo de Carril.

Sergio Seoane. Ese era el nombre de quien sería mi compañero de viaje en la breve travesía hasta alcanzar la orilla de Cortegada y que, después, me guiaría hasta el punto del mapa señalado a fuego con tinta roja por el notario de Lalita.

De piel blanca y ojos cansados, vestía pantalón negro de neopreno y una gruesa parka que se intuía pesada. Eché un vistazo al cielo y descubrí con cara de circunstancias cómo una calígine brumosa desdibujaba el horizonte como si fuese una cortina de suaves ondas de agua que, al ritmo del viento, avanzaba hacia la isla.

—Creo que serás la primera pasajera en subir a esta dorna con abrigo de pasarela y tacones —dijo con una sonrisa cargada de intención mientras echaba un vistazo a mis botas.

—Es una gabardina —me defendí hasta que la expresión divertida en su rostro me sacó del error.

—Soy Sergio —se presentó, y me tendió una mano enorme que estreché con fuerza a pesar de que a duras penas conseguí abarcarla.

—Antía —acerté a decir.

—Don Santiago debió advertirte de que hoy hay aviso amarillo por mala mar.

—No importa —mentí—, son unas botas muy cómodas —volví a mentir.

Sin más preámbulos, saltó al interior de la embarcación. Quizá por lo inadecuado de mi calzado para esta excursión, el salto me pareció una proeza y la sorpresa en mi cara debió delatarme. Como en una escena a cámara lenta, me fijé en cada movimiento del pantalón de neopreno de mi acompañante. «Pero por qué lo miro», me pregunté, y una voz me susurró con retintín: «¿Que por qué? ¿Te lo digo en meses o en años? Porque la última vez con Ernesto fue…». Miré a un lado. Creo que hasta puse los ojos en blanco tratando de hacer memoria. Cuando Sergio me ofreció la mano para ayudarme a descender al interior de la dorna me sonrojé. Como si fuera transparente, como si la dueña de esa vocecilla enseñase un muslo en un coqueto parpadeo al más puro estilo Betty Boop. Alargué una pierna, luego la otra y aterricé en la embarcación manteniendo con dificultad el equilibrio para no caer en sus brazos. Algo que sin duda la señorita Boop habría celebrado.

—Qué suerte la mía —soltó Sergio. Sentí calor en las mejillas—. Una autorización para pasear a plena luz del día por Cortegada —explicó—. Ahora, entre que es propiedad de la inmobiliaria y forma parte de Parques Nacionales, nadie sabe a ciencia cierta cómo seguir cuidándola. Porque si no fuera por los cuidados del pueblo de Carril…

—Entiendo —asentí.

—Cuéntame —pidió mientras arrancaba el motor—. ¿Qué te lleva a Cortegada en esta época del año? Los turistas suelen recorrerla en meses con un tiempo algo más amable.

No contesté. Todavía no.

—Imagino que debe de ser importante para que hayas conseguido autorización tanto de Parques Nacionales como de la inmobiliaria.

—Se lo debo a don Santiago. Él habló con el director de Parques y…, bueno, mi ex es arquitecto y alguna que otra vez ha jugado al golf con el presidente de la inmobiliaria en Barcelona, donde ambos residen.

—Vaya, ahora sí tengo verdadera curiosidad por el motivo que te trae a esta isla.

Silenció el motor a varios metros de la orilla.

—Ya hemos llegado —exclamé—. ¡Qué rápido! Y además, ya no llueve. —Sonreí victoriosa y secretamente aliviada.

Sergio saltó al agua, dando sentido al neopreno, por bien que le sentase esa prenda que yo consideraba imposible. Agarró con una mano la dorna y tiró de ella clavando con fuerza los pies en la arena, bajo el agua. Yo me dejé llevar. Como miss Daisy. Una vez en tierra firme, me pidió que le enseñara el lugar exacto al que debía ir.

—Donde se encuentran los robles comepiedras —comentó sorprendido con la vista sobre el mapa.

—¿Qué? —pregunté con extrañeza.

—Robles deformados que van incorporando las piedras a su tronco a medida que crecen.

—Extraño lugar para enterrar unas cenizas —murmuré.

Sergio me miró con profundidad y esta vez sentí que era yo y no Betty quien temblaba.

—¿Unas cenizas?

—Las de mi abuela y mi bisabuela. —Toqué con una mano el bolso que llevaba, como si quisiera señalarlas—. Ambas nacieron en esta tierra y, aunque acabaron sus vidas en Argentina, es aquí donde quieren descansar.

—Ya… —Apartó la vista hacia el interior de la isla—. Hace muchos años, antes de la entrega de esta isla al rey Alfonso XIII, esa zona era un hermoso jardín con rosales donde se citaban los enamorados. Tal vez ese sea el motivo por el que han pedido ser enterradas ahí, y no los robles comepiedras.

Ese comentario me sorprendió, y como un viento frío en la cara recordé las palabras exactas de la bisabuela Blanca, que quería ser enterrada en el lugar donde había dejado el corazón.

10

Isla de Cortegada

Caminamos encadenando comentarios y pinceladas de nuestra vida, por lo demás triviales: «¿De dónde eres?», «por tu acento diría que no eres de aquí», «¿a qué te dedicas?», «vaya, qué interesante…», «¿y tú?», «claro, entiendo, las cosas aquí no deben de ser fáciles para encontrar trabajo».

Pegado a un murete cubierto con mimo de aterciopelado y verde musgo, el camino discurría alternando pequeñas piedras con hojas canela que resplandecían silenciosas hacia el corazón de la isla.

—Pues menos mal que no llueve o esto sería un cenagal. —Sergio aportó este matiz a una observación pasada que, por supuesto, yo ignoré.

—Es una pena que esta isla no se disfrute en otoño e invierno. Su belleza es incuestionable —reconocí embelesada.

Creo que en ese momento él me miró enarcando una ceja.

—Aquí es.

Se detuvo frente a un roble cubierto de tumores que parecía sacado de un cuento tenebroso. El lugar señalado en el mapa se encontraba tras aquel peculiar árbol que se alimentaba de las distintas piedras que encontraba en el camino. No pude evitar dilucidar por un instante qué hubiese pensado Kerouac de aquel viaje, qué alumbraría su mente de haberlo conocido.

—Esta isla alberga rincones muy especiales —añadió con cierto misticismo.

Me impulsé con ayuda de una rama con la robustez necesaria a fin de sortear las piedras que alguna vez dieron forma a un muro y en ese momento semejaban piezas desperdigadas de un puzle. Pese a que la vegetación crecía más salvaje alejada del sendero, tras avanzar un par de pasos encontré un pequeño claro en el que otro árbol centenario preservaba majestuoso su perímetro.

Acaricié la corteza con la levedad de las yemas de una mano mientras escrutaba cada milímetro, cada herida por el paso de los años. Lo rodeé despacio, sin dejar de buscar la última indicación, la señal que alguien habría hecho un siglo atrás y que yo tenía que encontrar. Di con ella. Cerca del suelo, casi pegada a la tierra, una rosa tallada en la madera resistía al tiempo para mostrarme que aquel era el lugar en el que debía enterrar las cenizas de Blanca y Lalita.

Alargué el cuello y busqué a Sergio con la mirada. Él, prudente, me había dejado la intimidad suficiente al alejarse unos metros, sendero arriba, para fumar un cigarro. Provista de una pequeña pala de jardinería, me arrodillé y empecé a cavar. La capa más superficial estaba húmeda. Extraje la tierra con facilidad, pensando en Lalita y en su madre, en el motivo por el cual habrían decidido descansar allí. ¿Habrían sido ellas las últimas pobladoras de aquella isla entregada con falsas promesas a un rey?

Avancé sin dificultad, sin toparme con piedras. Una palada, tierra que yo dejaba a un lado; otra palada, tierra al otro lado; así una y otra vez, pala, tierra, pala, más ritmo, más… Hasta que lo retorcido del destino me hizo encontrar lo inimaginable.

Lancé la pequeña herramienta al fondo del agujero, grité y me levanté de un salto. Me torcí el tobillo en el acto por aquellas malditas botas. Sergio se acercó corriendo.

—¿Estás bien? ¿Qué ha pasado? —preguntó, tendiéndome una mano.

Con la respiración todavía alterada y la mirada en aquel hoyo, me erguí despacio. El tobillo palpitó acalorado en cada uno de los pasos que debía dar para acercarme de nuevo a aquel pequeño abismo.

—Ahí dentro —señalé.

Sergio me miró con gesto de no entender nada, y aun así se puso de cuclillas para descubrir la causa de mi grito. Agarró el mango de madera de la pala y tiró de ella. Precavido, fue subiendo la mano hasta que el metal de la hoja quedó a la vista.

—Pero… ¿¡qué es eso!? —acerté a decir, aunque apenas pude retener una náusea.

Él lo agarró con la mano para liberarlo de la pala que en el último movimiento lo había insertado.

—Es… —dudé—. ¿Realmente es…?

—Un corazón.

11

Román Ruibal, inspector de policía en Vilagarcía de Arousa, no tardó demasiado en acudir a mi llamada acompañado de la forense. Me llevó más tiempo convencer a Sergio de que debíamos dar aviso de nuestro hallazgo a las autoridades competentes. Él insistía en que podía ser el corazón de un animal. «Un cerdo, quizá», dijo. «Como si fuera algo tan normal encontrar el corazón de un cerdo enterrado en una isla deshabitada», pensé.

Sentí cierto alivio cuando el tobillo se fue enfriando y apenas dejó una pequeña hinchazón y poco más que una molestia. Pero mi cabeza ardía. Eché un vistazo al bolsón que me acompañaba para llevar a cabo aquel encargo que había recibido del notario. Dentro continuaban las dos pequeñas urnas. Ese era el lugar en que debía enterrarlas, el elegido por Blanca. El lugar en el que tantos años atrás ella había dejado su corazón. «Su corazón», musitó una voz en mi cabeza. Esas eran las palabras exactas. ¿Coincidencia? No tenía ningún sentido. Aun así, quise creer que lo sería.

Ese día me reservaba más coincidencias. Demasiadas. El móvil empezó a sonar. Vi un prefijo de Buenos Aires.

—Señora Fontán —comenzó diciendo el notario—, ¿ha cumplido con el encargo de su abuela?

—Ha surgido una complicación —no quise entrar en detalles— que espero solventar pronto. Le mantendré informado. Será la primera persona a quien se lo comunique, créame.

—Recuerde que hasta ese momento no podré hacerle entrega del testamento, y para ello deberá personarse en mi despacho o entregar a alguien de su confianza un poder notarial —advirtió antes de despedirse con el mismo tono neutro con el que había comenzado a hablar.

Parsimonioso y curvilíneo, el inspector Ruibal se acercó a ver cómo su acompañante introducía el corazón dentro de una bolsa de plástico transparente.

—¿Crees que es humano? —preguntó.

—No me cabe la menor duda —concluyó la mujer.

—¿Y el resto del cuerpo? ¿Tendrán que excavar toda esta zona? —intervine, preocupada.

El inspector de policía se giró con cara de pocos amigos.

—Disculpe, señora…

—Fontán —añadí, intuyendo la forma en que me invitaría a marcharme.

—Señora Fontán, gracias por haber llamado. Ahora ya nos encargamos nosotros —aseveró con suficiencia—. Sergio Seoane la acompañará de nuevo a Carril.

Acepté la invitación y enfilé el sendero que debía conducirme de nuevo a la dorna.

—¿Quieren mi número de teléfono por si fuera necesario? —pregunté antes de desaparecer.

La forense hizo un gesto hacia el policía y él se acercó de mala gana con una pequeña libreta y un bolígrafo en la mano.

—Usted dirá. —Se dirigió a mí con voz cansada y la punta del bolígrafo apoyada sobre el papel.

Fue al desandar el camino hacia la orilla, con mi bolso y las pequeñas urnas al hombro, cuando fui consciente de que no sabía cuándo podría enterrar las cenizas de Blanca y Lalita.

El sonido de un motor centró mi mirada en el horizonte. Una barca neumática saltaba sobre el mar. Avancé, cruzando las ruinas del poblado hasta llegar a la vieja ermita y sentí aquella embarcación cada vez más cerca hasta que al fin su motor se apagó. Un hombre con una cámara fotográfica se lanzó al agua, saludó fugazmente con gesto torcido a Sergio Seoane y subió a grandes zancadas por el sendero a tal velocidad que ni me vio. Yo, en cambio, sí pude distinguir una acreditación de prensa colgada del cuello. Por la forma en que Sergio me recibió, yo debía llevar el desconcierto dibujado en la cara.

—Seguro que existe una explicación —dijo, y empezó a encadenar frases con diminutos espacios de tiempo entre ellas—. Si este es un lugar tranquilo… Un buen lugar para vivir… ¡Si es tierra de poetas! —exclamó.

—Malditos —añadí.

Sergio me miró con renovada curiosidad.

—¿Cómo dices?

—Entiendo que te estabas refiriendo a Guillermo de Foz, un autor maldito —expliqué.

—¿Lo conoces?

—Soy profesora de literatura en la universidad de París —le aclaré.

—Qué interesante —murmuró—. Aunque, bueno, no sé en París, pero aquí todo el mundo conoce la truculenta historia de Guillermo de Foz, pero de su literatura… poco o nada —se carcajeó al tiempo que arrancaba el motor.

«Guillermo de Foz», susurró una voz en mi cabeza que apuntaba una posibilidad a lo que acababa de vivir en esa isla. Hice en silencio el trayecto en barco hasta Carril. «Blanca, corazón, Cortegada, Guillermo de Foz». Barahúnda de interrogantes que murmuraban enmarañados en mis pensamientos.

12

El rastro de esa hipótesis basada en la casualidad me condujo al interior de una librería en el centro de Vilagarcía. Necesitaba saber más de lo que conocía hasta ese momento de Guillermo de Foz. Encontré un ejemplar de su único poemario publicado y una biografía escrita por un autor de la zona. No sucumbí a las tentaciones de otros libros o a las novedades y me dirigí directa a la caja. Una vez en la calle, como el tobillo se resentía y estaba deseando echar un vistazo a mis adquisiciones, me acerqué a una parada de taxi. Solo aceptaban efectivo.

—Ningún problema —dije al pequeño grupo de tres conductores sentados en un banco de la plaza—. ¿Podrían indicarme dónde hay un cajero?

Los hombres se miraron, fruncieron el ceño y se frotaron la barbilla cada uno a su ritmo mientras intercambiaban opiniones encontradas sobre la mejor opción que ofrecerme.

—Y digo yo que el más cercano será el que está al lado del ultramarinos, ¿no? —indicó el que parecía mayor.

—¿Qué ultramarinos, Manolo? —contestó el que daba la sensación de sumar menos años.

—¡El de doña Engracia! ¿O a qué estamos? Hoy los jóvenes todo lo saben, todo lo entienden… —protestó, dando la espalda a los compañeros mientras buscaba comprensión en los arbustos de un arriate.

—Mira —empezó diciendo el tercero en discordia, alzándose como portavoz—, vas por aquí —señaló con una mano—, derechita, derechita…

—Bueno, *home*, bueno, que coja las curvas cuando las tenga que coger —rio el que se había ido a hacer terapia con las plantas.

Sonreí. ¿Qué otra cosa podía hacer?

—Pero, y digo yo, ¿no será mejor que vaya por la avenida, que llegará antes? —propuso el más joven, dinamitando de nuevo toda posibilidad de avanzar.

—¿Cómo por la avenida? Si ahí con las obras que hay, igual acaba en una zanja. Estos del Concello no saben hacer las cosas con *xeito*.

—Y en tiempo —aseveró el de mayor edad mientras encendía un cigarro.

—A ver, que le vais a poner la cabeza *tola* a la chavala.

Estiré las comisuras de los labios con cara de circunstancias.

—Creo que más o menos ya lo tengo claro —mentí.

—No tiene pérdida —afirmó uno, ya no sé cuál.

Me despedí antes de disponerme a cruzar la calle.

—A ver si tienes suerte y ya lo han arreglado. Ese *carallo* lleva por lo menos dos meses sin funcionar.

La estupefacción se dibujó en mi cara y fue un milagro que no me atropellara un camión. ¿Qué broma era aquella? ¿Dónde había ido a parar? Huelga decir que la precisión de las coordenadas no me condujo a ningún cajero y tuve que volver caminando por el paseo marítimo hasta Carril.

El brillo de un rayo de sol me convenció para sentarme en la terraza de una cafetería, frente al mar y a la isla de Cortegada. A mi lado, en el alféizar de una ventana, un gato negro de brillantes ojos amarillos me observaba. ¿Qué lugar podría ser más acertado para leer la biografía de Guillermo de Foz? Respiré profundamente y abrí el libro. Leí saltando párrafos, buscando títulos, subtítulos, el sumario y en un latigazo me estremecí al leer el poema que tantas veces había recitado a Ernesto. Qué dolor recordarlo. Qué dolor sentirlo en el pecho.

Por suerte para mis anhelos de curación en aquellos lares, encontré al fin lo que buscaba. Con la vista clavada en aquellas palabras, mi piel se erizó y una brisa fría recorrió todo mi cuerpo. Sentí, entonces, una mano en el brazo.

—¡Qué sorpresa! No esperábamos encontrarte en El Gato Negro —me saludó una sonriente Edel.

Levanté la vista y descubrí que donde me había sentado era mucho más que un café-bar. Según rezaba el rótulo, era un centro artístico dotado de cafetería y tenía el mismo nombre que el cuento de uno de mis autores malditos favorito: Edgar Allan Poe.

Con la mirada un tanto descolocada, don Santiago me preguntó por el macabro hallazgo en Cortegada. Ambos me contaron cómo se había extendido el miedo y la confusión por todo el pueblo. La gente murmuraba y se cubría la boca mientras negaba con la cabeza. «¡Un corazón humano!». «¡Humano!». «Pero ¿de quién?». «¿Es posible que haya un asesino?». «No, claro que no…». «¿Y quién sino un asesino entierra un corazón humano?». Vuelta a empezar: «¡Un corazón humano!». «¡Humano!». «Pero ¿de quién?». Las preguntas y el desconcierto se encadenaban en el corrillo de curiosos que se había formado para ver salir del puerto a la lancha de la policía que debía buscar más restos en la pequeña isla.

—Entonces, excavarán toda esa zona —supuse.

—Es necesario para encontrar el resto del cuerpo.

—¿Será alguien de por aquí? Ay, *mi madriña*, Dios nos asista —murmuró Edel—. Qué barbaridad…

Asentí, pensativa.

—Imagino que también estarás disgustada por no haber podido enterrar las cenizas de tus familiares.

—Más bien estoy desconcertada —reconocí—. El corazón apareció justo en el lugar donde debía dejarlas.

—Sí que es raro, sí —dijo Edel—. Además, entiendo que mientras la policía esté trabajando en la zona, tendrás que esperar para llevarlas de nuevo, ¿no?

—Ahora mismo eso es lo de menos —respondí cabizbaja. El profesor debió de notarlo y cambió de tema.

—Así que decidiste ir de compras —restó importancia con la vista puesta en la bolsa de la librería.

—Uy, ¿fuiste andando hasta Vilagarcía? —se sorprendió Edel—. La próxima vez llámanos y te recogemos. Es que aquí sin coche no se puede estar.

—Eso he comprobado. Tendré que alquilar uno. No pensaba teneros también de taxistas. —Sonreí.

—No, qué va, nada de eso. Puedes usar el mío —propuso ella—. Desde que Santiago se jubiló vamos siempre juntos a todas partes. —Lo miró en busca de complicidad, pero él estaba absorto en el libro que había empezado a leer.

—Gracias. Sentaos, por favor, os invito a lo que queráis —dije. Levanté una mano para llamar la atención de una joven camarera.

—¿Qué queréis?

—Unos blancos. Ya sabes, de los de aquí, como siempre —señaló don Santiago al tiempo que ocupaban un par de sillas a mi lado.

La chica sacó una libreta y un bolígrafo y se dispuso a apuntar el pedido. El tintineo metálico de las pulseras llamó mi atención, lo que no pasó desapercibido para Edel.

—Pero bueno, Sandrita, ahora que estás prometida, con ese anillo tan bonito que luces, al menos no lleves tanta bisutería, que aún no sé cómo te encuentras las manos.

Una blanca sonrisa fue toda la respuesta de la joven, potenciando la ya de por sí exultante belleza que poseía.

—¿Y qué? —continuó Edel—. ¿No nos vas a decir quién es el afortunado?

Sandrita sonrió. Sus ojos mostraron el brillo de la ilusión y los pómulos adquirieron un tono más carmesí. Se mordió el labio, como si tratase de contener la alegría que la embargaba.

No podía apartar la mirada de aquella chica, que me hizo recordar la emoción que sentí el día que Ernesto me pidió que me casara con él. Original y atrevido como solo él podía serlo, me sorprendió delante de una puesta de sol sobre Playas Doradas, un municipio de Río Negro, en Argentina. Él estaba haciendo kitesurf cuando fingió haber sufrido un accidente durante la ejecución de un salto y, al ir a socorrerlo, me dijo que sentía algo muy fuerte en el pecho. «¿Te duele?», le pregunté temblando, «¿te duele mucho? Llamaré a los servicios médicos». «Aquí, aquí», señaló un diminuto bolsillo del neopreno. «¿Qué pasa? ¿Qué es eso?». «Cógelo, por favor, es importante», dijo con un ojo cerrado y el otro entreabierto. Y allí estaba, un anillo y las palabras mágicas que me hicieron llorar y querer matarlo todo a un tiempo. Cuánto dolía ahora ese recuerdo.

—Es un chico maravilloso. Pronto sabréis más de él —les contó la joven Sandra a mis anfitriones—. Pero la afortunada soy yo. —Y nos enseñó el anillo con un diamante de gran tamaño.

—Uy, ya veo. —Edel parpadeó como si el brillo de la piedra preciosa la estuviese deslumbrando—. Cuánto me alegro por ti. Te mereces esto y más. Ya puede tratarte bien —añadió con un punto maternal ante el que la camarera no pudo evitar sonreír.

—Os traeré unas tapas —dijo Sandrita

—Si es que…, qué haremos sin ti por aquí cuando te cases —le soltó Edel mirando alrededor—. Uy, qué vacío está hoy esto, ¿no?

—Tenemos la zona de atrás cerrada por las obras de reforma. Además, parece que con eso de que puede haber en alguna parte un loco que entierra corazones, la gente ha encontrado otra cosa mejor que hacer —contestó la camarera.

—Y tú, ¿qué? ¿No le tienes miedo a esas cosas? —la reprendió sutilmente Edel—. Pues por si las moscas, sal a tu hora de aquí y ve derechita para casa hasta que todo se aclare.

La chica asintió lentamente, acatando «el consejo», y se alejó con el tintineo de sus pulseras.

—Nosotros venimos mucho por aquí. Es algo así como un centro social. Este edificio antes era el consistorio municipal de Carril —me explicó Edel— y hoy en día, ya ves, se ha convertido en un centro artístico y deportivo en el que se celebran desde reuniones de vecinos a clases de pintura o literatura.

—¿Qué es lo que estás leyendo? —interrumpió don Santiago con genuina curiosidad—. ¿Guillermo de Foz? ¿Ya has empezado con tu investigación?

—A quién si no voy a leer en este maravilloso lugar, ¿verdad?

Él asintió.

—Qué oportuno en un día como el de hoy —añadió al fin con el ceño fruncido.

—Eso es justo lo que estaba pensando —respondí al tiempo que le mostraba sobre el papel una línea de texto.

Las palabras que marcaban un antes y un después, que podían dar sentido a todo y que solo serían el principio de una historia de terror. «Entrega el corazón y el amor o el dolor escribirán tu historia».

13

Esa era la frase más célebre de Guillermo de Foz. Así concebía él su proceso de creación literaria. Sucumbía a los encantos de una mujer, a un amor que lo embargaba y los sentimientos que brotaban lo desbordaban. Se enamoraba con la fuerza del sol en el estío, su pecho ardía en llamas y creía morir con la fiebre de mil males aquejando su cuerpo. Para él, aquellas mujeres —damas, sirvientas, marquesas e incontables meretrices— eran musas que despertaban su espíritu creativo. Razón esa por la cual les entregaba el corazón, se entregaba él, en cuerpo, alma y, por supuesto, en las letras. Correspondido o rechazado, ese gesto agitaba al poeta y lo arrastraba a escribir; siendo a veces la mano que acariciaba el pétalo de una flor y otras, demasiadas, el puño que encerraba sus espinas hasta sangrar. Y era ese grado de existencia, desde los cielos a las cloacas de un hombre, el que dotaba de clarividencia a su mente y lo llevaba a cuestionar la moral, la religión, el bien y el mal para enfrentarse a todo. Y a todos.

Fragmento de la biografía de
Guillermo de Foz, El corazón del poeta,
de Pedro Quiroga Vázquez

14

Don Santiago y yo leímos juntos la explicación que daba el autor de la biografía de Guillermo de Foz a aquella frase de contenido proverbial. Mientras, Edel se acercó a la barra para reclamar unas tapas.

—¿Crees que puede estar relacionado con el corazón que he encontrado en la isla de Cortegada? —pregunté.

Él se frotó la barbilla, pensativo, y antes de contestar me miró por encima de las gafas.

—El lugar en el que apareció el corazón era antes un jardín con rosales al que acudían los enamorados a pasear lejos de ojos curiosos, ya entiendes. —Bajó la cabeza para acentuar su mirada por encima de la montura metalizada.

Me estaba confirmando lo mismo que ya me había comentado Sergio cuando me indicó dónde tenía que enterrar las urnas.

La camarera, seguida de Edel, se acercó con unos mejillones a la vinagreta.

—Prueba uno —me animó la joven.

—No, gracias. No tengo hambre. —Tenía muy reciente todavía la imagen de ese corazón en la retina.

—Esto se come sin hambre, es agua —afirmó Edel, llevándose uno a la boca—. Después ya comeremos de verdad en casa.

Don Santiago carraspeó en calidad de sutil protesta ante la interrupción de su esposa.

—Por mí continuad, continuad —insistió su mujer entre risas.

—Ese jardín, por tanto, era donde Guillermo de Foz llevaba a sus amantes.

Bajé la vista a la mesa durante unos segundos.

—Entonces —comencé, dubitativa—, si mi bisabuela quería ser enterrada en ese lugar, si dijo que había dejado ahí su corazón...

—Es probable que ella fuese también una de las muchas jóvenes que paseaban del brazo de sus enamorados por ese jardín, pero no necesariamente que tuviese algún tipo de relación con Guillermo de Foz.

Respiré tranquila. Aunque solo en parte.

—Pero ¿por qué ha aparecido ese corazón hoy?

Él se subió las gafas al puente de la nariz.

—De eso ya no estoy tan seguro.

Guardamos silencio. Edel se comió el último mejillón y nos miró a uno y luego al otro.

—Oye, ¿te gustaría ver la tumba de Guillermo de Foz? —me preguntó.

—Mejor otro día, Edel —contestó don Santiago—. No quiero que se haga muy tarde para coger el coche hacia Paderne.

—Digo yo que aún queda mucho día, ¿no? Seguro que a Antía le gustará verlo. No es gran cosa, pero si quieres documentarte bien sobre él... Cuando menos, es interesante.

Don Santiago ladeó la cabeza y se rindió.

Justo en la puerta del cementerio me sonó el móvil. Reconocí el número del teléfono que llamaba y pedí a mis acompañantes que se adelantasen.

—Id avanzando. Enseguida os alcanzo.

Descolgué y dibujé una sonrisa al reconocer la voz que me hablaba desde el otro lado. Hervé me dio el pésame por Lalita, diciendo lo mucho que sentía el dolor de mi pérdida, para continuar preguntándome por lo que había sucedido aquella mañana.

—¿Cómo es que estás al tanto de eso? —le pregunté, realmente sorprendida.

—Escribí un correo a primera hora del día a don Santiago para saber si ya tenía en su poder una copia del *Cuaderno de un condenado a muerte* de Guillermo de Foz y me ha contestado esta tarde poniéndome al corriente de las novedades, incluida la más relevante: tu horrible hallazgo. ¿Es verdad que había un corazón humano en el lugar donde tenías que enterrar las cenizas de tu abuela y bisabuela?

—Ahora que lo has dicho en voz alta suena todavía más increíble —musité—. Pero sí, así es —me limité a afirmar.

—Qué curioso. ¿Conoces la célebre frase de Guillermo de Foz? «Entrega el corazón y...».

—«... el amor o el dolor escribirán tu historia» —terminamos la cita al unísono.

Sonreí. Sé que ambos lo hicimos.

—Sí, la conozco.

—Imagino que ahora tienes aún más ganas de saber todo lo relacionado con ese autor. Pues estás de suerte, me ha dicho don Santiago que esta noche te va a entregar por fin la copia de su cuaderno.

—Estoy deseando empezar a leerlo. ¿Y si te cuento que ahora mismo me encuentro en el cementerio donde está su tumba?

—Lo que daría por estar contigo y comentar su obra juntos.

No contesté de inmediato.

—Tendrás que conformarte con lo que yo te cuente.

Nos despedimos con frases tópicas y corteses, un «seguimos en contacto», «ánimo con la tesis de tu alumno», «no trabajes mucho, recuerda que estás en tu año sabático», «descuida», pero terminó la conversación con instrucciones muy precisas: «Para cualquier cosa, llámame. Recuerda, para cualquier cosa. No lo olvides, mejor utiliza el móvil. Para todo lo demás relativo a la investigación, ya sabes, correos electrónicos».

15

Es muy posible que hubiese estado al teléfono más tiempo del que creía con Hervé. Tampoco es que eso fuera una novedad. Teníamos facilidad para hablar, compartíamos intereses y lecturas y hubo un tiempo en el que también muchas cenas. Nunca solos. No. Aunque a veces teníamos la sensación de estarlo. Acostumbraban a ser cenas con compañeros de la universidad, o con los benefactores del departamento para recaudar más fondos, pero sobre todo, cenas con Cynthia y con Ernesto. Cenas de parejas en las que, sin darnos cuenta, desconectábamos para sumergirnos en la lengua de las pasiones humanas que tan bien describirán siempre los poetas.

Ernesto había conocido a Hervé en el club de tenis al que iba a jugar cuando llegamos a vivir a París. Pronto congeniaron y forjaron una amistad. Fueron los años en los que me quedé en casa cuidando de Alicia mientras terminaba el doctorado. Una época maravillosa e increíblemente dura. Yo llevaba dos años sin dormir. Los mismos que tenía Alicia. La niña lloraba y se despertaba cada noche. Ernesto tenía un trabajo —con un horario, matizaría ahora— y además él traía el salario a casa, por lo que yo solo podía disponer para mi tesis del tiempo que quedaba. Horas sueltas entre tomas, con bostezos y a veces ganas de llorar. Ernesto se preocupaba, decía «te veo mala cara», «deberíamos salir a cenar», «¿y si quedamos con amigos?», «como antes» …, «como antes». *Antes…* Una palabra que hacía alusión al tiempo. Un tiempo pasado con pasados condicionantes. Una palabra que admitía mil accesorios con los que mutilar el presente y a nosotros. Un lugar en el que habitaban seres que ya no existían, en donde «yo» no estaba y «tú» tampoco. Poco más que un recuerdo al que no se podía volver y al que no deberíamos querer volver.

Tras esas conversaciones con Ernesto yo accedía a preparar cenas de las que no disfrutaba, en las que me sentaba en unos intervalos de escasos minutos, con la comida siempre fría en el plato y sin entender nada de lo que hablaban aquellos adultos sin hijos. Cynthia me miraba con la incomprensión de quien no concebía que una niña de dos años no durmiese en su cama, que mi vestido tuviese manchas de leche y no pudiera acudir a esas clases de yoga que estaban tan de moda. «Deberías reservar tiempo para ti en tu agenda». Yo adoraba a Cynthia. *Antes…*

Hervé no decía nada. Se limitaba a observar en silencio con la misma atención con la que leía a Baudelaire o a Rimbaud en su despacho, buscando el matiz y el destello en la niebla. Por su parte, Ernesto se parapetaba en el pretexto de que la niña solo me quería a mí. «Yo iría, pero total no va a dejar de llorar y vas a tardar menos en calmarla tú». Yo asentía con ganas de llorarle a él, allí mismo, en medio de la cena, a ver si era capaz de calmarme. Pero me lo decía dándome un beso, de esos que me hacían pensar en *antes* y que yo agradecía tanto que mi garganta enmudecía.

Al salir de la habitación de Alicia sonreía triunfante para animarme a sacar unas copas para los invitados. «Estoy tan cansada…», le habría dicho si no hubiese temido esa desilusión que al final acabó llegando. Así entraba yo en la cocina, con el corazón de «hoy» en una cena de *antes* para divertirme al lado de la lavadora con los ojos cerrados. «¿Qué tal estás?», me preguntó una noche Hervé al encontrarme en ese limbo existencial al que yo me exiliaba y, sorprendida de ser «vista» y «encontrada», respondí hablándole de la tesis doctoral que estaba preparando. Una conversación que viró cuando debía virar. «¿Cómo la llevas?». «¿Sobre los autores malditos?». «¿Qué opinas de la concepción del malditismo en la poesía y la literatura?». «¿Sabes que a mí también me gusta...?». «Sí, también a mí». «De hecho, siento especial debilidad por...». «¡Yo también!». Congeniábamos. De hecho, fue él quien se jugó la reputación en la Sorbona para que yo entrara a dar clases como profesora. Sí, fue él.

16

La oscuridad y la niebla habían descendido sobre la tierra que daba calor a los muertos. La iluminación en el cementerio escaseaba y se suspendía como una nube amarilla en lo alto de las farolas. Avancé buscando a Edel y a don Santiago, atenta a dónde pisaba, no fuera a tener otra desafortunada torcedura en el tobillo. Fue pensarlo y me tropecé con el saliente marmóreo de una lápida. Apreté los labios y respiré profundamente para continuar caminando. Entonces caí en la cuenta de que podía accionar la pequeña linterna del móvil. No es que fuese gran cosa, pero serviría para no terminar el día con escayolas. Nada más encenderla, los ojos de un gato brillaron desde un pedestal antes de saltar apuntándome con las garras. Asustada, me cubrí la cara con un brazo y el teléfono salió volando. Definitivamente, no estaba siendo mi día.

Creo que solté un bufido antes de moverme en la dirección que marcaba el tenue haz de luz de mi teléfono. Había caído a los pies de un panteón de gran tamaño con la escultura de un ángel en mármol blanco.

—¡Estamos aquí! —Edel llamó mi atención moviendo una mano en el aire a escasos veinte pasos.

Recuerdo que los miré mientras andaba, que me agaché a recoger el móvil y, por supuesto, recordaré siempre que fue ahí donde leí un nombre cincelado con esmero en la piedra. «No puede ser». Metí la mano en el bolso mientras buscaba a tientas un pequeño compartimento en el que había guardado horas antes algo que no entendía, pero sabía que era importante. Tan importante como para haber sido las últimas palabras de Lalita. Lo último que ella necesitaba decirme. «Perdóname, Antía, porque hoy enterrarás a un fantasma».

—¿Todo bien? —preguntó don Santiago.

Él y su esposa se habían preocupado al ver que yo no salía a su encuentro y ya estaban a mi lado.

—Antía, ¿estás bien? —insistió ella mientras me tocaba el brazo para sacarme del trance.

Don Santiago leyó la lápida en el interior del panteón y dijo:

—Es ella.

Yo bajé la vista al papel y volví a leer la inscripción en el mármol.

—Alma Barral —leyó Edel en voz alta.

El silencio lo inundó todo.

—Alma Barral —repitió con los ojos abiertos, dirigiéndose a su marido.

—La chica a la que asesinó Guillermo de Foz —contestó él.

Después me miró sin entender. Escrutó mis ojos perdidos y descendió hasta llegar a la mano que sostenía un papel. «Perdóname, Antía, porque hoy enterrarás a un fantasma. Alma Barral».

—¿Qué es esto? —preguntó don Santiago con mirada inquisitiva.

—No lo sé.

17

Me gustaría decir y recordar que el camino hasta Paderne fue tranquilo y silencioso, pero después de llamar al notario de Lalita y que él me confirmara que su nombre era Alma Barral, eso no fue posible. ¿Cómo podía ser que yo no supiera que mi abuela se llamaba Alma y no Alicia? Mi abuelo la llamaba Ali, y desde que nací siempre la llamé Lalita. ¿Por qué nunca me sacó del error? Pero si le puse a mi hija Alicia creyendo que ese era su nombre... Las preguntas se sucedían en mi cabeza una tras otra hasta terminar implorando con la vista puesta en la oscuridad de aquella noche: «Mi querida Lalita, ¿qué secretos te has llevado a la tumba?».

Edel no podía dejar de darle vueltas en voz alta.

—Uy, pero cómo va a ser tu abuela Alma Barral... Alma Barral, la hija del dueño de la Banca Barral, de Benigno Barral, murió en 1910. De eso no hay ninguna duda. Fue el depravado de Guillermo de Foz, un loco, que no digo yo que no escribiese bien, pero era un perdido, una oveja descarriada de nuestro Señor quien la mató...

Eso mismo gritaba una voz en mi interior: que no era posible. Don Santiago conducía en silencio.

—¿Cómo va a morir una persona dos veces? —insistió Edel—. Eso no tiene sentido. Debe de tratarse de otra Alma Barral. Tú, tranquila. —dijo al tiempo que se giraba desde el asiento del copiloto para mirarme con ojos maternales.

Una vez en casa, subí a la habitación con pocas ganas de comer. Tampoco me apetecía continuar hablando, y mucho menos elucubrar más posibilidades. Llamé a Ernesto con la intención de escuchar la voz de Alicia. Ahora entiendo que fue un error.

—Oye, Antía, siento mucho lo de tu abuela. Era una buena mujer. Por suerte tuvo una vida larga y feliz—me dijo Ernesto. Reconozco que agradecí sus palabras, hasta que decidió estropearlo—, pero entenderás que no son horas de llamar para hablar con la niña. A Vanesa le gusta cenar pronto; de hecho, deberías tenerlo también en cuenta, porque es más sano, más recomendable para estar en forma, ya sabes… Sobre todo, a partir de determinada edad.

«Determinada edad», me dijo. ¿Cuántos años se creía que tenía? Pero si él era cinco años mayor que yo.

Solté todo el aire que pude por la nariz y un azufre silencioso invadió cada rincón de la habitación.

—Por supuesto, Ernesto. Eres afortunado de tener a alguien con vocación de geriatra en casa. Te vendrá bien —liberé cual presa de agua hirviendo—. Dile a Alicia que la llamaré mañana —me despedí sin dar tiempo a que él añadiese nada más.

Resoplé con el hormigueo de la contienda recorriéndome el brazo que había sostenido el teléfono y, de algún modo, también aquella conversación. Me dirigí a la puerta con intención de ayudar con la cena, pero justo antes de echar la mano al pomo vi cómo este se giraba. Di un paso atrás, con la vista puesta en aquella bola dorada que parecía resistirse. Transcurrieron unos segundos hasta que don Santiago apareció en el umbral con una mano apoyada en la jamba de madera. Me miró con gesto sobrio. Llevaba una carpeta en la mano.

—No he tenido tiempo de encuadernarlo —se excusó—, pero ya me han enviado una copia desde la universidad.

Había llegado el momento. Yo ya no bajaría a cenar.

Segunda parte
Rosas

Rómpanse los cielos y el infierno a mis pies
se abra.

GUILLERMO DE FOZ

¡Todavía si supiera cómo lo hacen, de qué forma se muere uno ahí encima! Pero es horrible, no lo sé.

Víctor Hugo

También contigo se atrevió la diosa de la muerte, la que carece de nombre y es llamada destino.

Friedrich Hölderlin

Los senderos son ásperos. Los montículos se cubren de retamas. El aire está inmóvil. ¡Qué lejos los pájaros y las fuentes! Tiene que ser el fin del mundo, si avanzamos.

Arthur Rimbaud

18

Paderne

Esta había sido la secuencia de acontecimientos que me habían traído hasta la habitación en la que me encontraba. Estaba sentada en la cama, con las cenizas de Lalita y de Blanca mirándome desde lo alto de la cómoda, con ese enigmático mensaje firmado con el nombre de Alma Barral —a la sazón, mi abuela— y a punto de comenzar a leer el *Cuaderno de un condenado a muerte* de Guillermo de Foz. Ya no solo se trataba de una cuestión de literatura. Ni tan siquiera del horrible suceso en el que un corazón había sido enterrado bajo una rosa. Tenía que ver con la historia de Lalita.

Cuaderno de un condenado a muerte
Guillermo de Foz

A mi hermano, padre Danilo de Foz.
Pedid la salvación de mi alma con la misma entrega de
las conciencias que gritan enardecidas al sol.

Así empezaba aquel cuaderno escrito años atrás por un maldito.

Hoy la rosa está marchita. Las ominosas sombras cubren el jardín al que mi mente se abandona. Chacales y coyotes aúllan fuera, mordiendo la hierba sobre la que ayer me tumbaba a ver estrellas. ¡Qué torpeza la de sus garras arrancando pétalos a las flores, flores a la tierra y esta tierra de mi alma! Será que hay más belleza en la muerte que vida en este muladar.

Me alejaré al fin. Mi carne se pudrirá y seré pasto de historias viejas al calor de la lumbre. Solo la naturaleza amorosa y oscura abrazará mi tumba para volver a la vida. Ella, que es refugio renovado, serenará mis ánimos cuando el ruido corrompido pregone al Éter mi suerte. ¡A la horca, al garrote, acabad con él y devolvedlo al infierno!

Pero ¿dónde he vivido si no ha sido un infierno? Un cementerio, eso ha sido. He paseado entre muertos viendo al grano hacer montaña para sepultarse.

Es tiempo de hacer memoria. De contar mi historia, aunque llegue tarde. Pocos serán los interesados en leerla, pues son demasiados los que todo saben, sin leer ni escuchar. Un solo indicio es suficiente para condenar a un hombre y enviarlo a la muerte. Qué fácil resulta lo que por naturaleza es difícil de entender. En ella cabe la belleza de una rosa y la sangre de quien alimenta al monstruo, pero ¿y el monstruo? ¿Forma él parte de la naturaleza?

Frecuenté noches enteras y entregué cuanto tenía por el calor de un cuerpo al amanecer. Quizá por temer a la soledad o a las enseñanzas que, siendo niño, no quise aprender. Ellas, mis musas, con la turgente lindeza de un suspiro que el aire puede vencer, me miraban, dejaban caer sus ropas y en dos tragos de un lenitivo extraño parecían desaparecer. Las amé. No a todas, claro está, pero sí a muchas. A quienes en miradas tristes y más umbrosos humores sonreían desnudas, sin reconocer sus cuerpos, a la noche oscura ni a la luz del sol.

Era a ellas a quien besaba sintiendo calor en mis labios y a las que ofrecía mis manos por el placer de sentir lágrimas en sueños convertidos en lodazal.

Hoy me esfuerzo en buscar con la mirada el rastro de vida que las rosas lloran a la luna. Un pájaro ha cantado frente a los barrotes que menguan mi ánimo y recuerdan con acero la consecuencia de mis actos. Lejos, más allá de estas piedras, sé que está ella. Ella. La mujer que más he amado y la única que ha amado cuanto soy. Maravilloso encuentro el del polvo de estrellas que se sabe semejante y con semejanza se funde para vivir y morir. ¿Qué más podría pedir? ¡Libertad! Esa que nunca tuvimos.

No precipitaré cuanto he de contar en esta historia. Lo necesito. Necesito escribir para entender y entender para explicar. Explicártela a ti. A ti es que hoy te lo confieso todo.

Escribiré este cuaderno maldito con las más abominables confesiones para que un día, ese que la suerte sentencia cercano, mi alma vuele libre dejando atrás el mal de esta carne y Roncal, mi fiel criado, te lo entregue sin más intención que hallar perdón en la nada más absoluta.

Soy culpable. ¡Culpable! No necesito a un dios o al diablo con sus premios ni castigos.

Sé que soy culpable. Yo entregué su corazón.

¿Su corazón? Estas palabras retumbaron en mi cabeza al conocer la respuesta. Debía referirse al corazón de esa pobre joven llamada Alma Barral. El mismo que figuraba en la documentación oficial de mi abuela. ¿Qué tendría que ver con ella? ¿Se trataría de una coincidencia? En los pueblos, los apellidos se repetían a medida que hijos y nietos se casaban e iban formando núcleos familiares. Acabaría encontrando la explicación, porque si algo estaba claro era que Alma Barral había muerto en 1910 y Lalita, en 2002. La primera, demasiado joven; la otra pasaba a la historia como una de las porteñas más longevas.

19

Paderne

Continué leyendo, deseosa por esclarecer el pasado de Alma Barral. Algo me decía que solo cuando tuviese toda la información sobre la víctima de Guillermo de Foz, podría entender el pasado de Lalita en esta tierra. No sería tan fácil. Él, de momento, no me contaría nada más, todavía no. Antes necesitaba escribir sobre ella, su rosa más preciada. Necesitaba contar su historia.

Las primeras veces que la escuché hablar en medio de hombres sordos, incapaces de ver más allá del movimiento de sus labios y de sus caderas, me sentí alcanzado por una extraña fuerza. ¿Quién era la que hablaba? ¿Quién la que dulcificaba el ácido aliento de mis palabras, de mis pensamientos?

Mi mano tiembla, dudo si podré seguir escribiendo en esta celda de pútridos encuentros entre parcas y largos minutos de piedra… Oh, luces cegadoras que arañáis mis fuerzas, dejad que cuente esta historia, que muestre el único destello de vida en el ánimo de un condenado a muerte.

Fue escucharla y sentir la unión de nuestras almas. La reconocí como reconozco mi rostro en el reflejo del agua más clara. Sin saber su nombre, la llamé Diotima, pues por ella aprendí lo que era amar, como en su día Sócrates debió entenderlo y como el alma atormentada de Hölderlin decidió grabar con oro de dioses en la Historia de las Letras.

«Diotima de Mantinea», susurré sabiéndome en soledad antes de recordar lo poco que la Historia guardaba de la sacerdotisa que había instruido a Sócrates en la genealogía del amor. Más interesante todavía, si cabe, había sido el uso de la figura de Diotima por Friedrich Hölderlin, el magnífico poeta alemán que, a finales del siglo XVIII, estando perdidamente enamorado de una mujer casada, le dedicó su más célebre obra, *Hiperión o el eremita en Grecia*, con el nombre en clave de esta sacerdotisa griega.

Ella sintió lo mismo. Lo supe al mirarla a los ojos en nuestros breves encuentros en el balneario para hablar de literatura, mientras otros disertaban sobre política y economía con el interés soterrado de quien quería alcanzar ventajosos contratos. Contratos...

Intercambiamos ideas y pasiones, desde filósofos a poetas. Llegué a creer en la suerte, en esa dama caprichosa que al mal que acariciaba mis sueños más perversos pondría fin de una vez por todas.

Me equivocaba... El tiempo que esa bruja nos regaló fue más breve que el largo suspiro en el que hoy me permito arrullar el recuerdo.

Porque su destino lo cerraba un contrato. Un contrato de matrimonio. Negocios, nada más que negocios. ¿Cómo renunciar al banquero y permitir que entregase su vida a un poeta? Nunca lo consentirían.

Oh, triste ensoñación del instante, del brillo errante, amante cruel... ¿Acaso loco es cuanto soy?

¿Será por no aplaudir los tratos de los hombres? ¿Por asentir al búho, conocedor de la noche oscura y a cuantos abismos oculta en resplandor el sol? ¿Será por negarme a entender que poco tiene que ver amor con matrimonio?

Así yo debía aceptar la unión de la mujer que amaba con un hombre que la tocaría sin verla; un lobo que la devoraría sin mirarla a los ojos, como hacía con cada proyecto que emprendía, cargando sobre hombres y mujeres losas tan pesadas como las que encierran mis sueños en esta celda. Dime, hermano, Danilo, ¿cuántas confesiones te han llegado de hombres así? ¿Cuántas no te llegarán nunca?

¿A qué se refería el poeta? ¿En qué tipo de proyectos estaba metido ese banquero?

El banquero era insistente. Qué decir del marqués o de Figueredo. Querían mis tierras para entregar la totalidad de Cortegada al rey. Su Majestad estaba disgustado. Disgustado... La seda de sus sábanas advertiría estrecheces en las lindes de sus propiedades, las exquisiteces de sus platos no se asentarían con holgura en mesas de noble madera, perdería el ánimo por el brillo de la luna, por la luz del sol.

Oh, la luz del sol... Cierro los ojos y busco su caricia antes de enfrentar la hopa del ajusticiado.

Llegaron a ofrecerme más dinero que a los Mosquera. Mucho más. Provocando un enfrentamiento que derivaría en fatales consecuencias.

Escupí a su propuesta. Como si el dinero lo comprara todo. Maldita sea. Maldigo mi moral y mi falta absoluta de ella, pues soy un necio, ¿Quién, sino el dinero, permitió a tan despreciable ser encontrar cada noche a mi Diotima en su cama? Quisiera arrancarme los ojos si con ello desterrase de mi cabeza la horrible visión que estoy padeciendo. ¡Aleja tus manos, Barral, bestia informe de mirada perversa!

La amante de Guillermo de Foz era la esposa de un banquero, de Barral. Debía ser entonces Benigno Barral. Abrí mucho los ojos por los efectos de aquella revelación, por lo que implicaba. El autor maldito había asesinado a la hija de su amante.

Me negué a renunciar a ella. Jamás. ¿Quién sino un loco para enfrentar el destino de las almas que habitamos insondables abismos? ¿Por quién, sino por ella? Poco importa no haber sido dueño de sus labios o su cuerpo más que en fugaces encuentros, si en mis oídos sus palabras cobraban sentido de universo.

Oh, mi Diotima, diosa a quien hoy rezo necesitado de la benevolencia de los recuerdos que nos regalamos. Lo hice por ti, por nosotros, y volvería a hacerlo.

Que el firmamento entero llore mi muerte, yo ya ardo en el infierno.

20

Paderne

Envié el primero de una serie de correos electrónicos a Hervé para hablarle sobre la lectura del *Cuaderno de un condenado a muerte*. En él recogí las novedades respecto a su amante y a los conflictos que tenía con gente poderosa de la zona a causa del proyecto para donar Cortegada al rey, pero lo más llamativo sin duda era el espíritu atormentado de aquel autor maldito, la forma en que canalizaba el dolor en sus letras, la incomprensión de su tiempo y de la moral, mientras abarcaba la vida y la muerte en cada pensamiento.

Bajé a la hora del desayuno. Don Santiago leía el periódico frente a la chimenea.

—¿Café? —me preguntó, haciendo ademán de levantarse—. Edel está fuera, en el huerto.

—Descuida, yo me lo sirvo.

En la encimera de la cocina, Edel había dejado cubierto por un paño pan recién hecho y un poco de mantequilla. Sonreí para mis adentros, agradecida.

—¿Alguna novedad sobre el hallazgo de ayer? —pregunté al tiempo que tomaba asiento al lado de don Santiago.

—Como era de esperar es noticia de portada, imagen del corazón incluida —dijo, moviendo la cabeza en un claro gesto de desaprobación. Después leyó—: «Aparece un corazón humano en la isla de Cortegada».

Se giró hacia mí para mostrarme el titular. Yo me acerqué.

—¿Incluyen una entrevista a Sergio Seoane? —me sorprendió.

—Imagino que a Julián Mosquera, quien firma la noticia, no le habrá resultado muy complicado dar con él. En esta profesión nos conocemos todos.

Ese comentario me hizo recordar al periodista, cámara en mano, que saludó con mala cara a Sergio antes de avanzar sendero arriba hacia el roble comepiedras, la zona donde había aparecido el corazón.

—Este hombre acostumbra a seguir con mucho interés todas las novedades relacionadas con Cortegada —continuó don Santiago—. Está muy interesado en la recuperación de la isla para el pueblo. Por eso no es de extrañar que haya hecho un reportaje a doble página. Fíjate en lo que dice —me enseñó tras una pausa— y en cómo lo dice:

El macabro hallazgo que ha tenido lugar en este paraje de singular belleza recuerda inevitablemente a lo sucedido en 1910, cuando la joven Alma Barral apareció asesinada con una crueldad inusitada a manos del poeta Guillermo de Foz. Año sin duda de fatalidades para esta tierra que, tras donar su querida isla de Cortegada a Alfonso XIII para que comenzasen lo antes posible las labores de construcción de su palacio de verano, contemplaba con estupor e impotencia cómo Su Majestad aceptaba con una mano el palacio de la Magdalena como retiro para la temporada de solaz veraniego, mientras que con la otra guardaba en el interior de su pechera la escritura definitiva de la donación a su nombre y no al de la Corona, tal y como el monarca por boca de sus adláteres había exigido.

Abrí los ojos con asombro.

—Vaya, sí que golpea duro este Mosquera —señalé. Luego me quedé pensando un segundo—. ¿Mosquera has dicho?

—Sí, Julián Mosquera, periodista del *Faro de Vigo*.

—Guillermo de Foz habla de los Mosquera en su cuaderno. Menciona un conflicto a raíz del pago de unas tierras. Parece ser que...

—Deja que te cuente —comenzó don Santiago después de apoyar la espalda en el sofá—: La familia Mosquera, al igual que otras, entre ellas la de tu autor maldito, era dueña de algunas parcelas en la isla. No faltaron medios en la época para animar a la iniciativa popular y proveer a los reyes de España de un palacio para que veranearan en la «exótica» Galicia. Según decían los periódicos, la donación sería muy provechosa, ya que hasta aquí se acercarían otras casas reales, con sus cortes, políticos y empresarios. La sangría emigratoria se cortaría porque los jóvenes encontrarían prosperidad en la puerta de casa: toda la zona de la Arosa ofrecería oportunidades de trabajo. Así se fue gestando un auténtico proyecto empresarial y político en torno a la isla de Cortegada.

—No imaginaba que hubiese sido un proyecto tan ambicioso —apunté.

—Debes entender que a finales del XIX Vilagarcía de Arousa florecía. La Concha de Arosa, el gran balneario que ocupaba parte de su costa, albergaba encuentros de políticos, banqueros, aristócratas y hasta figuras literarias de la época.

—Imagino que no solo se hablaría de negocios y proyectos empresariales en ese balneario. ¿Se concertaban también matrimonios? —me interesé por cuanto me iba contando don Santiago.

—Atendiendo a los usos y costumbres de la época, es muy probable que sí. Los matrimonios no dejaban de ser contratos, una transacción.

Matrimonios como el que había encerrado a la Diotima de mi autor maldito y que los obligaba a tener encuentros fugaces a escondidas.

—¿Por qué lo preguntas?

—Según cuenta Guillermo de Foz en su cuaderno, se enamoró de una mujer cuyo matrimonio se pactó en ese balneario, nada más y nada menos que con Benigno Barral.

—¿Benigno Barral? —repitió con asombro—. ¿El de la Banca Barral?

—Sí, el padre de Alma Barral. A mí también me sorprendió.

—Pero… eso quiere decir que Guillermo de Foz mató a la hija de su amante.

Guardamos silencio unos segundos mientras buscábamos una posible explicación a un crimen tan horrendo.

—Por otro lado, y solo por curiosidad, ¿tienes idea de cómo se llamaba la mujer de Benigno Barral? —pregunté al fin, con el nombre de la bisabuela Blanca sobrevolando mi cabeza.

Don Santiago enarcó una ceja por encima de la montura de sus gafas. Yo le sostuve la mirada y él entendió a la perfección la duda razonable que motivaba esta pregunta.

—Lo cierto es que no —lamentó—, pero podría encontrarlo.

Asentí, agradecida.

—Ahora volvamos a Julián Mosquera —le pedí.

Él carraspeó antes de continuar.

—La familia Mosquera también era asidua al balneario. Ellos aceptaban de buen grado que los Reyes tuvieran una residencia de verano, pero exigían un pago muy elevado por sus parcelas. La comisión y los avalistas se negaron a pagar esas cantidades y prefirieron entregar una primera escritura de donación, en 1907, en la que no figuraba la totalidad de la isla. Mosquera y otros propietarios no habían cedido sus tierras. Esto molestó a Alfonso XIII, empeñado en recibir a su nombre y en exclusiva la totalidad de Cortegada. El proyecto se tambaleaba, demasiados sueños y promesas hacían aguas, por lo que, en 1910, redactaron la escritura definitiva de donación.

—¿Pagaron a los Mosquera lo que pedían?

—Solo sé que ellos consiguieron un acuerdo ventajoso. Otros propietarios, en cambio, fueron expropiados de muy malas formas.

—¿Y Guillermo de Foz? Según recoge en su cuaderno, él no quería entregar su parcela.

—Desconozco qué pasó con esas propiedades. La historia del brutal crimen que cometió eclipsó todo lo demás.

—Entonces, si la familia del periodista que firma esta noticia consiguió una buena suma de dinero, ¿por qué la inquina en su redacción?

—Por dos razones: por un lado, había una cláusula por la cual, de no llevarse a cabo el proyecto de construcción del palacio de verano, las tierras debían volver a las manos de sus antiguos propietarios. Algo que no sucedió. Alfonso XIII jugaba a varias bandas. Así consiguió el palacio de la Magdalena y una bonita isla en el Atlántico.

—Ya entiendo… —Até cabos al recordar lo que me había contado el día anterior—: Era propiedad de Alfonso XIII, de modo que la heredó don Juan de Borbón, quien tan pronto pudo se la vendió a la inmobiliaria para que levantasen edificaciones de lujo.

—Me alegra saber que alguien me escucha cuando hablo. —Sonrió.

—¿Y la otra razón de la animadversión de Mosquera? Decías que había dos razones.

—Sí, claro. Por otro lado, todo cuanto recibieron en contraprestación por entregar sus tierras lo perdieron con la bancarrota de la Banca Barral. Un negocio redondo, ya que Benigno Barral era quien presidía la comisión para la adquisición de Cortegada, entregó el dinero a los propietarios, los convenció para ingresarlo en su banco y desapareció dejando las arcas vacías después de…

—… Después del asesinato de su única hija —terminé la frase.

21

Paderne

Al cabo de unos segundos en silencio, bajé la vista al periódico que descansaba sobre la mesa, entre ambos, y don Santiago siguió comentando la única noticia que parecía existir ese día.

—Mosquera también relaciona en el especial de hoy el hecho de que Guillermo de Foz, entre otras fechorías, arrancase el corazón a la joven Barral y que, curiosamente, casi un siglo después lo que aparece en Cortegada es un corazón sin cuerpo.

—Está claro que no se trata del mismo corazón —concluí.

—Por supuesto que no, pero es muy plausible que exista un vínculo, ¿no crees? De alguna forma, estos sucesos están relacionados.

—Sí, puede ser. Pero todavía estamos lejos de descubrirlo, me temo. ¿Alguna novedad sobre el corazón que nos ocupa en el presente? —pregunté, tratando de centrar los esfuerzos de ambos.

—En la noticia destacan que «Tras pasar toda la tarde de ayer excavando la zona, los efectivos de la policía nacional no han encontrado más restos humanos, lo cual, sin duda, dificultará averiguar la identidad de la persona a quien pertenecía este órgano».

—Entonces, se confirma que alguien ha enterrado solo un corazón —medité en un hilo de voz.

Él asintió, dubitativo.

—Eso parece…

—Buenos días —exclamó Edel nada más cruzar el umbral con un cesto de mimbre en la mano—. ¿Qué tal has dormido? —Se acercó y por lo que dijo a continuación me quedó claro que había visto mis ojeras—. Bueno, después también puedes echarte una siesta. Mira qué maravilla traigo —exclamó mientras me ponía en la mano un par de huevos de gallina todavía calientes—. Recién puestos.

—Pues sí, qué maravilla —contesté sin saber muy bien qué más decir.

—¿Te ha contado Santiago?

Me giré y él miró a Edel por encima del periódico con ojos de necesitar más información.

—No han encontrado nada más en Cortegada. Nada de nada. Gracias a Dios, menos mal… —musitó como si el hecho de que no encontraran el resto del cuerpo borrase toda sombra de un posible crimen en la isla.

—Justo lo estábamos leyendo.

—Ojalá todo vuelva a la calma pronto —murmuró para sí Edel, y subió los dos peldaños que la llevaban a la cocina.

Recogí la taza del café de la mesa. Don Santiago intuyó que iba a levantarme y a dar por concluida la conversación y me detuvo.

—En la noticia también recuerdan que el macabro hallazgo ha tenido lugar tan solo un par de semanas después de encontrar el cuaderno de Guillermo de Foz en el monasterio de Armenteira. —Hizo una pausa y preguntó—. ¿Algo más que quieras compartir de su lectura?

—Lejos de la calidad de su poesía, Guillermo de Foz le habla a su hermano, el sacerdote Danilo de Foz, del modo de enfrentarse a la vida con un corazón atormentado, los excesos de alcohol y las mujeres con las que estuvo antes de enamorarse. No da nombres ni apellidos. Se refiere a cada una de ellas por sus características: ojos verdes, piel de porcelana, cabello ondulado... A todas las llama sus rosas.

—Fueron sus musas.

Suspiré e imaginé los ríos de letras que debían sangrar las venas abiertas de los poetas.

—Tiene sentido que al final de sus días, consciente de que iba a morir, le escribiera a su hermano —reflexionó en voz alta don Santiago—. Él era el sacerdote que daba misa en la parroquia a la que pertenecía el monasterio de Armenteira. —Me miró para apostillar—: Aunque no por demasiado tiempo. Tras la muerte del escritor, no tardó en colgar los hábitos e irse bien lejos. Tanto, que nadie sabe con certeza adónde fue. Llegué a escuchar que, pese a estar entrado en años, se había marchado con una mujer para empezar una vida nueva y formar una familia en otro lugar. Al final resultó que tenía bastante en común con su hermano —dijo en un exabrupto—. Perdona. Por favor, continúa.

«Qué comentario tan innecesario», pensé.

—Por tanto, de cuanto he leído hasta ahora, lo más destacable es su relación amorosa con la mujer de Barral, un conflicto abierto con Mosquera y el hecho incuestionable de que afirma ser culpable de «entregar su corazón».

—¿No dice nada más después de eso?

Negué cabizbaja.

—Es tan extraño... —musité en un arrebato de sinceridad, presa de la tribulación que en las últimas veinticuatro horas me acompañaba—, yo debía enterrar las cenizas de mi bisabuela y de Lalita bajo una rosa tallada en un árbol y justo en ese lugar aparece un corazón humano. Una rosa, un corazón… Estoy convencida de que tiene que ver con Guillermo de Foz.

Él dejó el periódico encima de la mesa con una mano y se puso de pie.

—Ojalá me equivoque, pero me temo que esto solo va a ser el comienzo de algo muy turbio —dijo antes de encaminarse a la puerta.

Bebí el café mientras mascullaba esa última frase igual que un autómata con mirada contrariada cuando mi teléfono sonó como una alarma nuclear, haciendo que yo saltara en el sitio.

22

Paderne

Leí el número en la pequeña pantalla y cogí la llamada.

—Hola, mamá —saludó Alicia con esa dulzura que yo rezaba para que no perdiese nunca.

—¿Qué tal en Port Aventura? ¿Te divertiste?

—Yo hubiera preferido ir a Buenos Aires…

—Lo sé, pequeña. Pero estoy segura de que te divertiste mucho al ver a tu padre blanco al bajar de la montaña rusa. —Forcé una risa con gran naturalidad.

—Lo cierto es que sí. —Rio con ganas—. Y eso que le advertí que le pasaría, incluso Vanesa lo hizo, pero él decidió tentar a la suerte… ¡dos veces! Salió completamente descolorido. —Volvió a reír y esta vez me hizo reír a mí también—. Mamá, ¿cuándo podré verte?

—Te prometo que muy pronto estaremos las dos de vuelta en París.

Ernesto y yo habíamos llegado a un acuerdo cuando él decidió marcharse de París para instalarse con Vanesa en Barcelona: Alicia pasaría con ellos un trimestre completo aprovechando un programa de intercambio entre liceos. Ella estaba feliz con la idea de conocer una escuela de secundaria en España y de hacer amigos nuevos. Después, volvería a la ciudad de la luz conmigo y su padre podría visitarla siempre que quisiera. Ambos éramos conscientes de que el bienestar de nuestra hija estaba por encima de todo lo demás, por encima de nosotros.

—Oye, ¿qué te parece antes una visita a estas tierras? Hablaré con tu padre. Creo que te encantará Galicia —exageré el entusiasmo en la voz para despertar su interés.

Después de charlar un buen rato de todo un poco —amigos nuevos, estudios, la cara de Ernesto al entrar en una farmacia para comprarle compresas y descubrir así que su hija ya no era una niña— y de reírnos como hacíamos siempre, me despedí pidiéndole que pasara el teléfono a su padre antes de colgar.

—Espero que estés mejor de tu acidez —me dijo Ernesto.

—¿Mi acidez?

—Ayer regurgitabas bilis.

Exhalé todo el aire por la boca.

—Ya. Debe de ser la edad.

—Venga, Antiíta, que no era más que un comentario. Reconoce que te sentaría bien hacer un poco más de ejercicio. Eso es todo.

Creo que puse los ojos en blanco en un infructuoso intento por levitar. Ahora, para más inri, me llamaba con ese diminutivo que tanto odiaba.

—El caso es que quería preguntarte si tienes algún viaje en el horizonte a Buenos Aires —añadí, ajena a sus consejos.

—Sí, ¿por qué lo dices?

—Por el testamento de Lalita. Se me complica un poco viajar ahora y había pensado que, si te viene bien, podría hacerte un poder notarial para que te lo entreguen a ti. —Se hizo un silencio—. ¿Qué te parece?

—Vale.

—¿Así de fácil?

—Sí, así de fácil —contestó radiante.

Reconozco que me sorprendió.

—Me gusta saber que me debes una —remató.

23

Paderne

Antes de colgar sucedió algo. Escuché un beso. Sí, estoy segura de que escuché el sonido de unos labios sobre la piel.
Entonces me imaginé a Vanesa besando a Ernesto en la cara,
tal vez en el cuello, mientras yo estaba al otro lado del auricular. ¿Los odié? Algo me ardía por dentro. ¿Eran celos?
No, aunque dolía, mucho. Más bien era nostalgia, por *antes*.
Por ese tiempo lejano que mi memoria moldeaba a traición
para recordar cuando era yo quien besaba y era besada. Qué
importante saber mirar hacia dentro para poner palabras
adecuadas a lo que sentimos. Pensé en Guillermo de Foz, en
su Diotima, en el desgarro en el alma de quien no podía estar
con la persona que amaba y dejé que mi imaginación volara
para reescribir nuestra historia.

Había salido un rayo de sol y Edel canturreaba de aquí
para allá con su cestito de mimbre colgado del brazo. Caminé con decisión y casi sin darme cuenta me adentré en el
bosque que había tras la casa, confiando en sentir las propiedades terapéuticas del ejercicio que tanto predicaba Ernesto.
Las copas de los árboles cubrían casi por completo el cielo.
Seguí andando mientras pensaba en mi vida y reevaluaba

cada una de las decisiones que había tomado. Umbrío y oscuro, el sendero se estrechaba en una mala metáfora de mis pensamientos. Un pájaro carpintero tamborileó en lo alto. Alcé la vista para buscarlo, no pude verlo y una rama crujió pasada la curva en la que me encontraba. Tragué saliva y la boca se me secó. Reduje el ritmo de mis pasos. Más cauta. En alerta. Sergio apareció trotando con ropa de deporte.

—¡Dichosos los ojos, profesora! —exclamó, y yo me relajé de inmediato—. No sabía que también te gustara salir a correr.

Sonreí sin añadir nada, dejando que creyese la mentira.

—Tu hallazgo nos ha hecho famosos —soltó al tiempo que se limpiaba el sudor de la frente con la palma de la mano.

—Según he podido leer en el *Faro de Vigo*, no han encontrado nada más en la zona, por lo que me gustaría retomar el entierro de las cenizas. ¿Crees que podrías llevarme de nuevo?

Cogió aire para llenar los pulmones antes de contestar.

—Esta mañana se montó una buena en Carril. Parece que el pueblo se ha levantado para exigir a la Xunta o a quien sea que lleguen ya a un acuerdo con la inmobiliaria para que les devuelvan Cortegada. Te parecerá increíble, pero he llegado a leer una pancarta que decía que igual ha sido el presidente de la inmobiliaria quien ha enterrado el corazón. La gente de alrededor se arremolinaba y decía: «A saber qué estarán haciendo en nuestra isla», «igual ritos satánicos», «vete tú a saber»… Y esta es la mejor, me la soltó una señora muy ingeniosa: «Ay, amigo, fíate del diablo y no corras» —terminó Sergio cruzando los brazos en una mueca simpática.

Me reí con ganas. Después, él se giró y apoyó una mano en la cintura, como si buscara la respuesta entre los árboles.

—Mañana. ¿Qué te parece a las diez? —resolvió.
—Perfecto.

—Y ahora, dime en qué ibas pensando, porque parece que es algo serio. ¿Algún libro? ¿Un autor? ¿Quizá otro maldito? —preguntó divertido.

—No exactamente —dije con la boca pequeña—. Aunque un poco maldito sí que es.

Sergio se echó a reír.

—Ya veo. Mal de amores.

Lo miré sorprendida.

—¿Cómo has podido deducir eso de mi respuesta?

—Porque al contestar te has llevado la mano al anular que tiene la huella de una alianza. Imagino que estando casada girabas el anillo en un gesto inconsciente cuando te ponías nerviosa. ¿Me equivoco?

Reconozco que empezaba a caerme francamente bien.

—Vaya, qué observador.

—¿Y en qué pensabas? Si se puede saber, claro —indagó prudente, bajando la voz.

—Antes, en mi exmarido. Ahora, en que debo controlar ese tic que me ha delatado. —Reí.

Así comenzó una conversación en la que hablamos de los ex, de la desilusión, de cómo cada uno acababa encontrando su camino, y todo eso mientras avanzábamos a ritmo ligero, aunque sin correr. ¿Qué prisa había? Ninguna. Le hablé de Ernesto y de Vanesa, y él me contó que no hacía mucho que su novia lo había dejado. Sergio estaba convencido de que había sido por otro hombre.

—Y juraría que más joven que yo —añadió.

—¿Por qué crees que más joven que tú?

—Porque yo le llevaba bastantes años.

«¿Por qué a tantos hombres les atraen mujeres mucho más jóvenes?», preguntó esa vocecilla que vivía en mi cabeza. Yo, por mi parte, me limité a asentir con expresión neutra «claro, claro».

—Quería otro estilo de vida —continuó—. Por eso se marchó a una ciudad más grande con otro tipo de hombre.

—¿Qué tipo? —pregunté.

—Bueno, básicamente, de esos que tienen aspiraciones más terrenales.

—Entiendo —dije. Percibí la afectación en su voz—. Otra escala de prioridades.

—Eso es —musitó—. Cada uno tenía una escala de prioridades distinta.

—¿Sabes? —le dije—. Si algo estoy aprendiendo últimamente es que nadie pertenece a nadie. Dejar marchar concede una oportunidad… A ambos.

24

Paderne

Los chillidos desesperados de un animal desgarraron el aire y contraje la respiración. Árboles de copas inmensas se agitaron con la furia de decenas de alas volando despavoridas hacia el cielo. Me detuve en el acto y contuve el aliento en el pecho con los ojos muy abiertos. En un impulso inconsciente, me agarré al brazo de Sergio.

—¿Qué ha sido eso? —pregunté, presa del pánico.

—Es tiempo de matanza.

—¿Qué?

—La matanza del cerdo. Es justo en esta época del año, entre octubre y noviembre —me explicó, y yo liberé su brazo—. ¿Quieres verlo?

—¿Verlo? No, claro que no. ¿Qué necesidad hay de ver algo así?

—Bueno, en cualquier caso, estamos a punto de pasar por delante de la casa que está con la matanza.

—¿Cómo lo sabes?

—Porque es la de mis padres.

De pronto estábamos frente a una verja gris. Sergio la abrió y yo, todavía no sé muy bien por qué, lo seguí. El portalón del garaje estaba levantado. Un perro daba vueltas olfateando nervioso cada rincón mientras una muchacha removía con el brazo un líquido oscuro que giraba y giraba dentro de un recipiente metalizado.

—Revuelve, que no cuaje —instruía otra mujer de más edad.

Me acerqué y descubrí que se trataba de la sangre del animal.

—Con esto se hacen buenas morcillas. —Sonrió.

—Mejor me voy —le dije a Sergio, que en ese momento acariciaba al perro.

Pero al darme la vuelta me topé de frente con una mano que empuñaba el amenazante brillo del acero y restos de sangre.

—Antía Fontán, ¿verdad? —preguntó con voz cavernosa y cara de pocos amigos.

—¿Qué quiere? —me enfrenté a dicha voz con el corazón desenfrenado mientras la joven daba vueltas sin cesar con el brazo desnudo dentro del balde lleno de sangre.

—Le está cogiendo el gusto a esto de ver vísceras —dijo mientras limpiaba la hoja del cuchillo con un paño.

—No sabía que matar animales de granja estuviese en la lista de funciones de la policía. —Pretendí ser irónica y él me fulminó con la mirada.

Ya era oficial: yo no despertaba la simpatía de aquel hombre. ¿Y todo por qué? ¿Por haberle ofrecido mi número de teléfono? Sin duda, parecía mucho más animoso con el cuchillo en la mano que con el bolígrafo.

—No estoy aquí en calidad de policía, señora.

—El inspector hace esto en su tiempo libre —explicó Sergio—. Es hijo y nieto de matarifes y le gusta echar un cable a los vecinos.

—Bueno… —interrumpió la mujer. Ahora ya sabía que se trataba de la madre de Sergio—, no digo yo que no le guste echar una mano, pero también cobra por hacerlo, eh, que gratis no trabaja nadie, Sergiño.

La queja estaba servida.

—Es una pena que con el hijo fuerte que Dios me dio…
A ver, señorita, dígame usted, ¿qué necesidad tendría yo de
pagar a nadie para hacer esto?

No contesté. La queja continuaba.

—Pero claro, si el padre tampoco es capaz de nada, qué voy
a hacer yo, ¿eh? Pues tendré que sacar la cartera. Una lástima
—dramatizó con un movimiento de cabeza y los ojos cerrados.

—Ay, Pepa… —murmuró sin fuerza un hombre con boi-
na que tenía la cabeza apoyada en un cayado y al que no había
visto hasta entonces.

—Mamá, por favor —reaccionó Sergio con tono neutro—, sabes que puedes contar conmigo para muchas cosas,
pero no para esto.

Ella lo miró de reojo.

—Sí, sí. Andas buscando tu suerte. Ya, ya. Pajaritos,
muchos pajaritos. ¿Y por qué no te haces policía? Que digo
yo que para lo que hace este —señaló a Ruibal—, lo haces tú
sin despeinarte.

Sergio resopló como una válvula a presión y el perro
empezó a ladrar, pero ella había cogido carrerilla.

—¡Román! —llamó su atención levantando la voz mucho más de lo necesario—. A ver, hombre, ¿y luego tú no
tendrías mano para enchufar a mi rapaz contigo?

—Mamá, por favor, ¡basta! —Su voz sonó tan firme que
hasta el can enmudeció.

Definitivamente, aquello no me incumbía, así que opté
por despedirme de Sergio, procurando que no advirtiese en
mi mirada ni un ápice de compasión. «Las madres…», dijo.
«Sí», respondí sabiéndome madre y también en otra galaxia.
«Nos vemos a las diez en el puerto de Carril. Ha sido un
placer hablar contigo, profesora», soltó antes de que yo diera la vuelta y sintiese que me seguía con la mirada.

25

Paderne

Subí a la habitación cargada de energía para continuar leyendo el *Cuaderno de un condenado a muerte*. Al final iba a tener que agradecerle a Ernesto su consejo y salir a caminar más a menudo. Me había sentado bien. Leí varias páginas de tirón y me detuve hechizada por el aura de aquella relación prohibida.

Quizá no debí hablarle. No es juicioso hablar a una mujer casada. No es juicioso hablar a quien se ama y, aun siendo correspondido, no es correcto abrazar, soñar que la vida puede ser luz en medio de tanta oscuridad. No, no es juicioso. ¿Quién lo dice? La moral, el orden, ¡la ley!

Sí, la ley. La que ignora a la mujer que llora, al hombre que no puede hacerlo y con solemnidad se arroga el poder para dar prisión y condena a dos enamorados.

Muchos son los pecados que a mi alma hoy atormentan, pero no será jamás la falta de valor. Me escondí con ella, nos escondimos, y a nuestras almas dimos alas para volar bañadas en el calor de nuestros cuerpos. ¡Imprudente, temerario! Esta es la oscura historia de un amor condenado.

Llegó el día y me pidió que me alejara, pues si él nos encontrara sería su cruz y mi muerte. No quise creerla. Cómo

*renunciar a la luz, a esa llama que sin tenerla entre mis brazos
me consume. ¡La muerte!, pedí a gritos. Prefiero ser humo en
un cielo cubierto de nubes negras que cera quemada para vivir muriendo.*

Aparté la vista de aquel escrito alcanzada por la intensidad del sentimiento que reflejaba. ¿Alguna vez había amado yo a alguien con tanta fuerza? Empecé repasando los
desdichados amores de la temprana juventud, más cercanos
al capricho, y negué con indulgencia. Entonces pensé en Ernesto. El primer baile, el primer beso, las risas, infinidad de
carcajadas, de luz y color, hasta que llegaron las primeras
nubes, los desafíos, el demostrar si estábamos el uno para el
otro en las dificultades. Comenzó a llover dentro y fuera de
la habitación. Ernesto había cambiado, también yo lo había
hecho. Así la vida, como el agua en un río, fluye.

Cerré los ojos y fantaseé con otro nombre. El de quien
me veía en la oscuridad, me conocía sin necesidad de hablar, me
tendía la mano en silencio cuando yo me ocultaba del ruido
y no quería hablar.

Me sumergí de lleno en la historia de Guillermo de Foz
para ignorar la mía propia. El poeta mostraba su abatimien-
to cuando la mujer que amaba se casó con Barral, obligán-
dole a estar un tiempo que sintió eterno, sin verla. La causa
no pudo ser otra que el nacimiento de una niña con grandes
ojos canela: su víctima.

*Encontramos la forma de vernos cada día al cumplir la niña
seis años de edad. Yo me encargaría de instruirla en su casa.
La pequeña Alma me miraba, me escuchaba con atención, un
lienzo en blanco que refulgía curiosidad y estimulaba mis
más aciagos ánimos. Era tan hermosa… Tenía los ojos de su
madre. Cuando no podía encontrarme con ella para mantener alguna de las conversaciones que envuelven en seda a los
enamorados, me sentaba junto a la niña a fin de recrearme*

en la belleza de aquel tierno pétalo que, al rocío de mi voz, temblaba.

Releí el mismo párrafo y fruncí el ceño. ¿Me lo parecía a mí o el autor estaba fascinado por la niña? ¿Había llegado a enloquecer por ella? Pensé en Alicia. Al fin y al cabo, yo era madre. Una rabia sorda se apoderó de mi pecho. ¿Quizá por eso había acabado de forma tan salvaje con la vida de Alma Barral?

Debí limitarme a dar clase, a mostrar el embeleso de las letras, la gloria del universo, de la música, pero no lo hice, ¿quién dice que yo sepa hacerlo? Yo, que no soy más que el triste portador de la debilidad de la carne.

Alma danzaba descubriendo hojas, flores, mariposas…, la vida. No precisaba guía ni instrucción de ningún tipo, solo sus ojos, y cada uno de sus sentidos. ¿Acaso podría necesitar algo más? ¿Para qué?, ¿para vivir? No, para vivir necesitaba instruirse en la muerte, saber que era un reloj de arena que caía ineluctable, tornando la blanca pureza del niño que aprende en la oscura naturaleza del hombre que enseña. Debía descubrir a carroñeros con fauces de infierno lamiendo las mieles que destila el dolor, aprender a ver mentiras en la cruel tiranía de quien estrecha la mano para vencer. No, la vida no necesita instrucción, es la muerte quien se encarga de ir pudriendo nuestras almas para sonreírnos desdentada y maliciosa al final de nuestros días, y susurrarnos: «No has entendido nada».

Errores, fatalidades. ¿Qué he entendido yo?

Que es la sangre quien da calor a mis venas.

Que la vida sin corazón no merece la pena.

Que soy un verdadero monstruo.

26

Carril - Cortegada

A las diez de la mañana, puntual como un reloj, Sergio me esperaba en el puerto de Carril para salir en dirección a la pequeña isla de Cortegada.

—Buenos días, profesora —saludó. Percibí un aire más cercano en su voz—. Bonitas deportivas —señaló divertido con la vista en mi calzado.

—Son casi tan cómodas como las botas del otro día —contesté, haciendo gala de mi buen humor mientras subía a la embarcación—. Vaya, tú, en cambio, has sustituido el neopreno por vaqueros y jersey de punto. ¿Demasiado deporte esta semana?

—Ya veo que te fijas en mi atuendo, profesora. Lo tendré en cuenta. —Sonrió de medio lado y yo preferí hacerme la despistada que invocar a los elementos para que se abriera un agujero en la barca y el mar me engullera por completo.

Por suerte, él continuó hablando.

—Esta tarde tengo una entrevista de trabajo en el periódico *Faro de Vigo*, aquí en Vilagarcía. Deséame suerte.

—¿Eres periodista? Ah, no lo sabía.

Eso sí me sorprendió.

—Lo intento. Me licencié en Periodismo, pero todavía no he conseguido vivir de eso. Tal y como habrás podido intuir de boca de mi madre.

Asentí e intenté mostrarme comprensiva.

—¿Cómo terminó todo ayer? —pregunté mientras me acomodaba en el interior de la dorna.

—Disculpa a mi madre. Querría que yo siguiese ciertas costumbres de casa y eso de matar a un pobre animal no va mucho conmigo, ¿sabes? Además, lo hacen a la antigua usanza, con un cuchillo carnicero. A veces sale bien a la primera, pero otras muchas el gorrino se escapa chillando cubierto de sangre y vuelven a clavárselo una y otra vez.

Sergio debió leer el desagrado en mi rostro, porque puso fin a los detalles de aquella conversación. Algo que, sin duda, agradecí.

—Reconozco que me sorprendió que el inspector de policía se dedique a matar cerdos en su tiempo libre —dije.

—Tradición familiar —respondió subiendo los hombros—. De joven él acompañaba a su padre en cada trabajo, tal y como este lo hacía también con el suyo. La gente en el pueblo se queda con el hecho de que los Ruibal son los matarifes, matachines que decimos aquí, y aunque tenga otra dedicación, casi tiene la obligación de dar salida a lo aprendido. —Hizo una pausa—. Además, como dijo mi madre, no lo hace gratis.

—Me genera cierta curiosidad el concepto que pondrá en las facturas.

Soltó una carcajada y por un segundo me recordó a Ernesto. Pensé que, de conocerse en algún momento, se caerían bien. Aunque también dudé de que esa circunstancia llegara a darse.

—¿Facturas? Cobra en negro. Como te oiga decir algo así...

—¿Crees que puedo gustarle menos a ese hombre? —Sonreí y levanté las cejas—. Lo llevo claro si mi vida dependiera de él...

Eso dije. Eso, exactamente, sin saber lo que el destino me estaba preparando. Lo que nos preparaba a ambos. Sergio arrancó el motor de su dorna y me miró.

—Descuida, profesora. No voy a consentir que nadie haga daño a una experta en autores y exmaridos malditos —dijo con las comisuras de los labios hacia arriba.

A mitad del trayecto una lancha pasó a pocos metros de distancia y a gran velocidad. No sabría decir de dónde venía, si de Cortegada, de otra isla o de otra orilla en medio de la ría. De lo que sí estaba segura es de que el gesto de Sergio se tensó al ver que se trataba de Julián Mosquera, el periodista del *Faro de Vigo*.

—Échate para allá, imbécil —voceó—. Este se cree que la ría es suya.

Ese arranque furibundo me cogió desprevenida. Llegamos a la isla y acepté la mano de Sergio para bajar de la embarcación.

—¿Quieres que lleve el bolso con las urnas funerarias? —se ofreció.

Con un extraño instinto de protección, me recoloqué las asas sobre el hombro y rehusé el ofrecimiento.

—Yo puedo. Gracias.

Subimos el sendero hacia los robles comepiedras. La tierra estaba removida, ya no había rastro de vegetación alrededor del árbol con una rosa tallada. Me acerqué. Era algo que debía hacer sola. Me arrodillé en el mismo lugar que dos días antes y otra vez me dispuse a cavar un hondo agujero.

Pensé en Blanca. Qué intenso debía haber sido el amor que la empujaba a querer descansar allí, en aquel antiguo jardín cubierto de rosales que susurraba al viento besos y promesas de enamorados. Volqué sus cenizas y observé cómo su rastro se perdía junto a las raíces de aquel árbol. Acaricié la otra urna. Lloré. Nada pude pensar y entregué un beso a la punta de mis dedos antes de posarlos sobre la tierra. «Te echaré de menos, siempre».

Recorrí en silencio el camino hacia la orilla, con el ánimo agotado. Me sentía vacía después de completar el círculo de las vidas de Lalita y de Blanca. Subimos a la dorna, me senté y reparé en la puerta de la ermita.

—¿No debería estar cerrada? —Señalé con la mano.

El viejo santuario llevaba casi un siglo abandonado, siendo pasto de las enredaderas y demás vegetación salvaje.

—Cierto. Quizá estén con tareas de rehabilitación —concluyó Sergio sin darle importancia y se dispuso a recoger la cuerda de un ancla.

—Mientras terminas con esto, voy a acercarme para ver cómo era por dentro la capilla.

—No creo que quede mucho —murmuró él, escéptico.

Avancé hacia el atrio en el que un cruceiro se alzaba y resistía el paso del tiempo. Un viento frío sopló e hizo saltar cientos de hojas secas que alfombraban el camino hasta la puerta. Me subí las solapas del abrigo y me detuve a un paso del umbral. ¿Era una buena idea? Pensé. ¿Y si parte de aquella estructura ruinosa se venía abajo? Dudé y a punto estuve de retroceder, pero entonces lo vi.

Allí dentro, en medio de la espesura que dominaba el interior del santuario, el cuerpo blanco y desnudo de una joven clamaba impúdico al cielo con los ojos llenos de sangre y la boca abierta. No tuve conciencia de gritar, aunque sin duda debí hacerlo. Eso explicaría lo rápido que llegó Sergio a mi lado. La miré con la terrible intuición de haberla visto antes.

—Joder, Sandrita… —repetía Sergio, llevándose las manos a la cabeza.

Me acerqué a ella. Tenía los ojos inundados por derrames y los labios y la lengua estaban tan hinchados que era imposible reconocer siquiera la huella de su blanca sonrisa. Sandra, ese era su nombre, la guapa camarera de El Gato Negro.

Mientras Sergio urgía a Ruibal para que enviase efectivos de la policía a la isla, dos detalles llamaron poderosamente mi atención: no había rastro de la ropa de la chica, salvo el sostén con el que había sido estrangulada y que ahí seguía, cubriendo su cuello como un lazo. Por otro lado, el asesino la había desprovisto de todas sus joyas excepto de una. En un dedo del color de la porcelana, la hermosa Sandra exhibía el anillo de compromiso. La policía tardaría en encajar este hecho.

Desconozco el tiempo que pasé dándole vueltas en mi cabeza a cuanto estaba viviendo desde que había puesto un pie en Galicia. Había escuchado decir que era tierra de misterio, y de buena tinta sabía que en su historia guardaba oscuros pasajes como el brutal asesinato de Alma Barral a manos de Guillermo de Foz, pero ¿qué estaba sucediendo ahora? ¿De qué forma el infierno se estaba abriendo para que el mal campase por la verde isla de Cortegada?

Permití que la oscura atracción de la muerte me arrastrara al lado del cuerpo de la chica. Creí ver algo. ¿En verdad era…? Sí, era un sobre lacrado. Intuí unas letras. Pensé en cogerlo y ver qué contenía, qué decía. No debía. Por supuesto que no debía.

—¡Señora Fontán, está usted en la escena de un crimen! —vociferó Román Ruibal mientras dos buzos de la científica se acercaban con la forense hacia donde yo estaba.

—Creo que bajo el cuerpo hay… —empecé, pero no me dejaron terminar.

—Ya nos encargamos nosotros —cortó la forense, invitándome también a que diera media vuelta.

Eso hice. Caminar viendo la cara de pocos amigos con la que el inspector me miraba.

—Aquí hay algo —dijo una voz a mi espalda.

Me giré al tiempo que un agente llamaba a Ruibal mientras agitaba una mano en el aire. Movieron el cuerpo con cuidado y una mano enguantada recogió un sobre blanco, pulcro. Junto a él, una rosa.

27

Paderne

El resto del día lo pasé en Paderne. Edel estaba horrorizada con los últimos acontecimientos. Se movía inquieta de un lado a otro del jardín y de la casa, como si buscara algo que no era capaz de recordar. Puede que persiguiese respuestas. ¿Por qué había muerto Sandra? Don Santiago no podía ayudarla. Él también libraba su batalla con la vista puesta en su biblioteca. «Otra forma de pedir ayuda», pensé.

En cuanto a mí, opté por salir a tomar un poco de aire fresco. El paso de unas nubes preñadas advertía la inminencia de las primeras gotas de agua. No me importó. Todo lo contrario, necesitaba sentir la humedad en la cara, empaparme entera y desterrar la imagen de unos ojos ensangrentados de mi cabeza.

Metí las manos en los bolsillos de la parka a fin de aligerar el paso y seguí la dirección de las señales hacia el mirador de la Cruz de Lobeira. Apenas llevaba una hora de trecho cuando subí por un monte que prometía misterio bajo una densa capa de niebla.

Frente a mí pude ver cómo entre las brumas se dibujaban, paso a paso, dos siluetas. No me detuve ni tampoco aminoré la marcha. Se acercaban, mientras me miraban, dos mujeres que caminaban con zapatillas de deporte y agria conversación. Eso juzgué por el gesto de sus bocas al cruzarse conmigo. Saludé. Me contestaron con la boca pequeña y ojos suspicaces: «Buenas tardes nos dé Dios». Quizá por lo avanzado de la edad que estimé debían tener, en cuanto me dejaron a sus espaldas las escuché decir algo que no me esperaba en absoluto: «Esta, esta es. Fue poner un pie en esta tierra y solo se suceden desgracias. Ella y el hijo de Pepa, la de Seoane, encontraron tanto el corazón como ahora el cuerpo de Sandrita. Uy, uy, vete tú a saber...». Alcé las cejas, sorprendida, y fui consciente de lo fácil que es señalar al forastero. Decidí no hacer caso y seguir mi camino.

Unas escaleras cubiertas de miles de hojas secas me permitieron el ascenso entre peñas, que con retales de musgos y líquenes informes adornaban pudorosas sus formas. En un hondo suspiro recibí como un bálsamo las notas frescas con las que una brisa inquieta jugaba entre los brazos de los árboles.

Alcancé el punto más alto de aquel mirador, cuyo distintivo era una cruz de proporciones concebidas para grandes distancias, y me dispuse a disfrutar de unas vistas privilegiadas de la ría. Las nieblas no me siguieron. Se suspendían en la parte más baja del monte, besando con promesas las briznas verdes que resistían en los campos hacia el interior. Sin embargo, el cielo sobre aquella plataforma se abría azul y despejado en el horizonte, sobre la isla de Arousa y la de Cortegada. Entre ellas, bateas uniformadas como un regimiento sobre aguas de plata que chisporroteaban alegres bajo el sol. «¿En verdad este lugar es el elegido por un asesino para llevar a cabo muertes tan crueles?». Al aleteo acelerado de un gavilán sobre mi cabeza siguió la vibración del teléfono móvil para darme un buen susto.

—¡Mamá! —exclamó Alicia con ese entusiasmo en la voz que tan bien la caracterizaba.

—Hola, mi niña, ¿cómo estás?

—Bueno, pronto dejaré de ser tan niña. —Rio.

Tardé una milésima de segundo en abrir la boca. Aun así, mi velocidad de respuesta fue insuficiente.

—Mi cumpleaños, ¿recuerdas? ¿O es que se te ha olvidado?

—¿Olvidarme de tu cumpleaños? Eso nunca, Alicia. Ya lo sabes.

—¿Lo sé? Por un momento me pareció que dudabas.

La dura palabra «adolescencia» se dibujó con neones en alguna parte de mi cerebro. Una llamada de alerta para caminar con buen tiento entre minas.

—De hecho, como está a la vuelta de la esquina, en apenas dos semanas, ¿qué te parece si hablo con tu padre y lo pasas aquí conmigo?

Ella dudó.

—Me parece una idea genial —dijo al fin—. Así podrás darme tu regalo. Imagino que habrás tenido en cuenta la edad que cumplo y no me sorprenderás con ropa de Minnie Mouse ni libros juveniles.

Calculé la respuesta, consciente de lo mucho que me jugaba.

—Por supuesto que no. Iremos juntas a comprar ropa. Y respecto a los libros, esta vez estoy segura de que te van a sorprender.

Alicia crecía deprisa. Ya no era la niña que mi mente se esforzaba en retener. Siempre le había fascinado la lectura. Al cumplir los quince años se había inscrito en un club de lectura integrado en su mayor parte por universitarios en París. Era un verdadero orgullo escucharle hablar de grandes obras de la literatura universal con ese destello en los ojos que yo tan bien conocía.

—Respecto a eso —continuó diciendo—, he recibido mi primer regalo de cumpleaños. Alguien que debe de conocerme muy bien, porque me ha regalado… ¡un libro!

Su voz había mutado de espinosa y umbría a cantarina y estival. Sin duda, se debía a alguna conexión sináptica en su cerebro que a mí se me escapaba.

—Qué bien, cuánto me alegro —dije, prudente—. ¿Y qué libro es?

—Una novela, pero ahora mismo no recuerdo el título.

—No importa, ya me hablarás de él.

—Ah, por cierto, no solo ha sido un libro. —Su voz sonó con una dosis extra de alegría.

—¿Qué más te han regalado?

—¡Una rosa! Me han enviado una rosa junto con el libro. Al parecer es lo que acostumbran a regalar en Barcelona con los libros.

Dudé unos segundos antes de contestar con la dura imagen de una rosa bajo el cuerpo de Sandrita.

—Perdona, hija, ¿has dicho una rosa?

—Sí, ¡a que es maravilloso!

—Imagino que te han regalado la rosa por un motivo diferente. En Cataluña las rosas se entregan junto a los libros con ocasión de la fiesta de Sant Jordi, en abril. Estamos en noviembre.

Guardó silencio el tiempo necesario para valorar otra posibilidad y al fin resolvió:

—¡Mamá! ¿Crees que tendré un admirador anónimo? No sé, quizá alguien a quien yo le guste y que no se atreva a decirme nada.

Respiré profundamente.

—Es una posibilidad.

Intuí que al otro lado del teléfono Alicia estaba sonriendo con los carrillos en flor como amapolas en primavera.

—Me alegra mucho saber que estás tan bien ahí, cariño.

En cuanto colgué el teléfono sentí el pinchazo de esa rosa en lo más profundo de mi alma. Mi hija se hacía mayor. Pronto el amor llamaría a su puerta y yo sonreiría con un pañuelo escondido en el interior de la mano, esperando a cerrar la puerta para llorar y lamentar el tiempo perdido.

Tenía que hablar con Ernesto para que le permitiese a Alicia viajar a Galicia y pasar conmigo su cumpleaños. Me fijé en que era casi la hora de cenar y me decanté por posponer la llamada a unas horas que él considerase más prudentes y compatibles con su nueva vida familiar. Decidí volver a casa. Aquella noche soñaría con rosas y la dulce sonrisa de Alicia. También con el rostro de la muerte en los ojos de Sandrita.

28

Paderne

El día amaneció con el halo misterioso de una luz mortecina en un horizonte de brillante porcelana. Abrí la ventana y creí ver a Sergio entre los rosales.

Don Santiago empezaba el día con una taza de café humeante al lado de un periódico desplegado sobre la mesa.

—Necesito enseñarte algo —me dijo nada más verme aparecer.

Me acerqué precavida, pues su gesto no auguraba nada bueno a tenor de la atención que prestaba a la noticia que tenía delante. Sin leer el titular, mis ojos se precipitaron en la crudeza de una imagen por la que sentí caer en un oscuro abismo. En ella, el cuerpo de la joven camarera de El Gato Negro exhibía la crueldad del asesino sin más pudor que un rostro pixelado y la triste intimidad de un matojo de hierbas estratégicamente colocadas. Se trataba de una fotografía de gran tamaño, a todo color, que no escatimaba esfuerzos por resaltar la sangre, como si Sandrita no fuese hija de alguien, como si no hubiera una madre o un padre que querrían arrancarse los ojos y su propia vida al verla.

—Todos los medios de comunicación en Galicia y del resto de España se han hecho eco de la noticia. Julián Mosquera ha ido un paso más allá y ha bautizado al asesino de Cortegada —adelantó don Santiago empujando con la punta de los dedos el periódico hacia donde yo me había sentado.

El asesino de la rosa vuelve a matar. Una vez más, la isla de Cortegada se convierte en el terrorífico escenario elegido por un criminal que inequívocamente nos recuerda a Guillermo de Foz, poeta maldito y cruel homicida sentenciado a muerte.

El asesino de la rosa, así apodado por el hecho de haber dejado el corazón de su primera víctima en el antiguo jardín de los rosales que había en la isla, justo bajo el árbol con una rosa tallada, esta vez ha depositado una rosa roja junto al cuerpo de una joven carrilexa.

Sandra F.G., de veintiún años, trabajaba como camarera del café bar del círculo artístico y deportivo El Gato Negro, en Carril. Estaba prometida con Alonso Salgado, hijo del presidente de la inmobiliaria propietaria de nuestra isla más querida, con quien iba a contraer matrimonio en primavera.

—Alonso Salgado —musité despacio. Algo que no pasó desapercibido para don Santiago.

—¿Lo conoces?

—Mi exmarido es arquitecto y trabó amistad con su padre, Ignacio Salgado, cuando trabajaron juntos en un proyecto. De hecho, en parte gracias a él conseguí el permiso para dejar las cenizas en Cortegada, ¿recuerdas?

Con gesto pensativo, asintió.

—¿Y al muchacho?

—Sí, también. Coincidí con él un par de veces en Barcelona. Diría que es un buen chico. Recuerdo que una vez incluso se ofreció a entretener a Alicia mientras los adultos alargábamos la comida sentados a la mesa.

Hice una pausa invadida por la fatal noticia.

—Pobre Alonso... Debería llamar a su padre para darle el pésame.

—Mañana será el funeral de Sandrita —indicó él—. Imagino que la que iba a ser su familia política no faltará. En verdad, no creo que falte nadie. Todo el pueblo de Vilagarcía acompañará a los padres en un momento tan difícil —guardó silencio unos segundos, cogitabundo, y en un hilo de voz suspiró—: Muerta a manos de un asesino en serie, aquí, en un pueblo tranquilo como este...

—Pero ¿se confirma que es un asesino en serie? —pregunté.

Don Santiago señaló con el dedo índice parte del texto en el periódico.

En el suceso que nos ocupa, la joven Sandra F.G. apareció desnuda, con un fuerte golpe en la cabeza, aunque la causa de la muerte apunta a un estrangulamiento llevado a cabo con su propio sostén. Cabe destacar en este punto que los primeros indicios descartan la agresión sexual como móvil del crimen.

Según ha podido saber este medio, la policía confirma a través de su portavoz, el inspector Román Ruibal, que ambos sucesos ocurridos en los últimos días están relacionados. Pese a haber sido encontrado un corazón sin cuerpo en un primer caso y ahora un cuerpo al que no le falta este órgano, el equipo encargado de la investigación no tiene dudas de que se trata del mismo asesino. Así se desprende de la nota que este mismo sujeto ha dejado en el escenario del crimen, dentro de un sobre blanco con lacre del mismo color rojo que la flor que lo acompañaba y, también, de la sangre de Sandra.

—¡La nota! —exclamé.

Don Santiago me miró por encima de las gafas, sorprendido.

—¿Han publicado la nota del asesino? —pregunté, incapaz de dar crédito.

—Justo esto es lo que quería que leyeras.

No hay acto más poético que la muerte de una mujer hermosa. Ver cómo la negra dama aparece en sus ojos, la forma en que sus labios gimen al cielo, desesperados, y se encuentran con mi boca. Quiero hacer mío el último hálito de su vida, morderla, absorberla y arrancarla. Sentir que soy su dios. Aprieto con fuerza, se congestiona, sus ojos saltan y caen lágrimas. Cuánta belleza. No debo apresurarme, siento cómo llega la muerte y permito una leve respiración, algo superficial, pero que dé esperanza. Un destello, la pincelada de color que nace en agonía. Es importante deleitarse para hacer poesía. No soy un vulgar asesino.

Tampoco un monstruo encerrado en sus letras. No. Ellas son mis rosas y yo su poeta.

29

Paderne

Un escalofrío me recorrió todo el cuerpo. Sentí la humedad de un sudor frío en la yema de los dedos. Me levanté y di una vuelta nerviosa por la cocina. Don Santiago me observaba sin decir una palabra. Apreté las manos e hice una señal con un dedo en alto para decirle «Espera un momento».

—El asesino ha emulado a Guillermo de Foz en su primer crimen, él ha sido su maestro, su verdadera inspiración. «Entrega el corazón y el amor o el dolor escribirán tu historia» —pronuncié en voz alta la célebre frase del autor—. El asesino entregó el corazón, lo enterró en el jardín de los rosales para poder escribir su historia. Pero ahora se ha dado cuenta de que no necesita musas para escribir, no… Necesita víctimas. Su única musa es la muerte.

Don Santiago siguió el hilo de mis deducciones con gesto inquieto.

—Pero aun así, hay algo que me llama poderosamente la atención —continué con la mirada absorta en mis propias cavilaciones—: la nota podría responder a algo que escribió Guillermo de Foz. En el *Cuaderno de un condenado a muerte* se refiere a sí mismo como monstruo, pero el asesino de la rosa dice que él no es «un monstruo encerrado en sus letras». ¿Crees que puede ser una coincidencia? —Abrí los ojos de par en par—. ¿O más bien podría caber la posibilidad de que el asesino haya tenido acceso al manuscrito de Guillermo de Foz?

Don Santiago me miró queriendo verbalizar todo un abanico de posibilidades que partían del absoluto desconcierto: que nuestras deducciones iban bien encaminadas, pero también que podíamos estar equivocados o que era todo muy confuso y «a saber, Antía». Por suerte para mí, no articuló ni una sola palabra. Fuimos conscientes de la presencia de Edel en el umbral de la puerta al escuchar un leve quejido.

—Virgen Santa, pero ¿qué bestia ha despertado en nuestro pueblo?

Don Santiago se acercó a ella, cogió su cesto y le ofreció un brazo para que nos acompañase hasta donde estábamos sentados. Las repulsivas fotografías con las que el diario ilustraba la muerte de Sandra compungieron más a Edel, al punto de irritarla.

—A ver, Santiago, dime, tú que has dedicado la vida a formar buenos periodistas, ¿acaso son necesarias imágenes así? —lanzó la pregunta y en un giro de muñeca le dio la vuelta al periódico.

Él cerró un segundo los ojos y estiró mucho los párpados antes de pronunciarse sin más palabras que la solemne negación de un movimiento de su cabeza.

—No, Edel, ya sabes que no. Pero muy a nuestro pesar, la sociedad es morbosa, y hay que reconocer que el amarillismo vende.

—Ay, qué distinta sería esta noticia si le dieran la oportunidad de escribir en el periódico a Sergio. ¿No crees? —continuó Edel, dirigiéndose a su marido.

—No puedo estar más de acuerdo. Es una pena que no le hayan dado el trabajo de redactor.

Recordé que el día anterior Sergio me había contado lo de la entrevista en el *Faro de Vigo*.

—Vaya, qué lástima —dije—. Siento que no le hayan dado el trabajo.

—Parece que en el diario prefieren el estilo de Julián Mosquera —explicó Edel soltando un bufido comedido—. Ya sabes, hija, morbo, sangre, amarillismo puro y duro, como dice Santiago. Según me ha dicho Pepa, su madre, ese Mosquera no quiere trabajar con Sergio.

—¿Cuál es el motivo? —me interesé.

—Yo hice la misma pregunta, pero Pepa dijo no saber nada, parece ser que a ella el hijo poco le cuenta de sus cosas. Algo pasó el último día que trabajaron juntos que Mosquera ahora se dedica a dinamitar todos los puentes que le permitirían a Sergio conseguir un contrato fijo en el periódico.

—Bueno, mientras le sigan ofreciendo pequeños trabajos como lo del monasterio de Armenteira —intervino don Santiago.

El gesto de mi rostro lo animó a extenderse.

—Él fue uno de los periodistas que cubrió la noticia sobre la aparición del *Cuaderno de un condenado a muerte*.

Aunque esa información me sorprendía, no era consciente de la importancia que tendría en mi vida pasados unos días.

Decidí hacer una pausa en el alboroto de mis pensamientos y leer el *Cuaderno de un condenado a muerte*. Ahora más que nunca necesitaba conocer la historia de Guillermo de Foz, qué relación existía con el asesino de la rosa, qué había sucedido y qué estaba sucediendo en el lugar donde habían vivido Lalita y Blanca y en el que ahora yo ponía en duda que sus cenizas pudieran descansar. Desde la última lectura no dejaba de dar vueltas al motivo por el cual Guillermo de Foz habría matado a la hija de su enamorada.

Hablaré con lengua dispuesta, señalaré a quien sea necesario y, un día no muy lejano, alguien pagará por sus pecados.

Florecía mayo sobre la tierra verde que había dejado un abril lluvioso. Paseábamos por el jardín, llegué a ver los colores que ella y la niña admiraban, los aromas que respiraban. Un atisbo de luz en mi ánimo atormentado, que al diablo no sería indiferente. Fue él quien tentó al brillo de mi pobre alma para regalarle una rosa. ¿Quién sino el mismo Satanás para incitar a esta sangre que me envenena? Terrible imprudencia la mía, una temeridad convertida en rehén para aquel que nos seguía desde hacía tiempo.

Y así, en la oscuridad de la media tarde, con el interés del vil metal, Mosquera daba cuenta y sonreía, sumaba maravedíes y en un sucio trato cercenaba mi vida. Se acercaba mi final.

¿Qué tuvo que ver Mosquera en el final de Guillermo de Foz?, me pregunté. Del escrito podía deducir que había descubierto su romance con la mujer de Benigno Barral. ¿Utilizaría esa información para chantajearlo? ¿Tendría algo que ver con la donación de Cortegada? Ávida por conocer la historia completa, por desenmarañar los interrogantes que guardaban aquellos escritos, me sumergí por completo en la lectura mientras veía cómo se sucedían los pasajes más reveladores. El tono del autor condenado a muerte, en aquel punto, se volvía más expeditivo al contarle a su hermano Danilo los acontecimientos que habían precipitado su caída en desgracia. Obtendría muchas de las respuestas que necesitaba. Incluso respuestas a preguntas que no había sabido formular. ¿Qué había pasado en mayo de 1910?

30

Jeremías Mosquera pagaría con trigo y demás cereales a la criada o al sirviente que ofreciese información sobre los perniciosos hábitos de Guillermo de Foz. En especial, prestaría atención a cualquier señal con deriva licenciosa dentro de la casa de Benigno Barral, pues su objetivo no era otro que desacreditar al poeta en el periódico regional que dirigía.

—Mis tierras son infinitamente mejores que las suyas y cuanto me ofrece Barral apenas alcanza la mitad de la suma que está dispuesto a pagar a ese literato de tres al cuarto. ¿Cómo voy a consentir agravio semejante a las propiedades de mi familia? —insistía Mosquera a quien era mano derecha del banquero, Ignacio Figueredo.

—Poco puedo hacer por ti, amigo. La extensión de sus parcelas es mayor y necesitamos que firme para concluir la donación al rey.

—¿Y si yo mantuviese mi negativa a firmar, tal como hice en 1907?

—¿Por qué habrías de hacer algo así? Desde el principio has sido de los más activos en el asunto de la donación.

Lo único que quieres es más dinero. Consigue información que empañe el ya de por sí turbio nombre de Guillermo de Foz y lo forzaremos a firmar la cesión de sus tierras por la mitad de lo ofrecido o incluso por nada.

Mosquera se relamió.

—De esa forma, la suma que Barral está dispuesto a entregar a ese infeliz, ¿recaería en mi suerte?

Figueredo asintió.

Así fue como una tarde, al caer el sol, Guillermo de Foz paseaba por el jardín de los rosales en Cortegada en compañía de una jovencísima Alma Barral. Pero no solo de esta; alguien más iba con ellos.

Una sirvienta se entretenía junto a su hija con alguna indicación dada al albur por su señora. Parecían recoger piñas, buscar setas y hasta biosbardos con la exigencia de respetar la intimidad de quienes se movían entre las rosas cerca de un gran roble que algún día crecería deformado.

El poeta caminaba con fatigada suspicacia en la mirada. Observaba el mundo desde el desencanto. Espalda erguida y porte de galán, solo parecía reaccionar con sutiles destellos de vida al tener frente a él la sonrisa serena de la mujer que ofrecía sentido a su universo. Ella sabía que no podía tocarlo, humedecía los labios y con el suave tacto de un parpadeo acariciaba su piel hasta verlo sonreír. El viento caprichoso soplaba agitando las copas de árboles inmensos. Luces y sombras se perseguían sobre la verde promesa del campo en primavera.

Alma miraba a su madre antes de saltar desde un muro de piedras con las faldas en volandas y cara de guerrera. Grandes y pequeños brincos, temerarios unos, contenidos y originales otros, hasta que el aburrimiento se apoderó de ella, incapaz como era de estar quieta más de un segundo.

—Madre, permita usted que vaya a jugar con Anabel —pidió con brillo saltarín en dos ojos canela y manos de súplica bajo el puchero que dibujaba su boca.

La hija de la criada esperaba ansiosa la respuesta escondida entre los arbustos. ¿Cómo negarse a aquella mirada? La madre no tardó en aceptar el juego, ordenando que no se alejaran demasiado. Fue en ese momento cuando, creyendo estar a salvo de los ojos de las niñas y de la sirvienta, Guillermo de Foz arrancó una rosa de turgentes pétalos carmesí para ofrecérsela a la mujer que amaba.

—Para ti, la única razón que da sentido al sinsentido de mi vida.

Ella alargó una mano sin dejar de mirarle a los ojos, sin pensar en las espinas, con tal fuerza o embrujo que no advirtió el dolor hasta ver la sangre brotando de una herida. En un acto de puro instinto, se llevó el dedo a la boca a fin de sofocarlo. La flor se precipitó proyectando su sombra, la sombra de la rosa, aquella que guardaría siempre sangre en sus espinas.

Se buscaron en una mirada, de esas que hablan con una pasión que agita aguas en la profundidad del alma. Poderoso delirio, la atracción de sus cuerpos cedía sin remedio. Él dio un paso, ella sonrió consintiendo que la caricia alcanzara su rostro.

Las niñas habían encontrado un renacuajo en la fuente junto a la ermita, Alma subía corriendo con las manos convertidas en cuenco y el pobre animalito en medio dedo de agua, ignorando qué pasaba.

El momento sorprendió a los amantes en un largo y cálido beso.

Las niñas se detuvieron, el renacuajo cayó al suelo sin saber dónde estaba y las dos balbucearon.

—Madre…

—Doña Blanca Novoa…

31

1910

Regresaron a casa. Jeremías Mosquera esperaba su oportunidad frente a la puerta de servicio. Preguntó, tentó con grano al hambre, con especias al gusto y con telas de oriente a
quien dudaba si occidente era desgracia o un lugar. Nada dijo
la sirvienta, pues nada sabía ni podía contar.

Las niñas corrían juntas de la mano, ignorando tanto al
hombre como a la hora, en un tiempo infinito para jugar.

Guillermo de Foz apoyaba un hombro sobre el robusto tronco de la entrada, envuelto en sombras. Entonces advirtió la presencia de Jeremías. ¿Qué buscaba? ¿Qué querría
en aquella zona reservada a quienes debían trabajar? Se man-
tuvo expectante, aprovechando la oscuridad que le daba cobijo hasta que la respuesta apareció frente a él.

Mosquera se acercó a Anabel. La joven Alma iba detrás. Habló con ellas y mostró algo empaquetado en papel
de estraza. Las dos niñas se pusieron de puntillas para aso-
marse a una promesa a cambio de verter con lengua de niños
la información que el diablo necesitaba conocer.

—¡Qué bonito día nos ha regalado hoy la primavera!
—exclamó el hombre—. Qué pena que hoy no haya podido

ir a pasear por la bonita isla de Cortegada como habéis hecho vosotras.

—¿Cómo sabes que venimos de ahí? —preguntó Alma con la inocencia clavada en la mirada.

—Es fácil, pequeña. Porque traéis cara de felicidad.

Suficiente respuesta para una niña que recogía renacuajos de las fuentes y a la de tres saltaba desde muros de piedra.

—Entonces, contadme —continuó la sierpe—, ¿habéis disfrutado del día? ¿Qué habéis hecho?

«Hemos jugado», «hemos corrido», «hemos estado» y, al final…, «hemos visto…». Anabel tapó la boca de Alma con una mano tras haber pronunciado la palabra beso. Demasiado tarde. El basilisco se relamía.

Guillermo de Foz abandonó la oscuridad y paso a paso se fue acercando. Las niñas cogieron el paquete y salieron corriendo. Jeremías Mosquera lo miró a los ojos con una sonrisa turbia en los labios.

—Así que ese es el motivo por el que no cedes tus tierras en Cortegada para uso y disfrute de Su Majestad. Vaya, vaya, vaya, Blanca Novoa… ¿Debo suponer que, a la luz de los últimos acontecimientos, sois amantes?

El escritor no hablaba. Lo escrutaba desde el desprecio de quien no entiende a la especie humana.

—Di algo, ¡maldita sea! O iré directo a contárselo a Barral. Cuando lo sepa, no te dará ni un real por tus parcelas. Te las expropiarán a cambio de nada y menos. —Hizo una pausa para rebajar el tono de su voz—. Puedo ofrecerte un trato ventajoso para ambos —añadió con talante conciliador mientras avanzaba un par de pasos hacia él.

—¿Qué quieres, Mosquera? —inquirió el poeta.

—Tus tierras lindan con las mías —empezó diciendo—. Quiero que me las entregues a mí a cambio de salvar la reputación de tu amada. Es increíble. ¿Blanca Novoa? ¿La mujer de Benigno Barral? Una vez le escuché decir a Figueredo que la mirabas de una forma que no procedía, pues contravenía toda norma o pacto social para una mujer casada. Reconozco que pensé «¡Claro!, ¿cómo no tener pensamientos de índole contrapuesta entre la moral y el cuerpo ante una dama como ella?».

Mosquera levantó las cejas e hizo un gesto de contención con labios encogidos, lo cual llevó a la desesperación más iracunda a Guillermo de Foz.

—Jamás obtendrás un ápice de lo que quieres si yo puedo impedirlo. No eres más que un ave carroñera con el hediondo rastro de la putridez emanando de tus entrañas.

Jeremías no entendió la mitad de lo que había escuchado, pero fue suficiente para sentir la sangre en la cabeza, el latido acelerado de quien no puede pensar y aprieta un puño antes de lanzarse a la yugular del enemigo. Lo agarró por las solapas de la chaqueta. Guillermo de Foz no se inmutó. Vio llegar el puñetazo y esperó en un acto de soberbia estoicidad. Una pequeña brecha se abrió en su rostro sin menor afectación.

Entonces apareció Roncal. Un hombre de casi dos metros de altura que, aun siendo un criado, formaba parte de la familia de Guillermo de Foz. Se acercó con paso firme, sin mirar a los lados, con inusitada ferocidad en dos puños dispuestos a dar la vida por su señor a cualquier precio. Apartó a Mosquera como una bestia, emitió un sonido gutural y lo lanzó como un saco de arena contra una puerta por la que, justo en ese momento, aparecía Alma corriendo.

La niña se libró del golpe, pero no del susto, cuando los ojos sulfurados de Roncal la miraron sin reconocerla, abriendo la boca con rabia espumosa que Alma recordaría con varias filas de colmillos, presa del miedo que la obligaba a correr sin volverse a mirar. Nunca.

Mosquera daba señales de aturdimiento tendido en el suelo. El criado se acercó como un enorme niño que trata de controlar su enfado sin conseguirlo. Gruñó y movió su cuerpo con la punta de su bota. Jeremías abrió los ojos, asustado. Recogió las piernas en un acto instintivo por protegerse y gritó.

—Ordénale que se detenga.

El poeta lo observaba todo con un aire frío en la mirada y tensión en las mandíbulas.

Roncal bufó envalentonado. No necesitó más que una mano para agarrarlo por la pechera y ponerlo en pie.

—Suéltalo ya —pidió su señor.

Desconfiado, Mosquera se alejó varios pasos, recompuso su atuendo, su gesto y su voz y levantó un dedo amenazante hacia Guillermo de Foz.

—Juro que esto no quedará así.

El criado acentuó la mirada de animal y volvió a gruñir. El poeta palmeó su espalda en una llamada a la calma. Sabía que la reacción había sido desmedida, pero poco podía hacer ya.

—Lo-si-en-to, se-ñor —dijo Roncal con gran dificultad.

Guillermo de Foz asintió con el peso de la amenaza atenazando su ánimo y sin decir nada palmeó de nuevo el hombro de su criado.

Roncal era un buen hombre. El corazón de un niño en el cuerpo de una mala bestia con accesos de ira salvaje de los que no se le podía culpar.

Calvo como una cereza, en medio de la cabeza llevaba el recuerdo de una piedra del fondo del lavadero público del río do Con responsable de tropiezos con sus pies, desencuentros de bar entre puños y demasiados olvidos.

Dos añitos, poco más o algo menos tendría. La criatura jugaba distraída, envuelta en olor a jabón mientras las mujeres frotaban con nudillos encarnados ropas con mugre de días y semanas con las que se araba la tierra, se limpiaban cuadras y se alimentaba al ganado.

Una pompa, la culpable de la risa y de su caída. Redonda, perfecta, exhibía colores bajo los rayos del sol. Una mano muy pequeña, bracitos cortos y demasiadas ganas por alcanzarla. Tentación, intentos que se sucedían incrementando la frustración del niño que quería atraparla y no conseguía tocarla, necesitado de conocer su tacto, una sensación nueva entre tantas que quedarían ya siempre pendientes.

«Buen fondo el que tiene este lavadero», decían las mujeres al lanzar pesadas prendas para lavar. «Buena piedra», dirían después quienes se acercaron a ver la causa del niño que no lloraba y a la madre que no dejaba de gritar. «¿Qué hacía ahí la piedra?», terminarían diciendo las voces combativas de quienes no saben consolar.

A los niños no les gustaba Roncal. Les asustaba verlo, escuchar los sonidos que emitía cuando no conseguía articular palabra y hasta su silueta de gigante cuando, desprovisto de rencor, cerraba los ojos y orientaba el rostro a los rayos de aquel sol que había regalado color a una pompa de jabón.

Después de haber presenciado la furibunda reacción del criado con Mosquera, a Alma le dio miedo estar cerca de él.

—No quiero que se acerque a la niña —terminó por pedir Blanca a su amante.

Él la escuchó con la misma mirada con la que escrutaba el mundo.

—Tememos lo que vemos, cuando no hay mayor peligro que el oscuro interés oculto a nuestra vista —contestó Guillermo de Foz.

Él, pese a saber bien de la predilección de su amada por ver más allá de lo que mostraban sus ojos, descubrió en ella la fortaleza de una madre con instinto protector muy por encima de la siempre serena luz de la razón. Quizá por eso escuchó las quejas contra su fiel criado sin prestar demasiada atención por considerarlas infundadas.

Aquella vez no fue diferente. Entendió el miedo de una madre que hablaba y rogaba para que Roncal se alejase de su hija; sin embargo, no tomó partido contra un hombre con cuerpo de ogro y mirada infantil. Quizá un error que Guillermo de Foz pagaría caro.

1910

Mosquera cumplió su amenaza y fue a por él. También a por Roncal. Y en el espejismo de un tiempo tranquilo, Guillermo de Foz llegó a creer que dejaría libre de toda sombra de dudas la honorabilidad de Blanca Novoa. No sería así.

El periódico hablaría de un monstruo comeniños. Un ser peligroso que rozaba el sentir de las bestias y respondía a órdenes de un poeta maldito. Hubo testigos e historias retorcidas de aquellos que proferían insultos a quien llamaban demente con la convicción de actuar por el bien del pueblo. Por los niños, por los padres, por el miedo que inundaba casas… Anécdotas varias iban corriendo de boca en boca con la mecha corta de los titulares de alarma.

¿Deberíamos consentir que ante la inminente llegada de Su Majestad Alfonso XIII y su real familia, un hombre de perfil grotesco e historial perturbador campe a sus anchas para perjuicio de esta noble tierra, hija de la Corona de España?

He ahí la pregunta que todos repetían. A continuación, las soluciones que Jeremías Mosquera presentaba en dudoso beneficio de la comunidad.

El porvenir de la Arousa está en juego. No tentemos a la suerte que la magnificencia de nuestro monarca orienta con buen tino a favor de nuestra tierra. Seamos cautos y mostremos la mejor cara de nuestra gente y de nuestro pueblo. Saquemos pecho, orgullosos, de nuestro buen hacer. Personas como el susodicho monstruo que ese poeta manipula a su antojo deben permanecer encerrados. Cuán importante es preservar el bienestar de nuestras mentes y nuestras casas para brillar en nuestro gran día con los remos en alto para recibir a la monarquía.

Por tanto, a las autoridades competentes me dirijo para que no se albergue atisbo de duda: Guillermo de Foz será el único responsable de las acciones que su criado Roncal lleve a cabo.

Guillermo de Foz arrojó el periódico a la basura, confiando en que alcanzase las miasmas del infierno del que provenía. Las palabras de Mosquera caían como pesadas losas en su ánimo maltrecho, pese a desconocer la magnitud del mal que se cernía contra él.

33

Paderne

No hacía calor dentro de la habitación, y sin embargo sentía bullir la cabeza. Un borboteo de información con el nombre de Guillermo de Foz, Blanca Novoa, Alma Barral, Lalita y un criado llamado Roncal.

Doña Blanca Novoa. ¿Blanca Novoa? Ese era el nombre de mi bisabuela, la madre de Alma Barral. ¿Lo era? Entonces ¿quién era Lalita?

Resumí cuanto había averiguado en un correo electrónico y se lo envié a Hervé. En aquellos mensajes cada vez se iba mezclando más la historia personal de mi familia con la de ese autor maldito.

Sin pensarlo demasiado, me calcé las zapatillas de deporte y cogí el chubasquero. Consideré la posibilidad de dar un pequeño paseo por el jardín a fin de aliviar la presión que atenazaba mis sienes. Pese a ser un día lluvioso, las nubes daban tregua en intervalos de tiempo que permitían estirar un poco las piernas. Al final, sin pretenderlo, le estaba cogiendo el gusto a salir a caminar.

Paseé prestando especial atención a los matices de color que lucían las enredaderas. Sinuosas y alegres, verdes y rojas, trepaban arropando los laterales de la casa. También los muros que cerraban el perímetro de aquella naturaleza que parecía ordenada por un maestro de óleos y pincel. Abracé en una mirada el juego de color del otoño. Robles de hojas doradas, arces reales, sauces de brazos exhaustos mecidos por suaves brisas. Qué armonía tan perfecta. Una nube traicionera puso fin al armisticio liberando un chaparrón que cayó a traición sobre las piedras que dibujaban el camino.

Sin tiempo para alcanzar la casa, me metí en la leñera. Tras largos minutos, me senté en un tronco con el ancho suficiente para hacer de taburete. Me acomodé y apoyé la cabeza en una mano. La lluvia no restaba un ápice de belleza a aquel lugar, donde los colores se mezclaban a merced del viento, los sauces lloraban, pero el granito de los pilares se mantenía firme, la composición de todo el cuadro era la de un hogar.

Una pequeña grieta se abrió en mi ánimo y secretamente envidié a don Santiago y a Edel, al paraíso que con sus propias manos habían pintado. Porque allí el sol brillaba en lo alto con el aire cálido del verano, la melancolía del otoño recordaba el paso de un tiempo con canas serenas y los duros inviernos se libraban al calor del fuego que él encendía y ella se encargaba de alimentar cada día. Y llovía, claro que llovía, porque la tierra necesita lluvia para sonreír a la primavera.

Fue entonces cuando me fijé en el rosal que crecía a un lado de donde yo me encontraba. Me puse de pie y caminé hasta él aprovechando la protección que brindaba un pequeño alero sobre mi cabeza. Permití la seducción de un aroma floral que tantos recuerdos rescataba de mi mente. Presa de la embriaguez de mi ánimo, con la punta de los dedos acaricié una esfera de lluvia solo por el placer de ver cómo se abría, pura y cristalina, permitiendo que el agua se deslizara sobre un tacto de terciopelo. Sonreí cautiva un segundo, tal vez más, justo hasta advertir que varias rosas de pétalos carmesí habían sido cortadas.

Paderne

A mi espalda, una Edel silenciosa salió de una puerta con un pequeño hatillo de cereal molido. «No parece que esta mujer deje nada al azar o a un conglomerado industrial», pensé. Y, del mismo modo, agradecí.

—Perdona, no quería asustarte —dijo.

—Descuida. Me ha sorprendido la lluvia y me he sentado a admirar el bonito rincón del mundo que habéis construido.

Edel dibujó una tímida sonrisa, ligeramente abrumada.

—Me alegro mucho de que lo disfrutes.

—Cómo no hacerlo.

—No todo el mundo valora algo así. La expresión que veo en tus ojos solo se la he visto a otra persona desde que Santiago y yo vivimos en esta casa. —Hizo una breve pausa para sentarse en otro leño a mi lado—. Verás, cuando concentramos todo nuestro tiempo, energías y también ahorros en levantar estas piedras y diseñar el jardín, no fueron pocas las personas que se acercaron a nosotros y, con absoluta franqueza, nos dijeron: «¿De verdad os vais a gastar lo que cuesta un coche de alta gama en árboles y plantas?».

Y que conste que lo decían desde el cariño de quien siente la necesidad de intervenir en esos arrebatos que interpreta de locura. Algunos incluso insistían y le preguntaban a Santiago: «Pero ¿se puede saber para qué los queréis?». Y él les decía: «Para mirarlos. Sencillamente para *mirarlos*». Algunos aún hoy no lo entienden. Es lo que hay —suspiró resignada.

—Pues yo no creo que exista mayor riqueza que lo que vosotros tenéis aquí —musité con un aire melancólico que Edel detectó al instante.

—Ay, la riqueza, Antía... Cada época nos dice quién es rico y quién pobre. Depende de la voluntad de las personas, de la forma en que miran lo que tienen alrededor y de la manera en que están dispuestas a hacer lo que sea por conseguir lo que no tienen. Se imponen metas que prometen felicidad. Y jóvenes y no tan jóvenes corren a por ellas, se empujan para subir a lo alto de montañas que no dejan de crecer. —Edel negó con gesto dolorido—. Y ¿cuántos no hay que se precipitan al vacío? Unos, antes; otros, incluso después de coronar las cimas más altas.

Me fijé en los ojos de Edel. Cubiertos de pliegues, transmitían una calma semejante al brillo plateado de la luna sobre tranquilas mareas.

—Cierto que también hay riquezas que sobreviven al paso del tiempo. Solo hay que saber mirarlas —esgrimió con la sabiduría de los años—, como a estos árboles —añadió.

—Saber *mirarlas* —repetí y dirigí la vista a los colores que respiraban en su jardín—, como debe hacerse ante los mejores cuadros.

—Justo así. Porque los sueños no se compran, Antía, los sueños se pintan.

Aquellas palabras me alcanzaron. Un pequeño silencio se convirtió en el preludio perfecto para que el cielo dejara de llorar.

—Será mejor que entre —dijo Edel—. Quiero amasar pronto antes de salir a El Gato Negro, voy a llevar unas flores.

—¿Unas flores?

—Sí, ya ves que en este jardín se nos dan muy bien las rosas.

Edel leyó con acierto la contrariedad en mi gesto y sintió la necesidad de explicarse.

—Ya sé que igual ahora no parece muy oportuno, pero desde hace años llevamos rosas al mirador de La Rosa, justo frente a Cortegada. En él se reúne el pueblo de Carril para recordar su lucha por la devolución de la isla. Desde El Gato Negro entregamos una rosa a cada carrilexo que se acerca y en un acto simbólico arrojamos las flores al mar, hacia la isla que un día guardó en su interior un jardín de rosales. Es una forma de demostrar a Cortegada que no la olvidamos y que seguiremos luchando por ella. ¿Te gustaría acompañarnos?

—Sí, claro. Contad conmigo.

Iba a cruzar el pequeño patio cuando se dio la vuelta y me dijo:

—Por cierto, la otra persona que se sentó años atrás justo donde tú estás ahora para mirar el jardín solo por el placer de *mirarlo* estaba hablando hace un momento con Santiago: el doctor Hervé García.

35

De este modo permití que mis pensamientos volaran lejos y llegaran a París, a la Sorbona. Cerré los ojos y recordé la paz en las manos de Hervé al pasar una página tras otra, sentado durante horas en el rincón de un despacho rodeado de libros. Algo que yo compartía y, sin embargo, Cynthia no entendía. Del mismo modo que tampoco acertaba a descifrar el motivo por el que yo le permitía a Alicia dormir en mi cama cuando el miedo la asaltaba de madrugada. Porque todos necesitamos refugios si no queremos cavar trincheras.

Entonces me sumergí en el recuerdo de una caricia que recogía mis lágrimas ante el abúlico mutismo de un ordenador y una impresora. Busqué el teléfono en el interior de un bolsillo, marqué número a número, despacio, y antes de presionar la tecla de llamada, este sonó en la palma de mi mano.

—Antía, ¿estás bien? —empezó diciendo Hervé con un punto de angustia en la voz—. Acabo de hablar con Santiago y me lo ha contado todo: lo de la chica muerta, la nota, la rosa. ¿Cómo no me habías dicho nada en tu último correo?

Esto puede ser peligroso. Creo que deberías volver. Podrías traer contigo las hojas del cuaderno de Guillermo de Foz, las estudiaríamos juntos… Bueno, o al menos ir a otro lugar, quizá a Barcelona.

Nunca había escuchado a Hervé tan agitado.

—Tranquilo —pedí con voz serena—. Estoy bien. Sé cuidarme sola.

Se hizo un silencio en el que intuí a Hervé llevándose una mano a la frente con los ojos cerrados al tiempo que pedía paciencia al universo.

—Sé que sabes cuidarte, de la misma forma que sé que las víctimas de cualquier criminal sangriento saben cuidarse. Es una mezcla de estadística y mala suerte —explicó recuperando su tono de profesor—. Dudo mucho que con un asesino que va por ahí dejando rosas y llamándose a sí mismo poeta sea diferente. De hecho, resulta más perturbador.

Guardé silencio unos segundos.

—Un momento. —Terminé de tejer una idea en la punta de la lengua—. Las rosas son las fieles compañeras de las obras de la literatura, ¿no? Pienso en Sant Jordi y en la tradición de regalar libros y rosas. ¿Crees que ha dejado una al lado del cadáver con ese fin?

Ambos barruntamos la misma idea, la misma abominación.

—En ese caso, el asesinato de la chica sería algo así como su obra literaria —completó mi razonamiento Hervé.

Varias preguntas revolotearon ante mis ojos, incapaz de pronunciar ninguna de ellas: ¿por qué habría asesinado a la joven Sandra de la forma en que lo había hecho y no de otra? ¿Por qué no le había arrancado el corazón? ¿Por qué se llevó la ropa y las joyas de la víctima y le dejó únicamente el anillo de compromiso? ¿Tendría algo que ver con su prometido? ¿Con la donación de Cortegada? Y, ya puestos, ¿dónde estaba el cuerpo de su primera víctima?

Pude despedirme después de prometer que tomaría todas las precauciones que fuesen necesarias y que lo mantendría al tanto de todo. Absolutamente de todo. Hervé era un buen amigo. De hecho, era el mejor.

36

Paderne

Ante la imposibilidad de responder a ninguna de las preguntas que borboteaban dentro de mi cabeza, y ligeramente aturdida por cuanto rodeaba al asesino de la rosa, decidí continuar con la lectura del *Cuaderno de un condenado a muerte*.

Me pregunto qué pensará Blanca ahora. Qué palabras darán forma a cuanto dicta la doctrina de su mente para armarla contra su alma. Me pregunto de qué forma sus latidos recordarán mi nombre y le hablarán de cada encuentro que tuvimos. Cada caricia de nuestras manos, el delirio de nuestros labios... Qué profunda la desesperación que me inunda... Soy un náufrago, un hombre que se hunde al calor de estas piedras con la boca de un sediento. Matadme, os lo ruego. ¡Matadme! Porque hoy recuerdo su piel en mis entrañas. Porque hubo un tiempo en que mis sueños tenían una luz que al amanecer daba esperanza. Porque sé que la muerte solo podrá vencerme cuando ella me olvide y sus brazos se rindan a la fatal suerte que yo he provocado. Me niego a creerlo, a pensarlo siquiera.

¡Arrasaré valles y montañas, empuñaré las más altas copas y el firmamento se romperá en mil ríos de estrellas!

Por el Éter del oscuro universo que perverso me arrojó a este mundo... Recuérdame.

Recuérdame como el almendro recuerda a su amante en primavera. Como los astros orbitan alrededor de la tierra. Con el sueño apasionado de quien ve un único rostro en millones de estrellas. Es así como sueño la agonía. Es así como ella me encuentra y yo sonrío, pues te sonrío a ti, a tu luz, al titilante parpadeo que al final de un camino me promete una oportunidad para los dos, para quienes no pudimos ser y sin embargo fuimos. Para una mujer a quien el tiempo no quiso ver. Para un hombre que el tiempo se esforzó en desterrar, sin entender que en su alma encerró tu nombre para volar juntos en cada pensamiento.

Sé dueña de tu paz y no enfrentes al tiempo. Él, que es atalaya, valle y montaña, pernicioso, tratará de infectar tus recuerdos para devorar con hondo lamento tus entrañas.

Cuando llegue el momento, nuestro momento, estaré a tu lado para que ese miedo que cabalga entre dioses de inframundo me encuentre cual titán para enfrentar al mismo Hades si osase alejarte de mis brazos. Juro que mi rastro no desaparecerá con la muerte. Sé que nuestras voces encontrarán aliento en otros cuerpos y juntos, tarde o temprano, arrostraremos el viento.

Recuérdame... Recuérdame y prometo encontrarte.

Leí y releí las aciagas palabras de Guillermo de Foz, prisioneras del desquiciamiento que le provocaba la idea de despedirse de mi bisabuela Blanca. De ahí que mezclase el mensaje a su hermano Danilo con la aflicción por la mujer que amaba. Sentí cómo las lágrimas me inundaban el pecho y respiraba con aquel dolor tan hondo dibujado en los labios.

Misterios de la forma en que cada uno guarda y almacena sueños y vivencias, lo que importa y lo que desea olvidar. Acerqué el dorso de una mano a mi rostro para evocar en la cálida humedad de mi aliento un recuerdo. En él, una vez más, Hervé.

Era tarde y trabajábamos en la universidad. Alicia tenía ocho años y ese día Ernesto aceptó prepararle una cena rápida y acompañarla hasta que se quedara dormida. Era una de esas excepciones en las que no ponía excusas para quedarse en casa con la niña y que me daba la oportunidad de llegar tarde. «No demasiado», me dijo, y pensé que era el colmo que tratase de marcarme la hora de vuelta. Tendría su recompensa, eso me había dicho, y supuse que estaría pensando en los planes que haría con sus amigos durante el fin de semana.

Había oscurecido. Hervé y yo corregíamos exámenes con la escasa luz de dos lámparas coetáneas a la mismísima catedral de Notre Dame. Mi pila de papel bajaba deprisa. Apenas levantaba la cabeza para estirar un poco la espalda o para beber agua, pero cuando lo hice, lo vi a él. Vi sus ojos. Apoyaba la espalda en el cuero negro, se daba pequeños golpecitos con un bolígrafo en la barbilla y me *miraba*. No dejaba de mirarme.

—¿Qué pasa? —pregunté.

—¿Te gusta este trabajo?

—Sí, mucho, ¿por qué lo preguntas?

—¿Te gusta tanto como para estar aquí a estas horas?

—Es necesario, ¿no? Estos exámenes no van a corregirse solos —me defendí.

—Pero ¿y Ernesto? ¿No preferirías estar hoy con él en casa?

—Ernesto entiende que es mi trabajo. ¿Podemos continuar ya? ¿O vas a seguir con el interrogatorio?

—Trabajas como si tuvieras que recuperar el tiempo que estuviste con la niña. El tiempo es ahora, ¿lo sabes?

—¿Por qué me dices eso? —me quejé.

Entonces abrió el cajón de su escritorio y sacó un pequeño paquete envuelto en papel de la librería *Shakespeare and Company*. Su favorita. Mi favorita.

—Porque hoy es tu cumpleaños. Felicidades, Antía.

Ni siquiera había reparado en esa fecha, ¿cómo era posible? Tampoco Ernesto. Estábamos demasiado centrados en nuestros trabajos, en el día a día de unas vidas a las que solo les quedaba en común una persona: Alicia. Retiré el envoltorio despacio, conmovida por el gesto de Hervé y al mismo tiempo dolida con Ernesto, conmigo misma. Estaba perdida en mi propia vida.

—Pero ¿cómo sabes que es mi autor favorito? ¡Edgar Allan Poe! Y esta edición... —musité—. ¡Has debido de dejarte una fortuna!

—Por la expresión de tu rostro ha merecido la pena. —Esbozó una sonrisa.

—¿Es casualidad o también sabías que es el cuento de terror que más veces he leído? —pregunté sin dejar de mirar mi regalo—. El Gato Negro —leí el título en voz alta.

Esa noche compartimos unos tallarines del restaurante chino más cercano. Hablamos, reímos, nos contamos anécdotas y nos hicimos algunas confesiones... y justo al despedirnos vi, pude ver, un brillo efervescente en su mirada, la desnudez con la que seguía el movimiento de mis labios. Supe entonces que los ojos nos delataban al confesar esos deseos que las palabras se esforzaban en ocultar. «Hasta mañana», «saludos a Ernesto», «besos a Cynthia»...

37

Paderne

Abandoné el recuerdo con un halo de nostalgia en la mirada.
Necesitaba seguir acercándome a ese poeta maldito que tran-
sitaba entre el dolor y la muerte y me entregué por completo a sus páginas.

*Ingenuo ante la fatal amenaza de un periodista necesitado
de sangre, mi sangre brotará venenosa en la memoria de los
presentes el día de mi muerte. Efluvios que manarán perniciosos sobre la oscura sombra de quienes escucharán la sentencia. Mas la tierra que alimenta a las rosas permanecerá
verde en mi testamento. Juro que ni una pizca de suelo cederé a palacios, reyes ni a quien encuentre color en su sangre o
su piel para arrancar a tiras la de quien vierte lágrimas al otro
lado del mar.*

*Me sentaré en el garrote buscando al sol oculto en nubes
negras. Mi cadalso será señalado por impacientes espectadores
deseosos de ver la muesca en el cinturón del verdugo, del
triste hombrecillo portador de la conciencia de las leyes.*

*Caminaré erguido, con el porte henchido del condena-
do merecedor de su suerte. El perfil de mis tinieblas causará*

espanto en mi amado público ante la lectura descarnada de abominables actos. Padres de corazón disciplinado taparán los oídos de sus hijos; madres de amoroso tacto abrazarán sus cuerpos menudos hasta que dé comienzo el ansiado momento de mi ejecución. No importarán los años que sumen sus pequeñas vidas, deberán ver, tendrán que mirar. No podrán ignorar la sangre cuando mi cabeza muerta se venza hacia ellos con ojos de horrible agonía, mirándolos sin pestañear el resto de sus días.

Será entonces cuando la negra parca halle mi sombra envuelta en polvo para arrastrarla al infierno. Me iré tranquilo. Levantando los talones de la podredumbre de este suelo. Y sonreiré, claro que sonreiré. Porque en esta vida de condena la tuve a ella, y ella hoy podrá vivir, tendrá que hacerlo para que yo la visite en sueños... Sueños que dejan lágrimas en largos y cálidos besos.

Al fin he sido quién de amar, al fin los ángeles podrán danzar sobre mi tumba y hacer burla a la sombra que las rosas proyectarán sobre la inmortal intemperie de la que no soy más que otro condenado.

Imagino la tristeza en su rostro la noche en que Roncal la arrancó de su casa para meterla en un barco rumbo a tierras de oportunidad en la enormidad del cielo. Perdóname, mi Diotima, mi amada Blanca, por no haber hallado forma alguna en la que entregarnos juntos a un futuro de ensueño. Lo intenté, como trataré mañana de enfrentar la muerte con el calor de tu mano en mi rostro, aun sabiendo que el ensueño no será suficiente.

Hermano, Danilo, cuida de Roncal, criatura de quien el universo entero renegó, como despojo de un juego imperfecto. Cuida siempre de quien se siente monstruo y alberga esa luz a la que ángeles de pulidos rostros cantan ciegos.

Confía en él, pues no es más que ingenuidad encerrada en la torpeza de su mente. Él siempre será el joven inocente que salvó la vida a quien amo y a quien no dejaré de amar

nunca. Será a él a quien entregue mi testamento y una con-
fesión a la que hoy pondré punto y final. Ella podrá leerla,
leerá lo suficiente para entender qué pasó esa noche, por qué
debía marcharse de esa forma atropellada. Eso, solo eso y
nada más. El resto, hermano, llegará a ti. Sé que hallarás
valor para leerlo y fuerza en tus manos para sostener las cru-
das palabras que recordarán mi paso por este valle de muerte.

Ojalá esa niña entienda su suerte. Ojalá enfrente el
limbo al que la he condenado.

Roncal había sido el encargado de hacer llegar un testamento y una confesión a Blanca Novoa, esposa de Benigno
Barral, amante de Guillermo de Foz y mi bisabuela. También
había sido el hombre que le había salvado la vida. Pero ¿qué
había pasado esa noche? ¿Había matado Guillermo de Foz
a Alma Barral? ¿Qué motivación podía haber detrás de la
horrible imagen de una niña colgada como un animal en un
día de matanza?

Fueron esas todas las preguntas que recogí en un correo electrónico para Hervé después de analizar la misantro-
pía y el nihilismo de Guillermo de Foz en contraposición a
esa vertiente que, sin llegar a ser romántica, albergaba la extrema sensibilidad de un poeta. «Hasta el final de sus días
continuó sintiéndose un ser atormentado y alejado de la moral de su tiempo. Un hombre solitario y desterrado mucho
antes de ser un condenado a muerte», tal y como pude apostillar con la biografía del autor en la mano.

No había nada más. El cuaderno estaba incompleto y
yo necesitaba más explicaciones. Muchas más. Un sentimiento de punzante decepción me invadió y me senté con la mirada perdida en el sillón al lado de la ventana. Repasé men-
talmente y a grandes rasgos lo que había descubierto de
Guillermo de Foz. Lo más destacable era el increíble romance que había tenido con Blanca Novoa, mi bisabuela. El impacto de esa revelación era sin duda lo más sorprendente

de todo. Por otro lado, él se había granjeado la enemistad de hombres como Barral y Mosquera por su negativa a donar tierras en Cortegada, pero también, en el caso de este último, a causa del incidente con Roncal.

Por último, de dominio público era la sentencia a muerte por garrote acusado de asesinar a Alma Barral. Pero ¿quién era Alma Barral? O más bien, ¿quién era la mujer que había muerto hacía solo unos días en Buenos Aires? ¿Quién era Lalita?

Justo en ese momento el brillo de una idea me sacó de mi letargo silencioso. Ahora sí me urgía leer el testamento de Lalita.

38

Paderne

Llevaba días posponiendo la confirmación al notario de que había concluido la misión de depositar las cenizas. Al fin lo hice y casi de inmediato él me citó para la lectura y entrega del testamento. A esas alturas, apenas me cabía ninguna duda del funcionamiento de la cabeza de aquel hombre, más cercano a un ordenador que a una persona. Necesitaba hablar con Ernesto y eso hice.

—¿Cómo está mi exmujer favorita?

—Soy tu única exmujer, Ernesto.

—Por ahora, dame tiempo.

—¿Un mal día en el paraíso?

—Parece que hoy llueve. Estarás contenta.

—¿Yo? Para nada. Tranquilo, que ya escampará.

—Pues no creo —continuó con el acento ácido de un chiste que ya no le hacía reír—. Porque esta tarde tenemos cita con un médico de fertilidad y hay previsión de tormenta explosiva.

—¿Fertilidad? Pero…Vanesa y tú…

—No, no. Yo nada de nada. Es ella la que quiere tener un hijo. Se ha obsesionado con que, si ya ha cumplido los treinta, si no sé qué del arroz, bla, bla, bla.

Me reí. ¿Cómo no hacerlo?

—Pero a ver, Ernesto, ¿tú no le has contado que te hiciste la vasectomía al nacer Alicia? —estallé al fin en una carcajada.

—Me alegro de proporcionar un poco de alegría a tu gris existencia, Antiíta.

Otra vez el diminutivo para sacarme de mis casillas. No lo conseguiría.

—Estás disfrutando de lo lindo, ¿verdad? —bufó y añadió un chasquido con la lengua a sabiendas de que odiaba que hiciera eso.

—Un poco sí. Para qué mentirte a estas alturas. Pero dime, ¿cuál es tu plan?

—¿Mi plan?

—Sí. Sé bien que eres un maestro del ilusionismo, pero ¿cómo piensas librarte de esto? ¿No crees que es más fácil comprar un paraguas y aceptar que en el paraíso también llueve? —reconozco que lo dije con un retintín abrumador—. La lluvia a veces forma parte del cuadro y sigue siendo un buen cuadro. Pensé que a estas alturas ya lo habrías aprendido.

—Ya... —Volvió a chasquear la lengua—. Tengo una idea mejor.

—Por favor, ilústrame. —«Y asústame», dijo esa vocecilla de mi cabeza que, por suerte, todavía controlaba.

—Acabo de comprar un billete para ese viaje pendiente a Buenos Aires. El vuelo sale en unas horas. Brillante, ¿eh?

«¿De verdad he estado casada con esta persona dieciséis años?». No sabría decir a qué interrogante me costaba más dar crédito y respuesta.

—¿Huirás con tal de no enfrentarte a la verdad?

—¿La verdad? La verdad es que yo le dije que no quería más hijos, pero claro, ahí ella qué tenía, ¿veinticinco? —Aquí mi cabeza empezó a hacer tantos cálculos que, al ser mujer de letras, casi explota—. Y no le importaba —continuó, ajeno a mis números—: «¿Hijos? Bah, yo estoy centrada en mi carrera, quiero viajar, ver mundo, lanzarme desde un helicóptero e ir a la luna, ya puestos, que nunca he estado allí» y no sé cuántas cosas que a mí me parecían taaan estimulantes…

Estimulado sí que estaba mi ánimo. Volvía a oler a azufre.

—¿Llevas cinco años saliendo con Vanesa?

Silencio. El primero desde que empezamos a hablar.

—¿Qué Vanesa?

—No me hace gracia, Ernesto.

—Y qué vas a hacer, ¿dejarme?

Volví a imaginar su cara de chiste. ¿Qué cambiaba el tiempo que llevara viéndose con ella si el resultado, el dolor, iba a ser el mismo? Creo que habríamos sido grandes amigos si aquel que guiaba nuestros destinos no se hubiese hecho un lío con los hilos que unieron nuestras vidas en un matrimonio.

—Así, de entrada, se me ocurre dejarle caer a Vanesa lo de la vasectomía —dije.

—Mira por dónde, eso tampoco tiene gracia.

—Pero no lo haré —añadí.

—¿Sabes? Nunca ha dejado de gustarme hablar contigo.

—No me líes, Ernesto, que nos conocemos. Dime, ¿Vanesa no quiere acompañarte?

Escuché una risa pequeña. Era único. «Por suerte», dijo esa voz en mi cabeza.

—He pensado decirle que a la vuelta pasaré por Galicia para entregarle algo a mi ex. Ya puedes imaginar las pocas ganas que tiene de verte.

«Es mutuo», pensé, pero evité decir nada. Demasiado fácil.

—Por cierto, ¿no querías que recogiese el testamento de Lalita? —acertó al fin a preguntar con un punto de seriedad.

—Justo por eso te llamaba. Sí que es coincidencia.

—Mal que te pese, seguimos conectados. —Rio y me lo imaginé levantando las cejas un par de veces en un rápido movimiento.

—Lo necesito cuanto antes, la verdad.

—Pues tendrás ese testamento antes de lo que creías, ¿contenta? En dos o tres días estaré en Galicia con él. Te llamaré. Tal vez podríamos quedar como *antes,* como en los viejos tiempos… Quién sabe si pueden ser tiempos nuevos, ¿qué me dices?

—Nos vemos en Galicia, Ernesto.

39

Carril

Tras una noche en la que soñé con Ernesto, llego el día de arrojar las rosas al mar para recordar a las autoridades que el pueblo seguía en pie para recuperar Cortegada. Hubo quien dudó si aplazar el evento dado el nuevo y oscuro significado que un asesino había dado a esa hermosa flor de pétalos carmesí. Finalmente, alguien con el saber hacer templado se negó a dejarse arrastrar por titulares alarmantes y consideró que ya bastante alterada estaba la vida en Carril y en Vilagarcía como para permitir una sombra más sobre el ánimo de la gente.

Don Santiago y Edel se adelantaron para recoger a unos amigos de camino. Yo me acerqué en el coche que me habían prestado con la indicación de vernos en el mirador de La Rosa. Sin previsión de lluvia y un cielo despejado, decidí aparcar cerca del puerto e ir caminando. Para mi sorpresa, nada más bajar del vehículo con intención de contemplar la isla de Cortegada me encontré con dos de los taxistas a quienes ya había tenido ocasión de pedir indicaciones en el centro de Vilagarcía. Saludé levantando una mano con una sonrisa pintada en la cara, pero no tardé demasiado en ser consciente de que me miraban con expresión de reprobación.

—¿Se puede aparcar aquí? —pregunté, creyendo descifrar la causa de la queja.

Uno de ellos, con un palillo de madera en la boca, le dio una vuelta con la lengua e hizo un mohín con los ojos que en ese momento no supe interpretar.

—Poder, se puede —contestó el compañero con el mondadientes en la mano.

Asentí queriendo decir «perfecto» y accioné el cierre automático desde el control remoto de la llave. No funcionaba, así que me vi obligada a cerrarlo de forma manual.

—Es que el coche es de una amiga —me excusé ante ellos sin saber por qué—. No me gustaría nada devolvérselo con una multa de aparcamiento. —Dudé si sonreír o no.

Después miré a ambos lados de la carretera, preparada para cruzar al otro lado.

—Ay, espera —dijo el primero sin retirarse el palillo de la boca.

Me di la vuelta con intención de escucharle.

—A ver —continuó—, multa igual sí que te llega, eh.

«¿Cómo?».

—Pero… me había parecido entender que se podía aparcar aquí —insistí mientras trataba de entender los usos y costumbres del lugar.

—Es que aparcar, lo que es aparcar, poder se puede. Otra cosa bien distinta es si te ponen multa o no —dio por toda explicación mostrando las palmas de ambas manos.

—Que, también digo yo, que malo será —añadió el otro con un punto optimista.

Finalmente, concluí que sí podía ser malo y me subí al coche. Conduje un par de minutos hasta tener la sensación de estar muy lejos de la civilización, pero también de quien, muy amablemente y libretita en mano, no tendría miramientos en ponerme una multa de aparcamiento. Aquella zona me sonaba, estaba muy cerca de un área de descanso y del cementerio en el que descansaban los restos de Guillermo de Foz y de alguien con el mismo nombre que mi abuela, Alma Barral. Qué ganas tenía de leer el testamento y entender de una vez por todas la historia de mi querida Lalita.

Transité por el arcén, dejando a un lado construcciones dispersas y, al otro, vegetación. Pasaron algunos coches y pude advertir que todos sus ocupantes me miraban. Desconozco si era por el hecho de ir caminando por aquella carretera o si más bien se debía a la necesidad de verificar mi identidad para valorar saludarme o no.

Me detuve un momento al pasar una curva en la que no había más que una casa en ruinas. Tenía la sensación de que alguien me seguía. Apreté el paso y descendí por una calle más angosta, quizá una carretera secundaria. Lo cierto es que los nervios no eran buenos aliados para acertar con la dirección.

Alguien caminaba muy cerca. La distancia entre ambos cada vez era más corta. No quise girarme, no debía darme la vuelta, con eso solo conseguiría ralentizar mi marcha. Pero ¿dónde diablos estaba? Me esforzaba por caminar en línea recta, buscando la salida al mar como un río desciende entre rocas, cada vez más desesperado. Ya no reconocía las casas, no había pasado por allí con el coche, de eso estaba segura. Tenía que pararme o echar a correr. ¿En qué dirección? Escuché un trote. «Sin lugar a dudas está en mejor forma física que yo», lamenté. Metí la mano en el bolso sin dejar de andar. ¿Qué buscaba? No tenía ni idea… ¡Algo! Aquella voz en mi cabeza estaba tan desnortada como mi brújula interior.

—¡Profesora Fontán! —gritó alguien a mi espalda entre jadeos.

Rendida, acepté darme la vuelta y contestar. A aquella distancia correr ya no era de cobardes, era de idiotas.

—Es usted la profesora Fontán, ¿verdad?

Asentí con prevención.

—Vaya, me ha costado alcanzarla. Caminaba muy deprisa.

Mantuve un gesto severo a la espera de confirmar quién era y qué quería, aunque lo cierto es que su cara me sonaba un poco.

—Soy Julián Mosquera, periodista del *Faro de Vigo* aquí, en Vilagarcía —se presentó alargando una mano.

Correspondí estrechando la mía.

—Pensé que se acercaría hoy al mirador de La Rosa, al acto que han organizado los de la asociación de vecinos para recuperar Cortegada.

—Ahí me dirigía ahora mismo —acerté a decir.

Él me miró contrariado.

—Está caminando en dirección contraria. ¿Se ha perdido?

—No, es que quería conocer esta zona tan... —«¿Ruinosa?, ¿abandonada?, ¿lúgubre?», pensé, y con buen criterio no dije nada.

—Ya, entiendo —contestó prudente—. En ese caso, permítame que la acompañe.

«¿Qué más podía perder?», me dije y la vocecilla de mi cabeza susurró: «Malo será».

Efectivamente, yo había estado caminando en dirección contraria desde que me bajé del coche. Julián Mosquera no parecía un mal tipo. Adaptó su paso al mío, me explicó algunas curiosidades sobre la isla de Cortegada e hizo especial énfasis en lo importante que era para todo el pueblo de Carril recuperarla para seguir cuidando de ella.

Pronto el tema de la isla quedó atrás y quiso profundizar en lo que había ido a hacer yo a aquel lugar tan alejado de la prestigiosa universidad de París. Debo reconocer que cada pincelada de mi currículo que mencionaba contribuía a incrementar mi desconfianza. No tardé en ver que lo que buscaba era un titular y lo que me estaba haciendo era una entrevista. Ese y no otro era el verdadero tema que quería abordar.

—¿Qué opina del asesino de la rosa? Imagino que habrá leído la nota que dejó en el escenario del crimen. ¿Qué opinión le merece en calidad de experta en literatura? ¿Podría tratarse de otro autor maldito? ¿Ve similitudes con nuestro más célebre escritor, con Guillermo de Foz? ¿Qué piensa? ¿Qué opina? ¿Qué? ¿Qué...?

40

Carril

Sin duda, mi habilidad para evitar responder a según qué preguntas mejoraba con cada año que cumplía. Una auténtica bendición que Julián Mosquera recibía como pellizcos que aceleraban su lengua y también sus pasos.

—La ofrenda en el mirador de La Rosa era a las doce, ¿no? —pregunté con la vista en el reloj de mi muñeca.

—Así es, a las doce en punto —confirmó—. Y más me vale llegar a tiempo para cubrir el evento.

—Vaya, pues son menos cinco. Mejor adelántese, señor Mosquera, no se preocupe por mí. Igual llego un poco tarde.

—Es un acto muy breve. Apenas una lectura y la ofrenda de las flores. Casi podría decirse que si se pierde el principio se pierde el final. Aunque bueno, el verdadero encuentro de vecinos y autoridades tendrá lugar después en El Gato Negro.

—En ese caso, seguro que nos encontraremos más tarde en el bar.

—El Gato Negro no es solo un bar, profesora Fontán. Es un centro artístico y deportivo en el edificio del viejo consistorio municipal de Carril. Porque me imagino que ya sabrá que antes de fusionarse con el ayuntamiento de Vilagarcía de Arousa, Carril era un municipio independiente.

Lo cierto era que don Santiago sí me había comentado algo. Y Edel se había referido a El Gato Negro como el centro social de Carril.

—Por supuesto, señor Mosquera. Estaba al corriente. Y ahora, apure el paso o no llegará. —Dibujé una sonrisa a modo de despedida que por suerte él supo interpretar y salió corriendo calle abajo, hacia el mirador.

No solo presencié la ofrenda floral, sino que participé en ella entregando una rosa al mar. Quizá por las sentidas palabras del descendiente de uno de los últimos pobladores de la isla, arrojé la flor con tal punto de quebranto y subversión que una espina se llevó una gota de mi sangre. Disimulé el dolor del pinchazo con gesto sobrio desde la lejanía en la que, justo al terminar, el buen ojo de don Santiago me encontró entre la multitud para invitarme a que me acercase.

Caminé sintiendo el calor de aquella lucha silenciosa y el recuerdo de una espina en mi mano. Salpicada de saludos a vecinos, palmeos en espaldas de amigos y apretones de manos a quienes se hacían eco del evento, la pequeña procesión avanzó en dirección a El Gato Negro. Al frente, con paso lento y religiosa solemnidad, las miradas acuosas de quienes sumaban más años de lucha y de recuerdos que, quizá por no ser todos suyos, conformaban herencias que pesaban y dolían.

Las instalaciones de El Gato Negro eran abrumadoramente grandes. Allí, en efecto, no solo había un café-bar, sino también una sala donde celebrar fiestas, torneos, clases de yoga, baile para mayores y cursos de perfil artístico y hasta literario. Me fijé en una amplia zona cerrada al público. Con el pretexto de buscar los aseos, me acerqué a husmear un poco por mi cuenta. El perímetro de aquella estancia se encontraba cubierto con plásticos blancos que abarcaban desde el techo hasta el suelo. Alargué una mano con intención de apartar uno de ellos con cuidado. Un sonido me puso en alerta. El susto contrajo el movimiento de mi brazo. Vi una pequeña sombra al otro lado. Una sombra negra, estaba convencida. Otra vez ese sonido. ¿Un maullido? Relajé la respiración y retiré el plástico con decisión. Un gato negro me miró desafiante con dos ojos amarillos y la intensidad de un escalofrío recorrió mi espalda.

—¿Qué estás haciendo aquí?

Reconocí la voz y me di la vuelta en el mismo segundo.

—Qué susto me has dado —respondí más tranquila.

—¿Yo a ti? Eso es porque no te has visto la cara.

Me eché a reír antes de que Sergio continuara explicándose.

—Mucho mejor —añadió con una sonrisa—. A ver si recuperas un poco de color. Parecía que hubieses visto el espíritu del mismísimo Guillermo de Foz.

Me giré buscando con una mirada precavida al animal, pero ya se había esfumado.

—No, era un gato.

—Ah, ya, el gato negro. Es que aquí somos muy ocurrentes.

—¿Por qué has mencionado a Guillermo de Foz?

—¿Todavía no te ha contado nada don Santiago?

—¿Es que para ti es un reto contestar a cada pregunta que te formulo con otra?

—Podría decir lo mismo, profesora. Empiezas a encajar en este lugar.

Resoplé y sonreí, todo a un tiempo.

—Verás —comenzó a explicar—, tras el descubrimiento del *Cuaderno de un condenado a muerte*, desde la dirección de El Gato Negro decidieron habilitar una zona donde rendir tributo a su obra y dar visibilidad a la historia del autor y a la de Cortegada. Guste la idea más a unos que a otros, se trata de un autor natural de esta tierra y hay que aprovechar el tirón que está teniendo en todos los medios de comunicación para dar a conocer la lucha de nuestro pueblo por la isla de Cortegada.

—Lo tenéis todo bien pensado. A la mayoría le interesan las atrocidades que se le imputaron, pero son muy pocos quienes se han acercado a conocer su obra y sus pensamientos.

—No se puede culpar a la gente por el morbo que se está generando en torno a este autor. El morbo vende.

Asentí con un punto de aflicción en la mirada.

—Por suerte, tenemos entre nosotros a una profesora de literatura, de nada menos que ¡la Sorbona! para acercarnos tanto al hombre como al autor, ¿no?

No contesté. No con palabras, al menos. Hice una mueca que decía «sí, claro, bien traído», pero con una mirada que en el fondo agradecía el chascarrillo.

—Me lo parece a mí, profesora, o te ha afectado la lectura de los escritos de Guillermo de Foz. ¿Has sido capaz de entender sus motivaciones o algo así?

«¿En verdad era un monstruo Guillermo de Foz?», me pregunté. Después de haber estado leyendo su cuaderno y su obra poética no sé si entendía algo mejor la complejidad de aquella alma atormentada, pero sí sentía como propios el vacío de la desesperanza y el dolor que le acompañaban. Sus versos me habían arrastrado, vapuleado, abierto los ojos y cerrado las heridas que la doctrina de mi forma de entender el mundo y hasta el matrimonio me estaba provocando. También me había hecho dudar de mí, de lo que ven mis ojos, de lo que no eran capaces de ver y hasta de la historia de la humanidad al completo.

No podía explicarle todo eso a Sergio. Y no solo porque probablemente no le importaría en absoluto, sino porque yo no era quién para hablar de poesía. Porque la Poesía, con mayúscula, abría ventanas a insondables abismos que yo era incapaz de explicar. Recogía la mirada del poeta, sus latidos, la sangre que lo hacía arder en llamas y también la hiel que se colaba en entrañas miserables.

No, yo no podía hablar de Poesía. Yo miraba a su hermana pequeña, la literatura, escuchaba sus historias, estudiaba sus ideas y aplaudía la lucidez de las letras para acercar mundos de natural lejanos. No, yo no podía explicar la Poesía, porque los poetas escriben con la tinta de sus venas, no necesitan ser entendidos y mucho menos explicados, solo que sintamos sus lágrimas brotando calientes en nuestros ojos. La pregunta se formula más tarde: ¿por qué estoy llorando?

—¿Dónde te has ido? —preguntó Sergio, que consiguió arrancarme de aquella habitación sin ventanas a la que a veces me transportaba.

La misma que sacaba de quicio a Ernesto. Quizá porque era una habitación pequeña, sin cama ni videojuegos, en la que volaban demasiadas palabras que él tenía que buscar en el diccionario. Parpadeé mientras Sergio movía una mano a pocos centímetros de mi cara.

—¿Sigues ahí? —repitió—. Esto va a ser por tanto queso azul que os dan en París. Si es que eso es moho. A quién se le ocurre. Hablando de queso, bajemos ya, que veo que nos quedamos sin los mejores aperitivos. Te voy a enseñar un buen queso que se hace aquí. Bueno, en realidad se hace en Paderne. ¡Buenísimo! Y ya con los vinos que tenemos en las Rías Baixas… —Hizo un gesto de excelencia que me hizo gracia y, sumado a los manjares que estaba descubriendo en la tierra de mis antepasados, no pude resistirme.

41

Carril

Seguí a Sergio hasta un salón en el que, como él había previsto, solo quedaba el recuerdo de la mayoría de los entremeses que acompañaban al vino. Entre ellos, deliciosas empanadas de zamburiñas, de pulpo, berberechos y hasta un exquisito jamón de bellota, quizá de Guijuelo. Lo miré de reojo y comprobé la poca gracia que le estaba haciendo aquello. Torcía ligeramente los labios y escrutaba con ojos muy vivos cada rincón en busca de un plato que, en sus palabras, «aportase alegría a su copa». Le habían servido un vino casero de la cosecha de Mosquera. Y es que no era de extrañar la entrega de los Mosquera con el aperitivo, a tenor de la complicada tarea de recuperar Cortegada. Era un día especial, un evento en el que se encontraban los vecinos, se recibía a los medios y, por encima de todo, se tejían amistades y alianzas con la vista en la misma meta a alcanzar.

Aun así, huelga decir en qué medida había gustado a Sergio la elección del sumiller. Eso me dijo justo después de insistir en que, como era un caballero, no iba a quejarse porque «el vino no se va a tirar, ¿no?». «Sí, señor», asentí con los ojos y me llevé la copa a los labios mientras echaba un vistazo a los presentes. Como no podía ser de otra forma, Julián Mosquera y quienes entendí integrantes de su extensa familia rodeaban al alcalde, a dos personas de la diputación que don Santiago en el trayecto desde el mirador me había presentado y quienes no supe el papel que representaban, de la misma forma que no entendí cuál era su función. Y también, por supuesto, el joven Alonso Salgado protegido por sus padres.

Al principio me extrañó verlos allí, se trataba de un aperitivo que ponía el broche a un evento que perseguía la recuperación de Cortegada. ¿Qué sentido tenía la presencia del presidente de la inmobiliaria a la que pertenecía la isla? Luego entendí que Ignacio Salgado y su esposa Sonsoles no estaban allí por ellos, sino por su hijo. Lo acompañaban a él. Deducciones que don Santiago puso en duda con un comentario acerca de la idoneidad de las protestas del pueblo para incrementar el justiprecio a saldar desde la Xunta de Galicia. Dejé de cavilar en las motivaciones escondidas y en las evidentes y me centré en lo que consideré más importante en aquel momento: caminé hacia Alonso y me dispuse a darle mi pésame.

La mirada del joven se perdía en un futuro que ya no alcanzaba a ver, porque no estaba, se había esfumado junto con la sonrisa de Sandra. Él no comía ni bebía. Su mirada cansada se movía de un lado a otro manteniendo la compostura en la que había sido disciplinado. Las jóvenes lo miraban de reojo, personas como Mosquera lo ignoraban y se dirigían a su padre. «Falta de tacto», me dije mientras caminaba a su encuentro. Pero no era ni por asomo lo peor a lo que el joven parecía enfrentarse. Sin edad, sin *mirada*, sin saber cómo enfrentar o acompañar en la pérdida, se acercaban otros para verlo de cerca con ojos fríos, estrechaban su mano, palmeaban su hombro y le decían «eres muy joven», «verás cómo pasa pronto», «tú que puedes, sal, viaja y olvídate de todo».

Los ojos de Alonso, inexpertos en la difícil tarea de hablar cuando solo quería llorar, se posaban en las baldosas del suelo, lamentando que no existiese la posibilidad de dejarse caer más todavía. No pude soportar la situación y aceleré el paso hacia él. Me detuve al advertir un destello en su mirada y un amago de puchero en su boca cuando estuve frente a él. «Cuánto lo siento, Alonso», eso le dije en un arrebato sincero y maternal. Él respondió desarmado en un abrazo, como si esas palabras y escuchar otro latido fuese todo cuanto su tristeza necesitaba. Lloró en mi hombro. Qué importante llorar para sanar. Y en medio, el único recurso necesario: saber acompañar.

Sus padres no tardaron en detectar la inconveniencia para buscar una solución. O lo que ellos entendían como solución. Sonsoles palmeó a su hijo con la mirada inquieta y una sonrisa erguida y dispuesta hacia los ojos que esperaban ansiosos que ocurriese algo más que el terrible duelo de un joven enamorado. Unos ojos que aguardaban algún aderezo con el que salpimentar las conversaciones en la cola de la carnicería o en la lonja al día siguiente.

Decepción. «Venga, Alonso, está todo bien», susurró Sonsoles, dando por acertada la respuesta, incapaz de ver la incomprensión que yo me esforzaba en esconder en mi mirada. Ardua labor, pues, aunque sabía mantener los labios sellados, todavía no había conseguido controlar los subtítulos que proyectaban mis ojos. De ahí que procurase camuflarme orientando la vista a la mesa en la que Sergio buscaba un plato con algo que llevarse a la boca y pasar el mal trago de aquel vino. Muy a mi pesar, me hice a un lado para que Sonsoles e Ignacio Salgado ocupasen el lugar que la naturaleza y la sociedad les había asignado.

—¡Chisss! ¡Largo de aquí, *micho!* —susurró Sergio hacia la mascota del lugar—. ¿Has visto el puñetero gato? —dijo girándose hacia mí—. ¿Pues no quería llevarse mi croqueta de bacalao? Sí, hombre, con lo que me ha costado conseguirla.

Levanté tanto las cejas que creo que casi se pega una al gotelé del techo.

—Es solo un animal y quiere comer —acerté a decir para que se calmara.

—Pues que cace ratones —bufó—. Si se come mi comida igual me lo como yo a él.

Tragué saliva y sonreí a una señora que había escuchado el salvajismo de aquel comentario. Qué incómoda debí sentirme para que a un movimiento de la mano de Román Ruibal, el inspector de policía, respondiera caminando en su dirección como si me dirigiese hacia la luz al final de un largo túnel. Junto a él estaba Julián Mosquera y una mujer que no había visto nunca.

—Señora Fontán —empezó diciendo Ruibal.

—Profesora Fontán —corrigió Mosquera, solícito.

—Puede llamarme como mejor le parezca. No importa —dije amablemente.

Ruibal me miró desafiante y con un principio de sonrisa que no concluiría nunca conmigo.

—Bueno —prosiguió el inspector—, le presento a la doctora Reyes Viqueira, una psiquiatra que trabaja para la policía nacional y de la que estamos echando mano en el caso del asesino de la rosa. Porque recuerda al asesino de la rosa, ¿verdad?

«Será cretino», pensé, y extendí una mano para estrechar con fuerza la de la psiquiatra.

—Antía Fontán —me presenté.

—Me han dicho que es usted profesora de literatura en la Sorbona, ¿no?

—Así es —respondí de forma escueta y también cansada.

—La doctora Viqueira está avanzando en el desarrollo del perfil del asesino —continuó Ruibal.

—Qué interesante —dije—. ¿Algo que pueda compartir?

—Por ahora trabajamos con la hipótesis de un psicópata con marcados rasgos narcisistas y sádicos. La escena del crimen denota psicopatía, y por la nota que dejó con el cuerpo deducimos el carácter narcisista y, por supuesto, el sádico. Además, el estrangulamiento es más propio de un crimen pasional, lo cual, sumado a la falta de agresión sexual, podría evidenciar la impotencia sexual del asesino.

—Ya… A juzgar por las palabras que escribió en esa breve carta podría decirse que disfrutó mucho provocando la muerte a la chica, ¿me equivoco? —pregunté con verdadero interés.

—Otra vía a explorar es la de tener en cuenta que quizá el crimen no fuera perpetrado por un hombre, sino por una mujer —sugirió Ruibal con una intención que yo estaba a punto de descubrir.

La doctora Viqueira asintió despacio y miró al inspector a los ojos.

—Aclárame una cosa: usted es profesora de literatura, ¿no? Y está aquí para estudiar los escritos de Guillermo de Foz que aparecieron en el monasterio de Armenteira, ¿me equivoco?

Me limité a escuchar en estricto mutismo.

—Pues ya es coincidencia que haya sido también usted la persona que ha encontrado primero el corazón en el antiguo jardín de los rosales y después el cuerpo de Sandra.

Continué sin decir nada, por lo que él decidió dar una vuelta de tuerca más incisiva a fin de incitarme para mover la lengua.

—Es curioso que justo se pusiera a cavar en el lugar donde estaba ese corazón, ¿no cree? ¿Hasta dónde puede alcanzar una coincidencia? Por otro lado, usted no estaba sola, ¿correcto? En los dos escenarios la acompañaba Sergio Seoane.

A la tercera pregunta no tuve la menor duda de que estaba siendo interrogada.

—Y ya, por último, y no por ello menos importante: ¿no le parece cuando menos curioso que el asesino de la rosa se refiera a sí mismo como poeta? ¿No es increíble que también esté relacionado con el mundo de los libros y las letras? ¿Cómo Guillermo de Foz? ¿Cómo usted?

Estaba convencida de que el inspector Ruibal no quería mis respuestas, solo pretendía intimidarme para ver mi reacción. Lo hice con calma, aunque estaba deseando salir de allí y perderlo de vista. Y, quién me lo iba a decir a mí, la persona que me iba a rescatar de aquella situación iba a ser Ernesto. Mi teléfono sonó con fuerza y debo reconocer que exageré mi reacción al ver el prefijo de Buenos Aires.

—Discúlpenme, por favor, pero debo cogerlo —expliqué resuelta para no dar pie a objeciones de ningún tipo ante los presentes.

Salí por la puerta hacia otra estancia más reducida que justo por eso consideré más íntima. «Nadie podrá escucharme», pensé. Error. Un fallo que marcaría mi destino y el de aquellos a quienes más quería.

—No imaginas cuánto me alegro de escucharte —le dije a modo de saludo.

—No puedo decir lo mismo, Antía —contestó Ernesto con la voz crispada.

—¿Qué te preocupa, si puede saberse? —Reaccioné sin tomarme muy en serio sus palabras.

—Vanesa está horrorizada con lo que lee Alicia.

—Pues no deberías dejar esas revistitas tuyas a su alcance.

—No bromeo —me soltó con un acento tan grave que el gato que me rondaba saltó por una ventana abierta hacia la calle.

En este punto contraje el gesto y me preocupé.

—¿A qué te refieres? Explícate, por favor.

—¿Se puede saber qué se te pasó por la cabeza para regalarle un libro así a nuestra hija?

Estaba realmente enfadado.

—No sé de qué me estás hablando. ¿Qué libro? —traté de averiguar haciendo una llamada a la calma con voz tranquila.

—Dame un segundo. Apunté ese endiablado nombre por aquí, en alguna parte —dijo algo más relajado mientras lo escuchaba pasar páginas de un lado a otro.

En ese ínterin recordé la última conversación que había tenido con Alicia. Ella estaba muy contenta, casi podría decirse que ilusionada, porque había recibido su primer regalo de cumpleaños: un libro acompañado de una rosa. Sentí un fogonazo con los ojos de Sandra cubiertos de sangre en la oscuridad de un pensamiento.

—Aquí está —exclamó Ernesto—. Se trata de la biografía de Jack Unterweger. ¿En serio te pareció una lectura aconsejable para una chica que va a cumplir dieciséis años?

Aquella información se adentró como lava hirviendo en mi mente.

42

Carril

Busqué una silla. Las piernas me temblaban y tuve que sentarme. Balbuceé algo, no recuerdo bien el qué, pero denotaba sorpresa e impacto. Por mi reacción, Ernesto no solo comprendió que yo no tenía nada que ver con aquel libro, sino que estaba más afectada que él. No podía intuir por qué y yo no quise contárselo. Nos despedimos y antes de colgar me dijo que ya tenía el testamento y que llegaría al día siguiente por la noche. «He reservado una habitación doble en el hotel Carril». Trató de bromear, pero yo ya no le escuchaba. Me quedé con el teléfono en una mano desmayada, sin fuerza. Sentía un sudor frío recorriendo mi frente. Me giré despacio hacia la ventana abierta que tenía a mi lado y encontré los dos ojos amarillos del gato negro observándome desde la calle. El olor a salitre que emanaba de la ría llegó a mis pulmones en una bocanada nerviosa. «¿Es posible?», le pregunté en una mirada que comprometía mi cordura.

—Antía, ¿estás bien?

—¡Oh! Eres tú —dije aspirando las palabras y con la mano en el pecho mientras se iba disipando el susto.

Exhalé todo el aire contenido en los pulmones y miré a través de la ventana antes de contestar.

—Por un momento pensé…, bueno, no sé qué pensé.

—¿Ha pasado algo? —preguntó don Santiago.

—Creo que el asesino de la rosa… es un imitador.

—¿Un imitador? ¿Estás segura de lo que dices? —preguntó don Santiago, prudente.

—Siempre hay lugar para la duda, por pequeña que sea, y yo no soy más que una profesora de literatura, pero creo que si el asesino de la rosa se inspiró en la célebre frase de Guillermo de Foz, «entrega el corazón y el amor o el dolor escribirán tu historia», para enterrar un corazón en Cortegada, ahora, con la muerte de Sandrita ha buscado otro modelo. La forma en que ha cuidado la escena del crimen, el modo de perpetrarlo… No es ningún disparate pensar que ha imitado a un famoso asesino en serie austríaco: Jack Unterweger.

—Desconozco de quién se trata.

—Pasó a la historia como el estrangulador de Viena. Cometió su primer crimen de sangre con veinticuatro años y llegó a matar a una docena de mujeres. Las golpeaba en la cabeza, las violaba y las estrangulaba con el sostén. Con el sostén —repetí—. Después, abandonaba los cuerpos desnudos en medio de algún bosque. No me negarás que existe un paralelismo estremecedor.

Don Santiago asentía con un desconcierto silencioso en su rostro.

—Unterweger entró en prisión tras haber cometido su primer asesinato. Él era prácticamente analfabeto y en la cárcel se dedicó a estudiar, primero, y a aprender a escribir, después. Creo, muy a mi pesar —continué—, que el asesino de la rosa ha querido emular a este criminal que, aunque pueda parecer increíble, alcanzó mucha fama como escritor. Lo llamaban a programas de televisión y radio, pedían su opinión en calidad de asesino y hasta lo pusieron como ejemplo de reinserción social. Finalmente, lo pusieron en libertad y continuó matando hasta alcanzar en su historial un buen número de cadáveres.

—A ver si lo he entendido —don Santiago trató de poner en marcha un hilo deductivo—: dices que el asesino de la rosa podría ser un imitador. Está claro que se inspiró en Guillermo de Foz para el primer crimen y ahora podría haber hecho lo mismo con ese tal Unterweger.

—Así es.

—El primero era un autor maldito y el segundo...

—Un asesino que también era escritor, eso fue Unterweger, pero no un maldito —acerté a decir.

—Entonces... —musitó con cierto grado de ensimismamiento don Santiago—, ambas figuras a imitar fueron escritores, ¿no?

—¡Exacto! Fueron algo así como ángeles caídos de la literatura —expresé con convicción antes de guardar silencio, sumida en otra deducción—. Es muy posible que el asesino de la rosa sienta atracción, quién sabe si no será más bien fascinación, por la historia más oscura de la literatura. Allí donde hay crímenes, sangre y, por supuesto, donde anida el morbo. Porque fue el morbo el que lanzó a la fama a esos autores que él imita, el mismo que los elevó a los altares apócrifos de las Letras.

—¿Por qué imitará justo a esos dos autores?

—Ambos son el reverso tenebroso y escabroso de la literatura. La principal diferencia que veo entre ellos es que uno era un maldito y el otro no.

—Pero ¿quién podría estar detrás de estos crímenes con perfil literario? —inquirió don Santiago.

—Me falta formación y datos para responder a esa pregunta, pero tal y como me ha dicho la doctora Viqueira hace un momento, el asesino de la rosa es un psicópata con rasgos sádicos y narcisistas. Diría que tiene más en común con Unterweger que con Guillermo de Foz. Lo que no sabemos todavía es qué persigue con sus crímenes. ¿Busca reconocimiento social, notoriedad o liberar al monstruo que lleva dentro? —fue decirlo y la chispa de una posibilidad se encendió en mi cabeza.

Don Santiago cabeceó con halo preocupado hasta orientar su vista a la calle.

—Asusta saber que entre estas amables gentes se encuentra un verdadero psicópata —añadió al tiempo que lanzaba una mirada por encima de la montura de sus gafas.

—Es posible que exista otra opción que no estábamos contemplando —empecé diciendo con el entusiasmo creciente de quien encuentra una pieza del puzle y está deseando encajarla—. Hemos comprobado que la escenografía de los crímenes tiene un perfil literario —Don Santiago asintió—, también que el asesino se inspira en escritores que integran la historia negra de la literatura —volvió a asentir—, pero además ha dejado una nota en la que, si no me falla la memoria, afirmó que él no era «un monstruo encerrado en sus letras, ellas son mis rosas y yo su poeta». Si habla de «sus letras» y se refiere a sí mismo como «poeta», no es descabellado considerar que tal vez se sienta otro ángel caído de la literatura. Quizá busque notoriedad a través del morbo que despertaron sus antecesores.

—¿Crees que pueda ser algo así como un escritor frustrado?

—No lo sé. De lo único que estoy segura es de que es un psicópata y un asesino. Nada más.

Fue decirlo y, como si tratara inútilmente de protegerme, don Santiago cerró la ventana. Pero ya era tarde, alguien había tomado buena nota de aquella conversación.

43

Carril

Tenía que hablar con Alicia. Llamé, insistí y volví a llamar por teléfono, pero no lo cogía. ¿Quién le había regalado ese libro? ¿Acaso podía tratarse de otra coincidencia? Negué con la cabeza presa de mis cavilaciones. «Pero... ¿y entonces?» Impedí que mis miedos me devorasen y traté de respirar con calma. Sin ser mi mejor opción, la única que me quedaba era llamar a Vanesa. Lo bueno de la nueva ilusión de Ernesto —a juicio de mis necesidades presentes, claro está— era que vivía pegada al móvil. Siempre alerta con cada zumbido de Messenger, como si una abeja la rondase y ella esperase el picotazo que la hacía saltar de la silla en la que fingía interés por temas que la aburrían. Me hizo esperar unos cuantos tonos en los que a punto estuve de morderme las uñas, aunque no lo hubiese hecho nunca antes. Al fin descolgó para saludarme con uno de esos comentarios de moda con el que pretendía dejar claro que yo era una antigua, que no estaba en la onda. Algo que secretamente yo agradecía.

—Ernesto está en un viaje de trabajo —dijo, como si no tuviésemos nada más en común.

—No llamo por él —dije para su sorpresa—, sino por Alicia. —Y ahí fue engullida por la onda.

«Bienvenida al mundo de los mayores», quise decirle.

—Ah —contestó con parquedad—. Pero ella tampoco está en casa ahora… Ha ido al cine con unas amigas.

—En ese caso, llamaré en otro momento. —Hice una breve pausa en la que dudé cómo preguntarle por mi hija—. Entiendo que está bien, ¿no?

—Sí, muy bien. ¿Lo dices por lo del libro ese?

No esperó a que yo contestara y continuó hablando.

—Ya le expliqué a Ernesto que no era para tanto, quizá se lo haya regalado un amigo. Los adolescentes son así… Andan con las hormonas revolucionadas y les interesa todo aquello que suene transgresor e incluso perturbador. Es lo que tiene la adolescencia.

«Para ti eso es ayer, claro», se le escapó a esa voz que se alimentaba de mis momentos de debilidad. Era algo así como mi devoradora de puntos suspensivos.

—Si te quedas más tranquila, le escribiré para que te llame cuando acabe la película —acertó a decir y ahí sentí el pinchazo de mi conciencia reprobando mi último comentario.

—Te lo agradecería mucho, Vanesa. —Mi tono se empapó de una dosis de humildad—. Estoy preocupada y me gustaría hablar con ella.

—Descuida, insistiré para que te llame —acertó a decir para darme la tranquilidad que necesitaba.

Vanesa no era la única que no entendía el papel a representar en nuestra nueva familia.

44

Paderne

Al día siguiente desperté con la inquietud en el cuerpo que me provocaban los últimos descubrimientos sobre el asesino de la rosa. Por suerte, al menos la conversación con Vanesa me había tranquilizado respecto a Alicia. Hablar con ella me hizo recapacitar sobre el tema. El hecho de que a mi hija le hubiesen regalado la biografía de un escritor asesino a quien otro criminal imitaba en Vilagarcía de Arousa tal vez sí pudiese ser una coincidencia.

Fue así como llegué a la conclusión de que no podía tratarse del asesino de la rosa. Porque por muy psicópata que fuese, no tenía el don de la ubicuidad. No podía estar en Galicia y en Barcelona a la vez.

Era muy temprano. Tanto que don Santiago y Edel todavía no se habían levantado de la cama. No había periódico que ojear ni tampoco pan recién hecho sobre la encimera. Decidí preparar un café bien cargado y salir a caminar. Necesitaba pensar. Ataviada con ropa de deporte que cuatro días antes no hubiese imaginado que me pondría nunca, me adentré en los vapores de un día que despertaba con cada paso que daba. Vi un gato color mostaza cruzar la calle, un gallo que saludaba a la mañana con peculiar canto y dos perros encadenados que ladraban sin parar maldiciendo su suerte y la tranquilidad de quien, como yo, por allí pasaba.

Los rayos del sol acariciaban el horizonte. Más allá del valle que protegía los viñedos del Pazo de Baión, el brillo del sol devolvía sonrisas a quien se paraba a observar un segundo de día, de vida. Eso hice, cómo no. Me detuve con el rostro orientado al astro rey, a quien entregaba luz al otoño y recordaba a las hojas descender. Cerré los ojos y abrí una ventana de esa habitación en la que a veces me ocultaba. Sonreí para mí. Solo por el placer de hacerlo, para mí. Para mí.

Una mano tocó mi cintura. Abrí los ojos alerta, asustada, y sentí un escalofrío que erizó mi piel como lo haría el aliento del rocío en una mañana solitaria.

—Buenos días, profesora —susurró en mi oído.

Me di la vuelta para mirar a la cara a quien me había cogido desprevenida.

—Sergio… —suspiré y encogí el estómago para coger aire con fuerza.

—Hacía tiempo que una mujer no pronunciaba así mi nombre —respondió con una sonrisa pícara en la que no pude evitar ver la mirada provocadora de Ernesto.

—Me has asustado —teatralicé con una mano en el pecho antes de mostrar una amplia sonrisa—. ¿Crees que es buena idea con lo que se está viviendo en este lugar?

—Excusas, profesora. Siempre hay motivos para sentir miedo y para evitar sentir… lo que sea. —Volvió a sonreír con brillo en la mirada.

No dije nada y me limité a buscar algo inexistente en la punta de mis zapatillas.

—Dime, ¿acostumbras a salir a estas horas a correr?

—¿Puede haber una hora mejor para ir a dar una vuelta y respirar aire puro? —contestó con otra pregunta, abriendo los brazos con aire despreocupado.

En ese momento sonreí y sin saber cómo me mordí el labio inferior. Algo así como un tic delator. Un gesto que tantas veces había supuesto el pistoletazo de salida para que Ernesto me cogiera en brazos y diera rienda suelta a la imaginación.

—A estas alturas de mi vida ya no niego ni afirmo nada —dije, y entonces quien sonrió fue Sergio.

—Venga, demos un paseo, te mostraré algo que te dejará sin palabras.

Enarqué una ceja. Él soltó una carcajada y finalmente accedí a seguirle en dirección a un sitio conocido como la *Ruta da Pedra e da Auga.* Nos adentramos por un sendero que obviaba la luz del sol, la estación del año y hasta si estábamos despiertos o soñando. El misterio se ceñía en mantos de niebla densa sobre un río que bajaba con violencia entre molinos de agua. Sergio me condujo a una gran piedra sobre la que me pidió que me sentara para después cerrar los ojos. Lo hice, por qué no.

—Imagina entregar tus manos a un teclado de ordenador y tu mente a la corriente de estas aguas que fluyen con abrumadora inspiración tras días de lluvia.

Me sorprendió gratamente la forma en que Sergio trataba de mostrarme otra faceta de él que yo desconocía.

—¿Acaso podría existir un lugar más acertado para escribir una novela? —dijo. Sonó como si lo tuviera preparado.

Abrí los ojos y tragué saliva.

—¿Escribir una novela? —me giré hacia él, sorprendida.

—Mira al frente —pidió.

Eso hice.

—¿Ves esa casa pequeña entre robles? —preguntó con el centelleo de una ilusión nueva.

—Sí, la de las tejas rojizas y la puerta de madera —afirmé prudente, aunque sonara a pregunta que precisa confirmación.

—La he comprado. Bueno, me he hipotecado para una buena temporada. Lo importante es que ya es mía. Será ahí donde emprenda el proyecto más importante de mi vida, al menos el más ilusionante que he tenido hasta ahora —insinuó mirándome de reojo.

—No sabía que quisieras escribir una novela.

—¿Por qué no? Sé bien que la imagen que se tiene de mí no es la de alguien que disfrute leyendo a Guillermo de Foz, pero ya ves, profesora, soy una caja de sorpresas. Siempre me ha gustado escribir y, aunque es cierto que me veía más abordando artículos de actualidad en algún periódico, últimamente, con todo lo que está pasando, puede ser una buena idea emprender el proyecto de una novela. Además, ahora tengo cerca la ayuda de una profesora de literatura —añadió desplegando una amplia sonrisa.

45

Paderne

De camino hacia el pueblo nos encontramos a varios vecinos, unos a pie, otros en coche y algunos salpicados en pequeñas huertas donde siempre tenían algo que hacer. Todos nos miraron de una forma extraña. Primero saludaban a Sergio con cierto recelo y luego me dirigían una mirada no exenta de desconfianza con el ceño fruncido, similar a la de algunos animales con cornamenta en el instante previo a embestir. Al principio pensé que era cosa mía, porque no veía qué motivo podía haber para despertar suspicacias de ese nivel en el mismo pueblo que ayer me estrechaba la mano.

Sergio me propuso tomar un café. Acepté. Nos sentamos en la barra de un pequeño café-bar, de esos con sillas altas y varios carteles avisando de que allí no se fiaba ni se aceptaba más pago que el dinero en metálico. Para escépticos y ánimos espinosos con malas entendederas disponían también de un buen garrote en la pared como elemento disuasorio —al menos eso quise creer yo—. El camarero, un hombre de orondas formas y nariz colorada, nos puso los cafés y le preguntó a Sergio si quería unas gotas de caña. No sé si me resultó más curioso que le ofreciese aguardiente a las diez de la mañana o que no me planteara a mí la misma opción por el hecho de ser mujer.

—¿La leche podría ser desnatada? —pregunté solo por tocarle las narices.

El hombre me miró de medio lado y asintió con pasmoso convencimiento. Por supuesto, tuve muy claro que me pondría en el café lo que le diera la real gana y si no estaba contenta, igual me mostraba de cerca la dedicatoria grabada en el garrote.

El televisor estaba encendido. El nombre de Carril y una imagen de la isla de Cortegada silenció a los cuatro que estaban en una mesa y a todos los que ocupábamos las sillas de la barra.

—Sube el volumen —le pidió al amable camarero un hombre con mono de trabajo azul y botas con refuerzo.

«Desde Televisión Española nos hemos desplazado a Carril, en Vilagarcía de Arousa, para seguir con interés las novedades en el caso del asesino de la rosa —decía el periodista en la pequeña pantalla—. Recordemos que ya se le imputan dos muertes en esta localidad y es muy posible que no sean las únicas».

«Absolutamente gratuito e infundado», pensé. Y, por supuesto, me equivocaba.

«Y es que —continuó el reportero—, según nos han trasladado fuentes de la zona, podría tratarse de un imitador que en su último crimen se habría inspirado en el famoso asesino en serie Jack Unterweger, conocido también como el estrangulador de Viena, así como por convertirse en un afamado escritor. Unterweger empezó a matar muy joven y acabó condenado por una docena de crímenes. Entró en prisión tras su primer asesinato y fue allí donde aprendió a escribir. Se convirtió en un ejemplo de reinserción y segundas oportunidades, por lo que fueron muchas las voces en su día que pidieron su liberación. Se movió por platós de televisión, fue consultado como experto en crimen en medios de comunicación diversos y, finalmente, fue excarcelado.

»No tardó en volver a matar, pero esta vez de una forma mucho más descontrolada. Estrangulaba a sus víctimas con el sostén después de violarlas con extrema violencia. Llama la atención el caso de una de ellas, a quien dejó tan solo su anillo de casada. Recordemos que a la joven Sandra le quitó todas las joyas que llevaba salvo el anillo de compromiso.

»La relación entre el asesino de la rosa y el estrangulador de Viena se la debemos a una profesora de literatura que se encuentra en la zona estudiando los escritos de Guillermo de Foz hallados en el monasterio de Armenteira hace pocas semanas. La profesora Antía Fontán afirma que el asesino podría ser un escritor frustrado, pero muy alejado de los grandes autores malditos como, por ejemplo, el propio De Foz. En su opinión, se trata de un psicópata, narcisista y sádico».

A continuación apareció en pantalla una gran mesa blanca con varias personas listas para opinar sobre la actualidad. Solo pude escuchar al primero de ellos decir:

«Si el asesino de la rosa imita los crímenes de Unterweger, será porque es incapaz de imprimir un sello propio en sus crímenes. ¿Le faltará también originalidad en su escritura? ¿Estará en lo cierto la profesora Fontán?», lanzó el tertuliano con gafas de pasta, calcetines de colores y los botones de su camisa abrochados hasta la nuez.

Sentí que el suelo se movía. Sergio leía el periódico con el gesto descompuesto.

—¡*Fillo de puta!* —murmuró antes de dar un manotazo sobre el mármol de la barra.

«¿Qué más puede haber pasado?», me pregunté, respirando por la boca entreabierta.

—El muy cabrón… —añadió con las mandíbulas apretadas con fuerza.

—¿Qué ha pasado? —acerté a preguntar sin estar segura de querer saber la respuesta.

La gente del bar nos miraba. El camarero, incapaz de disimular, había fijado su vista en mi cara mientras frotaba con un trapo una taza de loza blanca.

—Mosquera me la ha jugado. Nos la ha jugado bien a ambos.

Abrí los ojos de par en par.

—¿A qué te refieres? —me urgía entender.

—Ha publicado que la investigación policial se está orientando a otras vías… ¡Vamos, hombre! Sibilino como él solo, considera que deberían investigarnos a nosotros. «Mucha casualidad que las mismas personas, entre ellas una profesora de literatura experta en autores malditos y un proyecto de escritor, hayan sido quienes encontraron primero el corazón y después el cuerpo de Sandra F.G.», eso dice. Y se queda tan ancho el tío… *Nai que o pariu.*

El camarero cambió de canal por sugerencia de otro cliente. Las televisiones privadas transmitían programas especiales sobre el asesino de la rosa, Guillermo de Foz y Cortegada. En todos reproducían una y otra vez la nota que había dejado junto al cuerpo de la camarera de El Gato Negro. Era una locura, una absoluta locura. Teníamos que salir de allí.

Sergio saldó la cuenta pendiente en la barra y abandonamos la cafetería con varios pares de ojos en nuestras espaldas. Ahora sí que tenía un buen problema. La gente del pueblo desconfiaba de nosotros por el artículo de Mosquera, por ese halo de sospecha que había sembrado en torno a los dos. Pero no solo era eso. Mosquera había escuchado la conversación que mantuve con don Santiago en El Gato Negro y había recogido unas falsas declaraciones que ahora corrían por los medios de comunicación como la pólvora y que también habrían llegado a oídos del asesino de la rosa. Y algo me decía que eso no iba a gustarle. No iba a gustarle nada.

46

Paderne

El inspector Ruibal me esperaba en casa de Don Santiago y Edel para continuar con un interrogatorio formal en comisaría. Me llevé la mano a la cabeza, incapaz de dar crédito a aquella locura. Finalmente, don Santiago lo convenció para que hablase conmigo allí, en la casa, porque no había motivos para hacerlo de otra forma.

—Dígame, profesora Fontán, ¿cómo supo dónde excavar para encontrar el corazón?

Le conté entonces la historia de Lalita, su muerte, la promesa a mi bisabuela Blanca, la emigración, quizá una historia de amor, aunque solo fuera por su tierra... Él me escuchaba con desgana y párpados caídos a la altura de la simpatía que yo le despertaba.

—Y, en ese momento, ¿dónde estaba Sergio? —continuó indagando el policía. Tuve claro que, si aquello era lo mejor que podíamos esperar de quienes investigaban los crímenes del asesino de la rosa, teníamos un grave problema—. ¿Qué hacía junto al cuerpo de Sandra? Por el gesto que vi en usted al llegar no me pareció que estuviera demasiado impactada por lo que acababa de descubrir. Un poco extraño viniendo de una profesora de literatura y, por tanto, alejada de cadáveres estrangulados, ¿no cree?

Resoplé. «¿Qué insinúa este mentecato?».

—¿Me quiere decir que considera un indicio de culpabilidad o de sospecha mi falta de sensibilidad o, mejor dicho, mi falta de expresividad ante un cadáver? —contesté con una pregunta, tal y como se estilaba entre los lugareños con tan buenos resultados.

Él me miró y aceptó el desafío. Ni siquiera tomaba notas. Juraría que únicamente quería ponerme a prueba.

—Muy bien, profesora. Por último, quiero que me explique cómo se le ocurrió relacionar al asesino de la rosa con Jack Unterweger. Tengo un equipo de media docena de personas investigando este caso y puede que envíen a alguien más de Madrid en breve y, ¿sabe?, nadie supo dar con esta coincidencia. ¿Cómo es que usted sí? Y, por otro lado, ¿cuándo pensaba decírmelo a mí?

«Alicia, Alicia…». En mi cabeza solo veía su nombre, la llamaba una y otra vez entre latidos y una sombra negra me obligaba a dudar de la coincidencia.

—Tengo una hija. Ella… ahora mismo está en Barcelona. Pronto cumplirá dieciséis años y alguien de su entorno le ha regalado la biografía de Jack Unterweger.

—¿Sabe quién?

—Lo cierto es que no. Todavía no he conseguido hablar con ella sobre este tema —dije a media voz, hundiéndome de nuevo en mis peores miedos—. Pero imagino que algún amigo que habrá hecho allí.

—¿No le pareció interesante contármelo?

—Me enteré ayer. Hasta ese momento desconocía el nombre del autor del libro que le habían regalado. Pensaba hacerlo —le aseguré.

—Últimamente son muchos los nexos que me conducen a usted en esta investigación, profesora —añadió en una acusación velada frunciendo el ceño—. ¿Hay algo más que deba contarme?

Dudé un segundo, antes de contestar.

—Con el libro también le regalaron una rosa.

Ruibal no se inmutó. Don Santiago, en cambio, se mostró inquieto. Se le notaba en la mirada y en la forma en que sus manos colocaban las gafas sobre el puente de la nariz, como si no pudiese asentarlas para ver con claridad. El inspector salió por la puerta con el mismo aspecto cansado con el que había entrado. Solo había visto un ápice de vigor en aquel rostro y fue el día que llevaba en la mano un cuchillo de carnicero con restos de la sangre de un cerdo.

Me despedí después de ofrecerme a colaborar en lo que fuera necesario y apenas tardé dos segundos en lanzarme a por el teléfono para tratar de hablar con Alicia. Subí al dormitorio sin decirle nada a don Santiago. Edel se había acercado con el peso de la tribulación en la mirada y él la envolvió en uno de esos abrazos que conseguían reconfortarla.

Marqué el número y esperé impaciente con cada tono que daba. Es curioso cómo los nervios pueden retorcer el tiempo y convertirlo en dagas que clavan las más oscuras posibilidades, los más terribles pensamientos en nuestras entrañas. Imaginé que igual no estaba en casa, que tal vez alguien la tuviese retenida en contra de su voluntad, que quizá estaba equivocada y el asesino de la rosa había tejido un malévolo plan en torno a mi hija, a mi dulce niña… «¡Ya es suficiente!», dije al borde de las lágrimas. Colgué, cogí aire y volví a llamar.

—Hola, mamá —contestó con el aire alegre y despreocupado de siempre.

Sonreí y descargué tanta tensión que podría flotar.

—Alicia, te llamé ayer, ¿no te lo dijo Vanesa?

—Sí, bueno…, es que llegué tarde y… luego se me pasó… y ahora estoy un poco liada, iba a ir con unas amigas a estudiar.

«Ten presente el campo de minas, sé paciente, lo importante es que está bien», dijo una voz en mi cabeza que bien podría ser Lalita instruyéndome desde algún lugar de mis recuerdos.

—Descuida, no te robaré mucho tiempo, pero entiende que me preocupo. No era ese el trato que teníamos para que vivieras con tu padre estos meses, ¿recuerdas? —dije, aunque procuré que no sonara ni remotamente a reproche.

—Venga, mamá, estoy bien —se quejó con hartazgo y un punto infantil—. Además, me entiendo a las mil maravillas con Vanesa, ¿sabes? Nos hemos hecho buenas amigas —confesó como si fuera un pecado y aunque al principio pensé «Normal, si tiene más o menos tu edad mental», luego pude ver mi error. Vanesa no era el enemigo, qué va, ella era y debía ser mi aliada. Era amiga de mi hija. ¿Qué más necesitaba para entenderlo? —. Deberías darle una oportunidad y conocerla —insistió—. El otro día me dio un consejo para un chico que me gusta y..., bueno, pues que funcionó, mamá, ¡funcionó! Se le da genial —contó entusiasmada, mientras yo le grapaba los labios a esa vocecilla que quería ofrecer su punto de vista respecto a las maravillosas habilidades de la novia de Ernesto.

—Alicia, necesito hacerte una pregunta —dije con cautela—. ¿Quién te regaló el libro de Unterweger?

—Buf, me llamas por papá, ¿verdad? Se ha montado algo así como una película en la cabeza. Si no llega a ser porque Vanesa le prometió que iría hoy a presionar a la empresa de transportes que entregó el paquete con el libro para que le diera el nombre del remitente, ni siquiera me dejaría salir de casa hasta que él no esté de vuelta. Dijo que me iba a atar en corto, ¿te lo puedes creer? Y que me lo diga él... a mí... Creo que empieza a chochear.

—Alicia, por favor, respeta a tu padre —ordené con el tono firme que reservaba para momentos que, como aquel, lo requerían—. Está preocupado. Igual que yo. Los dos queremos lo mejor para ti, de eso que no te quepa ninguna duda. Y además, ten muy claro que casados o divorciados, siempre estaremos en el mismo barco y tomaremos las mejores decisiones por tu bien. Así que, si quiere atarte en corto, yo estaré de acuerdo.

—Pero, mamá…

—Ya está, Alicia. Ahora, dime, ¿Vanesa ha podido averiguar quién ha sido el remitente?

—De verdad que no te entiendo —me dijo, y creo que sobre mi cabeza debió proyectarse un inmenso interrogante: «¿Tú a mí?».

Inhalé todo el aire que pude y lo liberé poco a poco, como si de pronto un monje tibetano me poseyera.

—Cariño, Alicia, es importante que me digas quién te regaló ese libro. No tengo nada en contra de él, es por curiosidad. —Mi voz sonó más cercana al ruego.

—Pero ¡si me lo has regalado tú!

47

Alicia decía, más bien aseguraba, que yo le había regalado el libro de Unterweger. Acostumbraba a dudar de todo, de todos y, sobre todo, de mí misma. Supongo que porque consideraba muy difícil llegar a conocerme. Pero ahora, justo en medio de esa conversación con mi hija, tenía claro que no había lugar para la duda.

—¿Por qué dices que yo te regalé ese libro? —pregunté al fin, y esperé impaciente la respuesta.

—Porque el libro viene de París, mamá.

—¿De París? —repetí con el rostro desencajado.

—Sí. Vanesa no consiguió que le dieran el nombre del remitente, pero sí le facilitaron la dirección de donde salió el paquete, y es el departamento de Literatura de la Sorbona.

En un segundo sentí la boca seca y un sudor frío que me bajó hasta las puntas de los dedos. «¿De la Sorbona? Hervé..., no, claro que no».

—¿Y la rosa que lo acompañaba? —inquirí—. ¿No había también una rosa?

—Imagino que también vendrá de París —contestó con la misma despreocupación de siempre—. Es una rosa preservada. ¿De verdad que no me la has enviado tú?

No, yo no había sido, eso lo tenía muy claro. Tan claro como que no quería asustarla. Por suerte, su edad jugó a mi favor y consideró la posibilidad de tener un admirador en la universidad de París con perfil de amante victoriano de los libros como lo era ella en vez de barajar la oscura opción de un psicópata. Me despedí de Alicia con el tono más sereno que pude proyectar, insistiendo en que no saliera de casa salvo para ir al instituto, al menos hasta que yo hubiese hecho un par de averiguaciones sobre ese libro y esa rosa. Protestó, cómo no, pero adopté el tono firme por segunda vez en la misma conversación y cedió.

Me faltó tiempo para llamar a la Sorbona. Tenía que hablar con Hervé. De no ser yo la responsable de ese envío, estaba claro que tenía que haber sido él. Pero ¿por qué? ¿Acaso pudo parecerle gracioso tras saber lo del asesinato de la camarera? No, imposible. Aunque... ¿y si la receptora del libro tuviera que ser yo, pero se equivocó de dirección? Tal vez pretendiese mostrarme los asesinatos de Unterweger para ver la relación con el asesino de la rosa. Sí, tal vez. Porque ¿qué otra cosa podría ser?

El teléfono dio tono una vez, dos, tres, hasta que saltó el contestador. Volví a intentarlo y, de forma casi inmediata, una voz femenina que no supe reconocer contestó al otro lado del auricular. Me dijo en un perfecto francés que el doctor Hervé García llevaba un par de días de viaje.

—¿De viaje? ¿Dónde?

Entonces recordé la indicación que me había dado de llamarle al móvil si era necesario y eso hice. Insistí un par de veces, hasta que al fin me vi abocada a dejarle un mensaje en el contestador. «Hervé, cuando escuches esto llámame, por favor. Tengo que preguntarte algo».

Decidí salir. Esta vez no iría a caminar. Subí al coche y conduje hacia Vilagarcía para llevar a cabo una de mis actividades favoritas. La emoción que otras personas encontraban en tiendas de ropa o en zapaterías a mí me alcanzaba e invadía con una paz serena, casi ceremoniosa, dentro de las librerías. Eran mi templo. Mi religión. Una fe con múltiples caminos, y yo podía transitarlos todos.

Aparqué y pasé por delante de un quiosco que exhibía los titulares de varios periódicos. Los había de alcance regional, estatal y uno europeo, *Le Monde*. Me detuve y traté de abarcar y entender con una sola mirada la impresionante difusión que estaba teniendo lo que había ocurrido en la tranquila Vilagarcía, en Carril y en Cortegada. En todos ellos se hablaba del asesino de la rosa, reproducían la nota que había dejado y lo acompañaban con imágenes de Unterweger y de Guillermo de Foz. Apenas una breve esquela recordaba el nombre de Sandrita e instaba a quien así lo considerase oportuno a asistir a su entierro. La repercusión que estaba teniendo era una locura. Cogí un ejemplar de *Le Monde* y descubrí con pavor en un pequeño recuadro mi fotografía. Junto a ella, un texto que no medía las consecuencias que yo podía sufrir:

La doctora Antía Fontán, profesora de la universidad de París, no reconoce talento literario al asesino de la rosa más allá del morbo que genera leer a un psicópata que también es un escritor frustrado.

Leer aquello me revolvió el estómago. Dejé el periódico sobre una pila bien dispuesta en uno de los márgenes del quiosco y continué caminando en dirección a la librería. Mi sorpresa no pudo ser mayor al entrar. Por todas partes había libros de Guillermo de Foz y, sobre todo, ejemplares incluso no traducidos de Jack Unterweger. Junto a ellos, una mención al asesino de la rosa que irremediablemente captaba la atención de los lectores. No pude pasar del umbral. Retrocedí como pude y, en un intento por no tropezar con un saliente de la acera, me apoyé en el respaldo de un banco. Los asesinos se habían convertido en rabiosa actualidad al mismo tiempo que crecía dentro de mí la imperiosa necesidad de volver a casa con Alicia. Haría las maletas, viajaría con Ernesto hasta Barcelona y regresaríamos juntas a París.

48

Carril

Esa noche, tras la cena, comuniqué mi decisión a Santiago y Edel. Estaba preocupada por mi hija, porque «¿qué puede haber más importante en mi vida? Nada», respondí en uno de esos soliloquios en los que me embarcaba para reforzar los argumentos de mis deliberaciones. Mis anfitriones asintieron ante la noticia con un punto de tristeza y altas dosis de comprensión. En ese momento sonó mi teléfono con un número desconocido en la pantalla.

—Disculpad, ¿sabéis de dónde es el prefijo 986? —pregunté en aras de ser precavida.

—Sí, claro —respondió Edel—. Es el de aquí, de Pontevedra.

—Gracias —dije antes de retirarme a un rincón para contestar.

«¿Y a quién le he dado yo el número de mi móvil en Pontevedra? Porque juraría que las únicas personas que lo tienen están sentadas en un sofá frente a la chimenea», pensé. Descolgué con cautela y, como si la persona que llamaba me encañonara con un revólver, me coloqué despacio el auricular en la oreja.

—¿Sí? —contesté con desconfianza.

Un sonido metálico que no supe interpretar, quizá el teléfono impactando en el suelo, me llevó a alejar el aparato del tímpano.

—Joder. —Esa fue la palabra que escuché en una lengua que se movía con dificultad—. ¿An-Antía? ¿Eres tú, Antía?

No necesité más para reconocer su voz. Tampoco para atestiguar el estado en que se encontraba.

—Sí, Ernesto, soy yo —respondí con tono neutro.

—Ya estoy en Galicia, como te prometí —dijo como carta de presentación. Me lo imaginé borracho y risueño.

—¿Dónde estás? —quise saber. Me preocupaba que anduviese solo y deambulando por un lugar que no conocía—. ¿Estás ya en el hotel?

—Uy, uy, no me digas que te animas a hacerme una visita. ¿Ya te dije que cogí la mejor habitación con vistas al mar? Y es para dos… ¡Con lo que te gusta a ti el mar! Ahora entiendo que Lalita quisiera descansar en esta tierra. A mí tampoco me importaría. Aunque soy más de cenizas al mar, ya sabes… ¿Has visto que hay una isla justo enfrente?

—Es la isla de Cortegada —añadí condescendiente, y acto seguido me sentí mal por hacerlo.

Los vapores del alcohol despertaban una versión de niño travieso y a la vez dulce en Ernesto.

—Sí, sé lo mucho que te gusta despertar y ver…, ¿cómo lo llamabas? Ah, sí: el juego de luces sobre el agua. ¿Recuerdas Maldivas?

—Cómo no hacerlo, Ernesto, fue nuestra luna de miel.

—Era solo por no darte demasiadas pistas —vaciló y recordé su sonrisa de granuja con gafas de sol, sosteniendo un cóctel exótico en una mano mientras con la otra buscaba la curva de mi cintura sobre la fina arena de una playa a quince horas de vuelo.

—¿Por qué me llamas desde un teléfono público? —pregunté para entender qué estaba pasando.

—Ya me conoces… Sí, sin duda, tú eres la única que me conoce bien —balbuceó en un rapto de conciencia—. Pues que no sé dónde he metido el condenado móvil, ¿te lo puedes creer? Claro que puedes, porque he llegado a perder hasta la cabeza en bares como en el que estoy ahora y estropear lo mejor que había en mi vida, ¿verdad?

Vale, estaba tan borracho que no tenía ni idea de dónde podía estar su teléfono, supuse con el conocimiento que me daban años de matrimonio y demasiados desencuentros. Pero ¿por qué hacía esto? ¿Qué necesidad había? ¿Ahora?

—Te echo de menos —dijo al fin, y yo sentí una mezcla de dolor y furia que ardía húmeda en mis mejillas.

Imaginé a Vanesa preparando la cena para nuestra hija en Barcelona.

—Vuelve al hotel y descansa, ¿vale? —respondí para ahogar la raíz de mis palabras en recuerdos que naufragaban en el fondo de mi garganta.

—Ven conmigo, solo esta noche —musitó como un niño ante el reflejo de la luna llena en su ventana.

—No puedo, será mejor que no, por favor —rogué en un momento de debilidad, como si una fuerza ajena a mí me empujase hacia él.

—¿Sabes qué?

—Dime —contesté con una lágrima clavada entre mis cuerdas vocales.

—En Buenos Aires pasé por nuestra antigua casa. Vista ahora… ¡era tan pequeña!, ¿verdad? Pero fuimos felices en ella, ¿lo recuerdas? ¿Qué nos pasó? No hay día que no me lo pregunte.

—Será mejor que dejemos aquí la conversación. Mañana es el entierro de una chica del pueblo y debo ir.

—Iré contigo —acertó a decir, convencido—. Además, tengo que darte el testamento de Lalita. Es lo que hacemos los buenos exmaridos, ¿no? Uf, exmarido, qué palabra, lo que me ha costado asumirla.

—Dime dónde estás para que pueda ir a buscarte o prométeme que te vas ya al hotel —supliqué.

—¿Al hotel? La noche es joven, cariño, y yo no quiero decepcionarla.

Juro que quise gritarle, pero me contuve. Estaba demasiado borracho para escuchar mis reproches.

—Venga, Ernesto —insistí, y él detectó el dolor que rascaba mis palabras.

—Tranquila, ya no tienes que preocuparte por mí —dijo. Sonó a quien suelta una mano para hundirse en aguas heladas en medio del Atlántico—. Me iré pronto a la cama. Te lo prometo. Solo me tomaré una más con un amigo que he hecho en este sitio. Pro-me-ti-do.

—De acuerdo. Confío en ti. Pero entiende que siempre me voy a preocupar por ti. Eres el padre de mi hija. Y ahora, por favor, tómate otra copa con quien quieras y vuelve al hotel.

—Te quiero —murmuró alejando el auricular de su oreja. Imaginé sus ojos llorosos despidiéndose de mí.

Colgué el teléfono y me hice pequeña en la oscuridad de un rincón al que llegaban reflejos anaranjados de una chimenea poco acostumbrada a sobreponerse al dolor de tantas lágrimas. Cuántas veces no habría soñado con aquel momento. Él me llamaba a medianoche y me decía: «Ven conmigo, te echo de menos».

Y justo tenía que suceder en ese instante, cuando un asesino me quitaba el sueño y las ganas de continuar aquel vuelo por tierras gallegas. Una conversación que, por cierto, teníamos pendiente, pero no era el momento. Ahora los dos necesitábamos descansar.

49

Carril

El día amaneció somnoliento. Con timidez, los rayos de un
sol ausente rasgaban la oscuridad de un universo de nubes
en el horizonte. Llegué al cementerio con don Santiago y
Edel cogidos del brazo. Caminé tras ellos respirando sobrie-
dad, incertidumbre, dolor y miedo entre la gente del pueblo.
Eran muchos los que se habían acercado con intención de
acompañar a los padres y a los abuelos de Sandra en aquella
despedida que arrastraría duelos en interminables noches
devoradas por la pregunta de si volverían a verla, a sentirla
cerca. Terrible agonía la incertidumbre. Una habitación sin
paredes, ni techo, ni suelo, en algún lugar de un caos infinito.

Me adentré entre tumbas y sobrepasé los nichos verti-
cales, y entonces vi el despliegue de medios de comunicación.
En un vistazo rápido comprobé que se trataba de televisiones,
periódicos y radios de alcance nacional. Resoplé con un malestar que despertaba en mí las ganas de echar a correr.

Vestido con vaqueros, jersey de cuello vuelto y americana, a unos cincuenta metros, Ernesto me saludó con una
sonrisa y, por supuesto, gafas oscuras que ocultaban los es-
tragos de la noche. Dirigí mis pasos hacia él y le devolví una

sonrisa pequeña. Iba tan centrada que no supe de dónde venía la mano que se posó en mi brazo para que me detuviese. Giré la cabeza y parpadeé para romper el magnetismo que me empujaba a caminar hacia mi exmarido. Sergio me dio dos besos y creo que me preguntó qué tal había pasado la noche.

—¿Has consultado con la almohada? —se interesó—. ¿O vas a seguir adelante con la decisión que tomaste ayer?

Expiré todo el aire que pude por la boca antes de contestar.

—Debo entender que ya has hablado con don Santiago y con Edel, ¿me equivoco?

—Reconozco que cada vez se te da mejor no contestar a mis preguntas o hacerlo con otro interrogante. —Enarcó una ceja y no tardó en mostrar una sonrisa.

Entonces recordé a Ernesto. Volví la vista hacia donde estaba y cruzamos una mirada que, por la forma que dibujaba su boca, intuí apagada.

—Debo dejarte. He quedado aquí con alguien —me disculpé.

Sergio le echó un vistazo a Ernesto. Eran tan distintos el uno del otro y, sin embargo, yo sentía que tenían algo en común que no sabría concretar. Quizá el humor, o puede que el anhelo propio de quien en el cielo busca cometas que, irremediablemente va a perder, pero no deja de sonreír.

—¿Quién es? —se interesó.

—Ernesto, mi exmarido —dije con una sonrisa melancólica que le cambió el gesto a Sergio—. Acércate y te lo presento.

—No creo que sea una buena idea —concluyó—. Acabo de recordar que me he dejado algo en el coche —me ofreció como disculpa—. Después te veo, profesora. Confío en que recapacites sobre esa idea de marcharte del pueblo.

Asentí con un punto de pesadumbre.

—Que conste que no lo digo por mí, ¿eh? —añadió, recuperando una pizca de energía—. Por aquí pasan a menudo profesoras de universidades europeas de primer nivel, no te creas. Y son muy simpáticas. Poco acertadas en sus atuendos campestres, pero todas muy interesantes. —Hizo una pausa—. Lo digo más bien por mi novela, ¿recuerdas? Que aún no tengo ni título, ni trama, ni nada y ya te marchas. Pues sí que empiezo bien...

—Descuida, seguiremos en contacto, eso seguro. Y cuanto pueda ayudarte, lo haré.

Me giré para ver a Ernesto. Seguía en el mismo lugar, mirándome. Mirándonos. «¿Qué estará pensando?», me pregunté y seguramente fruncí un poco el ceño. Avancé hacia él y le alcancé.

—¿Cómo te encuentras? —pregunté a modo de saludo.

—Recuperado para la próxima fiesta —contestó con una amplia sonrisa.

—Eres incorregible —musité en un movimiento de negación con la cabeza.

—No es que me importe en absoluto, es solo por curiosidad. ¿Quién era el tipo con el que hablabas?

Lo miré y levanté las cejas. «¿Solo por curiosidad?».

—Sabes bien que entre mis faltas y diversos pecados como marido nunca estuvo ser un controlador, ¿o sí?

Negué. Completamente cierto. Eso habría sido el apocalipsis... para él.

—Es un vecino del pueblo. Se llama Sergio. Un buen tipo —contesté escueta.

—Creo que le gustas —dijo sin sonreír.

—¿Yo? ¡Qué va! No digas tonterías. —Le di un toque en el brazo, fruto de nuestra confianza mutua.

—Puede que me equivoque —añadió despreocupado alzando los hombros hasta que una nube ensombreció su gesto de nuevo—, aunque esa forma de mirarte...

Bajé la vista, alcanzada por la misma nube. Esa era la forma en que él solía mirarme cuando no éramos más que dos jóvenes con ganas de reír y volar a partes iguales.

—El caso es que juraría haberlo visto antes —comentó con gesto dubitativo.

—Puede, este pueblo es muy pequeño —dije sin conceder demasiada importancia a su indicación.

Se quitó las gafas y me miró a los ojos como si no lo hubiera hecho nunca. Su rostro volvió a iluminarse.

—Te veo bien —afirmó convencido.

—Me gustaría poder decir lo mismo.

Soltó una carcajada y de inmediato recuperó el gesto apropiado para un entierro.

—En Buenos Aires recordé nuestros primeros años, ¿sabes?

—Fue una buena época —reconocí con una pizca de nostalgia—. Recuerda también que ahora vives con alguien que se llama Vanesa —añadí para recuperar el control de las emociones que Ernesto todavía despertaba en mí.

Él volvió a colocarse las gafas y miró para otro lado. «Típico», pensé. Lo vi buscar algo en el bolsillo de la americana.

—¿Eso es...? —No daba crédito a lo que había sacado y sostenía con cara de bufón en una mano.

—Un vaso de chupito. Oye, buenos licores los que hay por aquí, ¿eh? —dio por explicación. Yo no sabía dónde meterme, del mismo modo que no sabía dónde meterlo a él.

—Lo pasaste bien anoche, ¿verdad? —recriminé señalando la serigrafía del cristal—. Veo que ya conoces El Gato Negro.

—Hice una apuesta con un tío que conocí allí —dijo mientras consultaba la hora en su reloj de pulsera.

Creo que leyó la decepción en mi cara mientras yo, en un tic silencioso, negaba con la cabeza.

—Antes te habrías reído de algo así.

—¿Cuándo? ¿A los veinte? Perdóname por haber madurado y no verle la gracia a que te hayas llevado un vaso de un bar —reproché.

Él volvió a mirar el reloj.

—Venga, ¿dónde están tus ganas de reír? Todavía hoy cierro los ojos y recuerdo esa risa contagiosa que te hacía brillar como a nadie.

Aquellas palabras me habían dolido mucho más que cualquier cosa que Ernesto hubiese podido hacer nunca durante nuestra relación.

—Olvídalas, Ernesto. Ya no están, o si están, ya no son iguales.

Volvió a mirar el reloj. El sacerdote comenzó a orar y se hizo el silencio.

—No puedo olvidar nada, Antía, nunca podré olvidarte.

Quise tragar saliva para deshacer el nudo de la garganta.

—Ernesto... —musité en un momento de flaqueza.

—Ya es la hora. —Soltó una risa y miró alrededor.

Yo no entendí nada. Vi cómo se colocaba el vaso de chupito en la cabeza y hacía un ejercicio de equilibrio para sostenerlo sin que se cayera.

—¿Qué estás haciendo? —pregunté con el rostro contrariado.

—Una apuesta —contestó sin dejar de sonreír—. El tipo ese pensaba que no me atrevería a hacer una payasada como esta.

—Venga, ya está, déjalo —le pedí y tiré de él.

Ernesto me miró. Advertí el arco de sus cejas por encima de la montura de las gafas. Sonreía...

De algún lugar salió una bala que fue directa a su cabeza. Pude ver el agujero entre sus ojos, el rojo intenso de la sangre. Cayó sobre mí. Las gafas resbalaron hasta el suelo. No pude gritar. Clavé mis ojos en los suyos. Aquello no podía estar pasando. Sentí el calor de su abrazo, el abrazo de un cuerpo muerto.

50

Carril

Su rostro… Dios mío, no podía dejar de mirar sus ojos y sentir una ola fría que me hacía arder en llamas. ¡Maldita impotencia! Qué torpeza la mía al intentar contener la sangre, al sentir su calor y tratar en vano de salvarlo.

—No, no, no —negué una y otra vez, despertando a la rabia en el centro de mi pecho.

Apreté los puños, mi garganta se inflamaba y arrancaba llamaradas de dolor que salían por mi boca hacia la oscuridad del cielo.

—¡Ernesto! ¡Ernesto, por favor!

No podía dejar de abrazarlo, de tocar su cara, de gemir y gritar desesperada.

—¡Una ambulancia! ¡Llamad a una ambulancia! —imploré acunando en mi regazo su cuerpo.

Don Santiago me tocó el hombro. Lo miré incapaz de articular palabra. El sollozo se rompió como un cristal en mis cuerdas vocales, clavándose en ellas con un llanto en diminutas notas que sangraban. Me ahogaba. Deseaba ahogarme mientras apretaba su rostro contra mi pecho.

—Necesita un médico —pedí al fin a don Santiago.

Sé que fueron varias las personas que se acercaron a mí, a nosotros, pero la mayoría corrieron a esconderse temiendo ser alcanzados por otra bala. No los culpo. Qué puede haber más importante que la propia vida o la de aquellos a quienes amas. Nada.

Edel lloraba al lado de su marido, a cobijo. En un acto instintivo le agarró la mano. Quizá asegurándose de sentir calor en su piel, fuerza en sus dedos, movimiento, saber que él estaba allí, junto a ella.

Y lo estaba.

No así Ernesto. La ambulancia llegó. Los facultativos movían sus cabezas, aplicaban protocolos de urgencia, lo intentaban, sé que lo intentaban, pero acabaron certificando en un silencio estremecedor: «ha muerto».

Lo sabía, claro que lo sabía, pero no lo aceptaba. No podía ser. Quizá fuese una broma. Él era así, se reía de todo, hasta de la muerte, ¿por qué no? Debía aceptarlo, él ya no estaba allí. Ya no estaba conmigo. Estaría haciendo burla a los ángeles e intentando convencerlos de alguno de sus dislates.

Ernesto no subiría a aquella ambulancia reservada a quien yo consideraba, en mi debilidad, privilegiados. No había lugar para la esperanza.

Ruibal caminó en mi dirección. Vi policías por todas partes, portando armas con el gesto adusto de quien estaba bien entrenado. Lo buscaban a él. Al asesino. A quien había arrancado la vida del cuerpo que yo me negaba a dejar solo. Algo a lo que únicamente accedí al llegar la jueza de turno para levantar el cadáver.

—Lamento su pérdida, señora Fontán —expresó, serio, el inspector de policía—. Daremos con él. El asesino debe andar cerca y, por suerte, ya nos han llegado refuerzos de Madrid. Iremos a por él con todas nuestras fuerzas.

Oí sus palabras, pero amortiguadas en el eco de un universo en el que imperaban los vivos. En ese momento dudé de a qué mundo pertenecía, ¿había muerto con él? No lo sabía, solo sentía que estaba cayendo en el interior de un pozo y me alejaba de todo, de todos...

Llegó la forense, algo dijo, no lo recuerdo. Dos buzos blancos hicieron ademán de meter a Ernesto en una bolsa blanca para ocultar el desconcierto de su rostro, cubierto de sangre, tras una cremallera. Me abalancé sobre él y el filo de mil espadas atravesaron mi cuerpo. Querría decirle «no te vayas», «vuelve», «yo también lo siento». Todo, absolutamente todo, llegaba tarde para él, para nosotros.

Y entonces lo vi. Ahí estaba, frente a mí. Del bolsillo interior de su chaqueta asomaba la esquina blanca de un sobre. No pregunté a nadie y lo cogí con dos dedos. Lacre rojo y el símbolo de una rosa. Apreté las mandíbulas y miré a un lado y al otro, también al horizonte. ¿Ese cabrón estaría observándome? Imaginé que dentro habría una carta, otra nota del asesino de la rosa. Ruibal hablaba con don Santiago y Edel. A varios metros de distancia vi a Sergio. Parecía compungido, como si dudara de nuestra amistad para acercarse o mantenerse al margen. Extraje el blanco papel y me dispuse a leerlo. La peor decisión que tomé después de aceptar viajar a Galicia en busca del pasado de Guillermo de Foz. Cuánto habría de lamentarlo.

Qué oscuro placer encuentra la muerte en la sorpresa. Esa milésima de segundo en que los ojos ven luz por última vez, la forma en que la boca se abre con el proyectil perforando la cabeza y el tiempo se detiene. Siento un escalofrío y humedezco los labios, me relamo como una bestia mientras espero como un niño la belleza de ese instante. Porque es ella, es la belleza de la muerte quien susurra en mis entrañas las extrañas alegorías a las que dan forma mis manos para ofrecer auténtica poesía.

Sonrío nervioso, impaciente por ver ese rostro condenado en su encuentro con las sombras. ¡Qué oportuna su visita! Oh, sí. Quizá un poco precipitado, pero vi sus ojos llenos de vida, orbitando entre ayer y mañana; la ilusión en la mirada de quien no teme al tiempo, su boca, su broma eterna, ¿será eterna? ¿Acaso sonríe ahora? Me vence el anhelo por verlo. Imagino sus sesos en la arena, quizá, con suerte, alcanzándola a usted, sí, a usted que me está leyendo y no puede morir, pero ahora mismo querría hacerlo.

Por favor, dígame, ¿ha disfrutado de la sorpresa?, ¿de la manera en que el plomo ha atravesado el tiempo y el espacio para reventar su vida y entregárselo en los brazos? Confío en que así haya sido. Porque así debía ser la redención de a quien ayer se le llenaba la boca al hablar de usted y pronunciar su nombre. ¿Orgullo? Yo prefiero decir sentencia. Él solo se sentenció cuando vi caer una lágrima en la copa mientras contaba la relación que os unía. Era un hombre roto, rehecho de trozos que disimulaba con capas de pegamento y sonrisas. Decidí matarlo en ese mismo momento.

Créame si digo que cierro los ojos y me invade un hormigueo. Estoy ansioso por ver ese instante. Por verlo a él, mi obra, pero también por verla a usted. La imagino gritando a su lado, poseída quizá. Qué retorcidos son algunos sentimientos. Mientras, mi cuerpo embargado de placer alcanzará el éxtasis con los ojos cerrados.

¿Quién está frustrado ahora, profesora Fontán? Él es mi ofrenda, suyo es el pecado.

51

Carril

Julián Mosquera no se perdió ni un detalle de la escena. Con un manotazo avisó a un fotógrafo y los dos corrieron juntos hasta llegar a mi lado. Escuché el clic de cada fotograma que recogía el estupor en mi rostro, el desconcierto en mi boca y hasta el inmenso dolor que impedía parpadear a mi alma. El asesino de la rosa pretendía convertirme en la culpable de la muerte de Ernesto. Y yo no iba a consentirlo.

—¿Dónde estás, miserable? —abordé a un mar de caras desconocidas en los rincones, tras árboles y en las alturas de las edificaciones cercanas—. Sé que estás mirando, ¿te diviertes?

Mi reacción actuó en mi contra al llamar la atención de otros dos reporteros que salieron a mi encuentro. Ráfagas de luz y flashes. Hubo quien se acercó para captar una perspectiva legible de la nota de aquel psicópata que yo todavía sostenía en la mano. También querían sacar a Ernesto. Eso fue lo que acabó por desquiciarme, como un animal tratando de proteger a otro miembro de la manada frente a aves carroñeras. Me puse en pie como muestra de arrojo ante todo aquel que osase acercarse más de lo estrictamente necesario.

¿Qué pretendían? ¿Acaso querían fotografiar el cuerpo de Ernesto en una bolsa blanca?

—¡Ya está bien! Es suficiente —rogué rendida, mostrando las palmas de mis manos.

Sergio apareció con la fuerza de un gran roble, como esos que me había enseñado en Cortegada. Se colocó a mi lado, dispuesto a enfrentarse a cualquiera.

—Venga, coño, aquí no hay nada que ver. Dejadla en paz —dijo protector con un brazo extendido delante de mí.

El alboroto alertó a Ruibal. Con la urgencia que caracterizaba a sus movimientos, llegó hasta mí para pedirme que le entregara la nota y el sobre.

—¿Lo ha abierto? ¿Ha leído la nota? —Abrió la puerta a un reproche que yo cerré de un portazo.

—¿Acaso no podía? ¿De verdad cree que eso ahora mismo tiene alguna importancia?

Él me miraba con la prudencia de caminar en terreno desconocido.

—La nota estaba en la chaqueta de mi exmarido —espeté.

—Debe entregármela. Tanto la nota como el sobre han de analizarse en el laboratorio de la científica —señaló el inspector.

Eché un vistazo a lo lejos. Tras una cinta que la policía debía haber instalado en algún momento permanecía atenta buena parte del pueblo, observándolo todo con miedo en los ojos, pero un miedo blando, insuficiente, que el morbo de un muerto podía vencer. Y vencía.

Entre ellos reconocí a Alonso Salgado y a sus padres. Tan pronto sintió mi mirada, el joven Alonso dio la vuelta y se perdió entre la multitud. Sonsoles e Ignacio Salgado dudaron si seguirlo o no. Finalmente, Mosquera tomó partido en la elección al caminar con paso decidido hacia donde ellos estaban.

Más tarde descubriría a qué se debía tan estrecha relación entre quien capitaneaba la recuperación de Cortegada y el actual propietario de la isla a través de la inmobiliaria.

—Tranquila, no dejaré que se acerquen a ti —me aseguró Sergio con cálidas palabras en mi oído. Las recibí como una bombona de oxígeno en el fondo de un mar oscuro y salvaje.

Tragué saliva y no dije nada.

—Ven conmigo —me pidió justo cuando mis fuerzas decaían—. Deberíais hacer algo por protegerla —se encaró Sergio al inspector Ruibal.

—¿Quieres ocupar tú mi puesto, Seoane? —contestó lejos de amedrentarse quien ejercía de matarife en su tiempo libre.

—Señor —informó una agente uniformada a su superior—, un canal de televisión que retransmitía el entierro no tuvo tiempo de cortar el directo y toda España ha presenciado la ejecución.

Me agarré al brazo de Sergio, las piernas me temblaban y un escalofrío subió por mi espalda. Era miedo, un miedo sordo que congelaba la sangre en mis venas. «¿Lo ha visto Alicia?».

52

Paderne

Pasé dos horas prestando declaración ante Ruibal y otro agente de policía con el comisario a una distancia tan prudente como suficiente para escuchar cada una de mis respuestas. Poco más pude aportar a lo que media España había visto. Los que faltaban tendrían ocasión de ver un análisis que rebobinaría los instantes finales que rodeaban la muerte de Ernesto. Poco más, salvo un detalle, pero de gran importancia.

—Había hecho una apuesta con un tipo la noche anterior —expuse con una voz a medio camino entre la pesadumbre y la incredulidad.

—¿Una apuesta?

Asentí sin levantar la mirada y me vi obligada a explicar los pormenores de aquel reto absurdo que había sido una trampa para matar a Ernesto.

—¿Tiene alguna idea de quién era la persona con la que hizo esa apuesta? —quisieron saber.

Pero yo no tenía la respuesta, eso hubiese sido demasiado fácil.

—Lo único que sé es que ayer estuvo en El Gato Negro. Tal vez lo haya conocido ahí... o puede que en otro sitio, no lo sé.

—Parece que el asesino de la rosa tiene algo contra usted, señora Fontán —apuntó el agente.

Vinieron de nuevo a mi cabeza las palabras de aquella nota: «¿Quién está frustrado ahora, profesora Fontán? Él es mi ofrenda, suyo es el pecado». Respiré profundamente y solté el aire con fuerza por la nariz. Me erguí.

—Esto no tendría que haber pasado. Se han tergiversado mis palabras sobre ese asesino. Se han puesto en mi boca comentarios provocadores y ¿quién lo ha pagado con su vida? ¿Quién?

—Según parece, su exmarido, no usted —intervino Ruibal, sibilino.

—¿Puedo irme ya?

—Enseguida terminamos —contestó el otro agente.

—¿Qué tipo de relación tenía con su exmarido, señora Fontán? —lanzó Ruibal. No solo sentí en los oídos el recelo de su pregunta, sino una mirada de profunda antipatía.

—Por el amor de Dios, ¿qué está insinuando? —salté como un resorte.

—Hago mi trabajo, señora, que no es otro que el de investigar todas las vías posibles para atrapar a un asesino.

Cogí aire y lo liberé muy despacio por la boca a fin de recomponer la poca serenidad que se desperdigaba en migajas por algún lugar de mi mente.

—Nuestra relación era buena. Siempre nos hemos entendido bien. Él... Nosotros...

Tragué saliva para continuar.

—Tenemos una hija, Alicia.

—Sí, lo recuerdo —apuntó—, la misma que recibió el libro de Unterweger, el autor en quien se inspiró el asesino de la rosa para acabar con Sandrita. Todo muy oportuno y ligado con usted.

«¿Qué retorcidos nexos está tratando de establecer este hombre?», me pregunté mientras sentía una preocupación que iba en vertiginoso ascenso.

—Exacto —dije al fin—. La misma con quien debo hablar cuanto antes. Temo que haya podido ver... —Mi garganta volvía a inflamarse. «Despacio», traté de calmarme—. ¿Tiene más preguntas? Necesito hablar con mi hija —el tono de mi voz descendió hasta musitar en un hilo de suave seda—, por favor.

Se apiadó de mí. Ruibal no, por supuesto que no. Fue el comisario de policía que, al escuchar mi petición, le pareció tan razonable como para dar por concluida mi declaración.

Don Santiago me dejó en el Instituto de Medicina Legal. Él y Edel se ofrecieron a quedarse conmigo.

—No es necesario —dije.

En realidad, prefería estar sola. Habían llevado el cuerpo de Ernesto al IMELGA para practicarle la autopsia. «Es el protocolo», me dijeron. «Espere aquí», insistieron. Me limité a asentir sentada en la soledad de una sala donde debía encarar el duro trance de llamar a Vanesa y a Alicia. Una ola de absoluto pavor arrasó mi ánimo hasta el punto de que fui incapaz de marcar los números. Dejé caer la cabeza y la apoyé en la pared. Con los brazos y las piernas exánimes, cerré los ojos y me centré en respirar. Qué difícil dar un paso cuando no recordaba caminar.

Como si un coloso me elevara del suelo y apretase mi cuerpo en el interior de su puño, el dolor constreñía el nombre de Ernesto en mi pecho, resquebrajando furioso cada una de sus letras hasta romper a sangrar en mil recuerdos. Empezaba el duelo. El teléfono daba tono. Cerré los ojos a la espera de escuchar la voz de Vanesa. Pude sentir que había descolgado. Al otro lado, un silencio denso invadía el universo a ambos lados del auricular en el que ambas apoyábamos la cabeza.

—Sé que estás ahí —empecé, queriendo acercarme. Escuché el aliento de sus lágrimas—. Cuéntame cómo está Alicia. Dime que no lo ha visto, por favor —le imploré.

—Por quién me tomas, Antía... —musitó con un punto de incredulidad—. Vale que soy más joven y que hay muchas cosas que tal vez se me escapen, pero no así otras. Alicia lo sabe, claro que lo sabe, todo el mundo sabe que un asesino ha disparado a su padre en Galicia por ir a verte a ti. ¡Maldita seas! —gritó y se echó a llorar.

—Lo siento, Vanesa, de verdad que lo siento tanto... —acompañé su dolor opacando el mío, quizá en parte porque sentía que ya no me correspondía a mí llorarlo. «¿Cómo que no?», soltó esa voz que ahora se mostraba apática y amortiguada—. ¿Alicia está contigo? ¿Dónde está? Necesito hablar con ella... —rogué exhausta.

—Está en su habitación. Estaba en clase en el momento de... —Un nuevo acceso de llanto le impidió continuar hasta pasados unos segundos—. Al salir se lo contó la madre de una de sus amigas. Desde entonces no quiere levantarse de la cama.

Necesitaba estar con ella, de la misma forma en que sabía que ella necesitaba estar conmigo para lidiar con tanto dolor. Tendría que pasar su propio duelo y disponía de menos herramientas para gestionarlo.

—Dile que he llamado y que tan pronto como pueda estaré con ella.

—Vi cómo se desplomaba en tus brazos —rumió con rabia y supe que las lágrimas acudirían a sofocar sus palabras.

—Vanesa... —acerté a decir.

No dijo nada más, y en ese limbo leí el profundo resentimiento que la embargaba.

—Cuida de Alicia hasta que yo pueda hacerlo, por favor. Ahora debo esperar aquí, junto a él, hasta que me digan que nos lo podemos llevar. Lo entiendes, ¿verdad?

—Tan pronto sepas algo, llámame —sonó a orden, pero decidí pasarlo por alto.

Demasiada tensión. Tocaba esperar. Pensé en recluirme de nuevo en la oscuridad de un rincón en el que mi propia alma encontrase la tranquilidad que necesitaba. No duró mucho. Poco más que unos segundos.

—¿Señora Fontán?

Abrí los ojos, como si el nombre me sonara remotamente, sin la certeza de responder mi identidad a él.

—¿Es usted la señora Fontán? ¿La mujer de Ernesto…?

—Oh, sí, soy yo. Bueno, soy su exmujer —respondí con un punto de confusión que se trasladaba a la fluidez de mis palabras.

—Tenga. —Me mostró una bolsa de plástico pequeña—. Son las pertenencias que llevaba consigo su exmarido. La policía ha dicho que no las necesita.

Asentí, mordiendo el quebranto, y extendí mi mano para recogerla. Decidí no abrirla todavía. Necesitaba aire, respirar, la luz de un sol que la mirada del dolor me negaba. Me senté fuera, en unas escaleras de cemento. No llovía. La verdad es que me era indiferente si llovía o no. Rasgué la diminuta bolsa. Allí no había más que las gafas de sol de Ernesto, su reloj y la cartera. Coloqué con torpeza cada uno de los objetos en el regazo y me quedé mirándolos del mismo modo en que se observa a los viejos amigos que hoy parecen desconocidos.

Abrí la cartera. He ahí mi error. El que me costaría tantas lágrimas. Allí estaban sus tarjetas bancarias, también la correspondiente a su habitación en el hotel Carril, tíquets de compras pasadas, quizá también de algún regalo futuro dirigido a nuestra hija. Deslicé el dedo bajo una pestaña de cuero y con él arrastré aquello que se guarda para no ser descubierto por nadie más que por quien lo oculta. Directa a la palma de mi mano, aterrizó una fotografía. En ella, una familia que sonreía: Ernesto, Alicia… y yo.

53

Paderne

Al día siguiente amanecí en casa de don Santiago y una menuda y ensombrecida Edel. No recordaba haberme acostado, tampoco el medio de transporte en el que había llegado desde el Instituto de Medicina Legal. En mi cabeza solo había una densa nube de agua salada.

Me vestí. Sentía mi cuerpo exhausto y rendido. Tomé un café, agradeciendo que no hubiera ni rastro del periódico sobre la mesa del salón. No habría podido ver en ese momento la imagen que me atormentaría de por vida. No tenía ganas de volver a leer la nota de un asesino que buscaba notoriedad y que la estaba consiguiendo. No podía.

Salí al jardín y comprobé con tristeza que las rosas habían perdido su color, que la hierbaluisa y el romero ya no entregaban notas de frescos aromas al rocío, que los árboles eran más pequeños y los pájaros, al verme, perdían todo interés por cantar. Edel abandonaba silenciosa el corral con su cestito de mimbre colgado de un brazo y un ramito de flores en la otra mano. Me ofrecí a ayudarle a cerrar la cancilla que delimitaba su huerto, gesto que ella agradeció con una mirada triste.

—¿Has desayunado algo? —preguntó en un ejercicio maternal que mis energías derrotadas contestaron devolviéndole una sonrisa.

—No he visto a don Santiago —dije para introducir la pregunta sobre su paradero—. ¿Ha salido?

—Sé que estuvo hablando con Hervé y después subió al coche para hacer algún recado que ahora mismo no te puedo concretar por mucho que me estruje el cerebro. Por cierto, Antía, deberías revisar tu teléfono, porque creo que Hervé está intentando localizarte.

«Hervé… Lo que daría por tenerlo ahora cerca», suspiré sintiéndome vulnerable. Seguí el consejo de Edel y revisé mi teléfono. Lo había silenciado en el entierro de Sandrita. Comprobé que tenía al menos media docena de llamadas perdidas, todas de Hervé.

La primera reacción me llevó a presionar la tecla de llamada. Todo apoyo para volver a ponerme en pie sería de agradecer, y en esa labor él sería un pilar incontestable. De inmediato, mi consciencia recuperó un pensamiento, más bien un interrogante que pesaba en torno a Hervé y colgué. ¿Qué pasaba con el libro de Unterweger? ¿Acaso se lo había enviado él a Alicia? La empresa de mensajería aseguraba que el paquete provenía del departamento de Literatura en la Sorbona, de eso no cabía duda, ¿no? En cualquier caso, aquella duda cercenó toda posibilidad de encontrar consuelo en un amigo. No podía llamarlo. No tenía fuerzas para hacer preguntas. Todavía no.

Me senté en el banco de la entrada, con la mirada perdida en ese jardín que hoy me saludaba con el humor gris de un camposanto. Entonces vi la figura parsimoniosa de Ruibal que subía las escaleras. Él tampoco parecía advertir el verdor de la tierra entre las piedras, menos todavía el color del otoño instalado en árboles y enredaderas. Quizá Edel estuviese en lo cierto: no todo el mundo sabe mirar. Algo me decía que ese hombre caminaba con la ignota motivación de una máquina y con ausencia de color en la mirada.

—Buenos días, señora Fontán —saludó—. Lamento su pérdida —añadió, y por un momento creí ver una pizca de humanidad en el inspector de policía.

—¿Han averiguado algo más?

—Hemos encontrado el casquillo de la bala. ¿Sabe algo de armas, señora Fontán?

—Absolutamente nada. ¿Por qué lo dice?

—En balística les ha llamado la atención el hecho de que el arma utilizada fuera una Star automática calibre 380. Ya no se fabrican. Pueden encontrarse en armerías como piezas de coleccionista y, por supuesto, en el mercado negro.

—¿Qué es lo que les ha sorprendido? Perdone, pero creo que no le sigo.

—Es muy difícil acertar el tiro a la distancia que lo ha hecho el asesino. Más todavía con esta pistola. Me pregunto por qué habrá escogido esta arma y no otra —explicó, y en un momento de debilidad ladeó la cabeza para rascarse el cogote.

—Lo cierto es que no tengo formación ni experiencia para entender la mente de ese psicópata. ¿Han avanzado en alguna teoría acerca de su identidad? Al menos ya no siguen perdiendo el tiempo conmigo —disparé.

Él aguzó la mirada.

—Creo que está bastante claro que ese tipo me tiene en el centro de una diana. ¿Acaso necesita leer de nuevo la nota que ha dejado? —continué.

—Por eso estoy aquí. Según indica en ese mensaje, el asesino de la rosa estuvo la noche anterior con su exmarido.

—Sí, fue a El Gato Negro —interrumpí con la explosión de un recuerdo e infinitas ganas de atrapar al malnacido que había acabado con la vida de Ernesto.

—Déjeme continuar, señora —me pidió controlando el malestar que le había provocado que cortara su discurso.

Torcí el gesto.

—Sabemos que estuvo en El Gato Negro por el vaso de chupito que se había llevado de allí, además de por su declaración. —Lo cierto es que estaba un poco espesa—. Y, como es normal, ha sido el primer lugar en el que hemos estado haciendo averiguaciones. Varias personas nos han confirmado la presencia de Ernesto en la barra, bebiendo, pero ningún testigo recuerda haberle visto con nadie. Lo único que hemos sacado en claro es que alguien afirma haberle dado cambio para llamar desde una cabina a su mujer, o puede que dijese exmujer… —matizó con su mirada de cansancio eterno sin parpadear—. Dígame, señora Fontán, ¿la llamó?

Mi vista se nubló con una pátina sangrante en mi memoria. Asentí y apreté los labios mientras buscaba las palabras.

—Sí, me llamó y estuvimos hablando un buen rato. Cosas nuestras, íntimas, que no le reproduciré a usted ni a nadie.

Ruibal aceptó mi respuesta.

—¿Recuerda si le mencionó algún otro local al que estuviera pensando ir?

—Lo cierto es que no… Sí me dijo, en cambio, que había conocido a un tipo e iba a tomarse la última copa con él. Imagino que será el mismo con el que hizo esa estúpida apuesta.

—El asesino.

Clavó la mirada en lontananza y, al fin, tuve la sensación de que dejaba de desconfiar en mí.

54

De nuevo en la soledad que la pérdida demandaba, cerré los ojos con la sombra de la culpa llamando a mi puerta. ¿Debería haber persuadido a Ernesto para que no viniera a Galicia? ¿En verdad podría haber hecho algo para evitar su muerte? ¿Era tan importante el testamento de Lalita como para no valorar el peligro? Pero ¿cómo iba a saber que el asesino de la rosa tomaría represalias por unos comentarios que nunca hice y que eso alcanzaría a quienes me importaban? Sentí el aire colándose en mi cuello, un viento frío que desafiaba la protección de mis hombros. Metí las manos en los bolsillos de la chaqueta.

Entonces la sentí entre los dedos. La acaricié con el mismo calor y la prudencia con que se toca un recuerdo. Ahí estaba, la fotografía que Ernesto ocultaba en su cartera. La extraje con mimo para recrearme en un tiempo pasado. En ella podía verse a un padre levantando a su hija como un trofeo mientras la niña sonreía feliz con los ojos cerrados. Qué poco pesaba la vida entonces, qué amplia mi sonrisa a su lado. Observé con mayor detenimiento la imagen y advertí al fondo unas pantuflas con el color azul del cielo de

Buenos Aires. También una mano añosa que se acercaba a Alicia en una acción que parecía romper los mundos que delimitaban las generaciones. Era ella. Era Lalita.

El sol se movía entre los árboles, dibujando el paso de un tiempo que corría inexorable. Era hora de retomar el pulso a la vida que me había tocado vivir y actuar. Subí a la habitación, abrí el bolso y extraje la cartera de Ernesto. Necesitaba la tarjeta para acceder a su habitación en el hotel Carril y hacerme con el testamento de Lalita.

No fue complicado colarme en la habitación, mucho menos entrar en el hotel. Saludé con paso firme y sereno al recepcionista, un hombre de mirada tranquila y atractiva sonrisa que solo me preguntó dónde iba. Yo respondí con el número de habitación. Al tratarse de una reserva para dos en la que, por algún motivo o, más bien, extraña ensoñación de Ernesto, dio también mi nombre y apellidos como posible acompañante, el amable trabajador no preguntó nada más.

Ernesto estaba en lo cierto. Tan pronto abrí la puerta, admiré las vistas. Eran un verdadero privilegio para los sentidos. El sol lucía en lo alto sobre un agua en calma que devolvía guiños de plata. Las cristaleras eran inmensas, casi tanto como mis ganas de llorar en aquel momento.

Me recompuse. Qué remedio. Estaba allí para buscar el testamento de Lalita. Nada más que para eso. ¿Y si a la policía se le ocurría también inspeccionar la habitación? No quería saber cómo sería la reacción de Ruibal si se enteraba de mi incursión allí para remover las pertenencias de Ernesto. ¿Cuál sería mi pretexto? No, no iba a hacerle mucha gracia.

Eché un vistazo a su maleta. Solo por encima. Dibujé una sonrisa triste al reconocer unos calcetines con rayas de colores que yo le había regalado por su último cumpleaños. Respiré y cogí aliento. También me topé con una camisa azul que había comprado en unas rebajas y a la que, con muy mal criterio, decidí bordarle sus iniciales sin tener ni idea de cómo hacerlo.

Las lágrimas asomaron y me puse en pie, quizá para demostrar a mis emociones quién estaba al mando. Sobre la mesita de noche distinguí una carpeta azul añil, el mismo azulón que los notarios usaban en Buenos Aires. Bueno, tal vez no solo se usaba allí. Me acerqué para comprobar si dentro estaba lo que yo quería, si aquellas solapas custodiaban el legado de Lalita, de la abuela Ali.

Al fin, allí estaba.

Me senté sobre la cama. Dejé que mi espalda encontrase acomodo entre almohadones y, justo cuando me disponía a leerlo con interés creciente a cada segundo que pasaba, alguien llamó a la puerta. Me incorporé sobresaltada. Una vez más, los nudillos ejecutaron un movimiento rítmico que no dejaba lugar a dudas: sabían que estaba allí y me estaban llamando. De camino hacia la puerta deslicé el testamento dentro del bolso. Esperé a la tercera llamada y, antes de que esta terminara, giré el pomo para encontrarme de frente con el rostro amable de una empleada del hotel.

—¿Antía Fontán?

La miré con un grado de sorpresa que resultaba difícil disimular.

—¿Es usted la señora Antía Fontán? —insistió y, con ello, me obligó a reaccionar.

—Sí, soy yo.

—Esto es para usted —dijo y me dio un paquete.

Ahora mismo no podría asegurar si me despedí y cerré la puerta o directamente me dejé caer en un limbo en el que el corazón latía con fuerza. ¿Debía llamar a Ruibal antes de nada? ¿Acaso era buena idea que abriese aquella caja? Porque..., sí, la caja..., la caja la había enviado él. Estaba convencida. Demasiado tarde, tiré de la cinta de seguridad y, sin darme tiempo para meditar, vislumbré lo que se ocultaba en su interior.

Reparé en el sobre con lacre rojo y símbolo de la rosa que ya había tenido ocasión de ver y que, inevitablemente, cada vez me suponía más dolor e incertidumbre. La nota, al igual que las anteriores, era blanca, de una pulcritud extrema.

Las sorpresas continúan, profesora Fontán. Porque las obras no tienen final o tienen demasiados. Son entes vivos. Tan vivos como usted y como yo. Sí, como yo, como el fervor que alimenta esta carne poseída, como el aliento que agita mi pecho y seca mi lengua. Qué feroz y extrema puede llegar a ser la lujuria. Pero es que lo envidio. Ahí otro de mis pecados. Cómo no envidiarlo si es el más grande. Si no hay mayor asesino que él... ¿Puede adivinarlo? Inténtelo. ¡El tiempo! Sí, ese monstruo silencioso que tiene más palabra que la propia muerte. El único que tiene todas las perspectivas de mis obras, que cruza barreras, que ve la vida con ojos de muerte y la muerte con ojos de vida.

Lo imagino. Puedo intuirlo ahora mismo en cada uno de sus segundos, sigiloso, introduciendo sus dedos de larvas en las cuencas de quienes yo he entregado... ¿Algún nombre se le viene a la cabeza? Mejor todavía, ¿Puede ver su rostro? ¿Recuerda haber besado alguna vez esa carne hoy putrefacta? Cierre los ojos. ¿No es maravilloso? Es tan oscura la perversión que me inflama... Debo calmarme. No hablaré más de mí. Discúlpeme, con usted siempre me puede la emoción.

Ha llegado el momento de abrir mi regalo. Le pido que preste atención para explicarlo como es debido cuando le pregunten, se lo ruego. No vuelva a dejarse en evidencia. Seguro que no sería bueno para alguien. Usted ya me entiende.

Tengo la sensación de que no lo habría descubierto sola o hubiera tardado demasiado. Y algo me dice que, esta vez, el tiempo está tan ansioso como yo por avanzar y llevar mi trabajo a otro nivel.

Dígame, ¿ha podido ver la inspiración de «nuestra» última obra? Y digo «nuestra» porque mi participación se ciñó a apretar el gatillo. ¿Puede verla? ¿Nada? En este punto, reconozco cierta decepción. Permítame, en ese caso, ahora que encuentro el sosiego necesario para guiarla, que sea yo quien se la muestre. Abra el libro. Por favor, tómese su tiempo y disfrute. Así es el arte, ¿no? Inspiración, lucha, gloria y, lo mejor de todo, ausencia de muerte.

Como riada de incandescentes pensamientos, una rabia sorda me devoraba por dentro. Aun así, hice lo que pedía. No valoré más opción que la de continuar. Extraje el libro y leí su título: *Queer*. Después, el nombre de su autor: William S. Burroughs. Sentí cómo las piernas me flaqueaban. «No puede ser». Ya sabía lo que necesitaba, no era preciso continuar con aquello. Sin embargo, lo hice. Pasé las páginas con prudencia. Advertí una marca en la introducción que William S. Burroughs había escrito a la edición de 1985 de aquella novela: «Todo me lleva a la atroz conclusión de que jamás habría sido escritor sin la muerte de Joan, y a comprender hasta qué punto ese acontecimiento ha motivado y formulado mi escritura».

Me llevé una mano a la frente antes de desmoronarme sobre un sillón. La caja acabó en el suelo. Escuché un sonido metálico. ¿Había algo más? «No, no es posible», musité en un hilo de voz, creyendo que toda la vida a mi alrededor se apagaba. La vi. Pude ver cómo se alejaba, cómo rodaba. Cogí una bocanada de aire y detuve su andadura dejando caer una palma abierta sobre ella. La miré y en un destello leí mi nombre en su interior. Sentí que me desvanecía hasta desaparecer en una habitación inundada de oscuridad. ¿Por qué el asesino de la rosa tenía la alianza de Ernesto?

55

Carril

Dejé atrás la habitación y avancé por un pasillo interminable. Troté escaleras abajo, incapaz de esperar el tiempo necesario para coger el ascensor. La sonrisa del recepcionista fue mutando en desconcierto a medida que yo avanzaba hacia él. No di tiempo a que me preguntara nada. Fue abrir la boca y disparé la pregunta que me ardía en los labios:

—¿Y la chica? ¿Tu compañera? La que acaba de subirme un paquete a la habitación —inquirí con la dificultad de los nervios.

El hombre me miró con extrañeza.

—¡Necesito saber quién se lo dio! Es muy importante.

Al fin intuí que tomaba conciencia de lo que le estaba pidiendo y se activó tecleando algo en el ordenador. Con gesto templado celebró encontrar lo que buscaba y levantó el auricular. Escuché cómo le preguntaba a una tal Merche por el paquete. Luego se giró para preguntarme:

—Señora, ¿ha comprobado el remitente?

Pero «¿por quién me toman?», quise decir en un rápido parpadeo.

—¿El remitente? —repetí con evidente molestia en la voz. El recepcionista puso cara de cordero degollado—. El remitente es el asesino de la rosa —afirmé, y el mensaje lo alcanzó como el plomo.

Sin color en las mejillas, el hombre levantó una mano para avisar al gerente. Antes de que me diera cuenta me informaron de que habían llamado a la policía y Ruibal estaba en camino, algo que no implicaba necesariamente urgencia o velocidad. Debía esperar. Me pidieron que tomase asiento en el amplio sofá de la entrada. Rehusé con una mano y me limité a apoyarme en la pared. El calor de las murmuraciones entre los empleados del hotel me alcanzaba en fugaces miradas.

Me refugié bajo llave en un rincón de mi mente. Allí, el fotograma que me recordaba el horrible asesinato de Ernesto, la alianza que daba cuenta de nuestro matrimonio y, por supuesto, el nombre de William S. Burroughs, un escritor al que empecé a repasar en ese mismo instante. Él había sido mentor de la generación beat, un fenómeno literario que supuso una verdadera revolución en la historia de las letras estadounidenses a mediados de los años cincuenta del siglo pasado. En este movimiento se había descrito a los autores como antisociales por el hecho de rebelarse contra el convencionalismo social, el militarismo, el capitalismo, pero también por el consumo de drogas. Podría decirse que utilizaban las alucinaciones y el sexo en su proceso de creación literaria. Hasta ahí cuanto tenían en común, pues en cada uno de ellos imperaba la defensa de su propia individualidad como escritores.

Volviendo con William S. Burroughs, enfaticé en medio de mis cavilaciones: él sí había sido un autor maldito. De hecho, era un auténtico emblema del malditismo. De pensamiento transgresor, no se limitó a escribir, sino que experimentaba con la literatura. No solo con ella, pues como recordé, el consumo de drogas era una constante en su vida. Así, en septiembre de 1951, encontrándose en compañía de su mujer, Joan Vollmer, ambos bajo los efectos de alguna sustancia, él sacó una pistola y disparó al vaso que previamente ella se había colocado sobre la cabeza. El vaso voló intacto, pero Joan se desplomó con un chorro de sangre manando de su frente para morir al cabo de unas horas.

Pasados unos años, Burroughs tuvo la terrible revelación que el asesino de la rosa me entregaba en una carta lacrada. «Atroz conclusión», había llegado a escribir él mismo. «Si no hubiese matado a su propia esposa de un tiro en la cabeza no habría sido tan buen escritor», me dije, y como una revelación entendí el mensaje y la perturbadora evolución del asesino que había fijado mi tormento como uno de sus objetivos a alcanzar. Y es que había sido Burroughs quien en una entrevista afirmara que la expansión de nuestra conciencia únicamente podía alcanzarse al deshacernos de las formas verbales. He ahí, quizá, el motivo por el que ese psicópata se refería a sus crímenes como obras sin necesidad de palabras, porque el asesino de la rosa no solo debía de sentirse escritor. «Él siente que es un autor maldito como en su día lo fue Burroughs. ¿Acaso él también está experimentando?». Cuando lo pensé, un sudor frío se instaló en mi frente.

Giré la cabeza y, como en un mal sueño, encontré la mirada de Ruibal. Estaba justo a mi lado. En la mano llevaba el bloc de notas y un bolígrafo. No puedo decir que pareciese impaciente, pero quién sabe, tal vez lo estuviese...

—Señora Fontán —saludó alargando la «ene»—. El recepcionista del hotel me ha explicado lo que ha pasado, pero necesito que usted me lo cuente y no solo eso: debe entregarme el contenido de esa caja —ordenó con la vista sobre el libro de Burroughs que yo todavía tenía en la mano.

Bajé la cabeza, asentí y se lo di. También debía darle la alianza de Ernesto. Ruibal la miró sorprendido.

—¿Llevaba la alianza? —preguntó.

—Yo tampoco entiendo cómo la habrá conseguido —murmuré.

—No, no me ha entendido —continuó—, ¿por qué su exmarido llevaba la alianza de casados si ya estaban divorciados?

Hundí tanto las cejas como los hombros para marcar la derrota. Negué.

—No lo sé.

Expliqué a Ruibal cuanto sabía del autor de aquella novela, no sin cierta complicación, a tenor del número de veces que me paraba para repetir la misma pregunta. No dejaba de fruncir el ceño. Como si la literatura y el arte le quedasen tan lejos como *Próxima Centauri*. Entonces atiné el tiro, nunca mejor dicho, al mencionar que la pistola utilizada por Burroughs en la muerte de su mujer había sido una Star automática calibre 380.

—El muy cabrón no ha dejado ningún detalle al azar —dijo al fin, entendiendo las conexiones.

Cabeceé un segundo hasta que él, quizá ofendido, me clavó la mirada. Entonces me limité a asentir.

56

Carril

Ruibal colocó el capuchón a su bolígrafo a la misma velocidad que lo hacía todo. Bueno, o casi todo, supuse con cierto
grado de ofuscación. Me puse en pie al primer gesto de despedida, acción que él imitó.

—Hay algo más que debo decirle, señora Fontán —añadió, captando de nuevo mi atención.

—Usted dirá.

—Concluida la autopsia a su exmarido no existe ya
ninguna motivación en el proceso judicial para no proceder
a su entierro —dijo con un punto de levísima aflicción—.
Bueno, o incinerarlo, o lo que sea que él quisiese hacer con
su cuerpo —concluyó con la desidia que tan bien le caracterizaba.

Asentí con amargura. Era el momento de llamar a Vanesa y cerrar el círculo de la vida de Ernesto. Una puerta
abierta me permitió asomarme a la terraza del hotel. La vaharada del mar me devolvió el aliento que en ese momento me
faltaba. Observé la belleza verde de Cortegada. Una gaviota
graznó batiendo alas, quizá defendiendo su territorio. Preferí pensar que disfrutaba viendo su reflejo en el agua, ba-

ñándose en aquel juego de luces que, como me había recordado Ernesto, tanto me gustaba. Nunca llegó a reconocerlo, pero también él se deleitaba junto al mar. Rememoré entonces nuestra última conversación telefónica. En concreto, un comentario extemporáneo que me puso los pelos de punta: «Ahora entiendo que Lalita quisiera descansar en esta tierra. A mí tampoco me importaría. Aunque ya sabes que yo soy más de cenizas al mar». Lo vi claro y marqué el número de Vanesa.

—Dime —saludó escueta. Todavía me hacía responsable de la muerte de Ernesto.

—Hola, Vanesa —dije—. Antes de nada, cuéntame cómo sigue Alicia, por favor. ¿Podría hablar con ella?

—Espera, voy a ver si está disponible. Le he preparado un baño caliente para reconfortarla un poco. Imagino que le estará sentando bien —explicó en una fisura de su ánimo beligerante y en secreto me sentí agradecida porque estuviese cuidando de Alicia.

Pasados unos segundos, puede que algo más, escuché al fin la voz de mi hija.

—Mamá —pronunció al tiempo que su voz se resquebrajaba.

Lloró. Procuré ser el pilar que ella necesitaba. Porque quería gritarle al universo, preguntar por qué, maldecir a quien había matado a su padre y finalmente reconocer que lo echaba mucho de menos. Contuve el dolor en el pecho y susurré palabras cálidas hasta que su rabia tornó en exhausta melancolía.

—Alicia, hija, nos veremos muy pronto.

—Pronto, pronto, pero ¿cuándo? —se impacientó.

Lo entendí.

—Tu padre quería que sus cenizas fueran lanzadas al mar. Siento mucho que no puedas estar aquí conmigo, pero es demasiado peligroso.

—Pero, mamá… —musitó débilmente.

—Despediré a tu padre aquí, en aguas gallegas. Tal vez así alcancen su Buenos Aires querido —fue decirlo y sentí cómo ardía un nudo en mi garganta.

—¿Por eso quería ir a vivir a Argentina con Vanesa? —preguntó.

—¿Cómo?

Esa sí que fue una sorpresa para mí.

—Vanesa quiere hablar contigo, mamá. Prepararé la maleta. Estoy deseando verte.

Tragué saliva mientras el teléfono cambiaba de manos.

—Por eso viajó a Buenos Aires —me explicó—. Quería que empezáramos una nueva vida allí.

La voz de mi cabeza despertó para decir: «¿Y te lo creíste?».

—Vaya, no me había dicho nada —balbuceé con torpeza.

—¿Y por qué tendría que decirte nada a ti?

«Uy, ya estamos», reconozco que tanta hostilidad empezaba a cansarme.

—Vamos a dejarlo, ¿vale?

—Él quería pasar el resto de su vida conmigo, ¿lo entiendes?

—Lo sé, Vanesa. Me dejó para poder estar contigo, no lo olvides. Te quería. Por supuesto que sí —dije con aplomo, pues era cierto.

De eso no cabía otra interpretación posible. Y yo lo había asumido el día en que se fue con una maleta para llamar a la puerta de Vanesa.

—¿Sigues ahí? —pregunté, y escuché cómo se sonaba la nariz.

—Estoy bien —acertó a decir con la congoja de las lágrimas.

Alcanzamos la tregua que ambas necesitábamos pero, por encima de todo, era indispensable para Alicia. Algo que yo tenía muy presente. Sin embargo, en el instante previo a colgar el teléfono Vanesa me expuso algo que yo no debía consentir, pero que me vi obligada a aceptar.

—También yo despediré las cenizas de Ernesto —afirmó y vi cómo giraba el tambor de un revólver.

—Pero…, pero, Vanesa, Alicia no puede venir aquí.

—Alicia necesita más que tú despedirse de su padre —sentenció sin ser consciente de que el cañón podría apuntar a la cabeza de mi hija.

No se trataba solo de Vanesa, en ese momento podía escuchar a Alicia detrás de ella, como dos adolescentes que no veían más allá del presente, de lo que creían necesitar, sin pensar en las consecuencias.

—De acuerdo —cedí antes de imponer estrictas condiciones de seguridad para cuando llegasen a Galicia.

Las tres, juntas, despediríamos a Ernesto.

57

Carril

Aquella conversación telefónica me había dejado exhausta. Decidí cruzar de nuevo el recibidor del hotel para ir a la salida. Era hora de volver a casa de don Santiago. Una voz llamó mi atención y lancé una mirada al frente. No parecía que hubiese nadie en el pasillo que conducía a unas escaleras que accedían a los pisos superiores. Aun así, me aventuré a dar unos cuantos pasos en esa dirección. A la derecha quedaba la cafetería. Ahí estaba. Lo vi. Reconocí sus hombros, su ropa. ¿En verdad estaba allí? ¿Frente a mí? Como si él también intuyese mi presencia, se giró.

Reparé en las gafas, el pelo revuelto, la sorpresa que dibujaba su boca y unos ojos que me abrazaron mucho antes de que pudiera alcanzarlo. Confieso que fue verlo y no encontré motivo, dudas ni sospechas que pesasen sobre él para que no me envolviera en sus brazos. Quizá influyese que siempre me regocijaba en el cálido consuelo de aquella mano que un día había recogido mis lágrimas. Y es que, en verdad, me hacía bien sentirlo cerca.

—Lo lamento, Antía —acertó a decir Hervé, buscando mi mirada—. Me enteré de lo sucedido y… tenía que verte.

Lo escuché con el reflejo de mis ojos en los suyos. Después lo estreché con tal intensidad que, por un segundo, percibí los latidos de su corazón en mi pecho.

—Me alegra que estés aquí —musité con palabras que se quebraban en mi boca.

Hervé no dijo nada, pero sentí el calor de un beso en mi pelo.

Pegada a una columna, Cynthia nos observaba. Tomé distancia de él en el mismo momento en que nuestros ojos se encontraron y advertí en ella cierta incomodidad. Malestar que se diluyó con rapidez en cuanto me saludó con dos besos para después verter en mi oído un compungido pésame por la muerte de Ernesto.

—Gracias por haber venido —musité, conmovida.

—Es lo mínimo que podíamos hacer por una amiga —dijo al tiempo que miraba a Hervé y lo cogía de la mano.

Mantuvimos una conversación que se ajustó a lo esperable para las circunstancias que estábamos viviendo.

—Ha debido de ser horrible, ¿verdad? —preguntó Cynthia, como si hubiera más de una respuesta.

Entonces interpretó un escalofrío que recorría su cuerpo al imaginarse en mi situación y abrazó a Hervé por la cintura.

—En todos los medios no se habla de otra cosa. Créeme si te digo que ya todo el mundo sabe dónde está la isla de Cortegada, quién es Guillermo de Foz y, por supuesto, quién eres tú.

Me lo dijo y mostró una de esas sonrisas que a mí tanto me costaba descifrar. ¿Qué se suponía que debía contestar yo? «¿Me alegro? Gracias por ponerme al día. De verdad, necesitaba conocer esa información» En lugar de eso me limité a coger aire y a buscar en mi caja de herramientas sociales el gesto ambiguo reservado para las emergencias.

—Por no hablar del asesino de la rosa —continuó hablando sin ser consciente de lo inapropiado de su comentario—. El otro día escuché en una tertulia cómo analizaban sus notas y decían que veían talento en ellas. No me extrañaría que acabase siendo un escritor de moda —remató. Sus palabras prendieron la mecha a un pensamiento que revoloteaba por mi cabeza.

—Será mejor que dejemos descansar a Antía —intervino Hervé.

—Eso es —susurré en el éxtasis de una cavilación.

Los dos me miraron sin entender.

—Creo que ya sé lo que quiere el asesino de la rosa —dije al fin—. Y es justo lo que le estamos dando.

Dispuesta a salir corriendo en dirección a la comisaría de Vilagarcía para hablar con Ruibal, me despedí de ellos no sin antes agradecer una vez más que hubiesen volado desde París. Entonces, miré a Hervé con curiosidad.

—Porque... has volado desde París, ¿no?

—Sí, claro —se apresuró a contestar él.

Asentí como un resorte con la duda repiqueteando en mi mente.

—Hace un par de días llamé al departamento y me dijeron que estabas fuera, de viaje —continué.

—Ha debido de ser un malentendido —explicó—. ¿Recuerdas quién te cogió el teléfono?

Sacudí la cabeza e hice un movimiento con la mano para restarle importancia a aquella pequeña quiebra de información.

—Ahora sí debo irme. Os dejo para que podáis instalaros tranquilamente.

Me di la vuelta, tiré de la puerta y, antes de cerrarla, escuché cómo Cynthia le susurraba un reproche a Hervé. Algo que, sin duda, yo no tenía que haber escuchado nunca.

—¿Por qué le has mentido?

58

Carril

Tras cruzar el umbral de la puerta del hotel, aceleré el paso
con la pregunta de Cynthia bullendo en mi cabeza. ¿Me había mentido Hervé? ¿Dónde había estado los últimos días?
¿Qué me estaba ocultando? Pero ¿por qué?

La arriesgada maniobra de una gaviota al rozar mi pelo
con un ala rompió la abstracción en la que me encontraba.
El graznido me obligó a detenerme de inmediato y hacerme
a un lado para dejar que aterrizara donde ella estimase oportuno, que no era otro lugar que donde yo tenía los pies.
Levanté la vista y comprobé cómo el día se oscurecía por
momentos y la niebla se apoderaba de los contornos de Cortegada.

Me asomé hacia el pequeño embarcadero del puerto y
vi a Sergio apeado al lado de su dorna. Hacía aspavientos
y, aunque no acertaba a escuchar lo que decía, parecía mantener una acalorada discusión con Julián Mosquera. Pese a
sentir una gran curiosidad por el motivo de aquel desencuentro,
me propuse ser discreta y esperar a que terminasen su disputa
para acercarme a hablar con Sergio, algo que fue imposible
cuando Pepa y Edel hicieron acto de presencia.

—¡Antía! —exclamó mi anfitriona mientras la madre de Sergio fruncía los labios con el mismo escepticismo que el día de la matanza del cerdo—. ¿Cómo estás, *miña* reina? —saludó con una sonrisa que buscaba paliar la tristeza con la que me miraba.

Saludé escueta a ambas.

—Venimos de la cetárea —explicó Edel—, de encargar unos centollos para el domingo.

—Santiago y ella están de aniversario —añadió Pepa sin que yo preguntara, algo que Edel reprobó.

Dibujé una sonrisa cansada para intentar destensar el rostro de la mujer de don Santiago.

—Cuarenta y nueve años de casados —se animó a decir.

—Ay, que Dios te lo conserve —exclamó Pepa.

—Haré también bacalao, verduritas del huerto… —enumeraba Edel en voz alta, creando un menú delicioso sobre la marcha.

—Escucha una cosa —continuó Pepa—, ¿por qué no le coges de postre unos pasteles de esos de nata y mantequilla? O mejor… ¡unas tartas *larpeiras*!

—Es que Santiago, al igual que tu marido, tiene el azúcar… —explicó con un movimiento de balanceo— bastante mal, ¿sabes? —concluyó ante los ojos de recelo de su amiga—. Pero bueno, como vais a venir vosotros, puedo coger unos pocos —rectificó.

—Ay, no, quita, quita, mujer, que yo eso ni lo pruebo. Solo lo compro para mi Suso.

«Pues que Dios se lo conserve también», dijo la vocecilla de mi cabeza.

Edel parpadeó con los brazos cruzados a la altura del pecho, quizá dudando qué decir, si decir algo o, mejor, ahorrarse cualquier posible comentario.

—Por supuesto, cuento también contigo, Antía —dijo girándose hacia mí.

—No tengo mucho humor para fiestas —comencé a excusarme.

—A veces, cuando no apetece es cuando hay que ir —explicó Edel en una suerte de acertijo—. Mira, dos motivos te voy a dar: hay que tirar para adelante, darse motivos a uno mismo para seguir. La vida es complicada, y cuando golpea no podemos dejar que nos tumbe; no, hay que seguir remando, ¿entiendes? Además —dijo con renovada firmeza en el tono—, por otro lado, tendrás que comer ese día, ¿no? Pues te digo yo que estos centollos te dan la vida, seguro.

Pese a lo atenuado de mi entusiasmo, Edel se esforzaba para que yo aceptase la invitación.

—De verdad que lo siento, pero tan pronto despida los restos de mi exmarido, me iré. Mañana aterrizará aquí Alicia, mi niña, acompañada de Vanesa, la novia de Ernesto, y con todo lo que está pasando aquí —las dos mujeres entendieron la alusión al asesino de la rosa—, no quiero extender su visita más de lo estrictamente necesario.

Fue mencionar a mi hija y las dos mujeres cabecearon con ojos tristes. No sucedió lo mismo al decir el nombre de Vanesa. Pepa apretó los labios y frunció el ceño en clarísima desaprobación, ¿de qué? No lo sé, pero aquello no le hacía ninguna gracia. Si por ella fuera, Vanesa podría viajar a lomos de un burro, dormir en la calle y, por supuesto, nada de centollos. Edel, en cambio, me acarició el brazo con cariño y templanza.

—No insistiré más —desistió al fin—. Entiendo que el bienestar de tu niña ahora sea lo primero. Tendrá ocasión de degustar algo de gastronomía típica en casa, con nosotros, porque imagino que se quedarán en casa, ¿no? Sitio hay. Hablaré con Santiago...

—Por cierto, ¿dónde está? —pregunté—. Se me hace raro no verte con él.

—Continúa con ese encargo que le pidió Hervé. A saber... Con lo que está tardando, parece que haya ido hasta París a entregárselo, ¿*non sí*?

Aquí llegó mi cortocircuito. Entendía el no, en gallego *non*, entendía el sí, pero esa expresión con las dos palabras juntas...

—¿*Non sí*?

Mi interlocutora esperaba mi respuesta.

—¿No es cierto? —aclaró con una de sus afables sonrisas.

«Ahora sí», me dije.

—Supongo. —Respondí con un gesto ambiguo a la altura de las circunstancias y añadí—: Aunque no creo que necesite ir a París. Hervé y Cynthia —en este punto advertí que Edel desconocía de quién le hablaba—, su pareja —esclarecí—, acaban de instalarse en el hotel Carril.

—¡Vaya! —acertó a exclamar—, no tenía ni idea. ¿Y no has visto a Santiago por allí, con él?

—No. Estaban solo Hervé y Cynthia.

—Le habrá pedido alguna cosa de la universidad —intervino Pepa—. ¿No me dijiste que le ayudaba con un trabajo de no sé qué cosa?

Edel asintió valorando aquella opción.

—Pues ya está, mujer. No te angusties tanto que va a ser eso. A ver si al final la que no llega al aniversario eres tú —espetó con una carcajada que preferí no interpretar.

Sergio alzó la voz al tiempo que soltaba un manotazo sobre su propia embarcación. Algo que llamó la atención de las tres, que no pudimos evitar asomarnos a mirar.

—¡*Xa está ben de tanta carallada, hostia!* Que no, ¿entiendes?, ¡que te digo que no!

Julián Mosquera se alejó de Sergio, con toda probabilidad para evitar que otro manotazo pudiese caer en superficies más blandas y menos resistentes a hematomas.

—*Cabeciña*, Sergio, ¿a qué estamos? —voceó Pepa a su hijo.

—Nosotros tendremos problemas —dijo Mosquera sabiéndose protegido por los ojos de tantos testigos, sobre todo por la madre de su fornido interlocutor—, pero algo te digo, ¿eh?, tú acabarás en la puta cárcel.

59

Carril

¿Qué era lo que acababa de pasar? En verdad, no tenía ni idea, y me limitaba a esperar el momento oportuno —a ser posible uno en el que los ánimos de Sergio estuvieran más relajados— para hacer la correspondiente pregunta. Por suerte y como por arte de magia, de algún lugar salió don Santiago. Aunque su gesto manifestaba también cierta contrariedad, el encuentro con su mujer pareció devolver la paz a su mirada.

Advertí el matiz en ese acercamiento, esas notas casi imperceptibles que despiertan nuestros sentidos y nos hacen sonreír. Quién no siente admiración o embeleso ante la cascada, el río o la inmensidad del mar, pero ¿y hacia la esfera de lluvia que recorre el tallo en ausencia de flor? ¿Quién ve más allá de la belleza del pétalo y agradece en silencio la fuerza de su raíz? Ellos la veían. Ellos dos se *miraban*. Era muy posible que la tragedia de los últimos días hubiese influido. Advertí más unión y complicidad en sus gestos. La muerte de Ernesto, como todas las muertes, otorgaba más valor a la vida y, sobre todo, a la vida de quienes estaban cerca de nosotros. Sergio subió la rampa de madera desde el muelle bufando como un toro bravo.

—Mira —le reprendió su madre con una mueca prisionera de los nervios—, no sé qué habrá pasado entre tú y ese Mosquera, pero ¿crees que así vas a conseguir trabajo en el periódico?

Él evitó contestar para calmar su ánimo crispado.

—¿Se puede saber qué es lo que ha pasado? —intervino don Santiago con su voz prudente.

—Nada —contestó Sergio, sin remordimientos de ningún tipo.

Parpadeé un par de veces sin dar crédito a la falta de explicación. Don Santiago lo escrutó en una mirada que exigía una respuesta. Sergio hizo una mueca con los ojos en blanco, buscando la templanza necesaria para concluir en una respuesta que, lamentablemente, a mí no me decía nada.

—Te lo puedes imaginar.

Nada. Muy a mi pesar, eso era todo lo que iban a profundizar en la causa de aquella disputa en mi presencia, así que opté por despedirme.

—¿Vas para casa? —preguntó don Santiago.

—Lo cierto es que… —Empecé una frase que debía terminar en un «no», ya que necesitaba hablar con Ruibal y comentarle algunas de mis deducciones acerca del asesino de la rosa.

—Si no te viene muy mal, Antía, nos harías un favor a los dos si pudieras acercarlo —me pidió Edel, como si el vehículo que yo conducía no fuese de su propiedad—. De esa forma yo me quedo con su coche y termino de hacer unas compras.

—Ningún problema —concluí.

Habíamos avanzado unos metros, cuando reparé en algo y me vi obligada a desandar con pasos apurados el trecho recorrido hasta ese momento.

—¡Sergio! —exclamé a fin de captar su atención.

Él se giró. Pepa y Edel, ajenas a mi llamada, continuaron caminando delante de él.

—¿Qué se te ha olvidado? —dijo con guasa.

Parecía que ya se había recuperado del enfrentamiento con Mosquera.

—Se me olvidaba pedirte un favor. Algo que para mí es muy importante.

—Dispara —pidió, ejecutivo.

—Mañana por la tarde ¿podrías llevarnos en tu barco a mí y a dos personas más para lanzar las cenizas de mi ex-marido al mar?

Al decirlo reconocí en mi propia voz la espada silenciosa del duelo. Seguía clavada, cómo dolía pronunciar algunas palabras. Carraspeé en el fútil intento de devolver un poco de energía al alma de aquel puñado de letras. Sergio evitó mirarme un segundo, pensativo, antes de contestar.

—Cuenta conmigo —afirmó, al fin—. Dime a qué hora y aquí os espero —señaló con una mano hacia el puerto.

—¿A qué hora es la puesta de sol? —pregunté y, una vez más, volví a carraspear con el nombre de Ernesto sangrando en algún lugar de mi pecho.

60

Carril

Al darme la vuelta vi que don Santiago me esperaba. Estaba sentado en un banco con la vista sobre las tranquilas aguas de la ría. Troté a su encuentro y me disculpé por la tardanza.

—Nada que disculpar —contestó él—. ¿Te parece que esté a disgusto? ¿Crees que aquí alguien pueda estar a disgusto?

Eché un vistazo. Si algo estaba descubriendo en aquella tierra de misterio y poesía era que el sol tan pronto aparecía regalando gloria como se escondía cual ángel caído entre gritos y lamentos, también lluvias y tormentos, en un cielo que era espejo de la más auténtica naturaleza humana. Así, los rayos rasgaban nubes para acariciar el rostro de un mar plácido que dormía en calma. Su luz, aquella luz, despertaba sonrisas que, aún cansadas, permitían a sus almas congraciarse con la esperanza.

—Mañana entregaré las cenizas de Ernesto a estas aguas —dije. No sabía por qué lo tenía tan claro y me aliviaban tanto esas palabras.

Don Santiago no añadió nada, pero lo conocía lo suficiente como para detectar una grieta en su corteza de hombre del norte. Y es que, a veces, las lágrimas sin agua también lloran. Las mismas que, a falta de sal, tardan más en cicatrizar. Uno al lado del otro caminamos hacia el coche. Pese a lo agradable del paseo, aproveché la coyuntura para dejar caer de forma casi fortuita que Hervé estaba en Carril.

—Ah, sí, lo sé. Estuve tomando un café con él a primera hora de la mañana —contestó don Santiago.

Guardé silencio un tiempo prudencial, a la espera de que se explayase acerca del contenido de ese recado que le había pedido Hervé, pero no dijo nada más.

—Me lo encontré en el hotel Carril. Se ha instalado allí con su novia.

Al igual que había sucedido con Edel, el rostro de don Santiago también manifestó asombro ante el hecho de que Hervé tuviese novia.

—Cynthia —añadí.

Sus cejas asomaron por encima de la montura de las gafas, lo que acentuó la confusión en su mirada.

—Así se llama —repetí—, Cynthia. ¿Nunca te había hablado de ella?

Él negó.

«Qué extraño», me dije.

—Pues, entre idas y venidas, llevan juntos bastantes años —añadí sin intención de arriesgarme a errar ofreciendo un número concreto.

Don Santiago se detuvo en seco y me miró con curiosidad.

—¿Qué estabas haciendo tú en el hotel Carril? —inquirió.

—Ah…, ya… —murmuré mientras buscaba sin éxito la alianza que tantos años había lucido para que mis nervios le diesen un par de vueltas alrededor de mi dedo anular.

Él esperaba mi respuesta con gesto sobrio.

—Me he acercado a la habitación de Ernesto para recoger algo. —En ese momento abrí mucho los ojos, que sentí prisioneros de la angustia—. Y el asesino de la rosa me ha hecho llegar una caja con una novela, otra nota y la alianza de mi exmarido.

—¿Lo sabe Ruibal?

—Sí. Ya se encuentra todo bajo custodia policial.

Resopló al mismo tiempo que se retiraba las gafas para frotarse los ojos con las puntas de los dedos. Lo observé en silencio y me pregunté si acaso el peso de todo aquello no estaría desbordándole.

—¿Pudiste leer la nota? ¿Viste de qué título se trataba?

—Sí, claro —respondí escueta antes de detallar el contenido de aquella caja que parecía haber sido enviada por el diablo desde el mismo infierno.

Le hablé de Burroughs, de cómo afirmaba que el asesinato de su esposa lo había convertido en mejor escritor, de la retorcida interpretación del asesino de la rosa acerca de sus crímenes al concebirlos como obras que no necesitaban palabras. También abordé la crueldad del mensaje que me había hecho llegar en un sobre lacrado con una rosa roja, con el único objetivo de continuar torturándome con la muerte de Ernesto. Algo a lo que sin duda había que sumar el hecho de devolverme la alianza que él todavía conservaba.

—Y tú ¿cómo te encuentras? —Sus palabras me pillaron por sorpresa.

—¿Yo? —balbucí.

Don Santiago asintió en un parpadeo.

—Confundida, asustada, pero, sobre todo, preocupada por Alicia. No hay nada que desee más ahora mismo que tenerla conmigo, a mi lado, para regresar juntas a París.

—¿Te irás con ella cuando os despidáis de las cenizas de Ernesto?

—Tengo que hablar antes con Ruibal, pero…, sí, definitivamente, esa es mi idea. Irnos de aquí cuanto antes.

Su mirada reflejaba pesadumbre.

—Pasado mañana, el sábado, se inaugurará en El Gato Negro la galería dedicada a Guillermo de Foz, el autor maldito de Cortegada. Si te ves con fuerza, agradeceríamos mucho que retrasaras un día tu viaje de vuelta para que estuvieras presente. Hervé ya ha confirmado su asistencia.

—Lo siento, pero no veo necesidad de exponer a Alicia a ese asesino que anda suelto. No puedo consentirlo —rechacé cordialmente la invitación.

Él asintió pesaroso.

—De todos modos, no pensé que fueran a abrirla tan pronto —retomé la conversación—. Me parece un poco precipitado. Quizá sea para aprovechar la publicidad de tantas noticias sobre autores malditos, asesinos y…

—¿Cortegada?

—Lo cierto es que sí, ¿no crees?

—Supongo que influirá mucho el estancamiento en las negociaciones entre la inmobiliaria y la administración para que se haya vuelto a hablar de la isla —dudó, subiendo los hombros.

—Tendrás que actualizarme. Últimamente evito ver, leer y escuchar las noticias —expliqué añadiendo una mueca.

—Pues, muy resumido, te diré que el acuerdo está lejos de alcanzarse, porque parece que hubo unas tierras que no llegaron a donarse nunca.

—¿Se sabe cuáles son? —traté de ahondar imbuida por la curiosidad.

—De cara al público, al menos, no ha trascendido nada.

Bajé la mirada al suelo con cierta decepción.

—Pero —continuó don Santiago—, he estado haciendo averiguaciones. —Abrí los ojos, expectante—. Me han confirmado que las parcelas que no llegaron a formar parte de la donación de la isla fueron las de Guillermo de Foz.

Recordé la última entrada del *Cuaderno de un condenado a muerte*, exactamente el punto en que decía «Juro que ni una pizca de suelo cederé a palacios, reyes, ni a quien encuentre color en su sangre o su piel para arrancar a tiras la de quien vierte lágrimas al otro lado del mar», y advertí la disparidad entre el deseo de conservar Cortegada para el pueblo y su situación actual.

—De ahí que se estén buscando por todas partes las escrituras de propiedad de Guillermo de Foz —dijo don Santiago.

—Por eso la búsqueda en el monasterio de Armenteira… —musité—. No fue algo casual. Se sabía que allí daba misa Danilo de Foz, su hermano y confidente.

El trayecto que restaba lo hicimos en completo silencio, cada cual con sus divagaciones y generando distintas teorías. Cuando vi el coche, abrí el bolso para sacar la llave. Allí dentro parecía haber un poco de todo y quizá por eso no era capaz de encontrar nada, así que me vi en la necesidad de pedirle a don Santiago que me sostuviese algunas cosas.

—Mil gracias —dije con apuro mientras colocaba encima de sus manos mi cartera, una funda con las gafas de leer y la carpeta que contenía el testamento de Lalita—. ¡Al fin! —exclamé en un gesto triunfante con la llave en la mano.

Un clic y las puertas se desbloquearon. Don Santiago observaba con interés la carpeta azul con el sello del notario de Buenos Aires.

—Ya podemos subir —afirmé, tirando de la manija de la puerta.

—Por cierto, ¿qué fuiste a buscar a la habitación de tu exmarido? —se interesó cuando estuvimos sentamos en el interior del habitáculo.

Señalé la carpeta que él todavía sostenía en las manos.

—Esto —le mostré, y abrí las dos solapas azules—. El testamento de Lalita.

No dedicó más de dos segundos, un rápido vistazo, pero algo debió de ver o deducir para mirarme fijamente a los ojos y, a continuación, decirme:

—Deberías leerlo cuanto antes.

61

Paderne

Sinuosa y retorcida, la carretera a Paderne parecía estrecharse por momentos. Sin luz ni guía del este al oeste, bajo un cielo de plomo y horizonte abisal, conducía con la amenaza constante de la lluvia y un único objetivo en mi cabeza: leer el testamento de Lalita. Don Santiago no había vuelto a abrir la boca desde que arrancara el motor del coche en Carril. ¿Qué habría visto? Quizá había reconocido el escudo del antiguo ayuntamiento de Carril y eso le hizo pensar en las escrituras de las tierras de Guillermo de Foz. ¿Sería eso?

Porque lo que yo sí recordaba era que el autor maldito había entregado su testamento y una confesión a Roncal, su criado, para que él se lo hiciera llegar a Blanca Novoa, mi bisabuela. Sí, claro, tal vez fuese eso. Contraje el gesto, pensativa. Una nube se rompió en miles de gotas cristalizadas sobre el coche. Estaba empezando a granizar cuando una posibilidad se dibujó en la maraña de interrogantes que cruzaban mi mente: ¿habría heredado las tierras de Guillermo de Foz?

—¡Cuidado! —gritó don Santiago.

Clavé el pie en el freno, lo que provocó un patinazo que arrastró el coche a varios metros de distancia. El jabalí que se había cruzado en la carretera salió despedido por el impacto. Aunque el golpe en la cabeza no había sido fuerte y apenas un débil hilo de sangre descendía sobre una de mis cejas, me sentía ligeramente aturdida. Entonces lo miré a él. Don Santiago boqueaba como un pez fuera del agua, con una mano en el lado izquierdo del pecho.

—Tranquilo —le aconsejé, a sabiendas de que era una inmensa estupidez—, llamaré a una ambulancia.

Alargué un brazo para buscar el bolso. El frenazo no solo lo había tirado al suelo, sino que se había desperdigado todo. Encendí la pequeña luz de la parte trasera del coche, incapaz de dar a tientas con el móvil. «Mierda», murmuré mientras palpaba las alfombrillas con medio cuerpo haciendo contorsionismos imposibles desde el asiento del piloto. Don Santiago jadeaba con las gafas en la punta de la nariz. Creí ver una señal. Movía una mano con poco acierto y demasiados nervios. La vista al frente, como si el causante de aquel susto a su corazón continuase allí, frente a él.

—¿Llevas ahí el teléfono? —pregunté en un intento por descifrar la intención tras sus movimientos.

Asintió.

—Está bien, está bien —dije, no sé si para él o para mí.

Introduje la punta de los dedos en el bolsillo interior de la chaqueta. Llevaba un pequeño bloc de notas, un lápiz con la punta muy afilada, un pañuelo con las iniciales bordadas. Dejé todo en el suelo y continué buscando.

«Venga, date prisa...». La voz de mi cabeza, lejos de ayudar, me angustiaba. ¿Se habría equivocado? ¿Tal vez no llevaba encima el teléfono? Miré en otro bolsillo y... ¡Bingo!, allí estaba.

El granizo golpeaba la chapa del coche con violencia. Un torpedeo atosigante. El teléfono no tenía contraseña. Fue fácil desbloquearlo. «¡Genial!», pensé. La celebración no duró más que un triste parpadeo. ¿Qué? Mis ojos se abrieron como platos, no daba crédito. ¡No había cobertura! Claro, cómo iba a ser tan fácil, ¿verdad? Resoplé y me llevé una mano a la frente. Lo miré, la respiración se complicaba. Salí del coche y eché a correr. Tenía que subir monte arriba. Vi el cuerpo muerto del jabalí tendido a los pies de un eucalipto de gran tamaño, pero no podía detenerme. Sin apartar los ojos de la pantalla del móvil, alcancé el punto en el que dos rayitas anunciaban que tenía cobertura.

Era el momento de llamar a los servicios de emergencia. Descendí lo más rápido que pude, pues a una extraña sensación de mareo le siguió una incipiente cefalea por el golpe. Las nubes avanzaban y se llevaban con ellas el hostigamiento de aquel granizo impenitente. Me detuve sorprendida. La puerta del copiloto estaba abierta. «¿Cómo es posible?», me pregunté aguzando la vista cuanto podía. Don Santiago no estaba dentro del coche.

Troté hasta alcanzarlo. A pocos metros, pude ver otro vehículo aparcado justo detrás del nuestro. Un hombre tendía a don Santiago en la parte trasera. No acertaba a verlo, ¿quién era? Recorté la distancia que me separaba hasta entender con un mínimo de claridad lo que pasaba.

—¿Sergio?

—¡Antía! —exclamó antes de salir a mi encuentro para darme un fuerte abrazo—. No te vi en el asiento del conductor y pensé…, uf, no sé.

Permanecí hierática con el gesto contrariado.

—¿Qué estás haciendo? —acerté a decir—. Acabo de llamar a una ambulancia.

—No hay tiempo —contestó él—. Don Santiago está sufriendo una angina de pecho. No sería la primera —dijo mientras subía al coche—. De camino a mi casa he visto vuestro coche y he parado. Me lo llevo al hospital. —Sacó la cabeza por la ventanilla y lanzó una última indicación—. Avisa a la grúa para que te recoja. Yo me encargaré de llamar a Edel desde el hospital. ¡Ten cuidado! Por la noche, aquí hay raposos.

Sin lugar a dudas, mi rostro representaba a la perfección un gran interrogante, pero hice caso a cuanto me había dicho. Llamé a la grúa y me encerré dentro del habitáculo a esperar. ¿De verdad habría raposos en la zona? Bueno, al menos ya no granizaba, aunque empezaba a oscurecer. Era lo que tenía la época del año en la que nos encontrábamos, menos horas de luz y más tiempo para ansiar el regreso del sol. Una metáfora simple, pero válida, de la vida. La espera, como todas las esperas, se me hizo larga. Fue entonces que reparé en el contenido del bolsillo de don Santiago. Centré la vista en el pequeño bloc de notas y lo cogí en la mano. Lo abrí por la última hoja que tenía escrita. Ahí estaba la siguiente sorpresa.

Vigilar a Antía. Investigar: viejos pobladores de Cortegada y herederos.

¿Qué diablos significaba todo aquello? Me habría gustado preguntárselo en aquel mismo instante y me prometí que lo haría tan pronto tuviese a don Santiago delante. Aunque quizá no hiciera falta esperar a hablar con él…

Cuando reúna la información, hablar con Hervé en el hotel Carril.

62

Paderne

Una vez llegó la grúa para llevarse el coche accidentado de Edel, pedí a su conductor que me dejase en la casa de Paderne. Decliné perder más tiempo y subí a la habitación con intención de leer el testamento de Lalita. Cierto que no era más que un documento frío, redactado por un notario, en el que se hacía referencia a las únicas dos propiedades que tenía mi abuela, de nombre Alma Barral Novoa. Se trataba de un piso en el centro de Buenos Aires, el mismo en el que ella se había casado y en el que yo había crecido. En ese momento recibí recuerdos aislados como pequeñas ráfagas de luz, de cuando la vida era juego y la curiosidad una virtud, no un arma para desconfiar del mundo. Ladeé la cabeza en un gesto de tristeza y me di unos minutos para poder continuar.

La otra propiedad que Lalita me hacía llegar eran unas parcelas en la isla de Cortegada. Mis ojos se movían inquietos por el documento. Pasé la hoja para leer a un lado y al otro, volver atrás y avanzar, todo a un tiempo, todo con el único objetivo de entender qué era aquello, aunque una parte de mí, esa vocecilla que paso a paso remontaba el vuelo tras la dura pérdida de Ernesto, me susurraba: «Sabes bien de qué se trata».

Había un anexo de varias páginas. La primera era la referencia registral de las tierras de Guillermo de Foz en Cortegada, sus escrituras. Supuse que eso sería lo que había visto don Santiago antes de salir del puerto. Sin lugar a dudas, él habría reconocido en un solo vistazo el escudo del antiguo ayuntamiento de Carril.

Pero ¿qué era lo que venía a continuación? Reconocí la letra manuscrita, el color amarillento del tiempo. Allí estaba, el final que Guillermo de Foz había redactado a su amada Blanca, mi bisabuela, para que entendiese lo ocurrido aquella noche en que Roncal la había subido a un barco rumbo a Argentina. Antes de eso, una confesión que no me esperaba. La revelación que le daba sentido a todo. La misma que aquel autor maldito, nacido en la isla de Cortegada hacía más de un siglo, había redactado de su puño y letra para Alma Barral.

A ella, víctima de todo

Querría decir que lo siento. Palabras, nada más que palabras, ligeras como plumas que no conocen al viento. ¿Qué siento? ¿Qué debería sentir? Pesado manto el de la incomprensión que abriga cuanta pasión agita mi tormenta.

Es ella, ella la dama de blanca mirada, mi incomprendida y defenestrada lucidez, la única que en mi vida de error ha arropado esta forma de sentir que me desangra en latidos que me arrastran. Soy esclavo, nada más que un esclavo torturado, elevado a capricho para caer arrodillado y otra vez ser asaltado ¡Maldito ladrón de sueños que palpita en el callejón de mis noches eternas!

Me pregunto si decir lo siento puede ser suficiente con tal de encontrar una sentencia benévola en aquellos a quienes hacemos un daño de irreparables consecuencias. ¿Podría el mar lamentar la furia de una tempestad y decir lo siento? ¿Acaso sería también suficiente? Falacias, mentiras, hipocresía de una naturaleza que se cree superior por decir perdón al tiempo que acusa falta de control en actos propios de una bestia hambrienta.

Volveré a ti, a ti, Alma, volveré a nosotros y evitaré hablar de sentimientos vacíos que no entiendo, de pedir perdón ni decir lo siento. En lugar de eso, me encuentro en posición de confesar orgullo. Eres mi orgullo. Como una fuente de agua clara, el día en que te vi, sentí una extraña unión desconocida para mi alma. ¡Mi alma! Descubrí que era más que hedonismo en carne muerta, que había luz en la oscuridad de una paz que nunca es más que aliento cansado en la guerra. Qué maravillosa fábula despertaba a la esperanza que me inundó al verte por primera vez. Tus ojos se abrían y, de pronto, ante mí el mundo aparecía. Brillaba el sol a los pies de un enfermo que ya no añora caminar pues siente el poder de imponentes alas para volar. Todo era sencillo, todo, absolutamente todo era vida. Y es que tú eras el alma que necesitaba el mundo para brillar ante mí... Tu padre. Tu padre..., palabras lejanas que nunca podré pronunciar, que solo consiento acariciar en este papel que rompe mi voz y mi silencio para recordar cuanto un día fui y cuanto tú serás siempre: mi sangre. Mi hija.

Más de un día, en los instantes eternos que guarda con celo un ermitaño del tiempo, te miré a los ojos tratando de descifrar esa vida a la que sonreías presa de colores y formas, de la fantasía que jamás he sido quien de hallar y por ti, créeme si digo, sería quien de crear en horizontes que creía muertos.

Por ti, por ti es que me convertiría en el artesano de recuerdos ajenos que nunca he sido, aprendiendo a enterrar bajo llave mis terribles pensamientos. ¿Está el mundo preparado para enfrentar el espejo? ¿Lo estoy yo? ¿Lo estarás tú? Aristas y ángulos, rostros sin miradas y miradas con sangre clavadas en mil espinas que aun sin flor que proteger, aun sabiendo que el pétalo no volverá a crecer, renuncian al rayo de sol que muestra otro camino posible.

No, hija mía, no soy yo quien deba hablar hoy de caminos, flores ni espinas. Yo que conformo el horror con piezas de error ensamblando mi destino. Ni tan siquiera de rosas hablaré. Hoy mi inspiración es otra. Hoy mi inspiración eres tú. Por ti buscaré al sol para entregártelo un día, aunque no esté, aunque no puedas verme, aunque me odies con toda la fuerza de tu alma, pues en esa forma de sentir me encontrarás, sentirás los latidos desbocados de un maldito, un condenado y, quizá, confío, entiendas la atracción de ese infierno que me llama.

Me pregunto si un día hallarás el tímido reflejo de mi sombra en tus pecados. Créeme si afirmo que lamentaré no estar contigo para entregarte la única herencia que alejará de ti la peor de las sentencias: la que dicte tu alma en la intimidad de tus entrañas. Me pregunto si serás quién de aceptar la condena de tus ojos, de una mirada de oscuridad deseosa de encontrar luz en el universo, de unas manos que, sin necesidad de piel, sentirán en la sangre un fuego que deberás ocultar en dedos de invierno. Me pregunto si podrás agradecer al sol el regalo sin dar nada por regalado.

Eres mi Alma, profunda y oscura, pero también la de tu madre. Doy gracias por ello. Porque sé que tendrás una oportunidad para vivir sin enfrentar el mundo, pecado este que no pago con mi muerte, ya que fue mi vida, mi triste vida, quien se encargó de sufragar. Tendrás la mirada de tu madre, la mujer que encuentra vida en un océano sin agua, que ve el valor de la humanidad en el triste naufragio de miradas vacías, que reza en soledad con ojos cerrados a la nada más absoluta para entregarse cual recluta a causas que inundan su corazón, más allá de la razón y con la razón mediante, siempre.

Cómo entender, apreciar, aceptar algo así. Lo comprendo, del mismo modo que hay tantas cosas que no concibo en cada uno de mis pensamientos, en mis latidos y en el mundo, en las inmensas ganas que me recuerdan que vivir sin ser opción es la mejor opción para luchar contra la muerte.

Vive, Alma. Mi Alma

Sin lágrimas en los ojos, alcanzada y en las profundidades inundada, cubrí mi rostro con dos manos temblorosas. ¿Era posible? ¿Era Guillermo de Foz el padre de Alma Barral? ¿Esa niña era Lalita? Cuánto dolor en aquella carta dirigida a ella, a su hija, a quien nombraba heredera de las tierras que poseía en la isla de Cortegada. Qué honda la amargura que desprendían las palabras de quien se sabía monstruo y se negaba una pizca de piedad por todo el mal que había hecho. Pero ¿qué había hecho exactamente? Y, lo más importante, ¿quién era la niña asesinada en 1910?

Llegaba el momento de saberlo, de leer ese final que el autor había escrito para su amada, mi bisabuela Blanca. Una vez más, el texto cobraba fluidez para relatar los hechos de aquel fatídico mayo de 1910 que terminaba con ella y su hija Alma a bordo de un barco rumbo a América.

63

Jeremías Mosquera había tratado en vano de mercadear con la información de su romance con Blanca Novoa. Guillermo de Foz lo despachaba con tanta rapidez y desprecio en la mirada que la iniquidad de la amenaza de airear su relación si no conseguía las tierras se acabó cumpliendo.

Mosquera se acercó un día a la sede de la Banca Barral para hablar con su presidente, que no era otro que Benigno Barral. Esperó el tiempo que la amable secretaria le indicó, sentado en una silla con la impaciencia de quien se siente portador de una noticia de gran calado.

Barral, hombre de grandes formas y más grandiosos trajes a medida, lo recibió en un despacho con las paredes cubiertas de trofeos de caza y varias escopetas en un expositor. Tendió la mano sin levantarse, con mirada desabrida y el regusto acre en los labios de quien, al primer vistazo, lamentaba haber accedido a recibirlo.

—No dispongo de mucho tiempo, Mosquera —saludó estrechando su mano en un tiempo que, por breve que fuera, le dejaba siempre sabor a pérdida—. Soy un hombre ocupado, son muchas las gestiones que requieren de mi atención para que el banco funcione.

El periodista guardó silencio dos segundos en los que tal vez maldijese al pequeño Beni, el de los mocos bajo el pupitre, el haragán sentado detrás para lanzar bolitas de papel humedecidas en saliva a través de una paja hueca. También el último en aprender a sumar y a restar, ¿quién lo iba a señalar? Nadie. Quién querría inmolar un futuro de por sí ya descorazonador.

—Algo me dice que podrás sacar un par de minutos de tu valioso tiempo para escuchar lo que vengo a contarte —dijo con un principio de sonrisa maliciosa que no llegó a completar.

—Tú dirás, pero que sea rápido —ordenó con el aplomo que le confería su tamaño y ese despacho envuelto en maderas nobles.

Barral señaló la silla frente a su mesa y, aunque Mosquera sintió la oscura tentación de mirar debajo del tablero para comprobar si Beni había superado aquella pegajosa costumbre, tomó asiento en una acción tan medida como prudente.

—A ver, Jeremías, que no tengo todo el día —bramó el banquero frunciendo los labios.

—Antes de nada, necesito saber si ha habido algún avance respecto a las tierras de Guillermo de Foz.

—¿Por qué habría de hablarte de eso yo a ti? —bufó, marcando mayor distancia de la que ya de por sí mostraba el gran tablero que los separaba.

—¿Debo recordarte que mi compromiso con la donación de la isla es absoluto?

Barral lo miró cual cérvido de grandes astas dispuesto a embestir.

—No es eso lo que insinuaste a Figueredo el otro día.

Una chispa se encendió en la mirada de Mosquera y se vio obligado a tragar veneno mientras valoraba la forma en que defenderse.

—No firmaste la donación en 1907 —continuó el banquero—, y ahora qué, ¿acaso pretendes chantajearnos para conseguir una suma de dinero mayor a la que le ofrecimos a De Foz? ¿Por qué habríamos de dártela? Te lo explicó Figueredo y te lo repetiré yo: sus tierras valen más. Son imprescindibles para llevar a cabo la construcción del palacio del rey.

—Quizá también te falte algo de información a ti —rebatió con hostilidad el periodista—, pues no fue eso lo único que hablé con Figueredo.

La mirada de huracán se acentuaba en el rostro áspero de Barral. Odiaba que alguien como Mosquera le hablase con la confianza propia de quien había sido compañero de escuela.

—Él me dijo que si conseguía información que perjudicase el ya censurable comportamiento del poeta podríamos extorsionarlo de alguna forma y forzarlo a firmar la cesión de sus tierras. Eso sí, sería para el bien de todos —añadió señalándose a sí mismo—. Porque saldríamos ganando todos —repitió el gesto para dejar muy clara su adherencia con el objetivo y el reparto de contantes beneficios.

Benigno Barral se arrellanó a placer en su amplio butacón de piel.

—Entiendo que estás aquí porque habrás averiguado algo con lo que podríamos dar un empujoncito al escritor, ¿no? —se interesó.

Antes de contestar, Mosquera completó una sonrisa cargada de oscura intención.

—Es muy posible que lo que vaya a decir no sea del todo de tu agrado.

—¿A qué te refieres? —se inquietó—. Habla de una vez, ¡sin tapujos!

La paciencia de Barral se agotaba.

—Guillermo de Foz tiene una aventura con una mujer casada. Una que no te esperas —soltó con una ruindad que daba brillo a su mirada a la espera de la reacción de su interlocutor.

Ahí la sorpresa, pues la respuesta no fue la que él esperaba.

—Sal de aquí y no me hagas perder más el tiempo, Mosquera —vociferó el banquero al tiempo que se ponía en pie con la fuerza de un ciclón.

Aturdido, Mosquera se dirigió a la puerta. Antes de abrirla, se dio la vuelta con el gesto enmarañado por la confusión. Barral estaba frente a la ventana con sus formas montañosas coronadas por una espesa niebla que ocultaba su mirada furibunda.

—Ya lo sabías… —musitó el periodista, acertando a encajar aquella reacción con su comentario inacabado—. Tiene que ser eso, ¿no es cierto? Estabas al tanto de la existencia de ese romance…

—No te equivoques conmigo y mide muy bien lo que dices —exigió con atronadora voz.

Mosquera tragó saliva. Ni rastro de Beni. Frente a él estaba don Benigno Barral.

—Nada de esto saldrá a la luz, ¿me entiendes, sabandija? —masculló colérico y enrojecido el banquero—. ¿Estás oyendo bien o quieres que te lo repita? —bramó con densa espuma blanca acumulándose a ambos lados de aquel pozo de serpientes en que se había convertido su boca.

El otro asintió despacio, sintiendo un miedo mayor al que había pasado con aquel niño grande de nombre Roncal.

—Vuelve a sentarte —ordenó.

Mosquera ocupó de nuevo su lugar frente a la mesa y esperó a que Barral terminara de pasarse un pañuelo de tela con sus iniciales bordadas en el color del oro por la frente.

—Dime con exactitud qué es lo que has visto o qué sabes de la relación entre Guillermo de Foz y… mi esposa.

Pese a no poder ofrecer muchos datos que arrojasen luz sobre el tiempo que llevaban juntos, los lugares en los que se encontraban o la profundidad de sus sentimientos, el periodista adornó cuanto pudo la escasa información de la que disponía antes de atreverse a lanzar la pregunta que le ardía en la punta de la lengua.

—Pero, no lo entiendo, ¿sabías de su romance?

Barral se revolvió en la silla.

—No seas mentecato. ¿Por quién me tomas? —Hizo un silencio antes de explicar lo que el otro ansiaba conocer—. Sabía que ella tenía un idilio con alguien, pero no sabía de quién se trataba. Hasta ahora. Hasta hoy.

—¿Cómo es que estabas tan seguro?

—¿Que cómo…? —gruñó incómodo en aquel asiento que ahora parecía quedarse pequeño.

Barral miró hacia la ventana, buscando las palabras que necesitaba.

—Tenía yo algo más de veintiún años cuando contraje las paperas. Como consecuencia, sufrí una terrible inflamación testicular de la que me recuperé bien —añadió con un punto de orgullo—, pero los médicos tenían muy claro que nunca podría tener hijos.

Jeremías Mosquera abrió mucho los ojos, como si tratara de procesar lo escuchado.

—Entonces… —acercó la conclusión el periodista.

—Sí, la cría no es hija mía. Nunca tuve dudas —dijo con más desagrado que tristeza o decepción—. No hay más que verla—añadió, agitando una mano en el aire, marcando distancia y diferencia—, siempre de aquí para allá, con los zapatos sucios y las uñas llenas de tierra. Lo toca todo, gusanos, arañas, sapos —acompañó con una mueca de repulsión— y se sube a los árboles como una verdadera salvaje. ¡Ninguna señorita en mi familia ha actuado jamás de una forma semejante!

Mosquera arrastró en su memoria a Beni, confiando que su reflejo alcanzara a don Benigno. Era inútil, pues quien hablaba frente a él era el odio frío de un hombre que se sentía traicionado y secretamente humillado. Algo que con toda probabilidad llevaría años alimentando.

—Y ahora, ¿qué pretendes hacer con esa información? —preguntó el periodista—. ¿Hablarás con De Foz para obligarle a que entregue sus tierras? ¿Alejarás a tu mujer de él?

Su mujer. Pese a estar casados, Benigno Barral sabía que ella nunca había sido su mujer. Lo supo la misma noche de bodas, cuando la vio llorar por primera y última vez. La celebración se había organizado en pocos días, los necesarios después de que Francisco Novoa le ofreciera a su hija en matrimonio a cambio de ventajosos contratos que no viene al caso aclarar ahora. Ese día ella había lucido la sonrisa educada de quien asume una orden paterna y aun sintiendo el castigo, pone en práctica la instrucción.

Había sido al llegar la noche. Tras entregarse a él con la vista en un techo blanco y el rostro vacío de expresión, se había hundido desnuda en una bañera cubierta de agua caliente, quizá buscando purificarse, pedir perdón a la piel o a su propio corazón. Ella nunca dijo nada, pero cuando él la tocaba, su mirada se rompía en diminutos pedazos, sin fuerza para llorar, obligada a cumplir su papel en cada encuentro, en cada mano sin caricia que la hundía en aquella bañera, donde un día se supo náufraga y renunció a nadar.

Hasta el instante en que una falta dibujó ondulada una ilusión en su vientre y ante ella apareció una orilla donde el sol mostraba espléndidos colores que la empujaban a navegar. De inmediato, ella lo supo. Echó cuentas con un calendario de apasionadas lunas llenas en la mano y rezó para que aquel que apilaba ceros en su caja fuerte olvidase sumar.

—Barral —insistió Mosquera, llamando su atención al intuir la sombra del diablo asomando a su rostro—, ¿en qué estás pensando?

El banquero apretó un puño hasta blanquear los nudillos y se dispuso a hablar.

—Irás a ver al marqués de mi parte. Dile que prepare los papeles para la donación de la totalidad de Cortegada a Su Majestad. Explica que es solo cuestión de tiempo que tengamos en nuestro poder las escrituras de las tierras de Guillermo de Foz, el único propietario que resta para completar la operación, pero que vaya adelantando la firma.

—¿Me estás diciendo que le pida que falsifique su firma?

—¿Algún problema, Mosquera? —exhortó con mirada torva—. Te estoy diciendo que, si quieres más dinero, lo tendrás, pero necesitamos acortar los tiempos. Adláteres al rey muestran impaciencia. Temo que nos la jueguen y el palacio finalmente crezca en otras tierras. ¿Me entiendes ahora?

—Pero ¿no deberías hablar antes con De Foz?

—Por el bien de tu pellejo, te aconsejo que no quieras saber más de lo justo y necesario. Cíñete a seguir alimentando titulares y a mantener vivo el entusiasmo de la gente del pueblo. Insiste en los puestos de trabajo que se crearán, en cuántos jóvenes no tendrán que emigrar, en la gran ciudad en la que se convertirá Vilagarcía de Arousa.

—No creo que debas decirme cómo acometer mi trabajo —protestó con un punto de molestia en su orgullo profesional.

El banquero aguzó la mirada.

—Amigo Mosquera —endulzó la amenaza que amasaba su lengua—, que una cosa te quede bien clara: en esto estamos juntos. Si yo fracaso, tú fracasarás conmigo. Así que, pase lo que pase con el cagatintas ese de De Foz, nos haremos con sus escrituras.

—En ese caso —valoró—, deberías decirme de qué forma tienes pensado convencer al escritor.

—Solo te diré que Guillermo de Foz está sentenciado y yo mataré dos pájaros de un tiro —asestó antes de despedir en la puerta a su visita con la vista en el cañón que lucía en lo alto de un expositor.

Apenas unos minutos después, Benigno Barral salió del banco para ir a hablar con su amigo y mano derecha en cuantos negocios llevaba a cabo: Ignacio Figueredo. Bebieron whisky en un salón con tapices de grandes batallas, cuadros de héroes de guerra y casi una decena de espadas con inusitado brillo en filos que apuntaban en todas las direcciones posibles. Acertada escena para dos hombres devotos de armas que sin mayor dilación se pusieron a urdir el plan.

Esa misma noche, avanzada la madrugada, Figueredo fumaba frente a la chimenea mascullando cuanto había hablado con su amigo, cuando hizo llamar a un criado para que se personase ante él. Con el cansancio instalado en el rostro y en su entendimiento, el joven escuchaba con atención algo que no impidió que llegase a dudar de lo que su señor le pedía.

—Necesito a una persona para hacer un trabajo con discreción.

El chico no alcanzaba a ver la urgencia de aquella petición hasta que Ignacio Figueredo se prestó a ofrecer más detalles.

—Su moral ha de ser flexible. Algo por lo que se le pagará extraordinariamente bien.

—Disculpe usted el atrevimiento —dijo con la timidez de los años y la prudencia de quien ha sido instruido para servir voluntades ajenas—, ¿qué trabajo es el que debería hacer?

La explicación se ciñó a decir que la persona en cuestión tendría que acabar con la vida de una persona que era pronto para nombrar. Mareado, confundido, y creyendo todavía encontrarse en los albores de algún sueño convertido en terrible pesadilla, el sirviente balbuceó una negativa. Figueredo contrajo el gesto, importunado por la osadía de aquel joven que no agradecía el hecho de haber pensado en él para un encargo tan especial.

—¿Me estás diciendo que no?

—Señor, creo que necesita a otra persona. Alguien mejor dotado —excusó, y abrió los brazos en un cuerpo menudo y flaco.

En ese momento, preso del estupor que le provocaba la conversación con su señor, el joven despertó del todo. Sentía bullir la cabeza y se dispuso a alegar con prudencia la poca experiencia que en asuntos de sangre tenía. Pero no podía dejar así a su señor, eso lo sabía bien, así que terminó dando el nombre de otro candidato para llevar a cabo aquel encargo. Alguien de quien había oído decir que era un hombre sin miedo a nada y dispuesto a todo por dinero.

Satisfecho con la respuesta, Figueredo pudo dormir esa noche. No así su criado. Al día siguiente, antes de salir el sol, debía personarse ante el candidato que él mismo había brindado para entregar una carta en mano que el receptor podría abrir una vez aceptase el encargo de una muerte a cambio de una importante compensación. Convencido como estaba de que aquel hombre se negaría a llevar a cabo el trabajo propuesto, se presentó en su puerta para cumplir con el recado vomitando aquel mensaje que le envenenaba la boca. Pero aquella persona valoró la opción muy seriamente y sin necesidad de preguntar el nombre del futuro difunto, sin saber si era niño lactante, mujer encinta o su propio padre, preguntó la cifra que iba a recibir.

Pecados o errores de juventud, quizá más bien remordimientos de una conciencia que luchaba por salvarse de la oscura vileza del tiempo, el criado pidió un momento para volver a hablar con su señor a fin de concretar la cantidad exacta de dinero que le demandaba. Y así, escondido bajo frondosas ramas que rasgaban la mirada de la luna, abrió la carta para leer cuánto mal debería estar dispuesto a cargar en su alma y encontró el nombre de la condenada: Alma Barral, una niña de apenas trece años de edad. Sería a ella a quien un asesino a sueldo debería arrancar el corazón para después abandonarlo en el jardín de los rosales de Cortegada, pues de esta forma, hasta la saciedad retorcida, podrían culpar a un poeta maldito que era conocido por su célebre frase: «Entrega el corazón y el amor o el dolor escribirán tu historia». Los titulares del periódico que dirigía Mosquera clamarían al cielo pidiendo la pena capital para la abominación de un hombre con alma de monstruo que habría actuado con la ayuda de un criado trastornado. Todo estaba pensado.

Sí, pensado, pero imponderables y poderosas motivaciones de un diminuto eslabón en aquella cadena necesaria para ejecutar tan funesto plan, echaron todo por tierra. Tras meditar un par de horas, asustado y royéndose las uñas de ambas manos, un sol que cruzaba nubes en su camino a lo más alto dejó caer sus rayos en aquella arboleda donde él sentía agonizar su ánimo. Se puso en pie, quizá creyéndose alcanzado por una conciencia superior o, peor todavía, la suya propia, esa que sin necesidad de testigos tenía el inmenso poder de unos ojos que aun cerrados desde el fondo de su pecho todo lo veían.

Dos nubes cubrieron la luz del cielo para que un manto de agua descargase sobre el camino que el criado debía correr. Sin aliento, prisionero del mensaje que ardía en el interior de su boca, llamó a la puerta con desesperación. Una sirvienta de cofia blanca se presentó ante él a fin de conocer el motivo de la urgencia.

—No puedes presentarte con este grado de alboroto. La joven Barral recibe clases de literatura en este momento y la puedes distraer —le regañó la mujer con buen talante.

Al escuchar el nombre de la pequeña sentenciada a muerte por su señor su cabeza se aceleró, al punto de traspasar el umbral sin dar tiempo a ser invitado.

—Es importante —jadeó—. Necesito hablar con don Benigno. Necesito contarle algo de extrema gravedad —pidió elevando la voz más de lo que sus nervios le dejaban creer.

Los gritos alertaron a Guillermo de Foz, quien instruía a Alma en la pasión de las letras.

—Calma, muchacho —rogó la mujer.

—Tengo que contar algo de extrema urgencia y gravedad al padre de la señorita Barral. La niña está en peligro.

Nada más dijo. Una puerta corredera se abrió. Tras ella, el banquero dio orden al chico para que pasara con una mirada de absoluta reprobación. Guillermo de Foz descuidó unos minutos su entrega como maestro para poner sigilosos oídos en aquella conversación. El criado lo contó todo, absolutamente todo cuanto decía aquella carta dirigida a Ruibal, el matarife del pueblo: el día, la hora, la forma en que ese hombre acabaría con su hija…

Después de aquel día, nadie más volvería a ver con vida a ese chico cuyo nombre Guillermo de Foz escucharía en la lista de muertos que pesaban en su sentencia de muerte.

64

Paderne

Leí la última palabra dirigida a mi bisabuela Blanca Novoa con la emoción contenida en el pecho. Benigno Barral sabía que Alma no era su hija y al descubrir la identidad del padre, que no era otro que Guillermo de Foz, decidió utilizarlo para vengar su orgullo y acabar con él de una vez por todas. Y, ya de paso, claro está, hacerse con sus tierras. «Dos pájaros de un tiro», eso habría dicho. Beneficios económicos y la venganza emocional que desde hacía demasiados años su ánimo demandaba.

Me acerqué a la maleta que tenía a medio hacer en un rincón de la habitación. Tenía otra tarea pendiente para aquella noche. Si quería regresar a Francia con Alicia tan pronto despidiésemos las cenizas de Ernesto, era necesario que terminase de recoger mis pertenencias.

Aparté un neceser que tenía casi las mismas dimensiones que la maleta. Es curioso cómo a medida que iba cumpliendo años no solo mi ropa parecía crecer. Aquel neceser parecía sentarse también conmigo a la mesa. Rebusqué al fondo del equipaje hasta que encontré bien protegido el *Cuaderno de un condenado a muerte*. En sus últimas líneas mencionaba que haría llegar la copia del testamento a su amada Blanca junto con la única confesión que ella necesitaba conocer para entender el motivo de aquella partida precipitada en mayo de 1910. Pero no era lo único que decía. También hablaba del peso de unas palabras, las que explicaban la cruda realidad de cuanto había pasado esa noche de primavera y que irían destinadas a su hermano Danilo, párroco en Armenteira, en donde, por otro lado, había sido hallado su cuaderno. ¿Qué decían esas últimas hojas? Estaba claro que todavía quedaban interrogantes por despejar: ¿quién era la niña asesinada en 1910? ¿La mató Guillermo? ¿Continuó Barral con su sanguinario plan?

Un sudor frío perló mi frente, mi mirada caviló con la inquietante posibilidad de que mi bisabuelo, ese autor maldito de nombre Guillermo de Foz, portador de extraordinaria sensibilidad, pero también de honda oscuridad en su alma, fuese capaz de llevar a cabo un crimen tan horrible para salvar a quienes amaba.

La clave la escondían esas últimas hojas del *Cuaderno de un condenado a muerte* que llegaron un día a manos del padre Danilo. ¿Qué hizo con ellas? ¿Acaso no pudo soportar lo que recogían y cedió al impulso de destruirlas?

Habían transcurrido varias horas desde que Sergio llevase a don Santiago al hospital. Cogí el teléfono para comprobar si tenía alguna llamada, pero ¡maldita sea!, lo tenía apagado. En algún momento me quedé sin batería y, enfrascada en la lectura como había estado, no me había dado cuenta. Enchufé el aparato al cargador eléctrico y lo encendí para marcar el número de Edel con las puntas de los dedos moviéndose a gran velocidad por el teclado. El teléfono daba tono. Uno, dos, quizá cuarenta, pero nadie descolgaba al otro lado. Eché un vistazo por la ventana. La noche brillaba oscura como el alquitrán de una carretera mojada alrededor de la única farola que había frente a la casa. Era casi medianoche, mi anfitriona no cogía la llamada y yo no tenía coche para ir al hospital. Llegado este punto decidí marcar el número de Sergio. Apenas dos segundos tardó él en saludar y, por tanto, yo en respirar con un punto de esa calma que empezaba a fallarme.

—¿Sabes algo de don Santiago? —pregunté, conteniendo el aire en los pulmones sin dar tiempo a formalismos.

Creo que ahí fui consciente de lo mucho que me importaba aquel hombre que escuchaba con la mirada de una vida entera, dispuesto a ofrecer respuestas con palabras serenas, aunque la mayoría de las veces devolviesen nuevas preguntas, solo por el placer de ejercitar su curiosidad y la mía.

—Cuando dejé a Edel en el hospital, los médicos le habían dicho que estaba fuera de peligro. —Di las gracias con la vista en aquella farola que regalaba puntas de brillo a la oscuridad del cielo—. Aun así, deberá permanecer en el hospital un par de días en observación, por los problemas coronarios que arrastra desde hace años.

—Entiendo —asentí, pese a que nadie pudiera verme.

—Edelmira pasará la noche con él. Traté de convencerla para que se fuese a dormir a casa, asegurándole que a primera hora de la mañana yo mismo la acercaría al hospital para que pudiese estar al lado de don Santiago cuando este despertara, pero no ha habido manera con ella. Dijo que no abrazada a su bolso como si yo se lo fuera a arrancar de las manos con intención de, no sé, quizá hacerla correr por los pasillos hasta llegar al coche. Así que… nada, por última palabra otro no, pero con una de sus sonrisas, no te creas. Nada más que hablar.

Sonreí. Podía imaginar la escena.

—Es comprensible —añadí—. Están muy unidos. Además, ella es una mujer con carácter.

—Sí, aquí las mujeres tienen mucho carácter —murmuró, y creí ver que salpicaba a alguien dentro de su cabeza, quizá con la aversión de algún recuerdo o puede que en la visión presente de su propia casa.

—No confundas carácter con temperamento. Edel es dulzura en estado puro. En su forma de entender la vida prevalecen valores tan sólidos que ella únicamente actúa en consecuencia y los defiende. No necesita levantar la voz ni ser desagradable con nadie, se mantiene firme y es capaz incluso de sonreír con una mirada tranquila. Eso es tener carácter. Saber dominar nuestros impulsos. Justo lo contrario al temperamento, que es pérdida de control, ¿no crees?

Silencio.

—¿Lo dices por la discusión que viste hoy con Mosquera?

—Pues no... —musité ¿sincera?

Hizo otra pausa de varios segundos en los que, supuse, estaría valorando si explicarme el motivo de la disputa —algo que yo, por otro lado, estaba deseando—, o si seguiría manteniendo el tema cerrado bajo llave. Muy a mi pesar se decantó por la segunda opción.

—Bueno, pues, según parece, pasarás la noche sola en esa casa, ¿te da miedo? ¿O ese es un impulso que también dominas?

«Touché», pensé. Lo cierto es que, *a priori*, no tendría por qué darme ningún miedo dormir en aquella casa sola. Era una mujer con cuatro décadas cumplidas, ¿qué tamaña majadería era esa? Pero, claro, eso era antes de que un asesino en serie, en un pueblo que cada día me parecía más pequeño, acabase con la vida de Ernesto en el acto más cruel y doloroso que había sufrido nunca, al menos hasta la fecha. ¿Estaría acechándome el asesino de la rosa ahora?

—Sé cuidarme —afirmé impertérrita. «Que sabes ¿qué?», arremetió esa vocecilla de mi cabeza y supuse que, acto seguido, si pudiera, estaría llamando a un taxi con un silbido para exiliarse bien lejos de mí.

—¿Estás segura? —insistió Sergio—, porque no me importa acercarme un momento...

«Calma», dijo esa voz a orillas de alguna carretera en mi mente al tiempo que bajaba el brazo para volverse y susurrarme, «tenemos otra oportunidad, dile que sí, que puede dormir en el salón, esta casa es grande... ¡Cabemos todos!», pude imaginarla incluso juntando las manos, «¡por favor!».

—De verdad, todo controlado. —Esa diminuta voz se desmayó—. Cerraré la casa con llave y tendré el teléfono a mano. Nada que temer. Además, es mi última noche aquí y nadie, ni siquiera ese criminal malnacido, me va a condicionar para decidir cómo pasarla. Estaré sola y estaré bien.

Nos despedimos prometiendo que ante cualquier novedad respecto a don Santiago nos avisaríamos y, de no hablar antes, nos veríamos en el puerto de Carril al caer la tarde. Justo antes, yo pasaría a recoger las cenizas de Ernesto a la funeraria.

65

Paderne

Abrí el cajón de la mesita de noche. Junto a mis pertenencias más queridas tenía ahora las de Ernesto. Con la yema de un dedo acaricié el metal de sus gafas. Tragué saliva y respiré. A su lado, mirándome, la fotografía de la familia que un día construimos los dos y que él continuaba protegiendo en su cartera. Hasta hacía un año, yo llevaba otra igual, pero la había reemplazado por una de tamaño carnet fruto de una noche en la que, devorada por las paredes, Alicia me había convencido para salir a pasear. Me divertí con sus ocurrencias de adolescente y decidimos inmortalizarlo con la tira de sonrisas que nos devolvió un fotomatón. Ese día yo sufría el dolor de la pérdida. Mi primer duelo por Ernesto. El día anterior él había recogido todas sus cosas del que fuera nuestro hogar en París para desaparecer en su coche acompañado de Vanesa, la nueva copiloto de su vida.

Hoy mi duelo era otro, aunque el rostro y las manos añoradas atendieran al mismo nombre. Al mismo hombre. La diferencia residía en los tiempos, no en la intensidad de la pérdida. Eran los tiempos los que despertaban en mí unas u otras emociones. Justo al darle forma con palabras me pregunto si en verdad importa algo esa disparidad cuando todas, absolutamente todas por igual, acaban con lágrimas.

La primera vez que Ernesto me dejó fue el hombre infiel, el de un tiempo presente en una relación gris que había elegido a otra mujer para compartir su vida. Ahora, en cambio, era el Ernesto de un pasado remoto, tanto que alcanzaba el punto luminoso de los recuerdos que anidaban cálidos en una parte de mi memoria y que estaban más presentes que nunca antes. Era el Ernesto de las sonrisas y las sorpresas, el de los abrazos por la espalda en una tarde de lluvia y que con dos copas cantaba serenatas. El mismo que vi desaparecer bajo una sábana blanca.

Con la prudencia temblando en mis ojos, me asomé a cuantos sentimientos recogía la expresión de Ernesto en aquella fotografía, su amplia sonrisa, la forma triunfante en que sostenía a Alicia, y dejé salir el calor de un recuerdo.

La vulnerabilidad del duelo me sentó en el frío suelo que mi mente se esforzaba en ocultar por segunda vez para evitar unas lágrimas que tarde o temprano tendría que sangrar. «Todavía no», me susurraba. Pero la terca costurera que un día jugué a ser se dispuso a remendar mi memoria para ensalzar las virtudes de Ernesto, sus bondades, los recuerdos amables, los que le harían siempre grande en algún lugar del tiempo y de mi alma.

Un ruido. No sabría decir exactamente de qué tipo ni tampoco de dónde provenía, pero estaba segura de haber escuchado algo. El perro de la casa de al lado empezó a ladrar. Abrí la ventana para asomarme. Me pareció ver al can masticando la abundancia de un bocado con auténtica fruición. Hacía frío. La humedad de la noche incrementaba el poder sensorial de las notas verdes que provenían de la hierbaluisa, el romero y hasta el perejil que Edel había plantado en su huerto.

Me recogí con la sacudida de un leve escalofrío en los hombros y bajé al salón. Revisé que las puertas de entrada a la casa estuvieran cerradas. Me moví de aquí para allá, encendiendo luces a mi paso mientras completaba la comprobación. La puerta de la cocina, que daba directamente al jardín, estaba abierta. Sin necesidad de pensarlo dos veces, me apresuré a embocar la llave para dar el correspondiente número de vueltas hasta que la petaca de la cerradura se detuvo incapaz de avanzar un milímetro más. Justo al retirar la llave creí ver una sombra al otro lado del cristal rústico que había en la mitad superior de la puerta. Me estremecí y di un paso atrás. ¿Acaso había alguien fuera? «No, tranquila, seguro que es tu imaginación», dijo la vocecilla ladeando la cabeza, «aunque, por otro lado…».

Aparté ligeramente la cortina que cubría la ventana más cercana y eché un vistazo. Con la precaución que mis latidos ordenaban como un tambor en una sangrienta danza ritual, me aproximé y permanecí largos segundos observando. Hacía rato que el perro ya no ladraba. De hecho, tampoco se percibía su silueta en las inmediaciones de la casa aledaña. ¡Un cuervo! El aleteo acelerado de un ave oscura como el universo rompió mi quietud para posarse en el alféizar y clavarme dos ojos negros. ¡Qué susto! Recuerdo haberlo dicho, aunque faltaría a la verdad si no reconociese que lo acompañé de alguna que otra expresión menos decorosa. Di un salto y me llevé una mano al pecho. Al fondo, tras el ave, en la tierra donde crecían a placer los rosales, percibí movimiento. Estaba segura, convencida. La extraña sensación de que había alguien allí fuera cobraba peso. Estaba aterrorizada. Mi prudencia se acurrucaba con dos manos tapándose las orejas: «Te lo dije, te lo dije, ¿y ahora qué?».

Controlé la respiración mientras mi pecho subía y bajaba. No debía quedarme allí dentro como si nada. Tampoco tenía la convicción suficiente de que hubiese alguien, mucho menos que se tratara de una persona potencialmente peligrosa como para llamar a la policía. Ya casi podía ver la cara de

Ruibal, su gesto displicente. «Aquí no hay nadie. A ver, señora, que no son horas».

Solo cabía una opción posible. Y dependía de mí. Enteramente de mí. Debía asegurarme de que no había nadie o en caso contrario me aguardaba una noche en vela de lo más perturbadora. «Te lo diiije», repetía con insistencia esa voz. Agité las manos y sentí el velo húmedo de los nervios en la punta de los dedos. Inhalé y exhalé una vez más. En algún lugar debía haber un interruptor para encender el farolillo exterior que colgaba al lado de la puerta.

Di la vuelta y probé con tres clavijas blancas perfectamente alineadas. La primera correspondía a la cocina, la segunda accionaba la luz del comedor y la tercera… ¡no funcionaba! ¿No funcionaba? Poco después, la calma me susurró: «Que no cunda el pánico». En algún cajón tenía que haber una linterna. En una casa como esa, y conociendo a mis anfitriones, lo más probable es que hubiera no una, sino varias. ¡Bingo! Allí estaba. Una gran linterna con dinamo y en perfecto estado. Coloqué la mano en la llave que todavía permanecía en la cerradura de la puerta que daba al jardín, dispuesta a abrirla. «Ah, no, por ahí ya sí que no». Mi instinto de supervivencia se apoderó de mi mano para impedir que pusiera un pie fuera. Esta vez me vi obligada a escucharla y desistí del impulso de salir a comprobar que no hubiese nadie. Pero ¿cómo iba a dormir sin cerciorarme antes de que contaba con la seguridad necesaria para descansar?

Subí de nuevo al dormitorio. Abrí la ventana y apunté el haz de luz hacia el jardín. Debo decir que, al mismo tiempo, también recé para no ser vista por los pocos vecinos que había en la zona; los mismos que vertían sobre mí ciertos comentarios plagados de duda algunos y de lástima otros, pero también de toda suerte de ignominias que, sin base ni razón, hacían sonar como pequeñas explosiones controladas para que corriesen de boca en boca. Pensando en todos ellos lamenté que aquella acción a medianoche no fuese a ayudar mucho en el lento transitar de la restauración de mi imagen en el pueblo.

Di vueltas a la dinamo con brío para apuntar a un lado y al otro de la leñera. ¡Otro susto! Y ya iban tres. Me sentí jadear con el corazón golpeando como un ciclón en el centro de mi pecho. Dos ojos ambarinos refulgieron entre las rosas. ¿Un gato negro? ¿Sería el mismo del centro artístico de Carril?

Cerré la ventana y me dejé caer sobre la cama. ¿Acaso estaba dormida? Porque, a tenor del cuervo y del gato negro, diría que me encontraba en una pesadilla que perfectamente podría haber firmado el mismísimo Edgar Allan Poe. Me pellizqué. Estaba despierta. Ya estaba bien de sustos y de teorías, era hora de recobrar el control y, por qué no decirlo, la cordura, y me dispuse a meterme en la cama. Llevaba ya el pijama puesto cuando volví a escuchar un ruido en la puerta de la entrada. ¿Había alguien? Entonces pensé que podría ser Edel. Tal vez había cambiado de idea y prefería descansar unas horas en su cama. ¡Claro, debía ser eso! Me puse las zapatillas y bajé a gran velocidad por las escaleras. A poco más de un metro de la puerta, escuché el sonido de unos nudillos golpeando la puerta. Un momento, me detuve, Edel tendría llaves, ¿no? Otros tres golpes resonaron en la madera.

—¿Quién es? —pregunté sin abrir.

No oí ninguna respuesta, por lo que repetí la pregunta un poco más alto.

—¿Antía?

—¿Quién eres?

—Antía, soy yo, Hervé.

«¿Hervé?».

Abrí la puerta lo suficiente para verle la cara, pero sin retirar la cadenita de seguridad.

—¿Qué haces aquí a estas horas? —pregunté.

—¿Por qué no abres? —Me miró extrañado.

—Ah, sí, claro, perdona —respondí y acto seguido retiré la cadena para abrir la puerta.

Él echó un vistazo a mi atuendo nocturno.

—Vaya —lamentó—, debí suponer que ya estarías en la cama.

—Lo cierto es que estaba a punto de acostarme —le expliqué, escueta—. Pero ¿qué haces aquí a estas horas?

—Me he enterado de la angina de pecho de don Santiago y Edel me ha dicho que estarías aquí sola.

—¿Y Cynthia? ¿No ha venido contigo? —inquirí mientras alargaba el cuello para ver si la noche me deparaba más sorpresas.

—Cynthia salió a hacer unas compras a Santiago y se encontró con una amiga que no veía desde la universidad y…, bueno, que a saber a qué hora vuelve.

«Y como no está Cynthia has pensado que sería buena idea venir a verme… ¿a estas horas?». Mi pequeña Betty Boop interior vestía bata de casa, pantuflas y cruzada de brazos daba golpecitos con un pie contra el suelo de mi imaginación.

—¿Acabas de llegar?

Él puso cara de no entender la pregunta.

—Quiero decir… —traté de explicarme—, ¿llevabas mucho rato llamando?

—No, escasos segundos.

—¿Has visto a un gato negro por aquí? —pregunté, moviendo mis ojos por encima de cada uno de sus hombros en dirección a la noche.

—Pues, ahora que lo dices, sí. De hecho, casi lo atropello.

—Perdona, pero todavía no me has dicho a qué venías.

—Quería saber si necesitabas algo. No puedo dejar de pensar en ese asesino, en que todavía anda suelto y…, no sé. —Lanzó una mirada a las sombras que inundaban el jardín—. Solo quería asegurarme de que estabas bien.

Me sabía mal haber dudado de sus intenciones. Tal vez los nervios y la falta de descanso me estuvieran jugando una mala pasada. Aun así, era muy consciente de que teníamos una conversación pendiente en la que él tenía que aclararme algunas cosas. Ahora era tarde, estaba muy cansada y al día siguiente me esperaba un duro trance. Quizá no fuera el momento para hablar de algo así, pero no podía esperar a que surgiese una oportunidad mejor.

—Estoy bien. Pero necesito hacerte un par de preguntas que me reconcomen.

Su mirada tranquila pareció decir «adelante».

—Los días antes de volar hasta aquí, ¿dónde estuviste?

—Ya te dije que en París. ¿Acaso no me crees?

—Escuché cómo Cynthia decía que me habías mentido.

Hervé apretó la mandíbula y se colocó las gafas sobre el puente de la nariz.

—¿Me mentiste? —repetí.

Interpreté su silencio como una afirmación.

—Pero ¿por qué?

—No creo que sea el mejor momento para hablar de eso. Tú tienes cosas más importantes en las que pensar ahora. Y esto es algo entre Cynthia y yo.

Entendí que quizá me estaba entrometiendo e iba a dejarlo correr cuando él añadió:

—No estamos muy bien.

«¿Y cuándo lo habéis estado?», murmuró maligna esa voz de mi cabeza.

—Descuida, tienes razón, no es algo que me concierna —zanjé mostrando las palmas de las manos—, pero dime solo si estuviste o no en París.

—¿Por qué es tan importante saber dónde estuve?

—Alguien envió desde la Sorbona, corrijo, desde nuestro departamento, el libro de Unterweger y una rosa a Alicia después del asesinato de esa camarera. ¿Imaginas por qué te lo pregunto? ¿Quién crees que pudo haber sido?

Una súbita palidez cubrió su rostro.

—El asesino de la rosa —musitó.

Asentí despacio.

—¿No pensarías…? —formuló una pregunta que no llegó a concluir, porque lanzó otra ya construida—. ¿Pensaste que hice yo ese envío?

No contesté. Él actuó como si aquella duda sobre él le hubiera dolido, pero evitó verbalizarlo.

—Será mejor que me vaya —murmuró—. Dejaré que te acuestes y descanses. Tengo entendido que mañana debes madrugar para ir a recoger a Alicia y a Vanesa al aeropuerto.

—Veo que Edel te ha puesto al tanto de todo.

—Me dijo que mañana despediréis los restos de Ernesto en el mar. Me encantaría acompañaros y estoy seguro de que a Cynthia también le gustaría estar con vosotras —recuperó la serena cordialidad de su tono.

—Te lo agradezco mucho, de verdad —respondí, y bajé levemente la cabeza—, pero lo cierto es que iremos en una pequeña embarcación que pertenece a alguien del pueblo y lo hace como un favor personal. No creo que podamos viajar tantas personas en su dorna —argüí—. Confío en que lo entendáis.

Hervé asintió con un punto solemne.

—De todos modos —añadí—, si os parece, podríamos vernos un rato después, antes de irnos. El vuelo a París no sale hasta las once y media.

—¿París?

—Sí. Me niego a que Alicia esté aquí más tiempo del estrictamente necesario para despedir a su padre. Comprenderás que, con ese criminal suelto, es lo más sensato.

Parpadeó con el semblante serio para admitir que estaba de acuerdo. Después nos despedimos con dos besos tan cordiales como livianos. Nos dimos un abrazo. Un gesto cálido en el que, por un segundo, un largo segundo, cerré los ojos.

66

Paderne

Aquella madrugada, al miedo a ser asaltada en la oscuridad que llenaba la casa se sumó el implacable asedio de un temporal de viento y lluvia que avanzaba a paso de gigante desde el Atlántico. Como era de esperar, la noche transcurrió como una procesión de minutos insomnes. Empecé a repasar las respuestas que había dado Hervé a mis preguntas y fruncí el ceño. En verdad, ¿qué me había dicho? Diría que no gran cosa. ¿Había volado desde París? ¿Dónde había estado? Y ¿de qué forma podían justificar sus problemas con Cynthia el hecho de haberme mentido? De pronto, esa vocecilla que creía dormida susurró con un retintín abrumador: «Bueno, así, de entrada, se me ocurre que tal vez no quiso molestarte con sus problemas de pareja, teniendo en cuenta que ha venido hasta aquí por la muerte de Ernesto, digo yo».

Algo me decía que no era suficiente. Algo, por otro lado, que me recordaba las anotaciones que llevaba encima don Santiago y que involucraban de alguna forma a Hervé. Qué fácil hubiese resultado todo si la calidez que Hervé irradiaba sobre mí no hubiera sido capaz de arrastrarme a soñar en futuros paralelos, en intervalos de escasos segundos, con los ojos cerrados. Sin duda, eso me hubiese ayudado a pensar con mayor claridad en torno a él. Había demasiados interrogantes alrededor de su persona.

Busqué refugio en los libros que había sobre mi mesita de noche. Ambos versaban sobre el mismo autor maldito: Guillermo de Foz, mi bisabuelo. Un viento huracanado agitaba los árboles, que dibujaban monstruosas formas de ultratumba en la ventana. Estaba claro que tendría más posibilidades de dormir sin ver ni escuchar nada de cuanto sucedía dentro y fuera de mi cabeza. ¿Alcanzaría la paz de esa forma? Sabía que no y me dispuse a leer. La lectura alejó mi miedo de aquel viento desesperado por entrar en la habitación y cuando me di cuenta, ya había amanecido.

Había avisado a un taxi para que pasara a recogerme temprano y de esa forma disponer de margen suficiente para imprevistos en el trayecto al aeropuerto de Santiago. Algo que, a tenor de las inclemencias del tiempo, resultaba tranquilizador. Pesadas cortinas de agua caían a plomo sobre el coche. El cielo se quebraba con latigazos de luminoso cobre en el horizonte. El taxista lamentaba el hecho de no poder avanzar a mayor velocidad. No llegué a verbalizarlo, pero a mí la verdad es que no me importaba. Incluso podría decir que estaba disfrutando del paseo.

Hasta que vi los primeros árboles caídos desde la carretera. Sus ramas colgando como brazos rotos desde copas hundidas me conmovieron. Algo que no debió de pasar inadvertido para el conductor que lanzaba furtivas miradas al asiento de atrás a través del retrovisor.

—Pues lo peor del temporal todavía no ha llegado —añadió, imagino, para dar un poco de alegría a la travesía—. ¿Escuchó al viento esta noche?

Asentí.

—Dicen que no ha sido nada para lo que se viene encima. Esta noche será mucho peor —informó como ave de mal agüero.

«Muchas gracias, caballero. Una conversación de lo más apropiada teniendo en cuenta que voy camino del aeropuerto», pensé una vez bajé del taxi, pero no despegué los labios. Mi voz interior parecía rezar, consciente de que el parte meteorológico ponía en serio peligro nuestro viaje de vuelta.

Convencida de que llegaba tarde a recoger a Alicia y Vanesa, entré corriendo hasta alcanzar el panel luminoso que mostraba las llegadas. Ahí el primer golpe de realidad. Debí suponerlo: el vuelo desde Barcelona, al igual que el resto de vuelos anunciados, sufría un importante retraso. Después de varios paseos e innumerables cafés en la terminal, decidí llamar a Edel para interesarme por el estado de salud de don Santiago.

—¿Cómo ha pasado la noche? —le pregunté.

—Bien, bien, gracias, Antía. Ha sido una noche tranquila. Gracias a Dios —contestó ella arrastrando el cansancio de la noche.

Pese al agotamiento que parecía exudar cada una de sus palabras, no descuidó esa amabilidad maternal con la que me había tratado desde el primer día.

—¿Cenaste algo ayer? Ay… Esta cabeza mía… No te dije que tenías unos bistecs en la nevera, ¿los viste?

—Descuida, Edel, no tenía nada de hambre.

Me parecía increíble que en su situación pensase en si yo había cenado o no.

—Igual con el susto se te cerró el estómago —ofreció como explicación y yo la imaginé con un gesto cargado de pesadumbre.

—¿Y tú? —Mi pregunta la cogió desprevenida—. ¿Has podido descansar algo?

—Bueno, ya sabes o sabrás, digo yo, que esto no es lo más cómodo. Pero no será más que una noche —murmuró como si tratara de convencerse ella misma—. Lo importante es que Santiago está mejor y en un par de horas ya nos volvemos para *casiña* juntos —añadió queriendo sonar resuelta.

—Te noto cansada —dije al tiempo que el altavoz de la

terminal hacía una llamada a la calma para los pasajeros que llevaban más tiempo esperando la salida de sus vuelos y anunciaba que todos estaban cancelados. Me eché las manos a la cabeza.

—¿Ya estás en el aeropuerto?

—Sí. El vuelo de Alicia se retrasa por el temporal —le expliqué.

—¿Y cómo fuiste? Sin coche, ni nada... Tuviste que llamar a un taxi, ¿no? Qué rabia...

—Tranquila, Edel. Casi mejor. La carretera hoy no está para conducir —traté de aliviarla.

—¿Os veremos antes de marchar? Bueno, por lo que he oído, si es que sale el vuelo, claro.

Mi cabeza se negó a escuchar esa opción.

—Seguro que nos vemos en casa en unas horas —acerté a decir justo antes de que nos despidiéramos.

El avión tomó tierra en Santiago al mediodía.

Eran tales las ganas que tenía de abrazar a Alicia que antes incluso de que cruzara el umbral de la puerta de llegadas, creí verla en el rostro de al menos tres jóvenes de su edad.

Con una mochila al hombro y el pelo cayendo en mechones rizados y castaños desde lo alto de una coleta, apareció ante mí mucho más alta, más guapa y casi diría que mayor que dos semanas atrás, cuando la vi subirse al coche de Ernesto y los dos me dijeron adiós con la mano. Recuerdo la tristeza de ese momento, también la tranquilidad parcial que me había dado Alicia al decir que «la novia de papá me cae muy bien. Incluso mejor que algunas de mis amigas de siempre». Algo que me alivió y despertó una sonrisa, del mismo modo que me dejó pensando.

Apuré el paso a su encuentro al ver cómo ella echaba a correr en mi dirección. Antes de alcanzarme, su gesto se descompuso con la huella de ese puchero que no hacía tanto tiempo, quizá un puñado de primaveras, me encogía el pecho un segundo, justo el tiempo que tardaba en levantarla en brazos para besuquear su naricilla y hacerla reír. Me abrazó y sentí el calor de sus lágrimas deslizándose por mi cuello. Controlé las ganas de acompañar su llanto con más lágrimas y la estreché con fuerza. Susurré en su oído cuánto la quería, le acaricié pelo y le juré que no volvería a alejarme de ella nunca más.

Hasta ahí la parte más sencilla: el reencuentro, una emoción que oscilaba entre la alegría presente y la tristeza pasada, que necesitaba la unión de dos manos entrelazadas con planes futuros y la oportunidad para hacerlo de otra manera, para hacerlo mejor y juntas. Después llegó lo inevitable, algo mucho más complicado: el duelo. Ver la herida de su duelo abrió mis carnes. Cuánto dolor en la profundidad de sus ojos, los ojos de Ernesto… Sentí las garras de un felino de gran tamaño arañando el interior de mi pecho, horadando surcos de lava con un fuego que me abrasaba la mirada. No quise dejar de abrazarla, acompañando sus primeras lágrimas mientras su cuerpo se venía abajo. Me incorporé y la besé en la frente antes de susurrar: «Estoy aquí. Estaré contigo siempre, todo va a ir bien». Pero llegó la pregunta, la que yo temía más que a nada. Aquella para lo que no tenía respuesta.

—¿Por qué, mamá?

En sus ojos el desconcierto naufragaba, sus alas de paloma blanca libraban la dura batalla en medio de un mar embravecido que la ahogaba. Allí, frente a mí, sin que yo pudiera hacer nada.

—¿Por qué a papá? ¿Cómo alguien ha podido hacerle algo así?

No había nada que yo pudiera contestar. Ninguna respuesta podría aliviarla. Era su madre y cuanto debía hacer era cogerle la mano y permanecer allí, a su lado.

67

Aeropuerto de Santiago de Compostela

Vanesa se acercó a nosotras con unas grandes gafas de sol y sin una pizca de maquillaje. Nos saludamos con dos besos.

—¿Cómo estás? —pregunté, tratando de romper la capa más superficial del hielo en el que se parapetaba.

Ella ladeó la cabeza, quizá dudando de qué contestar.

—Cansada —dijo al fin—. Ha sido un vuelo horrible. Nos dijeron que había problemas para aterrizar en Galicia debido al temporal y por un momento el piloto llegó a barajar la opción de volver al aeropuerto de El Prat —continuó explicando, al tiempo que sus palabras ganaban velocidad para concluir su exposición de inconveniencias en una mirada cómplice a Alicia.

—Es verdad, mamá. ¡Qué susto! —apuntaló mientras se limpiaba las lágrimas con el dorso de las manos.

Vanesa le acarició la cara con una sonrisa tierna. Un gesto que no pasó inadvertido para mí, pues en él pude ver la faceta de amiga, quizá más bien de hermana mayor, que desempeñaba la pareja de mi ex en la vida de Alicia. Había que reconocer como una valiosa cualidad el hecho de que no hiciese partícipe a la niña de las tensiones —a veces falsas tragedias— de los mayores. Sin duda, algo tan valioso como para romper una lanza a su favor o incluso granjearse mi simpatía.

—¿Nos vamos? —preguntó Vanesa envarada y estirada hasta tocar las estrellas con aquellas gafas tan poco prácticas para estar en un sitio bajo techo—. Estoy deseando volver a Barcelona. Aquí todo es gris. El cielo, la cara de la gente...

No podía dejar de mirarla y preguntarme qué habría visto Ernesto en ella. Era todo lo contrario a mí. ¿Debería decirme algo eso?

—Qué horror, de verdad... —continuó su retahíla—. Tengo entendido que tú también eres de aquí, ¿no?

Mi paciencia sacaba un revólver. «¡No, quieta!», debí decir con los ojos fuera de sus órbitas.

—Así es. Aquí están mis raíces. Soy gallega. —Sonreí con impostada serenidad.

Me miró como diciendo «no lo dudo», con un punto insolente que decidí pasar por alto.

—Ah, ya —dio por toda aclaración.

«Ya ¿qué?». Puede que durante una milésima de segundo yo pusiera los ojos en blanco. Creo que simpatía, precisamente, no era lo que se iba a granjear Vanesa en lo que podría calificarse como un desafortunado tropiezo vital.

Una lluvia gruesa y violenta nos acompañó todo el camino desde Santiago. Vanesa se esforzaba en mantener la vista pegada al cristal, mientras Alicia apoyaba su cabeza en mi hombro. Las tres, bien juntas, viajábamos rumbo a Vilanova de Arousa, a la casa de Edel y don Santiago antes de recoger las cenizas de Ernesto para entregarlas al mar.

El taxista que nos llevaba en esta ocasión era más silencioso. Apenas una breve afirmación para concretar el punto de recogida y quizá un par de escuetas preguntas para explicar el punto del mapa al que nos dirigíamos. Él era más de escuchar la radio, como si fuera solo. Como si nosotras no fuésemos más que unos bultos a juego con el equipaje que viajaba en el maletero. De pronto, un aviso en la radio actualizaba el estado de la mar a consecuencia del temporal que llevaba unas horas sobre la costa de Galicia. «Nos informan de la cancelación de todos los vuelos previstos para esta noche con salida desde la terminal del aeropuerto de Santiago de Compostela, al igual que desde los aeropuertos de A Coruña y Vigo como consecuencia de la borrasca que asola nuestra comunidad autónoma desde la pasada madrugada».

Vanesa y yo cruzamos una mirada de pavor. A las dos se nos ocurrió la misma idea y lo que podía implicar: tendríamos que pasar una noche con Alicia en el mismo lugar en el que un asesino había matado a su padre. Desde ese instante hasta que llegamos a nuestro destino busqué opciones, alternativas, valoré, sopesé y concluí. Todo para determinar que lo mejor sería ser cautas y quedarnos esa noche en casa de don Santiago. Si el asesino de la rosa no había ido a por mí estando sola, ¿por qué habría de ir a por Alicia? Traté de convencerme y enfrentarme al miedo que entrecortaba mi respiración. Además, no la dejaríamos sola ni un segundo.

La expresión de Alicia al llegar a aquella casa de cuento me arrancó una sonrisa. Edel nos recibió en la puerta. No tardó ni un par de minutos en calar a mi hija y se ofreció para enseñarles a las dos el resto de la casa y, por supuesto, el jardín, aunque fuera con paraguas. Sería en un rato, antes quería que saludáramos a Santiago. Alicia sonreía agradecida. Era una jovencita despierta y amigable, con ojos redondos y expresivos, herencia de su padre. Aunque, a diferencia de él, su rostro y sus gestos no guardaban secretos para mí. Y si no hubiese sido así, lo habría respetado.

Como era de esperar, la visita de Alicia hizo las delicias de don Santiago y de Edel. En el camino de ida me había encargado de advertirle de la delicada salud de nuestro anfitrión, por lo que ella hablaba más despacio de lo que acostumbraba y se mostraba de lo más solícita ante cualquier necesidad que pudiese detectar. Don Santiago se había negado a meterse en la cama.

—Estoy bien, de verdad, qué manía con ir a la cama. La biomecánica del cuerpo y la del corazón, al menos del mío, me piden movimiento, a ver si lo entendéis —gruñó desde el sofá.

—Lo que tú digas, pero de ahí no te mueves hasta que te vayas a la cama, salvo que tengas que ir al baño, ¿está claro? Y para eso me llamas, que te acerco —le dijo Edel.

—¿Adónde me acercas? ¿Al baño? —protestó con las gafas en la punta de la nariz.

—Adonde haga falta. No quiero más sustos, ¿estamos?

Los dos resoplaron a espaldas del otro, pero celebraban estar de vuelta en su casa.

—Me alegro de verte —saludé a don Santiago cuando Edel salió por la puerta con Vanesa y Alicia.

Él me miró prudente, como si me midiera al frente de una pared en la que se derramaba mi sombra, mis miedos, mis alegrías y el estado global en que me encontraba.

—Lo mismo digo —dijo con el ceño fruncido—. De hecho, hoy me alegro de ver a todo el mundo. —Escondió con gracia el doble sentido en una comisura de sus labios.

—Entiendo que sí —correspondí con un afecto amortiguado.

La noticia de la cancelación del vuelo me había entumecido la sonrisa.

—Menudo temporal —verbalizó hacia la ventana al ver de reojo mi reacción—. Hacía años que no entraba una borrasca como esta. Aunque la peor parte se la están llevando en el mar. Dicen que la altura de las olas triplica la habitual. La flota está amarrada. Siento mucho que no podáis navegar hoy para dejar las cenizas —añadió con un sabor amargo en la boca.

El golpe me llegó de frente. Ni siquiera lo había pensado. No solo tendríamos que hacer una noche allí, con Alicia, sino que tampoco podríamos concluir la despedida de Ernesto. Con gesto derrotado, me llevé una mano a la cara sintiendo el peso de la mala suerte sobre los hombros.

—Tendría que haberlo supuesto al saber que habían cancelado todos los vuelos para hoy —lamenté.

Don Santiago me miró.

—No supone más que un retraso de un día. La previsión para mañana es mucho más halagüeña. Seguro que Sergio no tiene inconveniente en mover la salida al mar. Podréis llevar a cabo vuestra pequeña ceremonia tal y como teníais pensado.

Asentí. Don Santiago estaba en lo cierto, no era más que un día, pero mi cabeza recordaba el asesinato de Ernesto. La muerte no necesitó más que un segundo para acabar con él. Y era esa imagen, su sonrisa, su mirada, el calor de su cuerpo muerto lo que acrecentaba mi miedo con cada minuto que Alicia pasaba en el mismo lugar que pisaba el asesino de su padre.

—Además —añadió él—, hay algo importante que querría pedirte otra vez. Como recordarás, mañana a mediodía tendrá lugar la inauguración de la galería dedicada a Guillermo de Foz en El Gato Negro. Están convocados todos los medios de comunicación, asistirán autoridades e imagino que casi todo el pueblo estará allí.

Seguí el hilo argumental con interés. En ese momento, todo cuanto concernía al autor maldito, a mi recién descubierto bisabuelo, despertaba mi curiosidad.

—El caso es que cuando ayer me dijiste que no estarías en el acto —prosiguió—, iba a ser yo la persona que hablase de Guillermo de Foz. Algo pequeño, una breve alocución sobre el autor. Ni siquiera lo tengo preparado todavía. Y es que, muy a mi pesar, va a ser imposible que pueda acudir. Ya has visto a Edel… No creo que consiga zafarme de este sofá en unos días, y menos bajar al pueblo —dijo con los ojos muy abiertos, como si ante él viese un gran muro imposible de franquear.

Sonreí comedida, consciente de que, en efecto, Edel no permitiría que se saltase las recomendaciones de los médicos por el motivo que fuese, pero también con el pensamiento invadido de desconfianza, incapaz de obviar las notas que había escrito en su bloc para que me vigilase.

—Por eso he pensado en ti, sabiendo ahora que vas a estar aquí —soltó al fin. Mentiría si dijese que me sorprendió la petición—. ¿Quién mejor que tú para hablar de él? No me cabe la menor duda de que eres la persona indicada —se exaltó y al segundo se llevó la mano al pecho.

—¿Estás bien? —dije asustada.

—Sí, tranquila. —Sonrió.

—No me asustes —recriminé.

—Forma parte de mi interpretación —mintió— para que aceptes la propuesta de acudir mañana a la inauguración y leas una pequeña presentación de Guillermo de Foz. ¿Acaso me negarás que eres quien más sabe ahora mismo sobre él? Ni su familia conocería mejor su trabajo y su vida.

«Sorpresa», dijo una parte de mi cerebro que parecía despertar solo por breves intervalos de tiempo.

—Respecto a eso, hay algo que me gustaría compartir contigo —comencé—. El testamento de Lalita incluye unas propiedades aquí. Sé que ayer reconociste el escudo del antiguo ayuntamiento de Carril.

Don Santiago asintió en un lento parpadeo.

—Mi abuela heredó las tierras de Guillermo de Foz en Cortegada. Y hoy la propietaria soy yo —dije con un brío recobrado en la voz.

Él abrió los ojos con sorpresa y un punto de inquietud.

—¿Tu abuela? Pero ¿por qué heredó ella esas tierras? No tengo muy claro si lo estoy entendiendo…

—Mi abuela era Alma Barral, hija de Guillermo de Foz y Blanca Novoa.

En un gesto de incomprensión, él movía la cabeza de un lado a otro, haciendo pausas que duraban poco más de un par de segundos en las que diminutos imanes de información se atraían o repelían.

—Fue el mismo Guillermo de Foz quien así se lo contó a su hija en una carta que le hizo llegar junto con el testamento y la confesión a su amada, mi bisabuela Blanca. En ella le explica el motivo por el cual debieron huir esa noche de mayo de 1910, la del cruel asesinato de una niña. Benigno Barral y un tal Figueredo contrataron los servicios de un matarife llamado Ruibal para matar a Alma, a mi abuela. Fue una conspiración para acabar con el escritor, pero él se enteró a tiempo para salvarla y lo organizó todo para que huyeran en un barco rumbo a Argentina.

—Entonces, si madre e hija se salvaron, ¿quién murió esa noche? ¿Quién era la niña que apareció colgada y tan salvajemente asesinada?

—Eso todavía no lo sé —acerté a decir con un punto de consternación en la mirada.

—Y Ruibal, ¿aceptó el encargo?

—No estoy en condiciones de asegurarlo. En cambio, sí puedo afirmar que desde el principio existió un plan para condenar con falsas acusaciones a Guillermo de Foz y mandarlo al garrote. El objetivo era apropiarse de sus tierras para poder entregar la totalidad de Cortegada al rey. De hecho, Barral pactó con Mosquera que, aunque hubiesen falsificado la firma de donación del escritor, tendrían que encontrar y hacerse con las escrituras de las parcelas. Algo que a día de hoy obra en mi poder.

Don Santiago buscaba apoyos en una ventana en la que se deslizaba la lluvia.

—Pero si están en tu poder, entonces, Sergio… —balbuceó. Yo no conseguía entender nada.

—¿Qué tiene que ver Sergio con las escrituras? —pregunté a fin de que pudiese aclararme algo.

—Será mejor que él te lo explique. Julián Mosquera ha heredado la obsesión por ese pacto que hizo su antepasado

Jeremías con Benigno Barral. Solo te diré que ese es el motivo por el que discutía el otro día con Mosquera. Está desesperado buscando esas escrituras para poder concluir el asunto del justiprecio y recuperar Cortegada.

—Es curioso ver cómo un Mosquera fue el que ayudó a que el pueblo de Carril perdiera la isla y, sin embargo, es otro Mosquera el que quiere entregársela.

—No creo que sea eso lo que persigue… —murmuró don Santiago.

Mi interés se acrecentó.

—Ah, ¿no?

—A la luz de los últimos acontecimientos, me decanto más por creer que trama algo con Salgado. De no encontrar las escrituras, podrían invalidar la donación y la isla volvería a manos del pueblo a cambio de un precio mucho más bajo y, por qué no decirlo también, más justo. La inmobiliaria compró Cortegada a don Juan de Borbón por sesenta millones de pesetas y ahora le pide a la Xunta de Galicia casi dos millones de euros. ¿Qué pasaría si se invalidase la donación y se provocase cierto descalabro administrativo en la compraventa?

—Ya veo. Mosquera ha pactado con Salgado que, si se hace con las escrituras, se llevará una parte de tan jugoso botín.

—Eso es lo que yo creo. Quién sabe… Al final todo se reduce al dinero. Por dinero don Juan vendió una isla que el pueblo le había regalado a su padre sin importarle que la convirtieran en un casino, hoteles, urbanizaciones de lujo… Por dinero Mosquera podría estar dispuesto a sacar provecho de su defensa de Cortegada…

Bajé la cabeza, pesarosa.

—Por dinero encerraron a un hombre inocente. Por dinero y venganza mataron a mi bisabuelo, a Guillermo de Foz.

Don Santiago prestó atención a la afectación que envolvía mis palabras al referirme, por primera vez en voz alta, al escritor como mi bisabuelo.

—Creo que no debes rechazar la invitación a hablar sobre Guillermo de Foz —retomó su petición con insistencia—. Ahora ya no solo se trata de hacerlo en calidad de experta, sino como una familiar que tiene otra imagen que ofrecer de De Foz —exclamó con voz fatigada.

—Me parece que no es buena idea que te exaltes —acerté a decir—. Piensa en Edel. Poco podría hacerte a ti, pero a mí me matará si te pasa algo.

—De acuerdo —se rindió. O eso pensé yo...

Lo miré fijamente a los ojos antes de hablar.

—¿No has pensado que puede no ser seguro? —le pregunté, preocupada.

—Créeme que no te lo pediría si no creyera que es seguro para ti. Pero ten en cuenta que nadie sabe que vas a acudir al acto. Mucho menos el asesino de la rosa.

—No quiero ni imaginar cómo conseguiste un primer baile con Edel... —Dibujé una sonrisa—. De acuerdo —accedí al fin.

Don Santiago sonrió satisfecho.

—Vale, en ese caso, apunta: mañana a las doce en El Gato Negro. Seguro que Sergio te acompaña. Alicia y... ¿cómo se llama la... otra?

—Venga, no es la otra, es Vanesa —le reproché de forma muy sutil y atemperada—. Pero, Alicia..., ¿estaréis todos bien aquí? Quiero decir...

Uf, me agobiaba la idea de dejarla allí sin mí, de no estar cerca, como si solo yo pudiera protegerla. Aunque mucho menos segura veía la opción de que viniera al acto conmigo.

—Tranquila, te entiendo —dijo él, ofreciendo en una respiración calmada el ejemplo que debía seguir la mía—. De todos modos, ya lo había pensado —señaló—. Es lo que tienen las convalecencias, que te dan tiempo a pensar en muchas cosas. Entre ellas, esta.

—¿Y bien?

—Habla con Ruibal. La policía está para esto. Él puede enviar un coche y vigilar los alrededores de la casa mientras estéis aquí —continuó razonando don Santiago.

En ese momento imaginé el ceño fruncido de ese agente del orden tan amante de la parsimonia como del cuchillo de matarife y recordé que fue un Ruibal quien estuvo a punto de acabar con Lalita. Suspiré en la antesala de mi determinación. ¿Qué otra opción me quedaba? Además, tenía una conversación pendiente con él.

—Iré a ver a Ruibal.

68

Carril

Pese a lo mucho que insistí a Alicia para que me acompañara a la comisaría de policía, no conseguí que mi criterio de seguridad se impusiera a un plan mucho más atractivo para ella. Quería ayudar a Edel en la cocina y hacer una empanada gallega en un horno de leña «de los de verdad, mamá». Tampoco quería asustarla con ninguno de los nefastos pensamientos y augurios que se abigarraban en mi cabeza de madre preocupada, así que cedí y confié en que estaría más segura dentro de aquella casa que caminando conmigo por Vilagarcía de Arousa. Don Santiago me dejó el coche, algo que agradecí enormemente teniendo en cuenta que antes de ir a hablar con el inspector de policía debía pasar por la funeraria a recoger las cenizas de Ernesto.

Qué espinoso camino tuve que afrontar una vez recibí el puñado de polvo al que se había reducido quien fue mi compañero de vida durante años. Dentro de aquella urna plateada estaba su cuerpo, su piel siempre bronceada, sus ojos, sus labios, los mismos que susurraban te quiero, que dibujaban sonrisas y que evitaban decir lo siento aunque lo sintiese, porque Ernesto lo sentía, porque su corazón sufría los acelerones de sus apasionados sentimientos.

Acaricié la urna. Durante el trayecto no podía dejar de mirarla. Es curioso cómo los sentidos se imponen a lo que sentimos en la profundidad de nuestra alma. Cómo las manos tiemblan llorosas al buscar a esa persona que no está, cómo los ojos se mueven inquietos hasta que consienten cerrarse y ahí, sí, encontrarlo. Dentro. Muy adentro. Ese era el lugar en el que estaba ahora Ernesto. Latía en mis recuerdos. No en aquella caja de metal que me negué a dejar en el maletero, porque allí no había luz ni corría el aire, y a la que a punto estuve de colocar sobre el asiento de copiloto con el cinturón puesto. Suena raro. Lo sé. Suena a enfermedad en fase aguda, a terribles fiebres que me hubiesen hecho desvariar. Era mucho peor que todo eso, porque era un dolor invisible que no podía aceptar.

De vuelta a Carril aparqué en el puerto, justo donde habría quedado con Sergio de no ser por aquel temporal reacio a la tregua. Paraguas en mano, salí del coche cuando una ráfaga de fuerte viento me alcanzó. Poco más de tres segundos necesitó ese Eolo enfurecido para doblar todas las varillas de metal que me salvaguardaban de la lluvia y dejarme empapada, despeinada y con cara de boba. Corrí a refugiarme a la terraza cubierta del restaurante A Castelara. Seguía pendiente una comida en aquel lugar. De momento tendría que conformarme con la fugaz visita que había propiciado aquel chaparrón.

—¿Problemas, profesora? —dijo una voz que no tardé en reconocer.

—Dime, por favor, que no me estabas esperando —le pregunté con cierto apuro a Sergio.

—No, descuida. Di por hecho que, con el estado de la mar, y del viento, y de la lluvia, y de todo, no había más opción que cancelar el plan de hoy. Y es que ¡menudo temporal! —exclamó acelerado dando un sorbo al café e intuí que no era el primero que se tomaba—. Pero ya que no podía hacer nada más que esperar a que amainase, me acerqué a tomar algo por aquí.

—¿Estás bien? —me interesé al entrever sus nervios.

—Es por este tiempo del *carallo* —señaló con una mano que después dejó caer a plomo sobre la mesa—. ¿Recuerdas la casa que me compré?

Asentí con la imagen de una pequeña casa en medio de un campo y a su vez rodeada de árboles de un verde intenso con el murmullo del agua…

—En la que vas a escribir tu novela —concreté—. Sí, lo recuerdo.

—Pues sabrás también que se trata de una casa muy vieja que necesita importantes reformas.

Puse cara de entender por dónde podía transitar el nerviosismo que había detectado.

—En ese punto de mi proyecto me encontraba hasta que entró esta borrasca del demonio —refunfuñó, asqueado con la naturaleza a la que parecía vigilar de reojo desde una ventana.

—Me ha dicho don Santiago que mañana el tiempo cambia. A mejor —maticé con un punto simpático que pretendía arrancarle una sonrisa.

No lo conseguí, pero sí vi en su mirada el brillo de quien agradecía el intento.

—A ver si queda algo de la casa para entonces —murmuró sin abandonar el aire pesimista que lo envolvía.

Posé una mano en su hombro para infundirle ánimos y juraría que sentí cómo se estremecía. De pronto había una energía diferente en la forma en que me miraba. Retiré la mano con disimulo y la froté con la otra.

—Sí que hace frío —acerté a decir para aportar algo de texto a aquella escena en la que escenifiqué una súbita bajada de las temperaturas, casi al nivel del Polo Norte o Siberia.

—Te pediré un café —dijo tan solícito como siempre.

Sin dejarme tiempo para contestar, se acercó a la barra y cuando me di cuenta ya estaba sentada a la mesa con una taza de café con leche bien caliente entre las manos. Fue en ese ínterin que mi mente dibujó la posibilidad de abordar las cuestiones que tenía pendientes. ¿Qué mejor ocasión iba a encontrar para preguntarle otra vez por su mala relación con Mosquera y, sobre todo, por esa referencia a las escrituras que me había hecho don Santiago? Esperé a que se acomodara y disparé antes de que iniciase una conversación por derroteros que claramente me interesaban mucho menos en aquel momento.

—¿Qué conflicto abierto tienes con Mosquera? —Él parpadeó sorprendido con lo directo de la pregunta—. Porque no me dirás que no tenéis ningún problema…

—Son cosas que vienen de atrás. Él quiere algo que tengo y yo no se lo quiero dar. —Sonrió jactancioso.

Se llevó la taza a los labios.

—¿Tiene que ver con las escrituras de Guillermo de Foz? ¿Las escrituras de sus tierras en Cortegada?

Casi se atraganta. Tosió y una gota de café se deslizó por su barbilla. Apurado, cogió la servilleta de papel que yo le acerqué y se limpió.

—¿De dónde has sacado tú eso? Quiero decir… ¿Quién te lo ha dicho? ¿Don Santiago? —preguntó, afilando una mirada de reprobación hacia quien se hubiera ido de la lengua conmigo.

—Sé bien que Mosquera busca esas escrituras. Eso no es algo que esté en tela de juicio ahora mismo. Lo que no entiendo es por qué cree que las tienes tú.

Sergio lanzó la vista al horizonte gris que aparecía al otro lado del cristal de la ventana. Pude ver que estaba nervioso e incómodo. Resopló. Creo que dudaba si contarme algo o continuar guardando sepulcral silencio.

—Estabais juntos cubriendo el hallazgo de los escritos de Guillermo de Foz, ¿no es cierto? —incidí en un alarde de buena memoria y perspicacia—. ¿Qué pasó ese día?

Volvió a resoplar y añadió un pequeño gruñido que mostraba el descontento que sentía por tener que explicarme sus problemas con ese hombre.

—Me llamaron del periódico para acompañar a Mosquera en la cobertura de una noticia sobre el Monasterio de Armenteira. En unas labores de restauración habían encontrado los últimos escritos de Guillermo de Foz.

—Sí, eso lo sé —apremié con sutileza.

—Las monjas no tocaron casi nada. Por algún motivo que desconozco, quizá fuese pura casualidad, llegamos al mismo tiempo que los profesionales que envió la universidad de Santiago para investigar la autenticidad de los documentos. Los mismos con los que contactó un compañero de tu departamento en la Sorbona para solicitar una copia y ayudar así a profundizar en la obra del autor.

«¿Hervé? Hasta ese momento creía que quien había solicitado la copia había sido don Santiago…», dudé.

—Mosquera conoce a mucha gente —continuó relatando al tiempo que evidenciaba en su tono de voz el hastío que le provocaba la persona de la que estaba hablando—. Antes de nada, les preguntó: «¿Vosotros creéis que el autor de esto es Guillermo de Foz?». Ellos miraron un puñado de hojas y leyeron el nombre del firmante, a quién iban dirigidas: Danilo de Foz. Les cuadraba, todo les cuadraba. Manifestaron pocas dudas, pero aun así evitaron confirmar nada. No querían mojarse. Entonces Mosquera les pidió que nos dejasen entrar a los dos unos minutos para hacer unas fotografías. Les dijo que sería bueno para todos. Cuanta más difusión, más relevancia informativa, más recursos para la universidad y para sus departamentos de letras, ya sabes, los grandes olvidados. —Asentí con la decepción de quien conocía el sistema—. Él se movía inquieto de un lado a otro de aquella estancia de piedra dentro del monasterio. Pronto me di cuenta de que no solo quería fotografiarlas, también quería leerlas por encima, quizá sacar algún titular jugoso de ellas, no sé

—dudó cansado de tantas elucubraciones y se llevó la taza de nuevo a la boca—. «¿Qué buscas?», recuerdo que le pregunté. Y él me dijo: «Algo muy importante para recuperar Cortegada. Tú quieres recuperarla, ¿verdad?». Yo asentí, ya ves, claro que quería recuperarla, como todo el mundo de Carril. Soy de aquí, ¿sabes? Crecí con los ojos en esa isla flotante, escuchando a los mayores lamentar la pérdida y con el miedo de que la desgraciaran convirtiéndola…, yo qué sé, en un patio de recreo para gente acomodada. ¡Claro que quiero que vuelva a manos del pueblo! ¡Qué se cree ese imbécil!

Lo escuché constatando que yo no era la única que de vez en cuando liberaba azufre.

—Entiendo —traté de calmarlo—. Imagino que buscaba hacerte cómplice de lo que él tramaba. ¿Lo consiguió? —inquirí al fin alzando una ceja.

—Por supuesto que no. Enseguida pude ver que el padre Danilo había apartado unas hojas. Las tenía justo debajo de una piedra en el interior de aquella pared. Imposible que Mosquera se diera cuenta de esto con los nervios tan a flor de piel como los tenía, por no hablar de las miras tan cortas que ha tenido siempre. Es uno de sus principales problemas al trabajar. Uno de ellos. Tiene muchos. —«Más bilis», pensé—. Pero uno es justo ese. Se ciega y no ve lo que tiene delante. Para mi fortuna. Al menos en el caso que nos ocupa, claro está.

«Sí, claro está. Clarísimo», pensé, «pero, por favor, continúa».

—Desde el principio dudé de las intenciones de Mosquera. Es un amarillista. Ya has leído lo que escribe. A veces dan ganas de vomitarle encima o de preguntarle: «Perdona, ¿te llevas algo, no sé, un porcentaje, quizá, de los antidepresivos y ansiolíticos que se venden en este país?». Tal vez sea esa la explicación y yo tenga que cerrar la boca —continuó al tiempo que pedía otro café con un brazo nervudo en alto.

«¿Otro?», no daba crédito a la cafeína que ya se había metido en el cuerpo.

—En un primer momento creí que buscaba sacar a la luz los pasajes más sangrientos de la historia de Guillermo de Foz. Pensé que buscaba un titular al estilo de: «Le arrancó el corazón mientras clavaba su mirada en dos pequeños ojos cubiertos de lágrimas». Yo qué sé… —Movió la lengua con repugnancia e indignación, todo a un tiempo—. El caso es que el brillo que tenía en los ojos era todavía más oscuro, ¿sabes? Era el destello del color del dinero. Estaba desesperado por hacerse con las escrituras y créeme, porque es muy importante que lo entiendas, no se trata de recuperar Cortegada para el pueblo, sino de mercadear para sacarle más dinero a la administración. Lo conseguirá, claro que sí, no me cabe duda, la administración no tiene nombre ni apellido, así que regala lo que no es suyo. Sí, pero no será gracias a mí. Vi esos papeles escondidos bajo una losa de piedra y los cogí. Es cierto, me los llevé yo.

—Pero ¿se trataba de las escrituras de Guillermo de Foz? —pregunté, sabiendo muy bien que eso era imposible.

Él resopló por tercera vez en menos de una hora.

—Yo qué sé —contestó rendido—. Creo que no. ¿Cómo iba a saber yo si eran o no esas jodidas escrituras? Cogí esas hojas cubiertas de mugre, me las metí en un bolsillo de la chaqueta y no dije ni pío.

—¿No las leíste? Porque si no eran las escrituras de las tierras, ¿qué eran?

—No tuve tiempo para averiguar qué «horribles secretos» escondían… Esa es la verdad.

—¿Cómo? En todo este tiempo… —Me preocupé. Mucho.

—Me las llevé dando por hecho que se trataría de esas escrituras. Todo cuanto yo pretendía era evitar que acabasen beneficiando a Mosquera o a Salgado.

—A Salgado —repetí en voz baja al recordar lo que me había contado don Santiago.

—Todo el mundo por aquí sabe que entre esos dos se gesta algo. Imagino que negocios. Los mismos que seguro nos perjudicarán a los demás —bufó incómodo.

—¿Dónde están? —quise saber—. ¿Dónde están esas hojas que te llevaste?

—Joder —murmuró—, me vas a matar.

Le clavé una mirada.

—Las perdí.

69

Vilagarcía de Arousa

Mi frustración con Sergio era tan elevada que salí a caminar bajo la lluvia para despejarme. «No recuerdo muy bien cómo fue. Lo lamento en el alma». Mastiqué cada una de sus excusas hasta que empecé a calmarme. Creo que en parte se debió al frío del agua que empezaba a calarme la ropa y hasta los huesos. Me estaba quedando helada.

El caso era que había perdido las últimas hojas del *Cuaderno de un condenado a muerte*. Porque sí, algo me decía en el pecho que se trataba de esas páginas, las últimas de la confesión del autor maldito, de mi bisabuelo Guillermo de Foz. Pero ¿cómo era posible? «Quizá podamos recuperarlas», llamaba a la calma esa voz en el interior de mi cabeza. «Solo necesitamos averiguar dónde las ha dejado: ¿en su casa?, ¿en la de sus padres?». Seguro que daremos con ellas, salvo que las tuviera Mosquera… No, imposible. De obrar en su poder, él no bregaría incansable fingiendo buscarlas por todas partes.

Tenía que llegar a la comisaría de policía. Necesitaba hablar con él. Entré con paso ligero y el pelo mojado pegado a mi cara. Román Ruibal me recibió con el mismo gesto de molestia de siempre. De hecho, le faltó despedir sonoramente el aire por la boca para dejar palmaria evidencia del entusiasmo que le despertaba mi visita.

—Señora Fontán —saludó una vez más arrastrando la «ene»—. ¿Todavía sigue por aquí? ¿Hay algo que pueda hacer por usted?

—Muy buenas, inspector —respondí—. Me han pedido que asista mañana a la inauguración de una galería dedicada a Guillermo de Foz en El Gato Negro. He dicho que sí, sobre todo después de las expectativas que han generado los medios de comunicación.

El policía me miraba con cara de «no me importa lo más mínimo».

—El caso es que mi hija está aquí, en Paderne, y necesito garantizar su seguridad durante el tiempo que dure el evento.

Él alargó el silencio esperando a que yo formulase una pregunta directa.

—¿Cree que sería posible vigilar la casa de don Santiago? ¿Podría enviar un coche con dos hombres? Tenga en cuenta que puede existir un peligro real de que el asesino de la rosa quiera hacerle daño. Después de lo que sucedió con su padre… —Bajé la voz y cogí fuerza para negar la posibilidad que acechaba ese pensamiento—. No tiene por qué pasarle nada, si lo creyese realmente no estaría aquí, me iría con ella aunque fuese caminando como un par de peregrinas hacia Santiago de Compostela o donde fuera. Por tanto, si acepto participar en esa inauguración es por el bien de la ciudad y, creo, debería poder hacerlo con un mínimo de garantías, ¿no piensa usted lo mismo?

Frunció el gesto antes de bajar los ojos al teclado de su ordenador.

—De acuerdo —dijo sin más.

«¿Ya está?», pensé. «¿Tan fácil?», sospeché.

—Perfecto, gracias —balbuceé en un intento de mantener mi dignidad y orgullo en alza.

Acto seguido me levanté de la silla para encaminarme a la salida.

—Ahora hay algo que me gustaría pedirle yo a usted, profesora Fontán.

Era la primera vez que Ruibal se refería a mí como profesora, así que tuve muy claro que iba a requerir de mi formación en la investigación que estaba llevando a cabo. En pocas palabras, me necesitaba.

—¿Qué relación considera usted que existe entre el último libro que le hizo llegar el asesino de la rosa y los crímenes que está llevando a cabo?

Cuanto deduje de aquella pregunta podía resumirse en la siguiente afirmación: no tenía ni idea de qué hacer con el libro de Burroughs.

Le expliqué por encima, a modo de recordatorio, la relación que yo veía entre el horrible asesinato de Ernesto y la muerte de Joan Vollmer a manos de su esposo, el escritor William Burroughs.

—Sí, ya —me cortó con un punto de molestia—. Me lo explicó el otro día.

Guardé silencio unos segundos a la espera de que reformulase su pregunta.

—Pero ¿qué cree que quiere el asesino de la rosa?

—Apostaría que cuanto persigue es… —Hice una pausa para impulsar la respuesta, quizá con un punto teatral.

—¿Y bien? —dijo él, expectante con un bolígrafo en la mano.

—Fama. Quiere fama. Notoriedad.

—Me temo que no la sigo. Ya escuchó a la doctora Viqueira, se trata de un narcisista. Todos los narcisistas quieren notoriedad, ser conocidos y reconocidos. Pero para eso no necesita ese libro.

—Con el libro lo que nos está explicando no es solo el *modus operandi* de la muerte de Ernesto, lo que nos dice es que, al igual que Burroughs, cometer asesinatos lo ha hecho mejor escritor. Mucho mejor que Burroughs o que cualquier otro maldito. Porque sus obras alcanzan otro nivel, trascienden las letras. Él se siente un maldito, así quiere pasar a la historia y, por lo que veo en los medios de comunicación, va a conseguirlo. Todo el día están hablando de él, ensanchando su ego, inflamando su necesidad de volver a actuar. Si me preguntase a mí qué creo que deberían hacer, la respuesta es sencilla: pararlo. Tienen que detener las alocuciones sobre su persona. Lo engrandecen. Le impulsan a seguir matando para hacerse un hueco en el *prime time*. ¿Entiende lo que digo? ¿Lo que estoy sugiriendo?

—No tenemos forma de intervenir en la repercusión que se le está dando. Debería saberlo, señora Fontán.

Volvía a ser señora, no profesora.

—Lo único que digo es que no deberían dar publicidad a sus notas. Creo que eso es algo a lo que usted podría poner límites —dije mirándolo a los ojos con fijeza.

Sabía bien a qué me refería. Era él quien facilitaba las notas del asesino de la rosa a Mosquera, y a partir de ahí corrían por los distintos medios como la pólvora.

—De acuerdo. Ya he escuchado su opinión al respecto. Ahora debo seguir con mi trabajo.

Torcí el gesto al sentir que aquello no era suficiente.

—Jefe. —Una agente uniformada llamó la atención de Ruibal—. El padre de Raquel Silveira amenaza con encadenarse a la puerta del Concello. Reclama más efectivos para investigar su paradero.

—¿Qué? —dijo molesto arrugando la nariz.

—Dice estar convencido de que a su hija le ha pasado algo y que la policía no está haciendo nada por dar con ella.

El inspector resopló con los ojos en blanco.

—Pero ¿se puede saber qué más quiere ese hombre que hagamos? —bufó como un director de orquesta con el bolígrafo en una mano.

—Esta vez asegura haber encontrado algo. Afirma tener pruebas contra el exnovio de Raquel —balbuceó la policía—. Señor, debería ver una cosa.

Ruibal apoyó ambas manos sobre la mesa para impulsar el pesado hartazgo que dominaba su cuerpo.

—Señora Fontán, hasta aquí nuestra conversación —se despidió con cara de pocos amigos—. Mañana enviaré un coche patrulla a casa de don Santiago.

Asentí satisfecha y caminé tras la pareja de policías deseosa por averiguar qué era lo que iba a enseñarle esa policía a Ruibal. ¿Quién era esa joven desaparecida?

La mujer se dirigió una vez más a su superior.

—Señor, ¿cree que será cierto lo que dice el padre de Raquel sobre el exnovio?

—Pero ¿quién es el exnovio? —preguntó el inspector.

—Sergio Seoane.

70

Carril

Lo cierto es que había dormido mal. Como el cuento de esa princesa que no podía conciliar el sueño por tener un guisante bajo el colchón. Ese día, sin embargo, el guisante era un enorme pedrusco con el nombre de Raquel Silveira y mi mente, el colchón. Cuántas veces siendo niña me había leído ese cuento Lalita. En cambio, nunca llegué a contarle esa historia de princesas a Alicia. Ella, por suerte, había heredado el don de su padre para dormir sobre guisantes, garbanzos o cualquier otra legumbre. Algo que yo aplaudía, consciente de que algún día la auténtica celebración sería verla mover piedras como montañas, estirar sus piernas hasta saltarlas e incluso aprender a cincelarlas como el maestro cantero esboza y pule belleza con auténtica serenidad.

Tendría que haber preparado lo que iba a leer en la inauguración de la galería dedicada a Guillermo de Foz, pero no había encontrado fuerzas ni mucho menos inspiración. Me había dormido pegada al cuerpo menudo de Alicia, acariciándole el pelo hasta que el sueño la había vencido por completo. Saqué mis mejores dotes de madre para amedrentar al miedo y a cualquier otro fantasma que osase acercarse a ella para robarle las ganas de descansar. Porque esas ganas bebían de la misma fuente que alimentaba el deseo natural por despertar.

Alicia amaneció a mi lado en la misma cama, como hacía mucho tiempo que no pasaba. Estaba acurrucada, con su cara pegada a la almohada, y no tardó ni un segundo en abrir un ojo para estirar los brazos y sacudir la pereza de la mañana. Le di los buenos días y dejé a un lado la libreta que tenía encima del edredón y en la que llevaba algo más de una hora trabajando en el pequeño discurso que daría en breve sobre Guillermo de Foz.

—Mamá, deberías descansar. Tienes ojeras.

Eso fue lo primero que me dijo una vez se desperezó del todo. Dibujé una sonrisa cargada de intención y le di un beso.

—Gracias, Alicia. ¿Qué haría yo sin tu abrumadora sinceridad?

Levantó los hombros y las cejas.

—Por suerte para ti, podré ayudarte con un poco de maquillaje para que estés presentable hoy.

—¿Maquillaje? ¿Tú? —me sorprendió.

—Ya tengo mi primer neceser de maquillaje con corrector, sombras y hasta máscara de pestañas —presumió.

—Pero ¿quién…? —fue empezar a formular la pregunta y el nombre apareció como un rayo rompiendo una tarde de verano en mi cabeza.

—Vanesa me lo ha regalado por mi cumpleaños. El mismo que, por cierto, te recuerdo sigue siendo la semana que viene.

«Vanesa, cómo no», refunfuñé.

—Por supuesto, no se me ha olvidado —dije pellizcándole una mejilla.

—Entonces ¿qué? —exhortó con dos ojillos redondos—, ¿dejarás que te maquille?

Lancé una mirada al espejo sobre la cómoda y vi mi propio rostro negando asustado.

—Claro, cielo. Seré tu conejillo de indias.

Alicia mostró su blanca dentadura al tiempo que alternaba el movimiento de los hombros en una especie de danza de la alegría. Sonreí. Todo, absolutamente todo, merecía la pena por volver a verla disfrutar de ese modo.

—Pero solo por esta vez —apunté, precavida.

—Eso lo dices ahora —contestó resuelta—, pero porque todavía no has visto los truquillos que me ha enseñado Vanesa.

Sin duda, cada minuto que pasaba mejoraba la valoración que tenía de la novia de mi exmarido. Una mirada de soslayo a mi reflejo mostró la desesperación de dos manos sosteniendo mi frente.

Al bajar a desayunar vi a Vanesa en la puerta. Estaba de espaldas y hablaba con alguien. La escuché reír. Primero de forma discreta, después con tanta fuerza que me hizo sospechar que estaba siendo sincera. Me acerqué un poco, lo suficiente para que mi curiosidad no fuese descaradamente delatada tras una esquina con molduras de escayola y varias fotografías desde las cuales don Santiago y Edel parecían censurarme.

—Mamá, ¿qué estás haciendo?

Sí, finalmente fui descubierta y la mirada malhumorada de Vanesa cayó sobre mí. No fue la única. Sergio contemplaba la escena con cara de presenciar un chiste. Uno en el que la protagonista, muy a mi pesar, era yo.

—Iba a preguntaros si queréis un café. Voy a prepararlo ahora —acerté a decir sorteando al menos una pizca de las suspicacias que mi sigilosa presencia había suscitado.

—Ni lo intentes —contestó Vanesa—. He estado buscando por la cocina y no hay ni cafetera ni cápsulas.

—Aquí se hace café de puchero. ¿No lo has probado nunca? —le pregunté—. Te prepararé una taza.

—Echo de menos el Starbucks que tengo debajo de casa. —Miró a Sergio—. Tienen uno con vainilla y... —A partir de ahí mi imaginación fue añadiendo ingredientes como una posesa: arándano azul, semillas de chía, amapolas silvestres y puede que hasta polvo de hadas.

—Perdona, no me ha quedado claro. Entonces ¿quieres café o no? —inquirí con gesto de confusión.

Se dio la vuelta. Dos llamas salían de sus ojos perfectamente delineados para ser las ocho y media de la mañana. Había que reconocer que esa mujer tenía una capacidad innata para estar siempre perfecta. Yo, en cambio, llevaba pantuflas y un pijama que me quedaba grande, pero ¿y lo cómodo que resultaba para dormir? Casi pude ver el aguijón de una avispa asomar sobre sus labios fruncidos. Mientras, aprecié con claridad la forma en que Sergio la repasaba en una mirada a conciencia. Una expresión de profunda contradicción, quizá también de reserva, se apoderó de mi rostro. Algo que no pasó desapercibido para Sergio. Sergio Seoane. ¿Había desaparecido su exnovia? Cuanto me había dicho al conocernos era que ella se había ido. ¿Serían fundadas las acusaciones del padre de esa tal Raquel Silveira?

—Bueno, señoras, ya tengo lo que estaba buscando, así que me voy aprovechando que por fin ha parado de llover —se despidió.

—Disculpa, pero ¿qué es lo que estabas buscando, si puede saberse? —me interesé, forzando que diera media vuelta para volver a mirarme a los ojos.

—Necesitaba algunas herramientas de don Santiago. Para mi casa, ¿recuerdas? Voy ahora hacia allí, confío en que haya sobrevivido al temporal.

Asentí.

—Si todo sale como espero, estaré para la inauguración en El Gato Negro —continuó Sergio— y así podré tomar unos buenos aperitivos. —Dibujó una sonrisa pícara y miró a Vanesa—. ¿Te apuntas?

—No. Yo me quedaré aquí con Alicia, su hija —dijo

mientras me señalaba con un dedo, por si pudiese existir alguna duda sobre la identidad de la madre de la criatura.

—En ese caso, me alegro mucho de haberte conocido. Estoy seguro de que volveremos a vernos.

Vanesa lució ante él un rostro amable, sin rastro de tensión, lo que multiplicaba su belleza hasta hacerla brillar de un modo que no había advertido antes. Quizá porque eso solo sucedía cuando no me tenía delante.

—¿Un café? —le pregunté de nuevo cuando me miró.

Silencio y veneno, no necesité que añadiese nada. Estaba todo muy claro.

71

Carril

De camino a El Gato Negro, los nervios por haber dejado a Alicia me torturaban. Mi cabeza se esforzaba en recordarme que había un coche de policía con dos agentes custodiando la casa de don Santiago. «Alicia va a estar bien. No serán más que un par de horas». Pero no conseguía relajarme. Únicamente lo logré cuando esa voz sarcástica que parecía sacar punta siempre a todo me recordó que ese psicópata, de querer hacerle daño a ella, repetiría el patrón utilizado con Ernesto. Es decir, caí en la cuenta de que Alicia estaría más segura sin mí e infinitamente mejor con la policía cerca. Ahí sí exhalé todo el aire de los pulmones y continué caminando con algo más de sosiego en mis pensamientos. Al llegar a la puerta de El Gato Negro vi a Cynthia moviéndose de un lado a otro mientras hablaba por teléfono. Apoyó el aparato contra su pecho y me saludó sonriente.

—Estoy esperando a Hervé —me dijo.

Asentí con un «de acuerdo, está bien. No te preocupes», al tiempo que le indiqué con una mano que me disponía a entrar ya en el edificio. Una vez dentro, en las inmediaciones de la barra del bar, llamó mi atención una señora de bastante edad con el rostro enrojecido que parecía estar buscando algo con mucha dificultad. Se doblaba por la cintura apoyando una mano en una mesa, se erguía y repetía la misma acción entre las sillas y hasta tras las cortinas del lugar, bisbiseando de aquí para allá, con la vista rastreando el suelo.

—Biss, biss, biss…, *michiño*…

—¿Se encuentra bien? —pregunté cuando se incorporó de nuevo bufando y con la piel completamente arrebolada.

Me dirigió una mirada con más desconfianza que sorpresa en dos grandes ojos negros.

—¿Usted qué es —comenzó a formular de un modo entre errático y desdeñoso que, cuanto menos, me extrañó—, la profesora esa de París? ¿La que va a hablar hoy en lugar de don Santiago?

«¿Cómo diablos sabe esta mujer que yo voy a ocupar el lugar de don Santiago?». Me sentí un poco confundida. Él me había asegurado que nadie lo sabía. Ese había sido uno de los motivos por los que me animé a aceptar un papel en aquel acto.

—Sí. Me llamo Antía —dije al fin, y le tendí una mano que ella analizó en un rápido vistazo para después tocarla apenas con las puntas de los dedos.

—Soy Rosa.

—Encantada —acerté a decir—. ¿Hay algo en lo que pueda ayudarla, Rosa? —manifesté predispuesta a echar una mano y, ya de paso, limar las evidentes asperezas y precauciones que mi presencia despertaba en aquella mujer.

—Estoy buscando el gato. No sé dónde andará metido este *langrán*. Lo único que tiene que hacer es moverse por aquí para dar más gracia al nombre del sitio y ni eso es capaz de hacer.

Entonces recordé al gato negro que había visto la noche anterior. ¿Sería el mismo?, me pregunté en una de esas miradas silenciosas que se quedan suspendidas en el aire como si fuera cuestión de tiempo que la cabeza encuentre una respuesta de la que es imposible disponer. Al final, a falta de certezas me contenté con un «qué va. Habrá decenas, sino cientos de gatos negros por aquí».

Todo estaba dispuesto en la sala donde tendría lugar el acto de inauguración. Habían habilitado una tarima con un atril de metacrilato, un micrófono y una mesa con un par de sillas y otras tantas botellas de agua. Varias filas de asientos plegables se iban ocupando a medida que la gente entraba. A un lado, trípodes con cámaras y operadores con grandes auriculares haciendo pruebas de imagen y sonido. En todas las paredes, salvo en la que estaba cubierta con pesadas cortinas de terciopelo rojo, había referencias a la isla de Cortegada, a la historia del pueblo y, en concreto, al viejo ayuntamiento que había ocupado el edificio y se había convertido en el mítico El Gato Negro. Por último, a la derecha de la tarima que hacía de escenario, una cinta roja esperaba el estelar momento de ser cortada para permitir el acceso a la galería dedicada a Guillermo de Foz. Julián Mosquera entró hablando animadamente con Ignacio Salgado. Detrás, con gesto mustio y ganas de estar en cualquier lugar menos allí, su hijo Alonso. Me saludaron con cordialidad. Ignacio verbalizó un pésame por la muerte de Ernesto.

—Gracias —respondí escuetamente.

El padre apremió al hijo para que siguiera su ejemplo y utilizara la misma fórmula de cortesía, pero Alonso hundió la cabeza y me lanzó discretas miradas que rehuían añadir nada. «No todos tenemos los mismos tiempos», pensé. Todavía era pronto.

—¿Sabes qué? —le dije al joven—. Mi hija Alicia está aquí.

Alonso orientó su rostro al frente, como si algo lo despertase de su amargo letargo, aunque no contestó ni una sola palabra. Algo que no hizo más que acrecentar la decepción e irritación de su padre. También mi propio recelo. Sonreí incómoda y me disculpé señalando que el acto iba a dar comienzo. Mientras avanzaba percibí un olor de lo más desagradable. Me pregunté si alguno de los entremeses preparados para el cóctel se les habría pasado y negué convencida para mis adentros. He ahí la fe que yo tenía en la gastronomía y el buen hacer de la gente del lugar.

Entre los asistentes pude reconocer algunos rostros. La mayoría me sonaban del acto que había tenido lugar en el Mirador de la Rosa. A todos los fui saludando con un movimiento de cabeza, una sonrisa sobria o una mano. También estaba el alcalde, quien sería el conductor del evento. Me vio y se acercó ufano, consciente de que tras él un fotógrafo encuadraba el ángulo perfecto entre su sonrisa, la cinta roja de la galería y, por supuesto, algún cuadro que destilase cultura a raudales. Supuse entonces que Santiago le había avisado de mi presencia, ya que sería él el encargado de presentarme. Con todos los oyentes ocupando sus sitios y los pilotos rojos de dos grandes cámaras grabando, se hizo el silencio en toda la sala.

Tras una breve introducción por parte de quien dirigía el consistorio municipal de Vilagarcía, siguió una detallada descripción de mi trayectoria profesional, que siempre que escuchaba en otra voz conseguía sorprenderme, como si hablaran de otra persona. Los asistentes aplaudieron. Me puse en pie y subí al atril. Desde allí rastreé a los presentes en busca de un rostro amigo o, al menos, lo suficientemente amigable en el que anclar mi mirada por si las aguas de aquel mar de gestos serios comenzaban a bramar y mi currículo no fuera vela suficiente para alcanzar la orilla.

No encontré a Hervé ni tampoco a Cynthia. Supuse que ella estaría todavía fuera, esperándole. Tampoco vi a Sergio. Sin embargo, de pie y apoyada en la jamba de la puerta, me fijé en Rosa, la mujer que había conocido en la entrada, la que estaba buscando al gato. Su gesto malhumorado y suspicaz impidió que me detuviese en ella más de medio segundo. Finalmente, fijé la vista en un retrato de Guillermo de Foz y me dispuse a hablar.

—El nombre de Guillermo de Foz engrosa ya el martirologio de poetas y demás artistas de las letras conocidos como malditos. ¿Quién era? ¿De qué forma sentía para formar parte de esa lista? Una lista en la que los nombres son lo de menos, pues lo que realmente importa es el ímpetu con el que todos ellos vivían, la constante devastación interna que ofrecían en cada verso, en cada palabra e, incluso, en los enormes silencios donde la autodestrucción conectaba con sus emociones, de natural, intensas.

»A través de sus poemas, pero también de otros escritos, el autor nos mostró la realidad. Una realidad que era la suya propia. ¿Podría existir otra?

»El principio rector de un autor como Guillermo de Foz era el mal —lancé una ojeada y aprecié caras de susto en los presentes—. Podría decirse que sí. Porque era un insurrecto. Pero ¿qué era el mal para él? ¿Qué era el mal en el tiempo que le tocó vivir? Y ahí tenemos, de nuevo, su realidad, su visión. El mal era todo lo contrario a la moral impuesta por los poderes de su época. Y es gracias a esta concepción que se ha ampliado nuestra visión del mundo y el transitar de los hombres. A todos aquellos que años después de su muerte todavía podemos leerlos nos han animado a hacer una revisión de nuestros valores, de nuestros prejuicios. A todos. Hasta hoy.

»Los autores malditos alimentan la firme convicción de que el mal está arraigado al ser humano y a la naturaleza.

»Así lo creía Guillermo de Foz al mostrar en sus letras cómo un hombre puede acercarse a Dios y al mismo tiempo descender a los infiernos y hasta encarnar al diablo. El mismo hombre vuela y cae. El mismo hombre puede arder en llamas prisionero de sus demonios, de sus vicios, sus cadenas. Son tantas las posibilidades que muestra la literatura para un mismo ser humano, tan amplia y sensible la imaginación de las pieles que esconde quien escribe.

»Fueron autores como el que aquí nos ocupa quienes asimilaron con amargura y acidez que la predisposición natural del ser humano lo conduce a la violencia contra los demás, pero también contra ellos mismos.

»Y es que los objetivos terrenales no eran suficientes para ellos, pues no eran más que la expresión de una naturaleza que cuanto toca corrompe. Se entiende así que Guillermo de Foz, como otros autores, buscara una resignación a la que agarrarse para sobrevivirse a sí mismo. Bálsamo que no fue capaz de hallar en el arte, tampoco en la religión. Él, al final de su vida, encontró una balsa sobre la que remar en el amor.

»Guillermo de Foz se enfrentó a las lecciones de la Iglesia de su tiempo. Se negó a renunciar a vivir por sobrevivir. No quiso ser un cordero, él quería entender al cordero y cuestionar al pastor. Por eso es un ángel caído. También en la literatura.

»¿Cómo no sentirse oscuramente atraído por voluntades como las que dominaban a los malditos? A ellos que les dijeron: "No pienses en eso", y pensaron. "No escribas", y escribieron. Y, para más inri, lo hacían con una brillantez electrizante, estimulante, que dotaba al pensamiento de mil caminos por los que hoy, todavía a tientas, solo algunos valientes se atreven a deambular. —Percibí que el auditorio me miraba con cara de "no estoy muy seguro de si te sigo" y fui consciente de que debía reconducir la charla, no estaba dando clase en la Sorbona—. Hoy estamos aquí, en El Gato Negro, y no podría ser lugar más acertado, pues es inevitable que este nombre nos recuerde al cuento de otro autor maldito: Edgar Allan Poe. Así que podemos establecer una relación —creí escuchar algo y guardé silencio unos segundos. Al fondo, algunas personas se movían inquietas mirando a un lado y al otro. "¿Qué está pasando?", me pregunté, consciente de que debía continuar con mi intervención—. Decía Poe en otro cuento, *El demonio de la perversidad,* que ese demonio habita en cada uno de nosotros y es responsable del terrible impulso que domina al ser humano. El mismo demonio que se apodera, cómo no, del protagonista de su célebre obra *El Gato Negro*. —La anciana del fondo se movía con el gesto crispado. La señora que estaba a su lado acompañaba con los ojos las instrucciones que parecían dar sus manos. ¿Lo que acababa de escuchar era un maullido?—. Volvamos a este local, a El Gato Negro —intenté continuar—; un centro artístico que hoy es referencia y paradigma de buen hacer para tantos ayuntamientos, por lo demás diferentes. Aquí hoy cobra valor el arte de las letras al inaugurar una galería dedicada a su autor maldito, a un hijo de esta tierra que creció con la vista y los pies en su isla de Cortegada. El mismo que se negó a entregarla a un rey, pese a acabar siendo condenado a muerte por unos actos que tal vez no llegó a cometer nunca. —Guardé un silencio, me había dejado arrastrar por la pasión y la verdad era que no tenía la plena convicción de lo que estaba insinuando—. Guillermo de Foz es un autor muy especial para mí, sin duda, en calidad de profesora de literatura, pero, sobre todo, porque él es parte de mi... familia.

72

Carril

No pude llegar a verbalizar en voz alta y clara el lazo de sangre que indefectiblemente me uniría por siempre con el autor. Solo unos pocos lo habrían escuchado. El gato maulló de nuevo. Y esta vez lo hizo con fuerza. ¿Dónde estaba Rosa, la mujer de la entrada? ¿Estaría tratando de darle caza? La gente se movía con inquietud. Algunos ya se estaban poniendo en pie. «¡Miauuu!», retumbó un eco extraño. Pero… ¿qué estaba pasando ahí atrás? Una ola de asientos vacíos recorrió la sala desde las cortinas de terciopelo rojo que colgaban de la pared del fondo. De pronto, como el telón de una función, el cortinón carmesí se desprendió y cayó sobre las baldosas. No se apreciaba más que un agujero de unos veinte centímetros a ras del suelo. «¡Miauuu!», se escuchó otra vez, con más brío, quizá con el animal más desesperado también.

—¡El gato! —exclamó Rosa, y por cómo actuaba y la miraban los presentes, comprendí que esa señora tenía mando y plaza en el lugar.

«¿Cómo que el gato?», me pregunté antes de bajar de la tarima y acercarme al mismo punto en el que se encontraba todo el mundo dibujando media circunferencia. Ruibal abandonó su silla con el hartazgo y la parsimonia de quien iba calculando los días que le restaban hasta la jubilación. Me agaché y miré lo más cerca que la prudencia me indicaba a través de esa oquedad en una pared que no tenía los mismos acabados que las demás. Ahora ya entendía por qué habían colocado esas horribles cortinas que rompían la coherencia del resto de la estancia: impedían que nadie advirtiese que a las obras todavía les quedaban unos días para finalizar. Un olor pútrido me provocó una arcada. Me llevé una mano a la boca y otra al estómago, quizá pidiendo calma, pero también evitando alcanzar a terceros en aquella nauseabunda circunstancia. Ruibal aguzó una mirada con la que pareció llamar a los dos policías que custodiaban una de las puertas. Se acercaron con un ariete. «¿De dónde lo habrán sacado?», pensé.

Pidieron a todo el mundo que se apartara, a duras penas lo hicieron, y a la de tres, en un impulso, golpearon la pared con aquella arma de asedio pensada para tirar puertas o lo que hiciera falta. «¡Miauuu!». El gato, asustado y cubierto de yeso, nos miró a todos con sus ojos amarillos antes de salir despavorido.

Lo cierto es que yo ni lo vi. Porque nada más caer la pared, frente a todos los congregados, apareció un cuerpo medio descompuesto, con una enorme grieta en la cabeza, que parecía mirarnos. Con un pañuelo que alguien —ni idea de quién— me ofreció, me cubrí la boca y la nariz para así poder acercarme sin riesgo a sufrir más arcadas. ¿Era aquello casual? ¿Debía pasar en ese preciso momento? Pronto no hubo dudas. A los pies de aquel cadáver, una pequeña lata de comida para el minino confirmaba que el animal debía estar allí. Él debía maullar y ser escuchado por los presentes. Todo estaba preparado para que así fuese.

Alcé la vista. La barra colocada en el techo para sostener la cortina había sido seccionada, quizá por una sierra. Alguien había calculado el milímetro justo para conceder unos minutos antes de que el peso de la tela la venciese.

Ocurriría en el momento en que uno de los presentes, alertado por los maullidos de un gato en la pared, apartase la cortina con un manotazo. Alguien… ¿Quién? Parpadeé sin apartar el pañuelo de la nariz. Estaba claro quién. Ya no albergaba ninguna duda. Aquel cuerpo tenía el pecho abierto, evidenciando la ausencia del corazón. Un vacío en el que su asesino había dejado un sobre. Miré a un lado y al otro, me di la vuelta. Los dos únicos hombres de los que disponía Ruibal trataban de controlar el alboroto de los vecinos y de los medios de comunicación. ¿Lo habían grabado todo?

Vi la oportunidad y me acerqué. Esa anciana, Rosa, advirtió mi movimiento y apenas tardó un segundo en acribillarme con sus dos ojos negros. No me importó. Quería saber qué decía esa carta con lacre rojo en forma de flor.

—Su presencia en los escenarios de los crímenes empieza a resultar muy molesta —dijo Ruibal.

—Yo solo quería ayudar —me defendí.

—Pues su forma de ayudar también me resulta muy molesta.

Tendió la mano abierta e hizo un pequeño movimiento con cuatro dedos para animarme a entregarle la carta.

—¿Y bien? —preguntó con desgana—. Ya puestos, dígame, ¿qué opina de todo esto?

—Esta vez se ha inspirado en el cuento de Edgar Allan Poe que da nombre a este lugar, *El Gato Negro*.

Me dirigió una mirada entornada que quería decir «explíquese, pero no me aburra».

—Al final del relato —continué explicando—, el protagonista mata de una forma muy violenta a su esposa y se deshace del cuerpo emparedándolo en el sótano, al estilo de la Edad Media. Estoy convencida de que en la autopsia se confirmará que el motivo de la muerte ha sido un hachazo en la cabeza. Es así como sucede en el cuento. Aunque, por otro lado, quizá el asesino se haya permitido ciertas licencias, porque en el cuento también mata al gato y aquí ha salido vivo y coleando.

—Pues menudo cuento —bufó el mismo hombre que mataba cerdos los fines de semana—. Y la carta, ¿la ha leído? —se interesó al tiempo que movía una vez más los dedos para recordarme que seguía esperando a que la posara encima.

—Iba a hacerlo justo cuando usted ha aparecido.

Ladeé la cabeza y me fijé en que un agente uniformado se acercaba a nosotros.

—Señor, los de la científica han sacado el cuerpo de entre los ladrillos —soltó el hombre con el rostro superado por las circunstancias.

Ruibal retiró la mano y me miró fijamente a los ojos en un gesto que yo interpreté como el consentimiento que necesitaba para leer la carta.

—La forense ha encontrado en un bolsillo la cartera de la chica. Ya conocemos su identidad —continuó informando a su superior.

—¿Es ella? —se impacientó el inspector.

—Sí. Es Raquel Silveira.

—Ese cabrón quería que supiéramos quién era —meditó en voz alta Ruibal.

Rumié el nombre unos segundos. ¿Era la exnovia de Sergio? ¿Dónde estaba Sergio? Los dos policías intercambiaron pareceres sobre cuál debía ser el siguiente paso que dar. Momento en el que yo, de nuevo con la carta en las manos, aproveché para leer lo que el asesino de la rosa tenía que decir.

Dígame que no ha resultado demasiado evidente. Sea honesta y reconozca que la he impresionado. Tengo fe en que así haya sido. Fe. Qué extraña palabra. Más aún cuando la utilizamos para dirigirnos a nuestros iguales o con aquellos que creemos nuestros iguales. ¿Usted es igual a mí, profesora Fontán? ¿Hay oscuridad en su interior? Sé bien que sí. Todos albergamos sombras envueltas en frágil cristal que se quiebra y derrama negras miasmas, los más perversos efluvios de una carne ponzoñosa. Corrupción, nada más que corrupción en lenta caída hacia la muerte.

Respecto a su intervención de hoy, imagino que habrá hablado de El demonio de la perversidad y, si no, lo habrá hecho, directamente, de El Gato Negro. Eso sí es ser predecible.

Una lástima. En cuanto a mí, en cambio, no negaré que me vence el entusiasmo por saber qué opinará el mundo entero de mi obra. Porque yo, a diferencia de usted, abriré noticiarios, me impondré en los rotativos, ¿quién no hablará de mí mañana? Una chica aparece en El Gato Negro. Una chica que, entre usted y yo, a quién le importa. No ha sido más que la arcilla necesaria en la que hundir mis herramientas, las que dos grandes malditos como Guillermo de Foz y Edgar Allan Poe me entregaron para servir a la grandeza de la muerte.

¿Cree en el demonio de la perversidad? Yo no concibo otro. Ahí mi tributo, a él, a ellos, arrancándole el corazón, abriéndole la cabeza y emparedándola. Aunque la relación sea evidente entre las distintas piezas de mi obra, confío en que no subestime mi trabajo. ¿Tiene idea de cuántas horas he dedicado a prepararlo todo? Ha sido un esfuerzo titánico. Pero hoy sonrío satisfecho. Ha merecido la pena.

Y ahora vayamos con ella. Desde el principio tuve claro que todo empezaría con ella. Pero le ruego que no la mire más. Con el impacto de la primera visión ha sido suficiente. Lamento la hediondez que desprende. Es vomitivo. Lo sé. La tuve congelada todo el tiempo que pude, pero la última noche debió pasarla ya en su sitio. Porque su sitio era ese: tras una pared, sin corazón y con la cabeza abierta en dos. ¿Es consciente de lo complicado que resulta dar un golpe certero para quebrar un cráneo humano que no deja de moverse? Extenuante. Así es la vida de un auténtico artesano, de un hombre que trabaja ofreciendo sus manos a una obra de arte.

Puede que esté pensando: «¿Y el gato?». En el cuento el gato muere. No se lo tendré en cuenta. Le responderé encantado: se lo dije una vez, se lo repito, ¿de verdad cree que soy un monstruo? ¿Por qué matar al pobre animal? Qué autor no alberga discrepancias con sus antecesores, sus maestros. La inspiración se eleva, me eleva.

Verteré más secretos, sé que me lee buscando entender la complejidad de mis creaciones. Pues bien, debe saber que llegué a dudar de si confesarle a ella el grandioso plan de mi obra. Pero ¿lo hubiese entendido? ¿Usted qué cree? ¿Entendería que era lo mejor que podía sucederle a su miserable existencia? Pero si no era más que otra rata que aspira a encerrarse en la rueda. Yo la saqué de su agujero y le prometí la inmortalidad. Si lo piensa bien, tiene gracia. Debí explicárselo mejor cuando me vio aparecer con el hacha.

No es que quiera excusarme, pero creo que ella trató de seducirme con un movimiento de caderas. Me miraba de esa forma, creo que me entiende, me rozaba... Yo me contuve, podía ver la lascivia y me repugnaba hasta tal punto que consideré si arrancarle un ojo. Habría sido interesante, teniendo en cuenta que el gato se había librado. Quizá un tanto improvisado, pero hubiese encajado a la perfección en el resultado final de mi obra, ¿no cree? Finalmente, opté por esperar paciente el momento y contentarme con imaginar su cuenca vacía y esa boca redonda que evidencia la más torpe imbecilidad que es capaz de exhibir el hombre, o la mujer, qué más da. Por experiencia puedo decir que no advierto grandes diferencias entre ellos cuando ven llegar la muerte.

Gritó sorprendida con el brillo del metal en sus pupilas. Es posible que buscase algo o a alguien en mis ojos. Solo yo sabía que no encontraría a nadie. Sonreí. Al fin el placer me inundó. Ella iba a morir y era yo quien iba a matarla.

Tenía muy claro lo que quería de ella y ella no iba a estropearlo. Porque casi lo estropea todo. Reconozco cierta crispación en mi actuación y que precipité cuanto iba a pasar. Me vi obligado a acelerar un poco los tiempos que tan bien había calculado. Su padre debería estarme agradecido. Pero claro, los padres, las madres... hacen lo que sea por sus hijos sin saber quiénes son, cómo son, a qué oscuridad darán forma sus pensamientos. Solo les importa salvarlos de todo peligro, ¿verdad? Como el mismísimo Guillermo de Foz. Hablaremos de eso cuando llegue el momento. Porque ahora, es nuestro momento. Por favor, dígame, ¿qué haría usted por salvar a su hija?

Profesora Fontán, bienvenida al acto final.

73

Carril - Paderne

Las frías lenguas del miedo recorrieron todo mi cuerpo para exhalar con glacial aliento terribles presagios en mi mente, en mis entrañas. Estaba paralizada, con los ojos ante abisales pozos negros y el corazón esforzándose en bombear una heroicidad a la que rezaba en silencio. Fue mi sangre, debió ser el calor de mi sangre, la misma que corría por las venas de Alicia, la que activó el aterrador pensamiento. Miré a un lado y al otro. Ruibal frunció el ceño y se acercó. Preguntó algo, no sé el qué, veía moverse sus labios, incapaz de enfocar, de ver nada con claridad. Le entregué la carta, aunque quizá no me la pidiera. Él la cogió en la mano y empezó a leer mientras yo continuaba con la vista en un horizonte ciego. El inspector de policía hizo unos movimientos con las manos avisando a otro agente. Dio una orden. Al momento, este se dispuso a efectuar una llamada. Según pude entender hablaba con los compañeros del coche patrulla que custodiaba la casa de don Santiago.

—Tranquila —empezó diciendo Ruibal—, me dicen que está todo bien.

Lo escuché con toda mi atención concentrándose como lava ardiente en mis ojos.

—La chica sigue en casa. Todo en orden. —Colocó su mano en mi hombro.

Al fin parpadeé y dos lagrimones se deslizaron por mis mejillas, dando gracias al inspector y, sin duda, también al universo entero. Qué horrible trance había pasado.

—Respire, profesora. La llevaré a casa de don Santiago para que se reúna con su hija —anunció—. No está en condiciones para conducir.

Asentí sin añadir nada. Caminamos juntos en dirección a la puerta. Al salir vimos cómo bajaban una camilla con una bolsa blanca ceñida por dos gruesas cintas. En ella iba el cuerpo de la joven Raquel Silveira. Ruibal me tendió un pañuelo para cubrirme la nariz. La pestilencia de la descomposición de la carne nos alcanzaba en rápidos golpes que el viento soplaba desde el mar.

—Llevaré a la profesora Fontán a casa —explicó el inspector a un subordinado—. Nos vemos en la comisaría.

—Inspector, la forense ha dicho que seguramente la tuvieron congelada durante días. Pero claro, si colocaron los ladrillos de esa pared ayer y desde entonces estuvo el cuerpo ahí, con la calefacción puesta toda la noche... —dijo agitando una mano frente a su nariz.

Román Ruibal puso cara de «ya, ya, suficiente».

—Por cierto, señor. ¿Quiere que me encargue de dar la fatal noticia al padre de la chica?

Miré al suelo y pensé en ese hombre. Después miré por última vez la bolsa blanca. Cuántos cuerpos se estaban pudriendo en ella. Pensé en el demonio de la perversidad y negué para mis adentros. El asesino de la rosa era un sádico, un narcisista, un psicópata. ¿Cómo podía disfrutar con todo el mal que ejercía? ¿En verdad creía que era un artista? ¿Veía arte en lo que hacía? Pero ¿cómo era posible que se sintiera un dios para dar muerte y, al mismo tiempo, poco más que una marioneta movida a voluntad por la oscura inspiración de la muerte? No tenía las respuestas. No había nada que yo pudiera hacer por dar fin a aquella locura, a la demencial puesta en escena de un monstruo. Alguien con la retorcida aspiración de pasar a los anales de la historia como un autor maldito cuando no era más que un criminal. Por mi parte, yo solo debía proteger a Alicia. Eso era lo único que importaba. Nos llevaríamos las cenizas de Ernesto a Barcelona, a Buenos Aires, adonde fuera menos continuar allí.

Mientras Ruibal conducía camino de Paderne yo iba ordenando lo que haría al llegar a casa y tras abrazar con muchísima fuerza a Alicia. Haríamos las maletas. Un volcado rápido. De olvidarme algo, le pediría a Edel que me lo enviara. No quería perder ni un solo minuto más. No me importaba dilapidar mi tarjeta de crédito para salir en el primer vuelo a París. O a Barcelona. Abrí mucho los ojos siguiendo el hilo de mis cavilaciones internas: aunque tuviéramos que pasar una noche o dos en cualquier otra ciudad del mundo, saldríamos hoy. Podríamos convertirlo en una aventura entre madre e hija. «Claro», me animé con la idea. Bueno, deberíamos tener en cuenta la siempre valiosa presencia de Vanesa. Por increíble que pudiese parecer ahora, ni Vanesa ni sus modos me preocupaban lo más mínimo. Las decisiones respecto a Alicia las tomaba yo y algo me decía que, una vez conociese lo sucedido, no objetaría nada a salir corriendo.

Pero ¿cómo podía saber el asesino de la rosa que yo daría ese discurso? Don Santiago me aseguró que nadie lo sabía. Estaba claro que se equivocó o que alguien se fue de la lengua. Pero ¿quién? Y ¿a quién se lo dijo, aparte del alcalde y de esa señora, Rosa, en calidad de organizadora? «No, Antía, no. No puedes dejarte llevar por el afán detectivesco. ¿Tienes preguntas que hacer? Claro, normal. Pero ahora hay que actuar deprisa y salir directas al aeropuerto, ¿está claro?». La prudencia de ese sentido que velaba por mi supervivencia se imponía a todo lo demás.

Nada más llegar a la puerta de la casa, acompañé a Ruibal al coche que custodiaba la entrada. Dentro, dos hombres cuyos perfiles podrían haber sido alimentados a imagen y semejanza de su superior, saludaban con amplias sonrisas, migas de bizcocho y restos de ¿chocolate?

—¡Con gente así da gusto! —exclamó el de mayor edad y curvas más pronunciadas.

—¿Habéis estado los dos en el coche todo el tiempo? —les interpeló con cara de pocos amigos.

—La señora Edelmira nos ha sacado una cesta con un tentempié que ha sido todo un lujo, señor.

—Repito —dijo exprimiendo tanto el ceño que dos amplios surcos se volvieron blancos—: ¿ninguno ha estado cubriendo la puerta trasera? ¿La del acceso al jardín?

Los hombres se miraron y empezaron a balbucear excusas.

—Salid del coche, ¡ahora! —ordenó el inspector—. Más os vale que todo esté bien ahí dentro, porque os abriré un expediente ¡a los dos!, ¿está claro?

Me inquieté otra vez. Entré en la casa con la vista en un túnel, con un único objetivo: ver a Alicia.

«Hola a todos». Saludé pertinente mientras mis ojos la buscaban. Ahí estaban todos menos mi hija.

—¿Y Alicia, dónde está Alicia? —pregunté a Vanesa.

—Tranquila, Antía, está bien. Ahora mismo está en el baño. Entró hace apenas media hora, quizá tres cuartos. Iba a ducharse y arreglarse.

—¿Tres cuartos de hora? ¿Eso no es mucho? —preguntó uno de los dos agentes de policía. El que concentraba mayor número de migas sobre la camisa.

Vanesa lo miró con aire de diva y fingido desconcierto.

—¿Mucho tiempo? Es una adolescente. Y pronto será una mujer —asestó con desdén.

El otro subió los hombros estirando los párpados y se sacudió la pechera con la palma de una mano. «Uy, y yo qué sé», parecía decir. Me acerqué a la puerta del cuarto de baño y llamé.

—Alicia, soy mamá, ¿estás bien?

Silencio.

—¿Todo bien ahí dentro, hija?

Silencio. Miré a Ruibal y caí presa del miedo.

—Tengo una llave maestra para abrir todas las puertas —acertó a decir don Santiago desde el sofá en el que llevaba sentado todo el día entre periódicos viejos, anuarios y a saber qué más lecturas.

—Búsquela, por favor —pidió el inspector.

Don Santiago le dio unas indicaciones a Edel, quien rápidamente se dirigió a un cajón para regresar con la llave en una mano.

—Permita que lo haga yo, inspector —dije—. Soy su madre y en caso de que esté escuchando música o lo que sea, la vergüenza siempre va a ser menor conmigo.

—Sí, y el enfado mucho mayor —agregó Vanesa, ajena a cuanto estaba sucediendo.

Ruibal asintió conforme y me dio la llave.

—Alicia, voy a entrar —avisé.

Nada más girar el pomo de la puerta escuché cómo corría el agua en la ducha. Con el leve chirriar de los goznes, una densa vaharada de vapor caliente me envolvió. Los espejos estaban ciegos. Avancé hasta la mampara, completamente empañada y puse mi mano sobre el cristal.

—¿Alicia? —pregunté con el corazón bombeando sangre en mis sienes y en el fondo de mi garganta.

Tragué saliva.

—Alicia, por favor, aquí no se ve nada. Voy a acercarme más. Alicia, ¿me oyes?

No estaba. No había nadie en la ducha.

—No está —grité.

Ruibal entró en el baño apurando los pasos por primera vez desde que lo conocía.

—Hay una ventana —señalé a un lado después de cerrar el grifo—. ¿Cree que alguien se la ha llevado por ahí? —dije con el miedo retorciéndose en mis carnes.

Ruibal echó un vistazo. Abrió la ventana y se asomó. Parecía valorar distintas opciones: altura, acceso, dificultad de entrada y salida.

—Dígame qué piensa —exclamé con los nervios a flor de piel—. ¡Maldita sea! ¿No deberíamos salir al jardín?

Don Santiago, Edel y Vanesa ya estaban al tanto de lo que sucedía. El inspector se había encargado de explicar a sus hombres la situación mientras yo entraba en el cuarto de baño. Todos, hasta don Santiago, avanzamos por el jardín llamando a Alicia. La desesperación me inundaba. Culpas, remordimientos y miles de reproches internos aguardaban su momento para entrar en acción y devorarme. Habría tiempo para eso. Ahora debía estar atenta a cada posible indicio, gritar su nombre, rastrear cada rincón, ¡encontrarla! Caminé pegada a los lindes de los vecinos. Me acerqué mucho. Y, aun así, el perro de los vecinos, de ladrido fácil, no hizo ni un leve sonido. De hecho, ni se inmutó. «Qué extraño», me dije y en pocas zancadas alcancé su caseta.

Era una de esas casitas de hormigón que simulan teja rojiza y que disponía hasta de un ventanuco en un lateral. A escasos cuatro pasos de la entrada advertí la silueta del animal. Estaba tumbado con medio cuerpo dentro del pequeño refugio. Avancé. Observé sus dos patas traseras, una sobre otra. No había lugar para la duda. Con mi mano en su lomo frío entendí que estaba muerto.

No podía ser una coincidencia. Tenía que ser él. Él. El mismo que había dicho que no mataría a un gato, parecía no tener reparos en acabar con la vida de un perro. Pero ¿qué clase de lógica demencial movía el engranaje de aquella mente perversa? «No te compliques buscando una explicación», dijo mi sentido de la proporción. «El gato no le molestaba y el perro, llegado el momento, debió entorpecer sus planes».

Me senté frente al cuerpo del pobre animal y caí derrotada. Alicia no estaba allí, estaba convencida. Si hubiese querido matarla, ya lo habría hecho. La habría dejado en ese mismo lugar para que al encontrarla quisiera arrancarme los ojos con la peor de sus sorpresas. La angustia se apoderó de mí en un *crescendo* vertiginoso desde el que empezaron a precipitarse mis lágrimas. Levanté la vista al cielo y grité para liberar la rabia. Junto con el inspector de policía llegaron los demás. Don Santiago y Edel manifestaban preocupación con ojos tristes y miradas lanzadas a los cuatro puntos cardinales. Vanesa, en cambio, lloraba con el rímel descendiendo en ríos negros por sus mejillas. Me levanté y la abracé. Nos abrazamos. Pude sentir su miedo, su tristeza y la devastación que avanzaba en riadas desde algún lugar entre su pecho y su mente mientras una oscura tempestad me ahogaba.

Una vibración en el bolsillo del pantalón me sustrajo de aquel limbo de naufragio. Era un teléfono. Me disculpé con Vanesa y saqué el aparato. Contrariada, quise entender lo que tenía ante mis ojos. Centré la vista en la pantalla luminosa. Mi respiración se agitaba mientras el mundo giraba desde el ojo de un violento huracán. Vanesa, a mi lado, palideció al leer el nombre de la persona que había enviado el mensaje.

—Ernesto.

—No es posible —dije en un hilo de voz.

Vanesa se acurrucó en el banco de madera, intentando controlar las convulsiones del llanto con las rodillas pegadas al pecho.

—No es posible —repetí.

Ruibal se acercó y sin pedirlo cogió mi teléfono. El sobrecito con el nombre del emisor parpadeaba irritante. Al fin, el inspector se decidió a hacer lo que a mí me estaba costando horrores asumir: abrir el puñetero mensaje y leerlo.

—*Fillo de puta* —gruñó.

—¿Qué pasa? —preguntó don Santiago.

Respiré profundamente y exhalé el aire despacio.

—Cabrón malnacido —insistió Ruibal—. Daremos con él, profesora. Juro que daremos con él.

Tenía que comprobar por mí misma de qué se trataba. Tenía que hacerlo. Un sudor frío se apoderó de las yemas de mis dedos. Temblé. No sé si los demás lo notaron, pero sentí cómo a mis manos les costaba agarrar y sostener el teléfono. Silencio y oscuridad. El abismo se abrió para que mi cuerpo cayese pesado e inerte a gran velocidad hasta estrellarme. No había texto. Ni una sola palabra. Solo una imagen. Una imagen que me impactó en lo más hondo. Allí estaba Alicia. Junto a ella, una rosa.

Tercera parte
Espinas

Qué abismo esconde la rosa si su sombra
clava espinas.

GUILLERMO DE FOZ

«¡Te lo ruego, dime ya, dime, te imploro, si existe algún bálsamo en Galaad!». Dijo el cuervo: «Nunca más».

EDGAR ALLAN POE

La tumba, confidente de mi sueño infinito
(porque la tumba siempre comprenderá al poeta),
en esas largas noches de desterrado sueño,
te dirá: «¿De qué os sirve, cortesana imperfecta,
no haber reconocido lo que los muertos lloran?».
Y te roerá el gusano como un remordimiento.

CHARLES BAUDELAIRE

74

Paderne

Como uno de esos árboles quebrados, con ramas muertas colgando a ambos lados e impúdicas carnes de astillas blancas en sus troncos, así quedó mi ánimo arrasado tras el golpe de aquella fotografía. Mi mente se esforzaba en tomar el control. No consentiría la caída, la espera de la lenta recuperación en un rincón, el sinfín de lágrimas hasta ver qué pasaba. No. Era el momento de levantarme. Así, la orden llegó a mis piernas con inusitada fortaleza para que me pusiese en pie. Asentí, no podía romperme. Se lo debía a Alicia. En la imagen ella aparecía dormida junto a esa flor carmesí. No obstante, lo importante era que estaba viva. Envolví los nervios y demás rémoras de mis pensamientos en un enorme ovillo completamente enmarañado y lo arrojé con saña al vacío. No sabía de cuánto tiempo disponía, pero iba a encontrar a mi hija.

—Le ruego que no me deje al margen —pedí a Ruibal, quien me escuchaba con gesto sombrío.

—La encontraremos, profesora Fontán. Confíe y déjenos trabajar a nosotros.

Traté de influir en él, de hacerle cambiar de idea, «no entorpeceré nada. Puedo ser de ayuda con el asesino de la rosa, porque es un fanático de los autores malditos, ¿no? De hecho, él mismo cree ser uno de ellos». Imploré e imploré, pero aquel hombre era terco como una mula, aunque se moviese pesado como un elefante en el desierto.

—De acuerdo, está bien —desistí—. Concédame al menos la oportunidad de mantenerme informada.

Me miró dubitativo durante varios segundos que me supieron a eternidad. Carraspeó.

—De acuerdo. No creo que eso suponga un riesgo para nadie.

«Algo es algo», me dije. Ruibal me puso al tanto de algunos avances en la investigación, no de todos, sino que consideró ofrecerme «lo justo» para tenerme tranquila. Tal vez entendió lo necesario que era para mí sentirme útil ante la aterradora circunstancia de que a mi hija la había secuestrado un psicópata y todavía no sabíamos con qué finalidad. ¿Qué quería de ella? En ese punto de oscuridad, el miedo se derramaba frío y denso por mi mente, por cada uno de mis pensamientos, susurrando: «Sí sabes lo que quiere hacerle, lo que no sabes es cómo tiene pensado llevarlo a cabo». Me llevé una mano a la frente como si tratara de desactivar esa angustiosa voz. Seguramente estaba en lo cierto y el asesino de la rosa había previsto acabar con la vida de Alicia, pero ¿de qué forma? Y lo más importante, lo que aceleraba cada neurona de mi mente: ¿cuándo?

El inspector de policía me confirmó lo que yo había intuido nada más descubrirse la identidad del cuerpo emparedado en El Gato Negro: que había llegado el momento de hablar con Sergio Seoane. Para ello, una pareja de policías había salido en dirección a casa de sus padres a fin de averiguar su paradero.

—¿A casa de sus padres? —pregunté—. ¿Acaso no vive solo?

—Vivió un par de años con la difunta Raquel en el centro de Vilagarcía. Se trataba de un pequeño apartamento de alquiler que a duras penas podían mantener entre los dos. Ambos tenían trabajos precarios, mal remunerados. Podrá usted hacerse una idea.

En efecto, me hacía una idea. Visto ahora en perspectiva, no era de extrañar que esa chica soñase con un futuro diferente. Solo había deseado una oportunidad, un golpe de suerte. Un leve movimiento de cabeza y la curva invertida que dibujaban mis labios evidenciaron el grado en que me dolía esa situación y tantas similares. Quizá porque me encontraba en aquel pensamiento tangencial, no oí sonar el teléfono del inspector y me limité a escuchar cómo contestaba sin apartarme ni un centímetro de él.

—Debo ir a la comisaría —dijo al tiempo que hacía una señal con la mano a sus dos hombres de uniforme.

—¿Han encontrado a Sergio? ¿Se sabe algo? —pregunté atropellada.

Me miró antes de contestar.

—Sí, sí. Debo irme. La mantendré informada.

Justo cuando lo acompañaba a la puerta, alguien presionó el timbre de la entrada. Me detuve, precavida, antes de respirar profundamente y girar la manilla de metal. Si aquella visita me sorprendió a mí, podría decirse que Román Ruibal no solo no daba crédito, sino que deseaba con todas sus fuerzas que se lo tragara la tierra. Con mis ojos crepitando cual piras el día grande de algún rito pagano, orienté mi rostro al inspector. Impasible, como si no tuviera nada que explicar —o rectificar—, él empezó a toser. Pequeños golpes de tos nerviosa que confirmaban la mentira que acababa de endilgarme.

—Antía, ¿todo bien? —dijo Sergio.

—Pero… ¿qué estás haciendo aquí?

—Me ha dicho mi padre que me busca la policía —reveló acelerado—. Alguna historia en El Gato Negro. Bueno, tú estabas allí, ¿no? ¿Se puede saber qué ha ocurrido para que me ande buscando la policía?

No me correspondía a mí ser la portadora de noticias relacionadas con El Gato Negro y con Raquel Silveira. Ruibal salió de su escondite y se puso frente a la puerta.

—Inspector —murmuró azorado—. ¿Qué ha pasado?

—Eso me lo vas a contar tú —espetó sereno y firme.

—Venga, Román, que ya expliqué todo el otro día —se quejó—. Que últimamente no me dejáis tranquilo.

—Hay novedades, Sergio —asestó quirúrgico el policía—. Pasa y siéntate.

—Llevo prisa —trató de zafarse—. Tengo que ir a calmar a mi madre. Según me ha contado mi padre, la mujer está fuera de sí.

—*Os collóns*, Seoane, *os collóns*. Que te sientes —se enfrentó Ruibal a Sergio sin necesidad de mejor explicación.

Con la calma instalada en su forma de ser y también en sus palabras, resultó impactante escuchar hablarle así. Obligado por las circunstancias —y por el tono del inspector de policía—, Sergio tomó asiento en el sillón que don Santiago ocupaba siempre para leer el periódico.

—*Manda carallo*, Román. Y ¿se puede saber qué quieres que te cuente? Porque estoy un poco perdido… —manifestó, incómodo con la situación que estaba viviendo.

—Hemos encontrado a Raquel —le soltó Ruibal.

Sergio abrió mucho los ojos. Parecía expectante y, al mismo tiempo, iracundo.

—¿Y bien?

—Está muerta —continuó—. El asesino de la rosa la mató y luego dejó su cuerpo en El Gato Negro.

Sergio bajó la vista a los flecos de la alfombra y apoyó ambos brazos en las rodillas.

—Raquel…, no, no me jodas… —murmuró masticando la fatal noticia.

Me pregunté si era real aquella respuesta o si, por el contrario, fingía. ¿Estaba simulando sorpresa, desgracia, calamidad? Pero ¿por qué había venido a casa, entonces?

—Ella se comportaba de una forma extraña —musitó Sergio antes de enderezar la espalda y dirigirse a su interlocutor—. Estoy seguro de que andaba con otro —expresó vencido y con cara de rabia—. ¿Quién? No lo sé. Porque si llego a saberlo... —Movió la cabeza de un lado a otro con la mirada encendida—. Ese tío no lo cuenta. ¿Me entiende, inspector?

—¿Dónde estuviste ayer?

—Reparando el tejado de mi casa.

—¿Desde cuándo tienes una casa?

—Desde no hace mucho. Se trata de algo pequeño, cerca de la *Ruta da Pedra e da Auga*, en Meis. Se la compré a los herederos de Mendoza.

—¿De Mendoza? —repitió con cara de extrañeza—. Pasé por allí esta mañana y esa casa tiene el tejado completamente hundido.

Sergio compuso una mueca de desagrado ante aquella observación del policía antes de contestar.

—Me está llevando un poco más de lo que pensaba.

—Al grano, Seoane.

—*Mi madriña*, cómo estamos... El caso es que esa casa necesita derruirse entera y no guardar ni las paredes. Lo que se había salvado de la maleza y del paso de tantos años fue arrasado por el temporal del otro día. Ya no solo el tejado. Cuando puse un pie dentro, casi se me viene encima de la cabeza una viga de la estructura. Ayer me pasé el día intentando salvar lo poco que quedaba. —Hizo una pequeña pausa recordando algo que podía ser de ayuda en su defensa—. Pero si hasta vine aquí por la mañana a pedir unas herramientas a don Santiago.

Podría haber dicho algo a su favor. Yo sabía que lo de la casa era cierto. También que había estado por aquí buscando útiles para llevar a cabo tareas de reparación, pero no dije nada. Ni pío. Ya no me fiaba de nadie.

—Y ahora, ¿puedo irme? —preguntó el interrogado.

—No tan deprisa. —Salí del rincón en el que había conseguido pasar desapercibida para seguir la conversación.

El inspector inclinó el rostro para pedirme prudencia con dos cejas apretadas. Aunque puede que también me estuviera pidiendo que guardara silencio.

—¿Dónde están las hojas del *Cuaderno de un condenado a muerte*?

Ruibal parecía preguntar «¿el qué?».

—¿Dónde están las últimas hojas del escrito de Guillermo de Foz? —insistí y me dispuse a argumentar—. Me dijiste que las habías perdido, pero la verdad es que me cuesta creerlo. ¿Es posible que te las hayas apropiado para escribir tu novela? ¿Necesitabas inspiración?

El policía nos lanzó indiscriminadas miradas a ambos, como si tratara de atar cabos entre lo que yo decía y cuanto él desconocía acerca de aquel vecino del pueblo que rehuía ayudar en la matanza del cerdo y, sin embargo, podía ser el asesino de la rosa.

—Levanta, Seoane —ordenó sin miramientos—. Te vienes conmigo a comisaría.

—¿Por qué? —protestó Sergio—. Las perdí, es cierto. Tiene que creerme.

—Pero antes de perderlas, las robaste, ¿no? —le replicó Ruibal—. ¿Prefieres que llame a los de Patrimonio y les explicas a ellos por qué te llevaste material inédito de un valor incalculable?

Sergio bufó vencido, se puso en pie y me lanzó una mirada de oscuros matices que no supe interpretar.

—El padre de Raquel sigue convencido de que era contigo con quien tenía planeado marcharse.

—Pero ¿de dónde saca eso?

—Se lo confesó ella misma. ¿Puedes rebatirlo?

El cruce de balas silbaba de un lado a otro de la habitación.

—Creía haberlo explicado ya —protestó—. A los agen-

tes que vinieron a buscarme con el asunto ese del padre de
Raquel. Pero si yo nunca fui santo de su devoción, ¿qué me
está contando?

—La chica le robó dinero a su padre de la cuenta ban-
caria para comprar dos billetes de avión.

—Sí, ya lo sé, me lo explicó con claridad el otro día. ¿Qué
puedo añadir yo a eso? Quería marcharse. Largarse bien lejos
de aquí. Hoy por hoy, ya no la culpo. Su partida me ayudó a
centrarme, a ver otras oportunidades en mi propia vida.

—El padre de tu exnovia afirma que los billetes eran
para ella y para ti —esgrimió taxativo y beligerante un Ruibal desconocido para mí.

Sergio se revolvía nervioso en el sillón.

—Pero... vamos a ver, inspector, ¿para dónde eran esos
puñeteros billetes de los que me habla?

—París.

—¿París? —preguntó frunciendo el ceño, como si de
pronto cayese en la cuenta de algo—. ¿Qué coño se me ha
perdido a mí en París? A ver, dígamelo —desafió al tiempo
que se cruzaba de brazos.

«¿Cómo que París?», repitió la histriónica voz de una
diminuta detective que saltaba como un resorte dentro de mi
cabeza.

—¿A nadie se le ha ocurrido pensar que igual ella quisiera proteger a su amante? —añadió Sergio, retórico y profundamente molesto.

Ruibal levantó las cejas al tiempo que apretaba los labios, valorando aquella posibilidad.

«París. ¿París?». Mi cabeza daba vueltas a una idea que
no encontraba toma de tierra ni tampoco eslabón al que agarrarse sin que resultara especialmente estremecedora. De
todas las grandes ciudades del mundo, Raquel Silveira, justamente había sacado billetes para viajar a París. Ya confesé
una vez que no creía en las coincidencias ni confiaba en las
casualidades, así que no encendería una vela esperando a ver

qué pasaba. Salí despacio hacia la cocina en dirección a la puerta del jardín. Debía hacer unas cuantas averiguaciones por mi cuenta antes de preguntarle a Ruibal en qué había quedado la conversación con Sergio. No podía perder más tiempo.

Vanesa permanecía hecha un ovillo junto a la ventana con una taza de chocolate caliente en las manos. Sus ojos estaban tan hinchados que llegué a dudar de si me veía o era capaz de distinguir algo. Edel se movía de un lado a otro de la cocina con una expresión de «esto no me gusta nada». No la conocía desde hacía mucho tiempo, pero me había mostrado que era una mujer que sabía enfrentarse a la adversidad. Demonios y fantasmas debían dar tres golpes de aldaba y esperar a que ella decidiese abrir o no.

—¿Adónde vas? —me interpeló con alma de guardián de la puerta.

—Necesito tomar el aire —le mentí, consciente de la posible repercusión que tendría confesarle que iba en busca de Alicia, para lo cual mi gran plan era salir a la calle en dirección a ninguna parte.

—¿Qué ha pasado ahí dentro? —quiso saber.

—Parece que la joven Raquel, la exnovia de Sergio, había sacado dos billetes para París —respondí para satisfacer su curiosidad.

Edel frunció el ceño y se apoyó en la encimera.

—¿Qué pasa? —pregunté.

—Me está viniendo algo a la cabeza…

—Edel, por favor…

—Uy, no sé si tiene importancia, ni siquiera estoy segura de que tenga mucho que ver, pero… ¿sabes quién es Merche?

—¿Quién?

—No importa. —Hizo un gesto con una mano y con la otra se llevó una taza con infusión de hierbaluisa a la boca—. El caso es que Merche trabaja en el hotel Carril desde hace muchos años. Es una mujer muy seria. Cuando dice algo no lo dice porque sí, ¿sabes?

Asentí.

—Bueno, pues Merche me contó que la noche antes de morir tu… —Edel lanzó una mirada tanto a Vanesa como a mí—, bueno, ya sabes, Ernesto… Dios lo tenga en su gloria, dijo que lo había escuchado hablar con alguien en la calle, al frente de la recepción y que parecía molesto. Como si discutiesen.

—¿Y por qué no se lo ha contado a la policía? —repliqué.

—Oh, sí, se lo dijo, ya lo creo, y además insistió mucho en que hablaban los dos un perfecto francés.

Vanesa miró a Edel. También yo clavé mis ojos en ella.

—¿En francés? —No daba crédito.

—Sí, sin lugar a dudas. Eso me dijo. Y no solo a mí. Lo escucharon tanto Pepa como la pescadera. Lo recuerdo bien porque ese día compré una merluza de pincho que era un manjar —argumentó creyendo que quizá era necesario para dotar de mayor verosimilitud el poder evocador de su memoria.

En ese momento, una pregunta se dibujó con fuerza dentro de mi cabeza: «¿Dónde está Hervé?».

75

Paderne - Carril

Regresé de nuevo sobre mis pasos y me dirigí al salón. Desde lo alto de las escaleras alcancé a ver que la puerta de la entrada estaba abierta. En el recibidor, Ruibal hablaba con Sergio. Me detuve a varios metros, tras una librería, para escuchar con nitidez algunas preguntas y respuestas del interrogatorio.

—Así que quieres ser escritor, ¿eh? Vaya, ¿sabes quién quiere ser también escritor? El asesino de la rosa. No dejo de pensar en lo oportuno que ha sido siempre que estuvieras en los escenarios de los crímenes… En todos, salvo en el de Raquel, tu exnovia.

Sergio resoplaba.

—¿De verdad, Román?

—No hay más que hablar: te vienes conmigo a la comisaría. Explicarás tu falta de coartada para ayer por la tarde y también lo de ese escrito de Guillermo de Foz que te agenciaste.

Una vez salieron por la puerta, don Santiago volvió a su sillón. Se mostraba inquieto, rodeado de periódicos viejos y de multitud de fotocopias de documentos antiguos. Todos con el escudo del desaparecido ayuntamiento de Carril, manuscritos con una caligrafía difícilmente legible. Examinaba cada una de las hojas bajo una gran lupa para, después, negar con la cabeza, prisionero de una batida incansable. ¿Qué estaba buscando? La pregunta cruzó mi mente como un rayo al que no traté de detener. No había tiempo para eso ahora.

Saqué el teléfono del bolsillo, abrí el mensaje que había recibido desde el número de Ernesto y me encontré de nuevo con el rostro de mi hija. El corazón se contrajo en mi pecho con un dolor punzante. Apagué la pantalla no sin antes fijarme en la hora que marcaba el reloj, consciente de que cada minuto que pasaba sin Alicia era una posibilidad perdida de encontrarla a salvo. Salí por la puerta sin decir adiós. Creo que ni siquiera me despedí de don Santiago, aunque a juzgar por lo enfrascado que estaba en aquella labor, ni se enteró.

Una vez en la calle, vi humo saliendo por la chimenea de la casa de al lado. Los vecinos habían reaccionado con rapidez tras la llamada que había hecho la policía por la fatal pérdida de su perro. No había rastro de la silueta del animal en su caseta y pensé que ya lo habrían enterrado. «Pobrecillo», me dije. Él se había limitado a llevar a cabo aquello para lo que había sido adiestrado: defender la casa, vigilar el perímetro y alertar con estridentes ladridos de cualquier visita. Algo que había cumplido siempre con extraordinaria agudeza, al menos desde que yo me movía por allí. Qué potencia tenía ese perro en las cuerdas vocales. Recordé la última vez que lo había visto con vida. Era de noche. Justo la noche en que Hervé se había presentado en la puerta de la casa de mis anfitriones con el pretexto de estar preocupado por mí. Me había dicho que tenía algunos problemas con Cynthia, pero sin detallar nada. Tampoco me había aclarado ninguna de las cuestiones que yo le había planteado. ¿Dónde había estado en los días previos a la muerte de Ernesto? ¿Quién había enviado desde la Sorbona el libro de Unterweger a

Alicia? Él sabía que mi autor favorito era Edgar Allan Poe. Fue él quien me regaló una valiosa edición del cuento *El Gato Negro*...

Respiré. Estaba claro que había perdido el control del hilo argumental. Y la sombra de la duda se derramaba oscura sobre Hervé. «Mi querido Hervé...», suspiré. Volví a respirar. Llené de aire los pulmones. Necesitaba silencio y calma. La serenidad llegó en notas de hogar con olor a leña quemada que volaba y se mezclaba con la melancolía de unas nubes que, sin llover, lloraban. Me acerqué al coche. Un tímido velo de agua lo envolvía. Antes de arrancar, llamé a Hervé con el presentimiento, más bien la convicción, de que no conseguiría hablar con él. Dejé que el teléfono agotase tonos hasta que saltó el contestador. Al escuchar su voz, una chispa dentro de mi pecho saltó antes de hundirse en un cenagal donde las preguntas se retorcían y devoraban como negras sombras.

Tras la llamada fallida a Hervé, probé suerte con el número de Cynthia. Muy a mi pesar obtuve el mismo éxito en mis dos intentos por contactar con los únicos dos franceses que yo conocía en aquel lugar: mis amigos. En ese punto, no valoré más opción que acercarme al hotel en el que se hospedaban y confiar en que estuvieran allí. Porque ¿dónde diablos estaban?

Dejé el coche atravesado en la puerta del hotel, en una zona reservada para carga y descarga de viajeros. En cuanto tiré del freno de mano, la expresión de un «malo será» brilló en el poco optimismo que a esas alturas conservaba mi cabeza. Diligente y con el paso un tanto acelerado, entré con la vista clavada en la recepción. Tras el mostrador se encontraba el mismo joven de sonrisa amable que me atendió cuando fui a la habitación de Ernesto, aunque nada más verme aparecer, su rostro se ensombreció. Sin duda, él también recordaba la última vez que había estado por allí. Intercambiamos un par de saludos cordiales con una incomodidad más o menos manifiesta y, sin más demora, le pregunté por la habitación de Hervé y Cynthia.

—Repítame los apellidos, por favor —pidió el recepcionista.

—Hervé García y Cynthia Dubois.

—Perfecto, aquí están —dijo sin apartar los ojos de la pantalla del ordenador.

—¿Puede decirme el número de habitación?

—Lo siento, señora Fontán, pero no estoy autorizado a hacer algo así. La ley de Protección de datos...

—Ya, ya —interrumpí—, es muy importante, de no serlo no se lo estaría pidiendo —le rogué.

Él pareció dudar y tragó saliva, nervioso.

—¿Qué número de habitación necesita?

Lo miré confundida.

—Se lo acabo de decir...

—No, me refiero a cuál de las dos —me interrumpió—: la habitación de la señora Dubois o la del señor García.

Redonda y obtusa, la sorpresa desbordó la expresión de mi rostro.

—¿Cómo? ¿No se alojan juntos?

El recepcionista se sobresaltó en la silla con un gesto que parecía decir: «Ya me he ido de la lengua».

—Lo siento mucho, señora Fontán —balbuceó—, pero no puedo decirle nada más.

Me di la vuelta, decepcionada, pensando en qué hacer, cuando la suerte —algún tipo de suerte difícil de calificar— vino a visitarme.

—Pero ¿se puede saber de quién es ese coche que está aparcado en la puerta? ¡Casi lo arrollo! —dijo un conductor de autobús con dos brazos de hormigón armado.

No dije nada. Como si no fuera conmigo, fingí no ser la responsable del nudo provocado en la entrada del principal hotel del lugar. El joven de la recepción se vio obligado a levantarse de su silla para calibrar el desastre en la calle y, por tanto, a descuidar su puesto de trabajo durante unos largos minutos. Los necesarios para que yo me acercase a terminar la búsqueda que acababa de ejecutar el empleado del hotel. Introduje en el ordenador el nombre de Hervé y su apellido, García. Apreté el puño en un gesto triunfal. Repetí la operación con Cynthia y ¡bingo! Ya tenía los números de habitación de ambos.

Me deslicé como alma que lleva el diablo por el pasillo que desembocaba en las escaleras. Subí trotando, como no recordaba hacerlo en años —décadas, más bien—. Por suerte no eran más que dos plantas, porque la tercera hubiese tenido que subirla con una bombona de oxígeno.

Tras la sorpresa de averiguar que Hervé y Cynthia habían reservado habitaciones individuales para cada uno de ellos, una mayor extrañeza me asaltó al descubrir que estaban en distintos pasillos. Uno en una punta y el otro, en la otra. Siempre cabía la posibilidad de que hubiese sido un fallo de comunicación con el hotel al efectuar las reservas, ¿o quizá no era casual y había sido un requisito solicitado por ellos?

La primera puerta a la que llamé, deseando con todas mis fuerzas que estuviera dentro y me abriera, fue la de Hervé. Estaba mucho más unida a él que a Cynthia. Trabajábamos juntos, teníamos mucho en común y, lo más importante, lo sentía como mi amigo. Estatus ese que yo no acostumbraba a regalar a la ligera. Consternada por lo infructuoso de mi insistente llamada, me rendí tras varios minutos en su puerta. No deseaba llamar la atención de alguna empleada de la limpieza o de otro huésped en el hotel.

Caminé hasta el número de habitación de Cynthia. Di un par de golpes con los nudillos y antes de ejecutar, preciso y contundente, un tercero, la puerta se abrió. Con el gesto circunspecto y a la vez intimidatorio de un presidiario que aborrece su celda pero no concibe otro lugar al que ir, Cynthia me recibió en silencio con los brazos cruzados.

—¿Sabes dónde está Hervé? —disparé sin saludar primero, lo que quizá no fuera la mejor forma de empezar una conversación.

—Podría hacerte la misma pregunta, Antía.

Enmudecí con aquella respuesta y lo poco amigable que parecía su voz.

—Te llamé por teléfono antes de venir —dije—. También a Hervé. No sabía que estabais... —señalé el otro extremo del pasillo de forma inconsciente.

—¿En habitaciones distintas? —terminó la frase ensartando cada palabra en ácidos interrogantes—. Sí, ya ves. A veces las cosas no salen como una espera. —Hizo una breve pausa en la que yo también guardé silencio—. Bueno, supongo que eso es algo que tú ya sabes. —Al fin sentí que suavizaba un poco el tono y dejaba la lanza en el suelo.

—¿Puedo pasar? —pregunté.

Ella asintió. Una vez nos vimos las caras en la claridad que el día expandía a través de la ventana, pude apreciar la palidez que cubría su rostro. El color exhausto de quien había encadenado largas horas de desvelos.

—No sabía que os encontrabais en este punto. —Me acerqué a ella para ofrecerle consuelo. Pude sentir bajo la mano que había colocado en su hombro cómo se encogía levemente.

—Me pregunto si alguna vez estuvimos en algún otro punto. Incluso si alguna vez estuvimos en el mismo punto los dos juntos. —Cargadas de pesadumbre, sus reflexiones asomaron sin pedir permiso.

La mirada de Cynthia se desvaneció en el horizonte. Sentada en la orilla de ese mar de preguntas que mecía el día después de una tempestad, ella parecía esperar que las olas le entregasen alguna respuesta. Yo conocía bien esa sensación de naufragio, de pérdida, de barco hecho trizas, de maletas abiertas, de regalos y demás pertenencias flotando, rotas e inservibles.

—Tal vez tenga solución.

—¿Tuvo solución para Ernesto y para ti?

«Menudo golpe. Debería haberlo visto venir».

—Eso es distinto —dije tratando de reconfortarla—. Ernesto me dejó por otra mujer. E incluso así puedo asegurarte que se supera. Nadie pertenece a nadie, Cynthia. En el momento en que uno quiere volar solo, la única pregunta que tiene cabida es si abrir o cerrar la jaula para los dos.

Tomó distancia para escrutarme.

—No tiene por qué pasaros lo mismo —conjeturé, confiando en no soliviantar más su ánimo—. Pero si llegara a suceder, no es el fin del mundo. Duele. Duele mucho, porque tendemos a ver a nuestras parejas como si fueran de nuestra propiedad, pero no lo son, no lo somos. Ni ellos, ni nosotras. Somos libres. Tan libres como para decidir día a día, paso a paso. La vida es muy corta; sin embargo, las condenas pueden llegar a ser extremadamente largas.

Su mirada se afilaba. Tal vez ella no estuviese todavía en el punto en el que yo me encontraba. Puede que necesitase pasar por varias fases antes de alcanzar cierta paz.

—No soy como tú, Antía —pronunció esas palabras con intención de trazar una amplia línea roja entre las dos—. Ni siquiera sé por qué te he contado nada.

Reconozco que en ese momento llegué a preguntarme si Cynthia y Vanesa se habían hecho amigas o habían sido siamesas en una vida anterior. «Cuánta hostilidad».

—Perdona, no pretendía inmiscuirme —acerté a decir para excusarme.

—¿Inmiscuirte? Vaya… —murmuró.

Fingí no haber oído nada.

—Yo solo quiero saber dónde está Hervé —dije con aplomo.

«Qué mal momento», pensé sin dar un paso atrás en mi búsqueda de respuestas. Tenía la vital necesidad de encontrar a mi hija. Qué me importaban ahora mismo los problemas de pareja de Cynthia. Absolutamente nada.

—¿Hervé? —preguntó con cinismo—. Dijo que necesitaba hablar contigo, que iba a la casa esa en la que estás en Paderne, tenía que salir a buscarte. «Antía, Antía…» —dramatizó burlona—, parece que a día de hoy no hay nada más importante en su cabeza.

Lejos de un mínimo destello de lucidez o sensatez, Cynthia empezó a desbarrar.

—Intenta descansar un rato. Te sentará bien —dije sin pretender que sonase tan condescendiente como ella percibió.

Creo que fue esa voz cáustica que anidaba en algún rincón de mi mente la que debió hablar por mí.

Abrió la puerta de la habitación para que yo saliera. Me di cuenta de que sus manos temblaban a consecuencia de los nervios. Poco más podía hacer por ella ahora.

—¿De verdad no sabes dónde está Hervé? —me preguntó con lágrimas en los ojos.

Negué con la cabeza completamente desarmada ante su padecimiento.

—Espero que encuentres pronto a Alicia.

Me di la vuelta justo antes de cruzar el umbral de la puerta y coloqué una mano en la jamba de madera.

—¿Qué acabas de decir?

Ella me miró con los ojos muy abiertos.

—¿Cómo sabes que mi hija ha desaparecido?

Su pecho subía y bajaba. Un leve jadeo provocó el movimiento involuntario de sus labios.

—Hervé. Él me lo dijo.

76

Vilagarcía de Arousa

Cuando puse un pie en la calle, recordé el incómodo asunto del coche. Lo había dejado atravesado en la puerta del hotel, impidiendo el paso a un autobús, así que cuanto estaba sucediendo, por inverosímil que resultase, siempre sería mejor que despedir al pequeño Renault con un pañuelo blanco mientras la grúa lo arrastraba calle abajo en dirección a un depósito de cuerpos de chapa y pintura.

Creo que llegué en el último impulso. El conductor de autobús y otros dos hombres de hercúleos brazos y mirada de guerrero celta levantaban el coche a fin de girar sus cuartos traseros. Mientras, otro, con busto de ancla y proverbial instrucción, daba órdenes a izquierda y derecha, arriba y abajo. *«¡Abaixo non, carallo!* ¡Arriba, arriba! ¿Somos hombres o gatos?».

«¿Gatos?», preguntó una voz que se asomaba desde algún lugar de mi sorprendido razonamiento, sin entender la inclusión del minino en la indicación. El coche subía y bajaba desafiando la amortiguación y pensé en don Santiago. Él era el dueño del vehículo. ¿Le había pedido permiso para cogerlo? Tenía muy claro el orden de prioridades. Lo importante ahora era ir a hablar con Ruibal y encontrar a

Hervé. Hervé... ¿Qué tenía que ver él en la desaparición de Alicia?

Con el coche bien ajustado dentro de una plaza de aparcamiento, esperé paciente, disimulando cuanto pude hasta que no quedaba nadie alrededor. Algo que sucedió poco después, como una auténtica estampida, cuando los fornidos voluntarios se dispersaron entre miradas de aprobación y embeleso de los presentes. Cierto es que algún rasgo de nostalgia apoyada en el cabezal de bastones, quizá un lejano día marineros, también pude observar.

Una vez dentro del habitáculo, conduje ensimismada hasta llegar al destino que mi juicio gritaba era al que debía ir: a la comisaría de policía. Tenía que ver a Ruibal, explicarle mis conjeturas, mis dudas, mis miedos, confiando en que él me tomara en serio. La empleada del hotel Carril, Merche, había escuchado discutir a Ernesto con alguien que hablaba también perfecto francés. Además, Hervé le había contado a Cynthia que había desaparecido Alicia. Esas dos piezas de información pellizcaban cada uno de mis pensamientos. ¿Cómo podía saber él que había desaparecido mi hija? Y ¿dónde diablos se había metido?

Entré decidida. Por suerte, la comisaría de Vilagarcía de Arousa no era muy grande y estaba casi vacía. La mayor parte de la plantilla de agentes estaría en la calle, patrullando en busca del asesino de la rosa. Al menos, eso quise creer.

El policía que ocupaba una mesa en la entrada levantó la vista para saludarme con curiosidad bajo dos pobladas cejas de ensortijadas canas.

—¿Puedo ayudarla en algo?

Al fondo, tras una mampara, la cabeza de Ruibal asomó como un búho en mitad de una noche que se le estaba haciendo muy larga. Frente a él intuí la silueta de otra persona. Seguramente Sergio. ¿Seguía allí? Si el interrogatorio no había finalizado todavía, tal vez el policía hubiese detectado ciertos indicios inculpatorios. Seguro que Sergio ocultaba algo, pero estaba convencida de que no era el único.

—Necesito hablar con el inspector Ruibal —anuncié.

Ruibal levantó una mano e hizo señas en el aire animándome a avanzar hasta él.

—Pase, pase —dio por toda indicación el agente de cabellera gris y, sin más, se zambulló de nuevo en la pantalla de su ordenador.

Arrellanado sobre una silla, Sergio me saludó con profundo aburrimiento.

—¿Puedo irme ya? —preguntó a Ruibal.

El policía se limitó a mirarlo con indolencia.

—Inspector —intervine—, necesito contarle algo muy importante. Creo que debería encontrar a...

—Espere un momento —me interrumpió con una mano en alto, como si fuera un guardia de tráfico y yo una pequeña vespino que responde clavada en el asfalto—. Antes de nada —me pidió con tal nivel de sosiego que los nervios me picaban en las manos—, quiero que escuche algo.

Parpadeé confusa, a la espera de que diera la orden para continuar.

—Sergio —se dirigió el policía—, por qué no le cuentas a la profesora Fontán qué fue lo que pasó con esas hojas de... —hizo una pausa para buscar algo entre las anotaciones de una cuadrícula de papel— el *Cuaderno de un condenado a muerte*, de Guillermo de Foz.

El otro se escurrió en la silla y estiró las piernas cuanto pudo bajo la mesa antes de resoplar y evidenciar lo mucho que le exasperaba aquella situación.

—Es para hoy —azuzó Ruibal.

—El día del reportaje en el monasterio de Armenteira, como te había contado y en qué mala hora se me ocurrió, encontré esos papeles que el padre Danilo de Foz había escondido con tanto escrúpulo entre las piedras y se los oculté a Mosquera.

Sergio inició su relato con unos mimbres descriptivos que el inspector intuyó minuciosos y rápidamente se dispuso a reconducirlo.

—Al grano, Seoane. Todo eso ya lo sabe.

—Menudas formas te gastas, Román —bufó con un punto de indignación por el trato recibido.

Ruibal alzó las cejas insistiendo en que avanzara en cuanto debía contar.

—El caso es que después me fui, como tantos días, a tomar unos vinos. Algo que, hasta donde sé, no está prohibido, ¿no? —Lanzó una mirada al policía, pero este ni se inmutó—. Allí estuve hablando con los parroquianos, ya sabes…

«¿Adónde quieren ir a parar?». Estaba empezando a sentirme muy incómoda con la imposición de escuchar sin un fin claro en el horizonte de aquel relato.

Sergio continuó hablando.

—Entre ellos, sé que hablé largo y tendido con un tipo. Un tipo más joven, quizá entre veinticinco y treinta. Puede que más, yo qué sé —farfulló Sergio con desgana—. Era un tío discreto, de esos que saben escuchar, ¿entiendes cómo te digo?

«Y tú y tus vinos sois más de saber hablar, ¿no?», dije para mis adentros, pero lo oculté en un lento asentir de mi cabeza.

—Supongo que serán así todos los suizos —soltó sin más.

—¿Suizo? —preguntamos al unísono Ruibal y yo.

Miré al inspector con cara de sorpresa.

—Antes no mencionaste que fuera suizo —espetó el policía.

—¿Ah, no? —dijo Sergio—. A ver, es que no es una novedad que haya un suizo por aquí. De hecho, me sonaba muchísimo su cara. Creo que incluso jugábamos juntos de críos.

—¿Y eso fue en el primer vino o después de abrir la segunda botella? —ironizó Ruibal.

Sergio hizo una mueca con ojos entornados antes de seguir hablando.

—¿Cuánta gente no emigró de aquí a Suiza? ¿Cuántos no mantienen residencias para venir en verano?

—Está bien —le cortó el inspector al intuir que podía abrirse una línea tangencial dentro de la conversación—. Continúa, por favor.

Con el gesto más relajado por la repentina muestra de respeto de Ruibal, Sergio se dispuso a seguir.

—No estoy en condiciones de asegurar si él me robó esas hojas. —«Por los vapores de la mismísima sangre de Baco», supuse—. Pero hubo un momento en que me levanté al lavabo y dejé mis cosas, entre ellas la mochila con las hojas, sobre una silla. Al volver, el tipo se había esfumado. Una vez en casa, descubrí que las hojas no estaban en el lugar en el que las había guardado.

—Pero ¿cómo es posible que descuidases así tu mochila? ¿Eres consciente del incalculable valor de la pérdida? —exploté ante los ojos redondos de ambos hombres.

—Esto es un pueblo, Antía —contestó él—. En El Gato Negro nos conocemos todos. O casi todos...

—¿El Gato Negro?

77

Vilagarcía de Arousa - Paderne

El inspector de policía dejó libre sin cargos a Sergio Seoane. Al menos, de momento. Una vez sola frente a Ruibal, precipité mis dudas y cuanta información me ardía en la boca respecto a Hervé. Le pregunté por la conversación que Ernesto había mantenido en perfecto francés con alguien la noche antes de morir.

—Lo estamos investigando —dio por toda respuesta.

—He estado hablando con Cynthia, su pareja —compartí con él—, y ha sucedido algo cuando menos perturbador: me ha trasladado que conocía la desaparición de Alicia... por Hervé. ¿No le parece extraño? Y lo peor de todo es que nadie sabe dónde está Hervé ahora.

Enarcó una ceja en un horizonte de dudas en el que quizá él ya barajase alguna respuesta, pero que no estaba dispuesto a compartir conmigo. Me despedí en la misma puerta de la comisaría, convencida de que no tardaríamos en volver a vernos, pues el tiempo era un bien escaso que yo no podía seguir perdiendo lejos de mi hija. Sin saber dónde estaba o qué estaría padeciendo. Agité la cabeza con los ojos cerrados, negándome a hurgar en los oscuros caminos a los que mi mente se asomaba. Ruibal arrancó un coche oficial con las luces girando en todas direcciones y una ruta tan clara como recta en el GPS: El Gato Negro.

—¿Quiere acompañarme? —preguntó para mi absoluta sorpresa.

Le dije que no. Debía hablar con don Santiago. Tanto él como Edel me habían comentado en una ocasión que eran asiduos a aquel establecimiento con nombre de cuento de Allan Poe, como tantos vecinos. El centro era el punto de encuentro en el que se reunían a tomar el vino, puntuales a la hora del vermú, del mismo modo que un día sus antepasados se reunirían en la misa de las siete. ¿Estarían ellos dos allí el día que Sergio entabló conversación con ese chico suizo? ¿Habrían visto algo susceptible de sospecha? ¿Qué estaba buscando don Santiago en aquel revoltijo de papeles viejos?

Abrí los ojos con las manos apoyadas en el volante y formulé para mis adentros una pregunta que me carcomía: ¿Tendría algo que ver don Santiago con el hurto de aquellas hojas de Guillermo de Foz? Recordé el bloc y las anotaciones que llevaba encima el día de su angina de pecho. ¿«Vigilar a Antía»? ¿«Hablar con Hervé»?

La llave en la cerradura de la entrada encontró resistencia y me vi obligada a llamar al timbre. Edel me abrió con gesto azorado y una mano en la frente, como si buscase tomar la temperatura a un mal que no era capaz de atajar.

—Perdona, hija, debí girar la llave en algún momento. Por precaución.

—Tranquila, Edel —acompañé mis palabras del aliento que su ánimo necesitaba—. ¿Alguna novedad por aquí?

—La verdad es que yo ni me había dado cuenta de que habías salido. Estuve hablando por teléfono con Pepa. Está muy disgustada porque se han llevado a su hijo a comisaría.

—Pronto podrá verlo —informé—, el interrogatorio ha concluido y Ruibal le dijo que podía marcharse.

Entramos cruzando el salón, una al lado de la otra. Don Santiago no estaba en su sillón. Miré a un lado y al otro de la estancia. A punto estuve de mover las cortinas y de husmear bajo el velador ¿Dónde se habría metido? La chimenea crepitaba en armoniosa calidez. Edel carraspeó y se dio un par de golpes en el pecho.

—Virgen santa —exclamó.

Alcé la vista en dirección al punto en el que sus ojos se habían quedado clavados. En lo alto de la escalera, con una mirada hundida y oscura, Vanesa me observaba. En su rostro podía leer desafío, con brazos exánimes, y algo en su mano derecha que debía pesar más que el mundo, su mundo entero. Tragué saliva. Había encontrado la cartera de Ernesto. En ella, ni rastro de su nueva vida con Vanesa. Nada más que la fotografía de la familia que un día fuimos: él y yo con Alicia. «Ahora no, Vanesa, por favor. Ahora no». No dije ni una sola palabra. No en voz alta. Me negué a dar prioridad a sus emociones y me dispuse a buscar a don Santiago. Me coloqué de espaldas a Vanesa, dejando muy claro que no pensaba escuchar nada que no me acercase a mi hija.

—Edel, ¿tienes idea de dónde puede estar don Santiago? —le pregunté.

—Uy, pues hace un momento estaba por aquí. Juraría que sí, pero… quién sabe. Hoy no tengo la cabeza en su sitio. Ya me entiendes.

Devolví una mirada compasiva.

—¿Es posible que haya salido al jardín?

—Imposible, lo habría visto pasar. —Hizo una pausa y se esforzó por ofrecerme alguna otra posibilidad—. Igual ha subido al dormitorio. Voy a ver —dijo con pasos diligentes, alcanzando la escalera.

Vanesa se hizo a un lado y bajó a acurrucarse en el sofá. Edel se dio la vuelta y me miró.

—Ven conmigo —pidió.

Eso hice. Sin dudar.

—Mejor ve delante —dije, prudente—. Yo te seguiré.

La puerta de su habitación estaba cerrada. Sobre un anaquel de madera barnizada, un pequeño florero lucía un puñado de rosas rojas que habían empezado a marchitarse. Cuatro pétalos como extensas lágrimas de sangre lloraban a los pies de la porcelana. Muy cerca, una ventana entornada se abrió al grito de un viento que reclamaba más pétalos, más sangre, más lágrimas que llorar. Sentí un escalofrío y la extraña sensación de un mal augurio. Edel giró el pomo de la puerta al tiempo que yo me dispuse a cerrar con determinación la ventana. Nos adentramos en el cuarto las dos a un tiempo.

Don Santiago estaba tumbado sobre la cama. Inmóvil. Con ojos cerrados bajo un techo mudo y blanco, sus manos parecían rezar entrelazadas sobre el pecho.

—Ay, no, Dios mío, ay, no... —rogaba Edel mientras revolvía los cajones buscando la medicación de su marido—. El corazón, debe ser el corazón —repetía sin mirarme.

En ese momento dudé si llamar a una ambulancia. Pero también dudé de lo que estaba viendo.

—Tranquila, tranquila —me repetía Edel, aunque la receptora de aquel mensaje fuese su profunda inquietud.

Eché un vistazo a los papeles que él tenía a su lado, sobre la cama. Cogí varios y empecé a leer. Se trataba de recortes de periódicos extraídos de la hemeroteca. En ellos, titulares del calibre: «Un crimen atroz», «Sangre en Cortegada», «El poeta asesino», «Guillermo de Foz, sentenciado al infierno». Noticias que se repetían hasta la saciedad con fechas que se alargaban durante meses, incluso años. Pero aquello no fue lo único que encontré. Con el escudo del ayuntamiento de Carril, listas de nombres y apellidos, registros y firmas. ¿Qué era todo aquello? Don Santiago abrió los ojos de repente. Empezó a parpadear mientras estiraba una mano para alcanzar las gafas en su mesita de noche.

—¿Qué ha pasado? —preguntó sin entender lo que estaba ocurriendo a su alrededor.

Después hizo ademán de incorporarse echando un brazo al cabecero. Al verle un tanto colorado por el esfuerzo del impulso, Edel se acercó muy dispuesta y ahuecó una almohada a fin de colocarla en su espalda.

—Espera, que te ayudo. Ay, mi madre, qué susto me diste… —le regañó y salió sin mirar a los lados, anunciando que iba a por un vaso de agua que nadie había pedido.

—¿Yo? —reaccionó don Santiago, todavía lejos de conocer la profundidad de la preocupación en la que bregaba su esposa desde hacía unos minutos—. Pero si solo estaba echando una cabezada.

Buscó apoyo y comprensión en mi mirada. Me esforcé en no formular ninguna de las preguntas que se retorcían en mi cabeza tras haber leído aquel papel escrito de su puño y letra, pero no pude evitar devolverle una mirada con fijeza. Edel entró con el vaso en la mano.

—No lo bebas de golpe —le pidió—, poco a poco. Han sido muchos disgustos —dijo con vehemencia—. Demasiados disgustos —me repitió—. Ahora, tranquilito, te vas a quedar aquí en la cama unos días. Varios. Quizá una semana. Tienes que estar en calma. Tranquilo. Como prescribió el médico… —explicó al tiempo que planchaba con una mano el pecho de su marido—. Porque como vuelvas a darme otro susto la vamos a tener, Santiaguiño —amenazó esta vez en voz alta, olvidando por completo ya no solo la prescripción del médico, sino la suya propia.

Don Santiago buscó una chispa cómplice en el rostro de su mujer.

—Estoy bien —aseguró con la certeza que ofrecía su voz serena, para después esbozar una sonrisa que Edel recibió como un primer rayo en la alborada del día.

Superado el trance, el malentendido y los nervios, Don Santiago abrazó a su mujer y acto seguido me lanzó una mirada cargada de extrañeza. Supongo que por lo silenciosa que estaba.

—¿Qué te ocurre? —preguntó con una preocupación que hundía sus mejillas.

—Santiago, por favor —le pidió Edel, forzando a que se recostara de nuevo.

—¿Qué está tramando Hervé? —pregunté al fin.

78

Paderne

Las sirenas de la policía aullaban en la lejanía de un camino de árboles que conducía inexorable hacia la casa donde nos encontrábamos. Vanesa salió a la puerta. Pude verla al apartar la cortina que cubría la ventana.

—Dime qué es lo que te ha pedido Hervé. Creo que ya es el momento de contarlo todo.

Edel, por primera vez, se dirigió a mí con un punto áspero en la voz.

—No hay necesidad de perturbarlo más. Bastante ha sufrido —insistió.

Él guardaba silencio.

—Explícame por qué el día del accidente llevabas unas notas que decían: «vigilar a Antía», «hablar con Hervé en el hotel Carril» —le pedí.

Él me escuchó al tiempo que parecía rumiar hasta dónde podía contarme.

—Olvidas lo más importante —se animó al fin a señalar—: «investigar a los herederos de los viejos pobladores de Cortegada».

Mi cara respondió con la sombra de un inmenso interrogante.

—¿Para qué quería todo eso Hervé? Dime ¿lo estás ayudando? ¿Se ha llevado él a Alicia? —pregunté acelerada hasta que mi voz se rompió al pronunciar el nombre de mi hija.

—No, Antía, por favor, no. Te equivocas por completo —me aseguró él con dos ojos suplicantes. Al fin iba a ofrecerme la información que yo necesitaba.

—¿No? Pues explícamelo —pedí tajante—. Porque son cada vez más los indicios que señalan a Hervé. Y me temo que también a ti.

—Hace tiempo que lo ayudo en asuntos relacionados con la universidad. Son colaboraciones multidisciplinares en las que, básicamente, me limito a proporcionarle archivos de la hemeroteca gallega.

—Pero ¿por qué te pidió...?

—Espera, Antía —interrumpió mi pregunta—. Hace no mucho, me solicitó cierta bibliografía para estudiar la influencia de los medios de comunicación en el ascenso y reconocimiento social de un autor maldito.

—¿Un autor maldito?

—En este supuesto concreto se refería a Guillermo de Foz.

—No lo entiendo, ¿Hervé estaba estudiando por su cuenta el pasado de Guillermo de Foz?

—Tampoco es tan extraño —recondujo la conversación don Santiago—, él es el director del departamento de literatura de la Sorbona. Tal vez el estudio que tú estás llevando a cabo conforme tan solo una parte dentro de un análisis mayor —sugirió.

«Lo cierto es que esta explicación puede tener sentido».

—¿Qué fue lo último que te pidió? —pregunté.

—Quería saber más acerca de El Gato Negro, el centro artístico de Carril.

—¿Cuándo fue eso?

—Justo dos días antes del hallazgo del cuerpo de Raquel Silveira.

Escuché y sentí cómo las dudas me acechaban y cobraban más peso a mi alrededor. Sonido de ruedas. Cada vez más fuerte, tan cerca que los reflejos azules alcanzaron el cristal de la ventana. El coche patrulla recortó distancia con la casa.

—Hervé necesitaba conocer si había conexión entre los dueños de El Gato Negro y los viejos pobladores de Cortegada.

—¿La hay?

—Eh…, sí, claro. Casi todo el mundo por aquí tiene un eslabón familiar relacionado con Cortegada. No iba a ser esta una excepción.

—¿Y bien?

—Lo busqué en los archivos del viejo ayuntamiento de Carril y lo encontré: un tío de doña Rosa… —La inquietante señora que buscaba al gato el día de la inauguración. Sentí un escalofrío—. El caso es que se vio obligado a emigrar tras perder su casa, sus tierras y todos los ahorros en la banca Barral. No fue algo que les sentase especialmente bien…

—Pero ¿por qué te pidió Hervé que investigaras esa conexión?

—No lo sé. Yo únicamente me limité a facilitarle esa información.

Un coche de la Policía Nacional frenó sobre la grava de la entrada dejando una huella que solo la lluvia de días y días de invierno sería capaz de borrar. El trotar de Román Ruibal hasta alcanzar las escaleras llamó mi atención y la de Edel. Don Santiago se estiró cuanto pudo desde su cama.

—¿Profesora Fontán? —llamó a viva voz el inspector.

Edel se movía inquieta, sin articular palabra y con inconmensurables ganas de llegar hasta el final de aquella conversación que parecía mantenerse suspendida.

—Estamos aquí, en el dormitorio —le indiqué a Ruibal.

—Profesora Fontán —saludó el policía, fatigado.

—¿Cómo ha ido en El Gato Negro? —pregunté con inquietud.

Don Santiago se removió en su cárcel de almohadones y plumas de oca.

—¿El Gato Negro? —se interesó el viejo profesor.

Desconozco si Ruibal no le escuchó o directamente fingió no oír nada.

—El sobrino de doña Rosa es el heredero de El Gato Negro —respondió el policía.

—Un momento —me dirigí a don Santiago—: ¿Adónde emigró el tío de doña Rosa?

—A Suiza —contestaron al unísono Ruibal y don Santiago.

Los tres abrimos los ojos.

—Parece que ha pasado aquí algunas temporadas estivales. Además, siente fascinación por Guillermo de Foz —explicó el policía.

—¿Cómo se llama? —quise profundizar, temiendo ahogarme en la respuesta.

—La mujer no quiso decírnoslo —lamentó Ruibal—, pero ya lo están investigando desde la central.

Guardamos silencio mientras todos buscábamos eslabones perdidos de información.

—Todavía hay algo que no entiendo —lancé mi duda a don Santiago—. ¿por qué Hervé te pidió que me vigilaras?

Ruibal siguió el rastro del interrogante de mi boca hacia el rostro de don Santiago preguntándose quién era ese Hervé y si tendría un apellido para buscarlo en la base de datos de la policía con carácter urgente.

—Él solo quería que estuviera pendiente de ti. Supongo que solo imaginar que pudiese ocurrirte algo, él… No sé qué es lo que estás pensando —zanjó cortando el aire con una mano—, pero estoy convencido de que Hervé es inocente.

«¿Y por qué estaba enterado de la desaparición de Alicia?».

—En ese caso —interrumpí furiosa—, dime, ¿dónde está ahora?

—Ese es otro problema. Otro grave problema... No lo sé.

79

Paderne

«¿Quién era el sobrino de doña Rosa?». Algo en mi interior me decía que una vez diese con la respuesta, estaría cerca de resolver aquel rompecabezas. ¿Tendría algo que ver con Hervé? «García, Hervé García», rumié largos segundos. ¿De dónde provenía ese apellido? ¿Galicia, tal vez? Cerré los ojos y estiré cuanto pude los párpados. La presión alcanzó mis oídos. Pude escuchar el bombeo. Vanesa gritó. Un grito de alarma, de pánico, como si hubiese sido arrojada al interior de una habitación oscura para ser devorada por el gélido aliento de fatídicas tinieblas. Un infierno en el que caí nada más descender las escaleras con el trote acelerado de un caballo de guerra.

Frente a mí, la pantalla del televisor. Imágenes de Vilagarcía y el nombre del asesino de la rosa en grandes letras negras.

Será hoy. No olvidaréis nunca mi nombre. Será su sangre la que cubrirá por siempre la sombra de la rosa.

Esas eran las palabras que aparecían en el televisor. Las mismas que un reportero atónito repetía una y otra vez, con mayor énfasis en cada embestida, derribándome hasta alcanzar la capa más profunda de mi alma; esa donde los ojos de Alicia me miraban con miedo y lágrimas congeladas.

Según pude entender de boca de Ruibal cuando al fin recuperé la capacidad para escuchar, el asesino de la rosa había hecho llegar ese apocalíptico mensaje a Julián Mosquera con intención de que lo trasladara a todos los medios de comunicación. Y, en un acto de inusitada diligencia, eso parecía haber hecho el periodista. No había sido hasta recibir la primera llamada de la policía cuando se decidió a entregar la escueta nota en un sobre lacrado con una rosa, afirmando haber hecho lo correcto. «Tenía pensado informaros del envío, pero urgía hacer pública la noticia de última hora en la televisión local». Eso les dijo en un descargo de conciencia, claramente insuficiente. «Su sangre cubrirá la sombra de la rosa…, su sangre…, su sangre…».

—¿A qué sangre se refiere? —exhorté al inspector para que me diera una contestación que bajo ningún concepto estaba en condiciones de asimilar.

—Tranquila, profesora.

—¿Cómo que tranquila? ¿Es usted padre, inspector? ¿Lo es? Porque de serlo, sabría que me está pidiendo un imposible.

Él bajó la mirada al suelo. Quizá yo hubiese tocado alguna tecla con sensibilidad de pétalo en la piel.

—Daremos con él —dijo, aunque sonó a consuelo gratuito.

—¿Dónde? Dígame adónde piensan ir. La sombra de la rosa… —murmuré en el acceso de un pensamiento infatigable—. ¡Tiene que tratarse del jardín de los rosales de Guillermo de Foz! —exclamé.

El móvil saltó dentro del bolsillo de mi pantalón. Dos vibraciones más y guardó silencio. El aviso estaba dado. Extraje el aparato, consciente de que se trataba de un mensaje. Mis ojos se movieron inquietos leyendo de izquierda a derecha, el corazón se aceleró como si lo tuviese dentro de una caja de huesos astillados. Se clavaban. Dolían. Cogí aire y el teléfono cayó al suelo.

—Profesora Fontán...

La voz me alcanzó con un eco de palabras lejanas.

—Profesora Fontán —insistió Ruibal—. Es él, ¿verdad? ¿Qué ha leído en ese mensaje?

No recuerdo con exactitud el tiempo que transcurrió hasta que fui plenamente consciente de que no podía permitirme el lujo de caer. Tenía que levantarme y actuar. Ese malnacido no podía salirse con la suya. Ruibal cogió el aparato y se dispuso a leer.

—«Apreciada profesora, confío que entienda la magnitud de cuanto está por suceder. Su tierna flor pondrá el broche final a mi obra. Tendrá el final que debió tener alguien a quien quizá recuerde: Alma Barral. No será la única, no, porque esa noche de 1910, fueron dos los cuerpos encontrados en Cortegada».

—¡Cortegada! —exclamé—. Debemos salir ya hacia esa isla.

—No creo que sea buena idea que usted venga, profesora.

Una mirada que hablaba la lengua del fuego protestó en mi nombre.

—De acuerdo, pero deberá quedarse en la embarcación —dijo y yo asentí, consciente de que no acataría la orden.

Ya en el coche, sin necesidad de sirenas pero con una violencia en la amortiguación y las ruedas que llegué a temer no alcanzar la orilla de Cortegada, centré mi mirada en la espesura que parecía observar siniestra nuestro recorrido desde ambos lados de la carretera. La luna ausente permitió que el rastro de brillo de estrellas lejanas se suspendiese en vaporosas nieblas que a medida que avanzábamos lucían negras. Con la vista en la oscura profundidad de aquel universo que se hundía en el Atlántico, advertí la presencia de inmensos cuerpos de nubes que se retorcían con eléctricas intenciones sobre el mar. Una tormenta galopaba con metálicos estribos sobre un cielo que se rompía en finas hebras de cobre. Procuré alejar la malsana preocupación que tendía a inmovilizarme durante esos últimos días y me centré en el objetivo de volver a abrazar a Alicia. Estaría asustada, se sentiría sola...

Un momento. ¿Sola? El asesino de la rosa había escrito que encontraron dos cuerpos en 1910. Y al parecer lo que quería era llevar a cabo una perversa y cruel representación de lo que había sucedido en esa isla aquel lejano año. Por tanto, además de la niña que murió cargando el pesado nombre de Alma Barral, ¿quién más había perdido la vida esa noche?

Fruncí el ceño y pensé en mil siniestras posibilidades mientras el inspector Ruibal conducía a toda velocidad cruzando pistas de tierra, carreteras secundarias y varias decenas de curvas que desafiaban la visibilidad y los estómagos más delicados. Repasé lo poco que intuía de esa noche en la que había muerto una niña con el letal destino que habían escrito para ella Figueredo y Benigno Barral. Ellos creyeron ordenar el asesinato de mi abuela Lalita, es decir, de Alma Barral, pero estaba claro que otra niña había agonizado en su lugar. ¿Quién? No lo sabía. ¿Habría acabado con ella el matarife Ruibal? Pero ¿quién era el otro muerto de esa noche de 1910? El mensaje decía que había dos cuerpos, ¿de quién era el otro? Al fin me armé de valor e hice la pregunta que me quemaba en la punta de la lengua.

—Inspector Ruibal, el asesino de la rosa afirma que fueron dos los cuerpos encontrados esa noche de 1910. ¿Podría decirme de quiénes se trataba? Tengo claro que a uno de ellos se le adjudicó el nombre de Alma Barral...

—¿Se le adjudicó? —me interrumpió—. ¿Acaso lo pone en duda, profesora?

—Sí —acerté a decir con vehemencia—. Estoy segura de que no se trataba de Alma Barral. Pude leerlo en el *Cua-*

derno de un condenado a muerte que escribió Guillermo de Foz.

—¿Y no valora la posibilidad de que quizá, y teniendo en cuenta que era un asesino, él mintiese?

—Los hombres que están a punto de morir no suelen mentir en algo así, inspector —apunté.

—En ese caso, ¿de quién cree usted que se trataba?

—Lo cierto es que lo desconozco, pero algo me dice que lo averiguaré muy pronto —dije con la mirada en la oscuridad de las estrellas que titilaban en la centuria de años pasados.

Él me miró, agarró el volante con fuerza y giró en un descenso plagado de más endiabladas curvas. Le devolví una mirada cargada de intención al tiempo que echaba mano de la barra que colgaba del techo del coche, no fuera a perder el equilibrio en el éxtasis de mi determinación.

—Inspector, usted proviene de una familia de matarifes, ¿no es cierto?

Él asintió con las manos pegadas al volante y la vista en la carretera.

—Así es. Podría decirse que quien instauró el linaje familiar por esos derroteros fue mi abuelo —añadió sin apartar los ojos de la línea de luz que señalaban los dos faros sobre el asfalto.

—Entiendo que su abuelo sería coetáneo de Benigno Barral, ¿me equivoco?

Negó con la cabeza.

—No se equivoca —acertó a decir para no llevar a equívoco en su respuesta.

—Y ahora, dígame, ¿cómo murió su abuelo? —osé preguntar al fin.

—Fue asesinado.

Lo miré, sorprendida.

—¿Asesinado?

—Le reventaron la cabeza con una piedra de gran tamaño. Puede que incluso fueran varias piedras.

—¿Y se sabe quién le hizo algo así? —No pude reprimir un gesto de pavor en mi rostro.

—A tenor de los últimos acontecimientos, solo puedo afirmar quién pagó la sentencia por esos actos.

Lo miré, expectante. Giró el cuerpo hacia mí antes de dar una respuesta que sonó rotunda.

—Guillermo de Foz.

80

Isla de Cortegada

Aquella respuesta no me cuadraba en absoluto. ¿Había acabado Guillermo de Foz con la vida del matarife Ruibal? Meditabunda y silenciosa, hice el trayecto en barco hacia la pequeña isla de Cortegada poniendo en duda cuanto de la vida de ese autor maldito, mi bisabuelo, la historia se había preocupado de guardar bajo siete llaves sin hacer más preguntas. Con la lancha rozando la arena de Cortegada, Ruibal ofreció su mano, eso sí, de mala gana, para ayudarme a descender. Algo en él había cambiado. Negué respetuosa al tiempo que salté agradeciendo al universo no caer en el agua.

—¿Qué sucede, inspector? —pregunté al advertir la tensión de su mirada.

Una mueca torció levemente su boca y mostró el inmenso esfuerzo que hacía por controlar el espíritu que inundaba sus palabras.

—El otro día, en El Gato Negro… —se lanzó a explicar la raíz de su repentino malestar—, dijo algo que quizá pasara desapercibido para los demás, teniendo en cuenta la entrada en escena de ese puñetero gato. No así para mí, profesora.

Abrí los ojos, expectante por conocer el desenlace de aquel comentario que amanecía oscuro en su boca.

—Dijo que Guillermo de Foz era muy importante para usted, no solo en calidad de estudiosa de su obra, sino porque él era de... ¿su familia?

«Yo y mis apasionadas intervenciones en público». Tragué saliva. ¿Qué sabía de Ruibal? Poco, muy poco, casi nada. Salvo que manejaba el cuchillo como nadie, que en su tiempo libre mataba cerdos y un último y diminuto detalle: él creía —quizá con razón, aunque ahora poco importaba el matiz— que mi bisabuelo había asesinado a su abuelo. Aquí, justo en esta isla donde estábamos ahora mismo.

«Miente. Di que ese día no sabías lo que decías. ¿Yo?, ¿qué dije qué? No, no, imposible».

—Inspector, yo..., para mí también fue una sorpresa.

Pude ver cómo apretaba la mandíbula antes de bajar la vista al suelo y, por suerte —¿por suerte?—, empezó a caminar. Así, sin nada más que decir. Lo seguí. ¿Qué otra cosa podía hacer? Avanzamos un par de metros hacia el interior de un bosque de balsámicos árboles que resistían bajo la cúpula de relámpagos que se entrelazaban con eléctrica complicidad. El crujir de pequeñas ramas nos alertaron de alguna otra presencia adentrándose al igual que nosotros en la oscuridad de la isla.

Los dos nos detuvimos. Él me hizo un gesto para que no hablara. Su vista escrutaba la espesura.

—Creo que he visto algo —susurró dando un paso fuera del sendero.

Me dispuse a seguirlo.

—Espere aquí —me dijo Ruibal y, sinceramente, no entendí qué pretendía que hiciera yo con aquella indicación.

Sin tiempo ni posibilidad de replicar nada, vi cómo su silueta desaparecía. En cuestión de segundos había sido engullido por la espesura que se agitaba frente a la furia de un cielo que amenazaba la peor de las tormentas. Avancé subiendo el sendero. Esquivé piedras, pisé charcos y barro de días pasados, acompañada por la tensión que atenazaba mi mente y el profundo miedo que se clavaba en mi ánimo. Allí, en algún lugar, mi hija, mi querida Alicia, me necesitaba, y yo solo podía rogar a un viento que soplaba rotundo e inmenso que me permitiese salvarla.

Sin más luz que la pequeña linterna que Ruibal había accedido a prestarme tras mi insistente súplica, alcancé un roble comepiedras, el primero de una ristra de ellos. Detrás de estos árboles se escondía el que un día había sido un hermoso jardín cubierto de fragantes rosales. También el lugar en el que una niña había aparecido muerta y sin corazón colgada por los pies casi un siglo atrás.

Coloqué la punta del zapato sobre el saliente ondulado que dibujaba la raíz de aquel árbol. Me impulsé cogiendo aire, dejando atrás el miedo, para enfocar mi vista en las formas que ocultaba esa noche cercana al invierno. El escaso haz de luz se suspendía con timidez sobre el aliento húmedo de aquella boca que abría ante mí el mismo infierno.

El tropiezo con una de las piedras, que se convertirían en tumor de un árbol deformado por el tiempo, me llevó a perder el equilibrio y también la pequeña linterna. Apoyé ambas manos en dos pedruscos que se amontonaban como parte del festín que alimentaría cientos de años a ese roble y la encontré. La encontré.

Las sombras mostraron el más cruel de sus perfiles y vi al diablo sonreír. Fue así como yo lo sentí. Paralela al suelo, sobre una superficie que bien podría ser una tabla de madera, distinguí un cuerpo. Un cuerpo inmóvil, menudo y esbelto. Terrible visión en la intuición de mis ojos abiertos. Di un par de pasos a tientas en la oscuridad. Una cabellera descendía cual cascada en ondas desde un extremo de aquel banco. En el otro, sin embargo… Dios mío, en el otro…, pero ¡qué era aquello! Un extraño artilugio armado con poleas amarraba sus pies a la altura de los tobillos, mientras una cuerda ascendía pegada al tronco de un árbol para alzar sus piernas. «¡Alicia!», quise gritar deshaciendo el nudo que me ahogaba e, incapaz de arrancar ni una sola palabra, me lancé hacia ella sin pensar.

Una zancada, nada más que una gran zancada, me obligó a contener la respiración con los pies clavados en el suelo. La noche exhaló tinieblas que se deslizaron ante mí como preludio de cuanto iba a presenciar. ¿Qué oscura silueta apareció frente a aquel tronco? ¿Quién? ¿Quién estaba junto a ella?

Más piedras cubrían la tierra y se desperdigaban a los pies de un roble de imponente tamaño cubierto de monstruosas tumoraciones. Junto a ellas había alguien. Una forma humana se apoyaba sin complejos sobre la corteza de aquel árbol. No permití que el miedo abriese una brecha en mi coraje. Era Alicia, mi hija, quien estaba junto a él.

Él.

Avancé decidida, pese a no tener nada con lo que defenderme. Tampoco tenía ni idea de cómo iba a defenderla. La suerte me mostró una rama de buen tamaño sobre un lecho de hierba mojada. No lo dudé y me agaché a recogerla. Como si de un bate se tratara, agarré aquel palo con fuerza y continué caminando.

Él.

La lluvia caía en gruesas gotas que se rompían contra algunas hojas que resistían el embate; en parte, por el despliegue de ramas y más ramas que se esforzaban en cubrir nuestras cabezas. Cloc, cloc, cloc, ensordecedor llanto el de las nubes que arrojaban su ánimo, llamando a las puertas del cielo.

—¡Tú! —bramé con la fuerza del océano en la profundidad de mi garganta.

Frente a mí descifré la silueta de Hervé. Su pelo, sus gafas y sus hombros delante de aquel roble comepiedras.

—¿Por qué? ¿Por qué? —pregunté sin saber si quería escuchar la respuesta.

En mi mente, la fatal intuición cobraba peso de sentencia. Era Hervé quien estaba al lado del cuerpo de Alicia.

—¿Le has hecho daño? —gemí en la desesperación de un terrible pensamiento.

Aquella sombra me miraba. Un rayo arrancó un destello al cristal de sus gafas, a sus ojos castaños, el color de esa tierra prometida que un día en secreto soñé descubrir, pero él no decía nada. ¿Quién se ocultaba bajo el semblante siempre amable de Hervé? ¿Quién, en el trasfondo de su voz serena?

Las preguntas se formulaban y agolpaban a trompicones. Avancé un paso. Luego otro. Y otro más. El negro plumaje de un ave de mal agüero se agitó entre las ramas que arremetieron entre ellas dejando caer más agua. Graznidos siniestros arañaron las tinieblas de aquella tormenta. Él no se movía. Pude ver sus ojos abiertos. ¿Estaba disfrutando? ¿Disfrutaba con mi sufrimiento?

81

Isla de Cortegada

Agarré la rama de aquel árbol como si de un arma se tratara para poder protegerme de él en caso de ser necesario. ¿Por qué no se movía? ¿Por qué no trataba de acercarse a mí? ¿Por qué no acababa con Alicia y conmigo de una vez por todas?

—Háblame, por el amor de Dios, dime algo, ¡lo que sea! —pedí a voz en grito.

Mis pies se movieron certeros entre la niebla que lamía tierra, hojas y demás sedimentos. Debía ir hacia ella, hacia mi niña y liberarla. Liberar su vida de la atrocidad que Hervé hubiese preparado para ella. Tiré de una cuerda, después de otra que conducía a una monstruosa polea. Imposible. Aquel artilugio del infierno no se inmutaba. No conseguía soltarla. Me arrodillé al lado de Alicia. Comprobé su respiración, di gracias a un cielo que ciego se retorcía entre golpes de luz y la abracé. Vi su rostro de cerca, asegurándome una vez más de que había vida en su pecho y volví a tirar con fuerza de esas cuerdas que amarraban sus pies y levantaban sus piernas en una posición cercana a un ángulo de noventa grados. Nerviosa y desesperada, me puse de pie. Di un par de pasos a mi izquierda hasta quedar cara a cara frente a Hervé. No dijo nada, cómo hacerlo, ¡imposible!

Fijé mis ojos en sus manos. ¿Dónde estaban? Sus brazos rodeaban el tronco y desaparecían a su espalda. Me acerqué lo suficiente para advertir la sonrisa que había sido dibujada en una cinta americana. ¿Qué extraña tortura era aquella? ¿Qué perversa oscuridad alimentaba a quien observaba envuelto en sombras? Sin perder un segundo, arranqué la cinta que daba una vuelta entera alrededor de su cabeza.

—Vete —me pidió Hervé cuando recuperó la posibilidad de hablar, aunque algo aturdido.

No dije nada. Nada que pudiera verbalizar en aquel momento. Él me miraba a los ojos, los leyó y supo que no me movería de allí. No dejaría a Alicia. Si tenía que morir, moriría. Fue entonces cuando advertí la presencia de un sobre blanco asomando del interior de su chaqueta. Hice pinza con dos dedos y lo extraje. Lacre rojo, una rosa. Él. Ahora sí, era él.

Disculpe mis formas, profesora, no es fácil hacer llegar una invitación a una representación tan especial como la que tendrá lugar hoy aquí.

Por un segundo dudé si ofrecerle otra sorpresa —ya sabe la dedicación con la que me entrego en cada una de ellas— o si optar en este mi acto final por convertirla en algo más que mera espectadora. Sinceramente, creo que resultará todo un acierto tenerla aquí y obligarla a ver, a entender, a aceptar.

Mis sorpresas son como esas piedras que tiene ahora a sus pies. Se arrojan desde algún lugar en lo alto y caen a plomo sobre la cabeza de quien dude o exponga su suerte lo suficiente para ser alcanzado. Y derribado. Es importante medir el golpe para que el dolor sea intenso, para que le lleve a desear la muerte, pero velando en todo momento por el importante detalle de que sobreviva.

Debe vivir, profesora Fontán, tiene que sentirlo todo en su pecho. Dolor, amor, ira. No hay arte sin pasión, sin emoción. He ahí la fuerza de mi obra. He ahí la vida.

Sí, la vida. Fíjese en este árbol. Deformado y por el tiempo torturado, cubierto de horrendos tumores y continúa engullendo piedras. Más piedras, más piedras. Abra la boca, profesora. Trague.

Imagino que primero habrá tratado de liberar a su hija. No pierda el tiempo. Ya sabe, o debería saber, que soy concienzudo en el imperio de mi creación. Ella lo hará bien. Siga su ejemplo. Una chica inteligente, Alicia. Cuanto mejor la calidad de las partes, mejor el resultado final de mi obra.

¿Ha visto la sonrisa del profesor García? Tuve que recurrir al falaz engaño de la pintura para fijarla en su cara. Se negó a sonreír cuando se lo pedí. Dígame, ¿qué sintió al verlo así? ¿Le perturba, quizá, o le parece siniestra su sonrisa?

¿Por qué? Me intriga. ¿Porque es falsa? Claro que lo es. Es mentira. Nada más que un recurso en su interpretación. Sí, su interpretación. ¿Quién engaña a quién?

Era él quien sonreía al saludarla en breves tropiezos de escalera cuando en verdad ansiaba desesperado abrazarla. Sonreía cuando pronunciaba su nombre, alguno de sus méritos —por mí todos cuestionados— y dentro una sombra devoraba sus palabras para obligarlo a guardar silencio durante horas. Sonreía al despedirse tras largas jornadas a su lado, sintiendo el peso y la condena de cada latido hasta volver a verla.

De todo cuanto aquí he enlistado, no me cabe la menor de las dudas. Como tampoco dudo de su predilección por rodearse de hombres que sonríen. Todavía recuerdo a Ernesto. Sé que no podrá olvidarlo. Cargue la piedra. Digiera.

Sin embargo, hay algo que todavía no tengo claro y agradecería conocer para tener una visión global de la obra. ¿Cómo es su sonrisa, profesora Fontán? Sí, la suya. ¿Qué oculta su mirada cuando está frente a Hervé, cuando él ríe o enferma, cuando una chispa afín a ambos salta desde algún libro o un poema? ¿Qué siente cuando cierra los ojos y ve su rostro de madrugada?

No mienta. No se mienta, se lo ruego. La razón de ser del arte es la pasión. La pasión es su alimento. El motor de un viento que alberga caricias y la peor de las tempestades.

La pasión, ese río que fluye y se agita en la esencia más profunda del alma humana. Todo lo contrario al control. A estas alturas sabrá que me decanto más por el control. Quizá considere que la causa radica en no haber sido bendecido con ese don. Le diré que nada más lejos: carezco de esa debilidad.

Es curioso, porque soy yo quien ofrecerá al mundo la más brillante obra de arte, y lo haré sirviéndome de vuestras pasiones. Soy una máquina perfecta. Con movimientos precisos.

¿No tiene curiosidad por conocer el final que aguarda al profesor García?

Antes tendré que ponerla al tanto de algunos datos en la historia de este lugar. Exactamente este lugar que está pisando.

Fue ahí, justo ahí, donde un matarife encontró una muerte salvaje.

¿El arma? Una piedra de gran tamaño. Recibió iracundos golpes en la cabeza hasta que la masa gris se esparció por una tierra que sabe guardar secretos. Grandes y oscuros secretos.

Una piedra, ¿se da cuenta? Una piedra que ese árbol habría encontrado En el camino —Kerouac y su vida de excesos— y deseoso por sobrevivir se habría visto obligado a engullir hace casi un siglo. La misma piedra, de alguna forma, que usted va a tener que esforzarse en tragar hoy, que tendrá que digerir antes de aceptar una muerte lenta de la que no me encargaré yo; no, lo hará el tiempo. Ya sabe, el más perfecto de los asesinos.

Primero verá cómo acabo con Hervé del mismo modo en que murió ese matarife. Él recibirá el golpe, pero algo me dice que serán dos los cuerpos a sangrar. ¿Otra piedra, profesora? Me estremezco al imaginarlo. Qué poderosa herramienta para dar vida a nuestros deseos, la imaginación. Cuántas veces se habrán imaginado uno en brazos del otro, con esa imperiosa necesidad de olvidar quiénes son en carnes extrañas, como diría el autor del «Remordimiento póstumo». Quizá tantas como yo he deseado acabar con su vida. Su vida, profesora, su vida, «cortesana imperfecta». Vuelva a mirar el tronco de ese árbol, contemple su futuro y trague.

Sonrío con los nervios y la inocencia de la primera vez. Es increíble cuando se disfruta con el arte, qué profundo puede llegar a ser el placer. Lo siento tan dentro que me abrasa. Me abrasa... No puedo contenerlo más en la boca, en las letras que agitan mis manos. Imagino la sangre cubriéndolo todo, el profesor muerto a mis pies, quizá regalándole una última mirada... Confío que así sea.

Será en ese instante, con sus ojos ardiendo en sal, cuando llegue el golpe maestro. Prometo poner todo de mi parte para que no pueda olvidarlo nunca, hasta la noche más oscura, esa en que las campanas enloquezcan y ya no quede nadie para llorar su muerte. Abra la boca, profesora, esfuércese. Será el bocado más grande, aquel que arrasará su garganta para incrustarse en sus entrañas. Grande, tan grande y pesado que nunca soportará la carga de esta piedra.

Aquí, mi más codiciada pieza en esta obra de arte, la más negra de las poesías: su preciosa hija tendrá el final que debió tener en su día alguien que llevaba su sangre. Su sangre maldita, profesora. Su alma maldita. Le arrancaré el corazón y le obligaré a contemplar el último latido de un árbol que no llegará a crecer. Es por ella que le puso el nombre, ¿no? Alma-Alicia-Lalita.

«Pero ¿cómo sabe ese monstruo tantas cosas sobre mí, sobre Lalita, sobre Hervé? ¿Quién es el que escribe estas palabras?». Suspiré invadida por un pensamiento al que le faltaba aire, en el que no podía respirar.

82

Isla de Cortegada

El cielo rugió poseído con mil rayos de argéntea naturaleza atravesando nubes que oscurecían pasos en las sombras. El asesino de la rosa, en algún lugar de aquella noche de piedras eternas, disfrutaba y se extasiaba con el fruto de su abominación. Tridimensionales, sus contornos se hacían visibles. Caminaba tranquilo. Despacio, en dirección hacia donde yo estaba. Hervé gritó.

—¡Aléjate de ella!

No había tiempo que perder. Debía liberarlo. Al menos, intentarlo. Comencé a deshacer el intrincado nudo con el que permanecía atado a aquel árbol.

—Déjalo y huye —me rogó.

El tiempo se acababa. Esa llama de esperanza se consumía y entregué el extremo de la cuerda a Hervé. Quizá aún tuviese una oportunidad. Inmóvil, me limité a observar a una bestia de mirada oblicua. No había nada que pudiera hacer, salvo acariciar con la yema de mis dedos la rama que la suerte había dejado al alcance de mi mano. Dio otro paso. Piernas fuertes, asombrosa fortaleza la de sus hombros. Avanzaba, se acercaba. Titánica locura la del firmamento al agitar sus brazos con el ensordecedor poder de los truenos. «No es posible», susurró esa voz que se ocultaba en mi cabeza. Parpadeaba y parpadeaba, negándome a ver, incapaz de dar crédito.

—Tú… —musité, obligándome a mirar al frente.

Mentiría si no reconociese que llegué a dudar también de él. Abandonó la oscuridad de aquella espesura que advertía insospechadas sorpresas y apareció ante mí, ante unos ojos que clamaban piedad a un universo que hacía gala de permanecer ajeno a todo. A todos.

—No puede ser…, ¿eres tú?

Él continuó avanzando hacia mí. Como si las palabras que salían de mi boca resbalasen y se perdiesen en tierra húmeda. Como si no significasen nada. Era él, era Sergio Seoane.

Di un paso al frente. El miedo ya no era una opción.

—Antía…

Odié sentirme alcanzada por aquella voz que pronunciaba mi nombre.

—¡Tú…! —grité en la oscuridad de una noche terrible.

Tropezó y rectificó el paso dando un salto adelante. Pero ¿había tropezado? ¿Qué estaba pasando? ¿Qué brillo lo apuntaba por la espalda? Estaba convencida de haber visto el filo de un metal.

—¡Sergio! —exclamé.

—No te muevas —exhaló Hervé con palabras impregnadas en ese miedo que congelaba el habla.

Clavé los pies en el suelo.

Frente a mí, bajo una bóveda de estrellas ausentes y más estentóreos alaridos de ángeles y demás bestias aladas, Sergio se presentó desarmado, con dos brazos que descansaban exhaustos a ambos lados de su cuerpo.

—¡Sergio! —volví a gritar.

Sus ojos brillaron aterrorizados. Advertí en su abdomen la leve curvatura de quien evitaba el dolor de una punta de acero.

—Antía, ¡sal de aquí! —gritó.

Hervé me miró secundando a Sergio.

—¡Corre! —exclamó.

Nunca había sido partidaria de correr y menos de privarme de mirar a la muerte a la cara. Di otro paso al frente y me coloqué justo delante de Alicia. Protegería su vida hasta el final de la mía.

—Da la cara —alcé la voz hacia Sergio, sabiendo a ciencia cierta que había alguien detrás de él.

Alguien que lo amenazaba con un puñal, quizá con un horrible cuchillo de carnicero. Transcurrieron largos segundos en los que Sergio no se movía. Ninguna otra acción sucedía a su espalda.

—Antía —me llamó Hervé.

Lo miré de reojo. Parecía más lúcido. Me pregunté si el asesino de la rosa le habría drogado. Eso explicaría que hubiera podido atarlo a un árbol.

—Sé quién es. Sé quién es el asesino —dijo aspirando el aire.

Con gesto de sorpresa, giré la cabeza para escucharlo.

—Intuí algo raro y le pedí a don Santiago que investigara —empezó diciendo, le costaba hablar—. Necesitaba que hiciese algunas averiguaciones acerca de los descendientes de los últimos pobladores de esta isla.

Lo cierto es que sí, lo recordaba.

—Es él —balbuceó—, él...

—No estropee la sorpresa, profesor —dijo una voz que me sonaba remotamente.

Abandonó la oscuridad y las fornidas espaldas de Sergio para mostrarse frente a mí.

—Hola, profesora.

Su voz percutía en una profunda declamación con raíces que bebían del mismo infierno.

—El alumno —dijo Hervé—. ¡Mi alumno de tesis!

«El alumno», susurré en un hilo de voz en mi mente, pero ¿qué alumno? ¿Le había dado clase? ¿Me había cruzado con él en algún momento? Fijé mi mirada en su rostro a fin de descifrar su identidad en el fondo de mis recuerdos de la Sorbona.

—No me mire así. Se le pone la misma cara de gaznápira que cuando le pregunté por el *Cuaderno de un condenado a muerte* de Guillermo de Foz. ¿No le da vergüenza? ¿Usted se dice profesora? —negó con la cabeza despacio y un cuchillo de grandes dimensiones en la mano—. No, profesora, usted es un fraude, una terrible decepción. Una decepción que yo corregiré hoy. Casi podría decirse que debería estarme agradecida. —Torció una sonrisa.

Era él. Un alumno al que había dado clase, el que me había dejado tan mal sabor de boca de mi última clase en la Sorbona. Aquel que se había extasiado declamando la lista de horrores que sobre el cuerpo de una niña le habían adjudicado a Guillermo de Foz.

83

Isla de Cortegada

De cuerpo enjuto y mirada aviesa, Gabriel Gondar, que así se llamaba, fijó su vista en mí después de haber colocado unas bridas en las muñecas y en los tobillos a Sergio.

—Joder, no me lo puedo creer —dijo él al sentirse prisionero por segunda vez en menos de veinticuatro horas—. Tenía que haberme negado a sacar el bote del puerto. Últimamente las mujeres no me traen más que problemas.

—¿Sorprendido de encontrarme aquí? —se burló el psicópata—. Eres demasiado confiado, Sergio. Nada más que un iluso.

Seoane lo miró con fijeza y las mandíbulas apretadas.

—¿Sigues enfadado por los papeles que me llevé? Piénsalo bien, ¿para qué habrías de quererlos tú?

—¿Por qué no cierras la boca, Gondar?

El asesino de la rosa mostró una sonrisa.

—Suéltame y lo hablamos como los hombres. Ten huevos —desafió.

—Hombres… ¿como tú? ¿Un insatisfecho con el mundo? ¿Un profesional fracasado? Eso es cuanto eres, ¿no? Me quedó claro al escuchar a Raquel quejarse de ti. Nunca pensaste en ella, ¿verdad? Pero claro, cada uno ha de pensar en su instinto, en sus anhelos, en lo que realmente desea. Si no, acabaríamos todos como el profesor Hervé. ¿Qué pasó, profesor? ¿Acaso creyó que la vida era solo una prueba de resistencia y quien aguantaba sería premiado? —Gabriel negó burlón y movió la hoja del cuchillo en el aire—. Dígame, me mata la curiosidad, está claro que debe amarla —señaló con la punta de acero hacia mi persona—. ¿No fue capaz de reunir el valor suficiente? ¿Es eso? Y ahora que va a morir, ¿qué mano quiere agarrar? ¿A quién desearía volver a encontrar? Oscura senda la de las dudas que acechan las posibilidades que nos negamos, ¿no cree?

Advertí un leve movimiento en Alicia y coloqué mi mano en su pecho. Su respiración volvía a ser profunda y agradecí que no escuchase nada de lo que aquel criminal vertía. ¿Qué había de cierto en todo aquello? ¿Qué extraño lazo nos unía a Hervé y a mí? Yo lo quería, de eso no albergaba dudas, pero ¿de qué forma? ¿De la misma que él a mí? Nuestras miradas se encontraron poco más que un segundo en el que se produjo un sepulcral silencio.

—Decida rápido, profesor —continuó Gabriel Gondar—, ya sabe que estoy deseando ver el resultado de mi obra y eso implica que la profesora Fontán sufra la peor de las agonías. ¿Por qué?, se preguntará. Son muchos los motivos que me han conducido inexorablemente al punto en el que nos encontramos. Empezaré por el principio. Todo surgió el día que mi tía Rosa me contó que yo sería su único heredero, que me convertiría en el dueño de El Gato Negro. Una idea que me entusiasmó, por qué negarlo, yo que había iniciado un doctorado en Suiza sobre autores malditos, y no tuve dudas de lo que debía hacer con ese emblemático local en Carril cuando llegara el momento: convertirlo en un lugar de gloria para un autor maldito. Mi fascinación por Guillermo de Foz viene de lejos, no se crea, de la niñez. De un tiempo en el que los mayores me contaban todo el mal que había hecho ese poeta condenado a morir al garrote. Historias que me llevaron a dedicar cada verano de mi vida a recorrer esta isla buscando robles comepiedras, huellas de rosas y, sobre todo, el árbol en el que había colgado a esa niña por los pies después de arrancarle el corazón y quemarle la cara. Realmente maravilloso —dijo con un punto de afectación que me llevó a intuir el placer que le provocaba imaginar esa escena de inconmensurable atrocidad—. Hasta ahí cuanto había llegado a razonar con mi mente y mis manos limpias de sangre. —Alzó las cejas en un semblante, por lo demás, sereno—. Pero la suerte me sonrió. Bueno, en verdad fue la muerte quien resolvió premiarme. Ella, esa sombra silenciosa cuyo rastro me esforcé en buscar siempre por esta tierra, fue la que decidió guiar al fin mis pasos, mi andadura literaria, mi poesía —continuó, dejando constancia de su total ausencia de cordura—. Sí, fue ella quien inflamó mi inspiración para que yo supiera lo que debía acometer, qué debía hacer con mi vida, qué debía hacer ¡por la historia de la literatura!

«El narcisismo de este joven desborda el diagnóstico de cualquier psiquiatra», evité decir, aunque fui incapaz de contener el susurro en un pensamiento.

—De esta forma, imposible que pudiese explicarse de otra, tuvo lugar el hallazgo del *Cuaderno de un condenado a muerte* en el monasterio de Armenteira. Justo cuando yo soñaba con construir la galería de Guillermo de Foz en El Gato Negro. ¿Coincidencia? No, claro que no. Por supuesto que no. Sobre todo, a tenor de lo que sobrevino a continuación. ¿Se lo imaginan? El descuido de Seoane con las últimas hojas de ese cuaderno. Siempre fuiste un torpe —dijo conmiserativo hacia Sergio—. Un hombre apasionado que nunca llegará a ver publicada ni una sola palabra de su novela. —Se volvió de nuevo hacia Hervé y hacia mí para continuar—. Fue entonces cuando el mismísimo Guillermo de

Foz, a través de esas últimas hojas, me dio las pautas que necesitaba conocer para entender cuál era mi camino.

En ese punto fui consciente de lo mucho que ansiaba conocer el contenido de aquellas últimas hojas del cuaderno de mi bisabuelo. La expectación se acrecentaba.

—Por eso me fui a París, para estudiar la magnitud de la vida y la obra de Guillermo de Foz. Quería aprenderlo todo sobre él. ¡Todo! Y llegué a la Sorbona con la promesa de encontrar a los mejores profesores, los que atesoraban la más sólida trayectoria en el estudio de los autores malditos —bajó el tono, compuso un gesto de profunda repugnancia y me miró antes de continuar su exposición—. Y me encontré con usted. Con usted, profesora Fontán. Con quien, a la postre, ha resultado ser heredera de la sangre del gran Guillermo de Foz. Qué terrible decepción. No soporto la ineptitud, la mediocridad, y la falta absoluta de méritos. Me enerva tan hondamente... —Una nube de perversión se adueñó de nuevo de su rostro, de su lengua y se dirigió a Hervé—. Confiéseme algo, ¿le facilitó usted la entrada en la universidad porque necesitaba tenerla cerca? ¿Es eso?

El asesino de la rosa negó con la cabeza al tiempo que exhalaba veneno por cada poro de una piel en extremo blanca.

—Y, para más inri, como colofón a mi ánimo de absoluto desencanto en el quehacer de mi obra, de una creación sin igual, osó usted llamarme «autor frustrado». Míreme bien, profesora Fontán, ¿le parece que esté frustrado? ¿Le parece que pueda estarlo alguien que pone en práctica su propia tesis doctoral y que, tal como yo había previsto, resulta ser todo un éxito?

Los relámpagos quebraron la bóveda de aquella noche siniestra y Gabriel Gondar sonrió. Estaba disfrutando. «¿De qué está hablando? —me pregunté—, ¿cuál es su tesis?». Él debió leer la pregunta en mi cara y añadió:

—No me diga, profesora, que su querido compañero —lanzó una mirada a Hervé— no la tenía al tanto del contenido de mi tesis.

—Déjala en paz —protestó Hervé—. Estás loco.

—No sería un grande si no me llamasen loco alguna vez. Ya lo dijo Allan Poe, ¿no? «Todavía no se ha resuelto la cuestión de si la locura es o no la forma más elevada de la inteligencia». ¿Qué opina usted, profesora? Era eso lo que trataba de dilucidar en su última clase, ¿me equivoco? «¿Puede ser la locura responsable del brillo de la creación?».

Un trueno alertó a las aves para volar buscando amparo en tierras al otro lado de la ría.

—Volveré a mi tesis. Profesor García, ¿podría hacer los honores y proclamar a los cuatro vientos su título?

Hervé lo miraba con gesto de profunda confusión. Parecía preguntarse quién era la persona que estaba ante él.

—*La influencia de los medios de comunicación en el reconocimiento social de la obra de un autor maldito* —anunció el asesino de la rosa con auténtico éxtasis en la vibración de sus palabras—. Fue en esas últimas hojas del *Cuaderno de un condenado a muerte* donde Guillermo de Foz me mostró el camino, qué debía hacer para alcanzar el enaltecimiento de la gran obra que me ha susurrado la mismísima muerte.

Se hizo un silencio. Las hojas se agitaban desde furibundas ramas que resistían frente a la tormenta.

—¿Cuántos han leído las poesías de Guillermo de Foz? —lanzó al aire con endiosadas ínfulas de maestro—. Sin embargo, ¿cuántos no han sucumbido al horror del crimen que cometió? Ahí el detonante que iluminó de sangre el camino hasta aquí, hasta hoy: ¿por qué conformarme con el sucedáneo de emociones que dibujan las palabras si puedo ofrecer imágenes mucho más intensas? Porque así captaría la atención de los medios de comunicación, auténticos altavoces e impulsores de mi obra y de cuantos crímenes se relacionan con otros autores, sean o no malditos. Unterweger alcanzó la fama convertido en el estrangulador de Viena, pero ¿cuántos han leído su obra? ¡Nadie! Burroughs afirmó en su «atroz conclusión» ser mucho mejor escritor tras haber matado a su mujer. ¿Puede ver lo que trato de explicar, profesor? ¿Ambos lo ven? Solo me limité a poner en práctica lo que otros grandes me enseñaron y ¡ha funcionado! ¿Quién no conoce hoy al asesino de la rosa? —dijo con la boca llena de orgullo—. Brillante. Lo sé.

Una nube descargó un chaparrón con violencia sobre nuestras cabezas, sobre la tragedia de nuestro pequeño universo. Sentí frío, un terrible escalofrío recorrió mi piel y se adentró en mi cuerpo. De mi boca indómita expulsé unas palabras forjadas en un miedo que no encontraba esperanza.

—¿Brillante? ¿Tú? —dije pretendiendo afectar el ánimo de aquel criminal.

Necesitaba una oportunidad para salvar a Alicia. Quería vencerlo. ¿De qué forma podía derrotar a alguien que tenía calculado hasta el más milimétrico detalle de su plan? Haciendo algo imprevisible.

—No eres brillante —continué—. No eres más que un vulgar asesino. Un psicópata con el delirio de quien se siente un autor maldito. Te sacaré del engaño, eres un narcisista sin don, sin pasión. No eres más que la perdición de un alma humana, un alma fallida. Nada más lejos de un poeta. La poesía no anida en una carne muerta como la tuya.

Nuestras miradas se clavaron cual sables en alto esperando el duelo. Sentí cómo la rabia atravesaba el tiempo y el espacio. Saltó hacia mí con el cuchillo en una mano. Me agaché y alcancé la rama que había dejado a mis pies. Vi sus ojos, la espuma de su boca. El acero brilló bajo un rayo en aquella tormenta que se resistía a ser silenciada. Levanté el palo como si de un robusto bate se tratara y me preparé para golpearle en la cabeza. Fue rápido, demasiado. No supe verlo. La hoja del cuchillo descendió a gran velocidad buscando clavarse en mi pecho. Hervé gritó. Al fin se había liberado y se abalanzó sobre Gabriel. Interpuso su cuerpo, su vida, para salvar la mía.

—¡No! —rompí mi voz contra la oscuridad de la noche.

84

Isla de Cortegada

Tendida en el suelo, descubrí con cierto alivio que la herida infligida a Hervé era superficial. Algo que exasperó al asesino de la rosa, quien aprovechó la oportunidad que le brindó el momento para colocarse encima de su cuerpo malherido. En su mente solo concebía una opción posible y era llevar a cabo la puesta en escena de su plan, concebido desde el absoluto salvajismo de una mente enajenada.

Guardó la hoja del cuchillo a su espalda, deslizándola bajo el cinturón. Con las manos libres, se hizo con una piedra de gran tamaño, la alzó y se dispuso a propinar el impacto definitivo. Apuntó a su rostro, a aquellos ojos que, en efecto, pude ver con qué inmenso dolor y tristeza me *miraban*, intuyendo la terrible despedida, el adiós, el remordimiento que como un gusano roería su cuerpo y también el mío.

—Hervé… —Su nombre brotó quebradizo de mi boca para perderse en una lluvia que no entendía de finales.

Contraje el rostro. Fruncí los labios. «No te saldrás con la tuya», dije en un pensamiento inundado en ira. Alcancé la rama que continuaba a mi lado y desde el suelo sacudí a Gabriel con todas mis fuerzas, logrando desequilibrarlo. El impacto de la piedra alcanzó a Hervé, aunque mucho más atenuado, en un lateral de la cabeza. No había conseguido herir al asesino, pero al menos había desviado la trayectoria inicial del pedrusco, rompiendo los cálculos de su objetivo. La sangre manaba de una brecha y se deslizaba con ese silencio que imprime horror a la muerte.

—Tendrá que esforzarse más si quiere arruinar mi plan, profesora Fontán —se burló Gabriel Gondar.

Furiosa, pensé en abalanzarme sobre él sin medir las consecuencias de aquella absoluta temeridad.

—¡Quietos!

Ruibal apareció tras la misma espesura que lo había engullido. Esta vez no estaba solo. Alguien caminaba cerca de él.

—Inspector —traté de explicar—, él es…

—¡No se muevan! —ordenó.

—*Manda carallo*, Román, no te enteras de nada —vociferó Sergio bajo la lluvia desde el rincón del que aún no había conseguido liberarse.

Ruibal se acercó a nosotros.

—¿Por qué no se quedó donde le dije? —me recriminó.

No tuve tiempo para responder. A su espalda, otros pasos caminaban queriendo acompasarse a los suyos. ¿Quién era? Un gesto inocente con delicada silueta esquivaba barro bajo la noche espesa.

—Cynthia —musité con cara de no entender su presencia en aquel lugar.

Sergio la conocía. Ella era la mujer que le había pedido ayuda para cruzar hasta Cortegada esa noche. La miraba entre decepcionado y arrepentido. «En mala hora se me ocurrió ser el buen samaritano. Desde hoy, quien quiera cruzar la ría, que lo haga a nado», parecía decirse.

—No, no, no… —Los ojos de Cynthia encontraron el cuerpo malherido de Hervé y gritó su nombre—. ¡Hervé!

Quise acercarme a ella con cautela, quizá incluso poner mi mano en su hombro. Sergio se movía inquieto, parecía tratar de romper las bridas con una piedra afilada. Entonces Ruibal se acercó a él para iniciar un intercambio de preguntas y reproches salpicados de insultos. El asesino de la rosa permaneció en silencio, con la mirada torva y las manos en alto.

—Te digo que ese tipo es el jodido asesino de la rosa, ¿qué parte no entiendes, inspector?

Román Ruibal constreñía el gesto, pensativo.

—Pero ¿qué es lo que dudas? ¿Acaso no ves que estoy atado?

El policía se dio la vuelta para buscar con la mirada a Gabriel Gondar.

—¿Se puede saber qué está haciendo? —preguntó confundido mientras apuntaba con su arma al alumno.

Cynthia se abrazó al cuerpo inconsciente de Hervé temiendo lo peor, incapaz de saber si estaba vivo y dándole por muerto.

—Cynthia —pronuncié su nombre empapando mi voz de sincero consuelo.

Ella se revolvió contra mí. Se puso de pie y clavó su mirada felina en mi rostro.

—¡Tú! —bramó poseída.

Di un paso atrás.

—Todo esto es culpa tuya —soltó iracunda.

Gabriel sonrió y blandió en el aire el acero del cuchillo de carnicero que hasta ese momento había permanecido en su espalda.

—Suéltelo —ordenó Ruibal.

Cynthia se giró colérica para mirar con dos pupilas en llamas a Gabriel Gondar.

—Suelte el cuchillo —insistió el policía.

—¡Esto no era lo que habíamos acordado! —vociferó al alumno de la Sorbona.

Mis ojos se abrieron, tratando de entender la profundidad de aquella revelación. Un comentario que también cogió desprevenido al inspector de policía. Ruibal se dio la vuelta un segundo, nada más que un segundo, componiendo un gesto de extrañeza hacia Cynthia para después mirarme. Yo no salía de mi asombro.

—¿Qué es lo que acabas de decir? —pregunté con una voz tan seca que rasgó mi lengua como arena del desierto.

—No tenías que hacerle daño a él —dijo envuelta en un aura de ausencia e irrealidad en la que ya no me veía a mí, ni a Ruibal y mucho menos a Alicia o a Sergio. En aquel instante solo veía a Gabriel Gondar.

El diablo se adueñó de la comisura de sus labios y el asesino de la rosa dibujó una sonrisa con el oscuro placer de quien no hace tratos, de quien siempre gana. A cualquier precio. Con un disparo al aire, Ruibal trató en vano de disuadir al criminal para que soltase el cuchillo. Él levantó la otra mano, buscando una rama de aquel árbol que ahora más que nunca mostraba ante nosotros una silueta siniestra envuelta en la tempestad. En un rápido movimiento tiró de una cuerda. El extraño engranaje compuesto de varias poleas al que estaban atadas las piernas de mi hija se activó. Un saco de arena, probable contrapeso de aquel artilugio infernal, cayó con gravedad contra el suelo al tiempo que el cuerpo inconsciente de Alicia subía a gran velocidad para colocarla en posición vertical, suspendida como un péndulo al arbitrio de la peor de las tormentas que recuerdo, que recordaré en mi vida.

—¡No! ¡Alicia!

Corrí hacia ella. Ruibal lo encañonaba.

—¡Aléjese de la chica!

El inspector se apartaba la capa de agua que cubría sus ojos con la otra mano. Parpadeaba. Con seguridad juraba con todas las imprecaciones que encontró a su alcance. El riesgo de disparar y darle a Alicia era demasiado alto. Demasiado. El asesino de la rosa sonrió.

—No dé un paso más, profesora. Abra bien la boca. Y trague.

Levantó la reluciente hoja en el aire. Un relámpago se apoderó de mis ojos.

—¡No!

Sergio se levantó con la fuerza de un ejército al calor de la más grande de las batallas. Se lanzó sobre Gondar. Lo derribó con furia en los ojos, en los brazos y en dos puños que caían a plomo sobre una cara que, incluso cubierta de sangre, parecía disfrutar de la vida y la muerte. Con mis sentidos aturdidos, perdí la noción del tiempo. Abracé el cuerpo de Alicia, suspendida en el aire. Entonces ella abrió los ojos y empezó a gritar, a agitarse desesperada.

—¡Mamá! ¡Mamá! ¿Qué está pasando?

Ruibal se acercó a Sergio para detener la descarga de puñetazos sobre el asesino de la rosa. Cynthia se arrodilló al lado de Hervé para contemplarlo como si estuviera dormido.

—Tranquila, Alicia. Te bajaré de ahí. Te lo prometo —le dije, aunque en verdad fuera un ruego desesperado a un universo que no escuchaba.

—¡Déjalo ya, Seoane! —pidió Ruibal.

La superioridad física de Sergio resultaba más que evidente. El inspector creyó hacer lo correcto, aunque con eso desviara la atención del único que en aquella situación podía salvarnos a todos. Advertí el filo del cuchillo entre los dos hombres. Una mano blanca y huesuda lo empuñaba.

—¡Cuidado, Sergio!

Yo solo quería bajar a Alicia de aquel invento del diablo. «Ya voy, mi niña, ya voy». Perdí de vista el cuchillo, el filo. En la oscuridad de aquel infierno sembrado de rayos y espesas cortinas de agua, no distinguía más que el perfil de dos hombres luchando cuerpo a cuerpo sobre el barro. Sergio se revolvió furioso y rotundo. Venenosa y roja la ponzoña se filtraba con sigilo en la tierra, en el más oscuro lodo. Despacio, se levantó del suelo. El otro permanecía inmóvil.

Ruibal se acercó. También yo lo hice. Gabriel Gondar yacía sobre un lecho de sangre a los pies de un árbol con una rosa tallada. Tan solo la empuñadura sobresalía de su piel. El acero le había atravesado la garganta.

85

Puerto de Carril

Con Alicia envuelta en una manta y abrazada a mí, pude ver cómo Ruibal esposaba a Cynthia.

—Ahora vuelvo —le susurré a mi hija

Sergio se acercó dejando atrás al sanitario que le había suturado algunas heridas y se sentó a su lado para que no estuviera sola. Caminé hacia una ambulancia. En ella, consciente y con profundos ojos castaños, Hervé me miraba.

—Me han dicho que te recuperarás —dije con una sonrisa cálida y profundo agradecimiento al cielo.

Él me devolvió el gesto buscando mi mano y guardamos silencio. ¿Cómo decirle que hubo un tiempo que evitaba mirarle a los ojos por miedo a descifrar el brillo del mar en un horizonte tan fuera de nuestro alcance? Ninguno dijo nada en unos segundos en los que sentí que él acariciaba mi alma de una forma que me hacía dudar de todo. Un sentimiento que no había aparecido un día, de pronto, no. No me atrapó como una ola en el ocioso mar de minutos y horas de quien en juventud o eventual hastío vio una posibilidad o capricho, no, no, no. Había sido poco a poco, en el hermoso atardecer de quien madura, descubriendo sin querer a quien hablaba al lado de Cynthia, mientras yo escuchaba sentada junto a Ernesto. Sueños e inquietudes, valores, curiosidades y poetas que me alcanzaron en lo más íntimo. Por primera vez alguien entraba en esa pequeña habitación de mi mente en la que me refugiaba para pensar y sentir bajo siete llaves. Mis latidos se aceleraron y me pregunté: «¿es posible?»

Me di la vuelta para regresar sola a un camino en el que continuaría divagando. Tal vez nuestras *miradas* volviesen a encontrarse. Tal vez. ¿Llegaríamos a vivir nuestro momento?

Alcancé a Ruibal justo cuando estaba a punto de subir a Cynthia al coche patrulla que aguardaba para conducirla a los calabozos de la comisaría. Distintos cargos pesaban contra ella. De todos, el más grave: ser cómplice de asesinato. Asesinatos, más bien. En una mirada, el inspector entendió mi petición para hablar con ella durante unos segundos. Nada más que unos segundos en los que necesitaba preguntarle por qué.

—¿Por qué, Cynthia? ¿Por qué?

Ella arrastró la mirada por el suelo, en parte confundida, en parte, quizá, despertando de una pesadilla que no sabía en qué momento se le había ido de las manos.

—¿Por qué? ¿Me lo preguntas en serio? Porque lo quiero. Porque no iba a renunciar a él.

Una nube de tristeza e incomprensión ensombreció mi rostro al escucharla.

—¿Sabes lo que suponía para mí besarlo y sentir que eran besos vacíos o que ni siquiera iban dirigidos a mí? Cuando Hervé me habló de ese año sabático y después de los fondos del departamento para investigar a un autor maldito, fui yo quien le sugirió que podías ser la persona indicada para viajar a Galicia. Pensé que todo iría a mejor cuanto más lejos te marcharas. Otro país, me dije, a más de mil kilómetros de distancia. Está bien. Los dos estaríamos mejor, más unidos. Pero ese día, él estaba roto. Su mirada, perdida. Vi que dudaba. Creo que me tanteaba, quería dejarme. ¡Dejarme! ¡A mí! ¿Qué hombre no querría estar conmigo? No podía consentirlo. Así que cuando apareció Gabriel, su alumno, y se sentó a mi lado en las escaleras de la facultad para escuchar mis penas y hacerme sentir mejor, me dije: ¿Por qué no? Es bueno abrirse y hablar con alguien de nuestros problemas, ¿no? Pero una cosa llevó a la otra y él consiguió de mí lo que necesitaba. Los dos compartíamos el odio y la rabia hacia la misma persona de la universidad, hacia ti. Todo empezó de la forma más inocente. Debo insistir en eso. Creí que solo quería la información que tú le enviabas a Hervé al correo para anotarse puntos en su tesis y desacreditarte. ¿Cómo iba a saber yo que lo que realmente quería era saberlo todo de ti? ¡Anticiparse a tus pasos! ¿Por qué iba a desconfiar de él cuando me pidió que enviara un paquete con un libro desde el departamento para Alicia? ¿Cómo iba a imaginar que era un psicópata? No fue hasta la muerte de Ernesto… Pero ¡ya era tarde! Demasiado tarde —lamentó, y sonó sincera—. Hervé y yo viajamos juntos. Un viaje que él quiso ocultarte, como si en realidad te traicionara. Pasamos tiempo a solas, pero no conseguimos arreglar lo nuestro. En su mirada yo veía siempre el halo de tu ausencia. Desde que te marchaste, se fue apagando. Cada vez estaba más recluido en sus libros, sus silencios, en tiempos y momentos que le acercaban más a ti, pese a estar tan lejos. Y ahora me preguntas ¿por qué? ¿De verdad? ¿De verdad quieres saber por qué? Ya te lo he dicho, porque lo quiero.

No dije nada. Ni una sola palabra. Cynthia había caído prisionera de la oscura toxicidad de los celos. Era incapaz de entender que cuando dos piezas no encajaban tal vez era porque pertenecían a distintos rompecabezas. Forzarlas solo puede acabar destruyendo el puzle entero, todo su universo.

86

Isla de Cortegada

Los días siguientes transcurrieron en casa de don Santiago y Edel mientras buscábamos la calma y la serenidad que necesitábamos para avanzar. Si no hubiese sido por Alicia, Vanesa y yo habríamos salido en el primer vuelo de la mañana con el firme propósito de no volver a vernos nunca más. Pero fue Alicia quien nos recordó que debíamos cerrar el círculo de la vida de su padre. Las tres debíamos despedir las cenizas de Ernesto.

De ahí que esa tarde, la última que pasaríamos en Galicia, nos dispusiéramos a salir antes de que el sol se pusiera sobre las frías aguas del Atlántico. Sergio había reiterado su ofrecimiento de llevarnos en su barca para cruzar la ría. El puerto de Carril fue una vez más el sitio señalado.

Busqué mi rostro en el espejo de una habitación en la que no había nadie más que yo y aquella urna funeraria que me observaba, despertando recuerdos y momentos de esa vida que un día tuve, la de *antes*. Justo en ese momento, Vanesa llamó a la puerta de mi habitación.

—¿Te importa que pase? —pidió prudente.

—No, claro —contesté mientras llevaba una mano a los surcos que ocultaba mi cara—. Adelante, pasa.

Me miró a los ojos y sentí que por primera vez me veía. Alargamos el silencio varios segundos. Pese a tener las dos un nudo en la garganta nos negamos el abrazo, el consuelo mutuo.

—Hace tiempo que encontré algo entre las pertenencias de Ernesto —me confesó, deshaciendo el nudo.

Tragué saliva y reparé en la pesadumbre que cargaba su rostro.

—Algo con lo que lo sorprendí el día que me dijo que quería empezar conmigo una vida nueva en Buenos Aires.

El sol comenzaba a dorar el cristal de la ventana y diminutas motas de polvo se suspendían en un haz de luz.

—Bueno —se esforzó en concluir un mensaje que parecía rascar sus cuerdas vocales—, creo que es mejor que lo tengas tú.

Soltó un papel manoseado y doblado en cuatro partes sobre el edredón que cubría la cama y se fue dejando la puerta cerrada a sus espaldas. Dejándome —dejándonos— a solas. Ernesto había dibujado la que había sido nuestra casa en Buenos Aires. Nostalgia, supuse. Y conociéndolo como lo conocía, se habría inventado lo de mudarse con Vanesa para salir del paso. Lo cierto es que era un hombre único. Realmente especial, me dije al mismo tiempo que esbozaba una sonrisa. Le di la vuelta a la hoja. Había un largo texto escrito en el dorso de aquel papel. El hombre con quien había compartido mi vida abría su pecho y me obligaba a mirar dentro.

¿Qué nos pasó, Antía? Hoy pienso si el problema fue París. Allí la casa era más grande, las fiestas impresionantes y los sueños… ¡Cuántos sueños cumplimos! No lo entiendo… Porque allí tu risa se fue apagando, ¿quizá el cansancio? Ahora pienso que tal vez no podías con todo, pero nunca me dijiste nada. ¿Por qué no me dijiste nada?

Recuerdo hoy, con un orgullo inmenso, la última etapa de tu doctorado. Yo te miraba y veía lo mucho que te esforzabas… Esa noche lo celebramos con Hervé y con Cynthia.

Me pregunto si lo recordarás. Y maldigo saber la respuesta. Te animé a sacar unas copas cuando la niña ya estaba acostada. Quizá no tuvieras muchas ganas, y menos aún demasiadas fuerzas, pero yo sabía que era bueno para ti. Sí, porque yo pensaba en ti, aunque no lo creas, quería ayudarte a alcanzar tus metas. Y hoy lamento que tampoco te dije nada. En ningún momento se me ocurrió explicarte el porqué de esas cenas y de esas copas de madrugada. Cómo decirte que pensé que estrechar la relación con el director del departamento de literatura de la Sorbona podría abrirte las puertas para dar clase allí. Quién mejor que tú para hacerlo. Pensé que os gustaríais. Teníais tanto en común. Tanto... Supongo que en eso no me equivoqué. Debió de ser lo único en lo que no me equivoqué.

Recuerdo el día de tu cumpleaños. Era una fecha que no olvidaría nunca. Nunca. La tengo marcada a fuego en la memoria, en ese calendario en el que un día creí leer tu nombre al lado del mío. Pero tú, absorta en tu nuevo trabajo, en tu vocación, llegaste con su regalo debajo del brazo, con una sonrisa que no podías disimular. Él te había hecho sentir especial, te había hecho feliz... con algo tan pequeño.

Qué importaba que yo hubiera encargado una cena de gala en el mejor restaurante de París, que hasta llamé a un violinista para que tocase esa noche ante los dos. Te conformaste con unos tallarines. Con él. Nunca imaginé que volverías a casa tan tarde. Cómo pensar que preferías estar con él en la intimidad de un despacho, rodeada de libros, que estar conmigo en el lujo de un gran hotel.

¿Qué era aquello que él te había regalado? Un libro, nada más que un libro. De qué me sorprendo. Pude verlo claramente otra noche. Sobre la mesa de un bar de copas, alguien se había dejado el raro facsímil de un poemario del siglo pasado y él mostró verdadero entusiasmo. Lo expresó al calor del alcohol que habíamos tomado, pero tú... Yo te miraba a ti, solo a ti, y vi tus ojos brillar sobre su cara ¿Alguna vez tus ojos brillaron así al mirarme? Querría creer que sí. Hoy ya no tengo dudas. No fui el único en percibirlo.

También Cynthia sintió el calor de esa llama que sin necesidad de alimento crecía entre vosotros.

Celos, ¿de qué sirven?, me pregunto. No son más que cenizas infectas donde jamás prenderá nada, aunque aten nuestras manos, nos obliguen a cerrar los ojos y lo cubran todo. Absolutamente todo. El matrimonio se nos rompió, Antía, se nos rompió a los dos, pero ¿quién fue el primero en desertar de ese campo que un día tuvo rosas y hoy la batalla convierte en cenagal?

Apenas transcurrieron tres días y ya había conocido a una joven, a Vanesa. A una mujer que me miraba como una vez hiciste tú. Qué puedo decir, es simpática, realmente estupenda, pero jamás será como tú.

Sus palabras me alcanzaron hasta sentir que sangraba. No podía continuar leyendo. Me aterrorizaba aquel punto y final. El dolor, la condena, la inmensa piedra con la que debería avanzar en mi pecho, en ese tronco deformado por el tiempo, esforzándome en alcanzar con las ramas un cielo desde el infierno. Ahora sí que lo entendía. Ahora entendía el porqué. Comprendí también la actitud de Vanesa. Ella no estaba enfadada conmigo, sino con él. Albergaba dudas sobre sus sentimientos. Sobre lo que estaban construyendo. Y ahí yo no podía hacer nada por aliviarla. Necesitaba seguir leyendo.

Recuerdo al viento, ese dios del cielo,
que el inmenso infierno ayer devoró.
Recuerdo el instante eterno,
la flor errante y su esplendor.
¿Qué más necesita mi alma?
¿Qué más que un rayo de sol?
Vuelve, mi fugaz estrella,
reina en mi ensoñación.

Allí estaba, frente a mí, Ernesto se despedía tras haber copiado el fragmento de un poema de Guillermo de Foz. Cuántas veces se lo recité cuando éramos novios. En aquellos tiempos en que no había soles, ni lunas, solo nosotros dos. Y él escuchaba todo lo que yo decía. Creí que él había dejado de escucharme cuando, en verdad, guardaba una parte de los dos en lo más profundo de su alma.

El teléfono rompió la atmósfera en la que Ernesto y yo nos habíamos reencontrado. Leí en la pantalla el nombre del inspector Ruibal. Al mismo tiempo, alguien llamó a mi puerta.

—Antía, necesito hablar contigo —anunció don Santiago mientras giraba el pomo.

Descolgué el teléfono.

—Un segundo —le pedí a mi anfitrión.

—Tengo algo que puede interesarle, profesora —me dijo el inspector.

—Antía —precipitó don Santiago—. Han encontrado las últimas hojas del cuaderno de Guillermo de Foz.

Epílogo
Día de matanza

Isla de Cortegada, 1910

En la cocina de la gran casa Barral, una *lareira* se apagaba a falta de madera o alimento. Dos manos menudas acercaron cuatro palos retorcidos y un par de piñas a fin de avivar las llamas. Era Anabel, la hija de una sirvienta que por error había llegado al mundo y a quien Blanca Novoa decidiría dar cobijo al calor de su casa, de su mesa y del juego que tendría la niña con su hija Alma.

El estrépito de un trueno cercano la hizo saltar en el sitio al tiempo que un leño de importante tamaño se deslizaba sobre uno de sus pies. Incapaz de contener el grito, la niña aulló un segundo y se tapó la boca con ambas manos. Gimoteó en silencio, ahogando el dolor con pequeños brincos azorados y el pie dolorido dando vueltas en el aire. No tardó demasiado en estirar la manga de la chaqueta para enjugar las lágrimas. Quizá acercó el rostro demasiado y sus ojos bizquearon al reparar en la suciedad que cubría la lana. Tomó distancia deshaciendo el puchero que contenía su rostro para sacudir tierra y musgo de la andrajosa prenda con más brío que acierto, hasta provocar el furtivo vuelo de una arenilla a su ojo izquierdo. Corrió a la pila y dejó correr la cantidad de agua fría necesaria para limpiarse.

Con las manos amoratadas, se dispuso a calentarlas frente a la lumbre. Palma y dorso, las miraba, las frotaba y de inmediato dibujaba una sonrisa al sentir el agradable estremecimiento del calor recorriendo su piel.

Entonces, un pensamiento rompió el embrujo del fuego para hacerla reparar en la ausencia de la señorita Alma. No estaba junto a ella. Tampoco en la casa. La última vez que la había visto corría tras ella en el interior del bosque. ¿Se habría perdido?

Muy pronto daría comienzo la matanza del cerdo frente a las cuadras y los aterradores chillidos de aquel pobre animal la asustarían y podrían incluso desorientarla. La conocía. Se conocían. Aunque una durmiese en colchones de lana y la otra se arrebujase en un jergón con una bolsa de agua.

Debía salir a buscarla, pero antes cogería una chaqueta. Una que estuviese limpia y la protegiese de las bajas temperaturas que exhalaba la noche. Salió cruzando un pasillo a gran velocidad hasta encontrar frente a ella las orondas formas de Benigno Barral.

—Buenas tardes, señor —saludó con la cabeza gacha mostrando sumisión.

—¿Dónde está Alma? —lanzó con la educación de quien ve en la cortesía un medio a utilizar solo con iguales.

—Ahora mismo iba a buscarla al bosque, señor. Temo que haya podido desorientarse.

En el rostro del hombre asomó una sonrisa oscura.

—Como usted sabrá, hoy es día de matanza en la isla. Conozco a Alma y sé bien que los chillidos del animal van a asustarla.

Don Benigno Barral enseñó los dientes. Quizá, más bien, fuesen los colmillos. En su mente un pensamiento: «¿Habrá dado ya con ella el matarife al que tan bien he pagado?». Confiaba en que así fuera o que estuviese cercano a hacerlo, pues ansiaba el sufrimiento de Guillermo de Foz tanto como poseer sus tierras.

Era tal la prioridad que había dado a ese retorcido plan que no había dudado en pagarle al matarife la inmensa cantidad de dinero que este le había pedido. Algo que ahondaría en la ya de por sí delicada situación que atravesaba la Banca Barral, fruto de sus malas decisiones. Poco le importaban a él las cuentas y los intereses de todos aquellos vecinos que habían confiado el dinero recibido de las expropiaciones de la isla de Cortegada a su banco. No tuvo ningún tipo de reparo o miramiento en destinar el elevado importe requerido por el asesino para ejecutar un crimen atroz, aunque el dinero no fuera suyo.

—Deja a Alma, ya volveré —ordenó moviendo una mano en el aire, sin mirarla a la cara.

Anabel bajó aún más la cabeza. Tan pronto la silueta del señor de la casa desapareció en un recodo del pasillo, la niña continuó su camino hasta el dormitorio. Allí se lanzó sobre el baúl de ropa que el día anterior la señora Novoa le había entregado a su madre para ella. Algo habitual y motivo de júbilo, pues eran prendas de un gusto exquisito en muy buen estado que la señorita Alma ya no utilizaba y que ella podría disfrutar.

Anabel levantó en el aire un vestido del mismo color de esas rosas que crecían en el jardín de Cortegada y el entusiasmo brilló iridiscente en su mirada. Sonrió con una idea de pueril naturaleza en su cabeza, preguntándose si un atuendo tan excepcional habría sido confeccionado con hilos de oro y gasas de hada para vestir a una princesa encantada.

En su habitación no había espejo donde entregarse a la ensoñación de ser princesa de cuento. Emocionada e impaciente, dudó por un segundo si vestirse con él de inmediato. ¿Qué daño podría causar sucumbir en un instante al disfraz y al sueño? Movió sus labios en un mohín con gracia y volvió a sonreír. Con rapidez, se desprendió de los harapos con los que había estado recogiendo leña y se entregó al embeleso de una prenda de superlativa elegancia.

Una vez la sintió en su piel, salió corriendo a buscar un espejo. Ansiaba ver el reflejo de una de esas hadas con mágicos poderes que cumplen sueños. Pero el destino mostró ante ella el semblante reprobatorio de su madre.

—¿Qué haces así vestida? —la reprendió.

Sus ojos regresaron al frío suelo en el que sus pies estaban descalzos.

—Es uno de los vestidos que nos dio la señora Novoa. No lo he robado, madre. Lo juro.

—Dios te libre de tal cosa —advirtió la madre, y entonces le preguntó—: ¿Y la señorita Alma? ¿Dónde está? Tenías que vigilarla. Deberías estar con ella.

—Creo que en el bosque.

—¿Lo crees? —le recriminó.

Anabel levantó los hombros, como si buscara protegerse.

—Pero ¿y qué haces aquí que no vas a buscarla? —inquirió la madre, recuperando en parte la calma.

—Es que…, el señor Barral…, él me dijo…

—No te excuses, Anabel. Solo los vagos buscan excusas. ¡Ve a buscarla! —ordenó con firmeza.

Anabel salió corriendo, sin pensar en nada más que encontrar a Alma. Poco importaba la falta de zapatos, que la hermosa vestimenta se enredase en alguna retama o la falta de luz. Ahora lo importante era dar con ella.

La tormenta galopaba en un horizonte de nubes negras. La noche se derramaba sobre oscuras tinieblas. Un hombre reparó en el veloz vuelo de la niña. «Es ella», se dijo. «Es ella». Y decidió seguirla.

El rugir de la tormenta y los chillidos del cerdo silenciaron los gritos de Anabel, quien no entendía su suerte y buscaba en las sombras el aleteo luminoso de alegres hadas en bosques verdes. «Quizá si me viesen me confundirían con una más, quizá incluso con una hermana». Soñó en ese instante eterno frente al destello del metal.

Con los ojos en el suelo de una tierra mojada, Anabel encontró la muerte en el frío acero empuñado por un matarife ante los ojos oscuros del universo. Y fue así, justo así, como murió en esa isla entregada a un rey, vestida cual princesa de todos los cuentos.

Apartando ramas bajas de los árboles que encontraba a su paso, Roncal buscaba con la vista temblorosa y azorada a Alma Barral. Esas eran las instrucciones que su señor le había dado. Debía llevar a Blanca Novoa y a su hija a un barco para cruzar el ancho mar rumbo a América. Allí se reunirían con él, con Guillermo de Foz, para empezar los cuatro una vida nueva en tierras de promesa y oportunidad. El resplandor luminoso de un rayo cruzó el firmamento y el joven Roncal se llevó una mano a la cicatriz de su cabeza. Asustado como un niño, aceleró sus pasos dando fuertes manotazos a la maleza que con rebeldía crecía por todas partes en aquella isla de ensueño.

Paralizado ante la brutal imagen de un cuerpo menudo sin corazón, abrió dos ojos redondos que saltaban desquiciados buscando explicación. Colgada cual animal por dos pies descalzos, la sangre descendía desde el pecho en finos hilillos que cruzaban un rostro desfigurado.

Él, a quien tantas veces habían llamado monstruo en intencionados titulares, quiso cerrar los ojos e ignorar cuanto mal habitaba en esos bosques donde solo los niños creían en dulces hadas, pero no pudo. Agitó la cabeza para alejar la cólera que abrasaba sus entrañas. Trató de hallar un control que no llegó. El ímpetu explosivo de un volcán lo inundó con ráfagas de lava.

Furibundo ante el horror cometido sobre una niña a quien el criminal conocía nada más que como un «encargo», Roncal rugió como el corazón de las nubes en abisales noches de tormenta. Se lanzó sobre el matarife y lo golpeó con una piedra en la cabeza una vez, otra, y otra más. La sangre saltaba y los huesos se hundían, pero él no dejaba de percutir. Únicamente pudo detenerse cuando alcanzó la muerte de quien la muerte vendía.

Minutos después, con las aguas en cauces de agua clara, vio cómo Alma se acercaba, cómo caía de rodillas y gritaba. Corrió hacia ella, con el corazón exultante de alegría por verla, al tiempo que un puchero descomponía su rostro al volverse hacia el cuerpo de Anabel.

Agarró a Alma, la levantó en el aire para colocarla sobre un hombro. Conmocionada, la niña parecía encontrarse en el limbo de quien no entendía el horror de lo que acababa de ver. La subió inconsciente al barco y se la entregó a su madre. Blanca Novoa hacía preguntas. Roncal miraba a todos lados, buscando a Guillermo de Foz. No estaba. No había llegado. Temió que algo le hubiese pasado.

De esta forma, el fiel criado no cumplió más que en parte la orden dada por su señor, pues además de conducir a las dos mujeres al navío, debía permanecer con ellas hasta reencontrarse los cuatro. La profunda inquietud de no verlo allí, tal como había planeado, provocó de nuevo su partida en dirección al pueblo. Nunca se habría marchado sin él.

En un burdel de mala muerte, de esos que acostumbraba a frecuentar en tiempos de profunda y dolorosa soledad, Guillermo de Foz precipitó la celebración de su huida con la fuga de su propia alma.

Se dejó caer en la tentación y, al calor de balsámicos licores, descendió a los profundos abismos que tan bien conocía, que lo habitaban y lo devoraban hasta cavar su propia suerte. La suerte de un alma maldita que nunca llegaría a coger el barco hacia una vida de libertad con su hija y la mujer que amaba.

Quizá, su pretensión al adentrarse en aquel lugar no fuera otra que la de cerrar el círculo de las oscuras tinieblas que justamente luchaba por dejar atrás. El mismo círculo que una argolla de metal ceñiría a su cuello para romper la apasionada conexión entre su corazón y su mente, entre sus ganas de vivir y la necesidad de la muerte.

No fue hasta bien entrada la madrugada cuando Guillermo de Foz se puso en pie a duras penas al escuchar a dos agentes que se presentaron ante él con la orden de encerrarlo de por vida por el terrible asesinato de Alma Barral.

Sería tras los barrotes de una celda, entre la pena y la terrible culpa, donde escribiría el *Cuaderno de un condenado a muerte*. Ese que su fiel criado haría llegar a su hermano Danilo junto con la firme petición de que cuidara siempre de Roncal.

Días después de la muerte de Guillermo de Foz, el padre Danilo recibió a una sirvienta que había sido arrojada a la calle por Benigno Barral sin más equipaje que un hatillo de ropa usada por una niña harapienta. El sacerdote reparó en su rostro de duelo y pudo leer en su alma que la vida era una pesada condena. Con nervios exhaustos y aflicción en la mirada, la mujer ahogó la desesperación en ríos de palabras.

Danilo de Foz colgó los hábitos para cumplir la última voluntad de su hermano. Se retiró a la montaña, a un punto elevado, cercano al cielo, donde cuidó de Roncal como un padre afectuoso. Con él se llevó a la madre de Anabel. Juntos encontraron un refugio en el que alejarse silenciosos de un mundo que rugía y se negaba a escucharlos.

Anexo

Cuaderno de un condenado a muerte

Temo al frío. Ese que, al calor de la noche, me encuentra en tupida colmena, con menesterosa reina, sin ojos, sin llanto, en canto servil. Es ella quien danza, quien gira en la rueda. Grito en la tormenta, ¡qué importa vivir! Inmensa la soledad de quien sin lágrimas llora y con ganas implora. ¡No quiero reír! Es a ti, cenagal vanidoso que, sin gracia ni gozo, ves mi rostro en la hora, ¡Hoy voy a morir!

He visto a un pájaro atravesar una nube blanca para salir batiendo alas en un cielo anaranjado. Qué bonitos los colores, cuánto brillo, ¡cómo volaba! Lejos de colinas y valles, de incorpóreas visiones de porcelana, sentí el refulgir del inmenso sol sobre las alas. ¡Sonríeme! Sonríeme, tú que no puedes verme o finges mi muerte alargando la ruina de una vida sin suerte. Dime, dime ya y dime ahora que hay brillo en el aire de mi último aliento. ¿Por qué no me sonríes?

Precipité mi huida. Abrí mis alas al calor del cielo y el infierno entero, advirtiendo el yerro en mi mirada, en triste láudano entregada, sonrió al dulce veneno que desnuda el alma. ¡Oh, mi alma! Mi yerma alborada..., asolada, sucumbió al delirio de atemporales tiempos que no viví y que ya no viviré nunca.

¿Quién me leerá? ¿Quién arrastrará sus pies de arena en la descalza agonía que eterna cubrirá sus ojos? ¿Quién abrazará las rosas para sentir el calor de la sangre en espinas que lloran blancas? ¿Quién se asomará al abismo viendo el filo de sombras que inundan en sal mis andanzas? ¡Nadie! Nadie recordará ni una sola de estas palabras que ya flotan vacías en la noche de los tiempos. Pero ¿y mis errores? ¿Y la atrocidad de unas manos manchadas de sangre?

Poderoso caballero, el miedo. Él que es imán de sueños, máquina de incontenible verbo, retuerce en tinta mi infierno y aleja de mi memoria cuanto sucedió.

Inmensa la soledad del grano que hace montaña, sin ver la luz del atardecer. Él, que sin pedir añora y sin saber razona a la flor y al brote en cualquier jardín. Sogas que agitáis mis manos, marionetas con gazapos, por un cuenco de garbanzos, hilo a hilo, rueca al fin.

Mírame, hilandera sin ojos, sin verdad ni mentira en tu rostro, y siente el erial de este monstruo, prisionero del gozo en la sombra, donde el ánimo que brota es la hiel de esta mi fe.

Dime que hay valor en la sangre, que el festín de los sabios, eternos y llanos, es más que una llaga en quien ha de morir.

Dilo y reza, sabedora del pie que camina descalzo, travesía de comas, de puntos y clavos, purgatorio de pieles del que no puede huir.

Dilo y me entrego a la rueda, triste lluvia en la tormenta, agonía eterna, elegía ciega, bajo esta hopa… ¡Renuncio a vivir!

GUILLERMO DE FOZ

Nota de la autora

Durante el proceso de documentación de mi anterior novela, *La conjura de la niebla*, redescubrí la isla de Cortegada y me asomé a su historia. Lo hice de la mano de Manuel Villaronga y de Javier Vicente. Imposible encontrar mejores guías. Ellos caminaron a mi lado y me mostraron rincones verdes de inusitada belleza, robles comepiedras deformados por el tiempo, pero también me explicaron pormenorizadamente cómo era la vida en un poblado que hoy son ruinas.

Me dejé envolver por el encanto de ese bosque flotante y pude entender que llegara a convertirse en codiciada pieza de reyes y hombres de negocios. Manuel y Javier estimularon mi curiosidad con infinidad de anécdotas. Era cuestión de tiempo que alumbrase una nueva historia en aquel lugar.

Recuerdo el viaje en el barco de Javier. Su mirada de capitán sobre el agua, con una fortaleza que sobrepasa la piel y el conocimiento que no pueden recoger los libros.

Manu, hoy ya convertido en un gran amigo por el que doy gracias a la suerte, captó por completo mi atención al segundo de pronunciar las siguientes palabras respecto a la donación de Cortegada: «Esto comenzó como el sueño de una noche de verano, pero acabó como el rosario de la aurora». Y es que, como bien me explicó con una increíble capacidad para analizar y desarrollar ideas, este titular se acerca bastante a lo sucedido en 1910, cuando el pueblo de Carril donó al rey Alfonso XIII su preciada isla verde confiando en promesas que nunca llegaron a materializarse.

Finalmente, en el año 2007 la Xunta de Galicia recuperó la propiedad de Cortegada para el pueblo a través de una expropiación con un justiprecio que se fijó en un millón ochocientos mil euros, una cantidad muy superior a lo que había pagado la inmobiliaria a don Juan de Borbón para adquirirla.

Supongo que así eran —son, serán—, los negocios. Pena de quien tuvo que emigrar, quien todavía hoy llora por su casa, sus tierras y echa la vista al mar para encontrarse con el recuerdo de sus antepasados.

No soy quién para juzgar la historia, ni tan siquiera osaré explicarla. Para eso dejo aquí excelsos libros, magistralmente escritos por Manuel Villaronga, para todos aquellos que quieran profundizar en la historia de Cortegada y de Vilagarcía de Arousa.

Villaronga, Manuel, *La ciudad de Arousa*, Diputación Provincial de Pontevedra, 2014.
— *A Vilagarcía das vellas postais*, Edicións do Cumio, 2006.

Este hecho histórico real se ha entremezclado con altas dosis de imaginación, alterando algunos elementos y personajes con las licencias propias que concede el oficio de novelista, al objeto de satisfacer las necesidades de la trama.

Os preguntaréis cómo llegué de la historia de Cortegada a los autores malditos. Aquí, una vez más, la inspiración me la dio Carril con su mítico Gato Negro. Una asociación cultural que es mucho más que un centro artístico y deportivo. Es un punto de encuentro en el mapa y la historia de Carril.

Como bien podrá imaginar el lector, del título del celebrado cuento gótico salté a su autor: Edgar Allan Poe, y con él al universo de otros escritores malditos. A partir de ellos me propuse dar vida a Guillermo de Foz, dando argumentos e intensidad a una forma de sentir que me ha llevado a sangrar con él frente al teclado. Resulta curioso cómo un corazón que no ha existido nunca puede latir con tal fuerza que todavía duele.

Agradecimientos

Escribir una novela, al igual que cualquier otro proyecto, requiere tiempo. Sea este mucho o poco, son momentos en los que el universo creado absorbe todo lo demás. Tramas, personajes, ideas en constante ebullición y transformación a las que pertenezco cada hora de cada día —con sus noches—. Un proceso fascinante, sin duda, pero un proceso plagado de minutos robados a ellos, a quienes han aceptado demasiadas negativas a juegos, a cambio de instantes que guardaremos eternos y que son, en verdad, los que dan sentido a mi tiempo. Qué fortuna la mía. Por ellos, pequeños dueños de mis recuerdos, con sus miradas risueñas, por sus sueños, por los míos. Gracias, Pablo y Aitor.

El agradecimiento a Borja por apoyarme en el proceso de creación de esta novela es absoluto. Por convertir caminos sinuosos en paseos vespertinos frente a un sol de cálidos contornos. Gracias por dedicar tiempo a la lectura de cada capítulo que, con la impaciencia que tan bien me caracteriza, te entrego; por cada consejo, por tu visión integral con cada novela y esa asombrosa capacidad para prestar atención a los detalles.

Gracias a mi red de apoyo en Madrid, una red con dos apellidos: Echenagusia y Boyra. Por cuidar con tanto cariño a los nietos, siempre con el hombro dispuesto para que pudiese alcanzar esta meta. Sin vosotros habría sido imposible.

Gracias también a mi red gallega por haberme acompañado en una novela que me ha traspasado por completo. Una novela que he disfrutado y sangrado a partes iguales. Nunca podré agradecer lo suficiente a Mila y también a Ángela que estén siempre ahí. Ahí. Un lugar indefinido en el que son omnipresentes para darme la seguridad que necesito ante mis eternas dudas con las tramas.

Gracias de todo corazón a Manu Villaronga, Javier Vicente, Pitu, Isabel, Álvaro Carou, Manolo Bóveda y Ricardo Otero «Carolas» (fallecido este último mientras terminaba de escribir la novela, DEP. Cuánto siento que no pueda leerla. Nunca olvidaré sus anécdotas «ficcionadas» con un humor que hoy, incluso, al repasar mis notas, me hacen reír a carcajadas). Todos ellos me acercaron la historia y el sentir del pueblo de Carril. Mención especial merece también el hecho de haberme deleitado con su maravillosa gastronomía, pues sabiamente consideraban que con el estómago contento las ideas fluyen mejor.

Más allá de la buena mesa y de la historia de Cortegada, Manu y Pitu, dos personas que me han ganado por completo gracias a su forma de ser y su *mirada* al mundo que nos rodea, me abrieron las puertas de su casa. Una casa de ensueño con unos jardines de excepcional belleza y encanto. Gracias de corazón por haber prestado vuestro mágico rincón del mundo en Paderne para que Antía Fontán pasease entre colores vivos y el fascinante aroma de flores, árboles y hasta un huerto en el que me visualicé feliz plantando tomates.

Gracias a mis amigos y a mis amigas —no hacen falta nombres, sabéis quienes sois—, por emocionaros con cada novela sin dejar de apoyarme en cada paso. Aunque este año no hayamos podido vernos casi nada os he tenido muy presentes en esas miradas a través de una ventana que sueña verdes promesas.

En este punto de mis agradecimientos tengo muy presente a Gonzalo, mi editor. Siempre digo que nadie es imprescindible. Yo la primera, por supuesto. Sin embargo, hay personas que entran por la puerta a causa de un trabajo, un proyecto ilusionante, incluso una idea de negocio, por qué no, y se convierten en piezas fundamentales de tu universo, en piedras angulares de una vida que está empezando a difuminar fronteras. Eso sucede al sentir cerca a alguien que, como Gonzalo, me hace reír con un humor entre ácido y escéptico que calma siempre los nervios que finjo no tener. Doy gracias por tu empatía, por la determinación y el coraje con el que impulsas unas alas que hace tiempo renuncié a plegar.

Gracias de corazón a Juan Díaz, por confiar en mí y en mis letras.

Por supuesto, gracias también a Ana y a Pilar, a excelentes correctoras como Susana Rodríguez y demás maravillosos profesionales que han aportado pasión y conocimiento para que esta historia pueda ver la luz. No puedo olvidarme del excelente trabajo que vienen realizando con mis libros desde el departamento de comunicación y el de marketing. Muchísimas gracias a Rita y a Pablo por una creatividad que no conoce límites. También a Leticia y a Irene por llevarme de la mano con tan buen tino.

Quiero agradecer muy especialmente la labor de la red comercial de Penguin al acercar mis libros a los lectores y hacer que me sienta siempre entre amigos. En este punto me detendré en una mujer a la que no solo estoy agradecida por su buen hacer profesional, sino que la admiro por su increíble fortaleza: María Almeida.

Gracias a Agustín Paz, oficialmente mi ángel de la guarda frente a los piratas informáticos que me han dado un susto que hoy el tiempo juzga nadería y, sin embargo, en su momento sobredimensioné.

Muchísimas gracias a los lectores y a todas esas prescriptoras silenciosas que hacéis llegar tan lejos mis historias. Dais sentido, fuerza y argumento a cuento escribo. Me completáis, porque completáis mis tramas y las llenáis de significado.

ÁNGELA BANZAS
Julio de 2023